Marti Green
Unbeabsichtigte Folgen

AF177245

Das Buch

Vor neunzehn Jahren fand die Polizei in Indiana die Leiche eines kleinen Mädchens, das bis zur Unkenntlichkeit verbrannt im Wald vergraben wurde. Man nahm George Calhoun wegen Mordes an seiner Tochter fest, und seine Frau sagte beim Prozess gegen ihn aus. George jedoch behauptet, nicht der Täter zu sein und dass die Leiche nicht die der kleinen Angelina sei. Aber das war alles, was er jemals dazu gesagt hatte – keine weitere Verteidigung, keine weitere Rechtfertigung. Die Geschworenen erklärten ihn für schuldig. Alle seine Berufungen wurden abgewiesen – und nun sind es nur noch sechs Wochen bis zu seiner Hinrichtung.

Dani Trumball, eine Anwältin des Projekts zur Hilfe von unschuldigen Gefangenen, möchte ihm glauben. Schließlich wurde kein gerichtsmedizinischer Beweis erbracht, dass die Leiche im Wald tatsächlich Georges Tochter war. Aber wenn das Mädchen nicht Angelina ist, wer ist es dann? Und was ist der vermissten Tochter der Calhouns zugestoßen? Obwohl die Aussichten auf Erfolg gering sind, bewegen diese Fragen Dani dazu, den Fall zu übernehmen.

Neunzehn Jahre lang hat George Calhoun geschwiegen. Aber jetzt will er reden. Und wenn die Geschichte, die er Dani erzählt, wahr ist, dann wird nichts mehr so sein wie vorher.

Die Autorin

Nachdem sie einen Abschluss als Master of Science sowie als diplomierte Schulpsychologin erworben hatte, stellte Marti Green fest, dass ihre wahre Leidenschaft das Recht war. Sie studierte deshalb Jura an der privaten Hofstra University, erlangte ihr rechtswissenschaftliches Diplom und arbeitete fünfundzwanzig Jahre lang als interne Rechtsberaterin eines namhaften Kabel-TV-Anbieters mit den Schwerpunkten Verträge, Urheberrecht und Genehmigungsfragen.

Marti Green reist sehr gerne. Sie hat bereits sechs Kontinente besucht und lebt nun zusammen mit ihrem Ehemann Lenny und ihrer Katze Howie in der Mitte von Florida. Sie hat zwei erwachsene Söhne und vier Enkelkinder. Ihr Buch »Unbeabsichtigte Folgen« hat den ersten Platz in der Kategorie Spannung bei der »Royal Palm Literary Award«-Competition gewonnen.

MARTI GREEN

UNBEABSICHTIGTE FOLGEN

Übersetzt von Elke Will

Die Originalausgabe erschien 2013 unter dem Titel
»Unintended Consequences« bei Thomas & Mercer, Las Vegas.

Deutsche Erstveröffentlichung bei AmazonCrossing, Luxemburg, 2014

Umschlaggestaltung: bürosüd⁰ München, www.buerosued.de
Lektorat: Gunhild Hexamer für Knowlance AG, http://textlove.de
Bildrechte: Derek Murphy
Satz: Monika Daimer, www.buch-macher.de

Printed in Germany
by Amazon Distribution GmbH, Leipzig

ISBN 978-1-477-82164-0

www.amazon.com/crossing

Dieses Buch widme ich meinem Vater, Simon Silverman, der in mir die Liebe zum Lesen erweckte, und meiner Mutter, Ruth Silverman, die mich die Kunst des Schreibens lehrte.

Ich vermisse euch beide.

Es ist Gerechtigkeit, nicht das Gesetz, das die Gesellschaft heilt. Und die Todesstrafe ist die einzige Gerechtigkeit, die sich für einen Mörder eignet.

—Saqib Ali

Jüngste Entwicklungen zuverlässiger, wissenschaftlicher Methoden zur Beweisaufnahme haben es ermöglicht, eindeutig nachzuweisen, dass erschreckend viele Personen, die zum Tode verurteilt wurden, in Wirklichkeit unschuldig waren.

—John Paul Stevens, US Supreme Court Justice

Die Todesstrafe, genau wie der Rest des Strafjustizsystems, ist ein Regierungsprogramm, daher ist Skepsis durchaus angebracht.

—George Will

Kapitel 1

Vierundzwanzig Tage

Ich habe mein kleines Mädchen nicht umgebracht. Die Leiche im Wald – das war nicht meine Tochter. Diese Worte auf dem Blatt Papier klingelten ständig in Dani Trumballs Ohren. *Ich liebte mein kleines Mädchen und wollte ihm doch nur helfen.*

Die meisten Briefe auf ihrem Schreibtisch überflog Dani nur, durchschaute sofort den Schwindel und legte sie zu den anderen auf den Stapel, die von ihrer Sekretärin kurz und bündig beantwortet wurden. »Sehr geehrte(r) (die Leerstelle ausfüllen): Wir bedauern, dass das Projekt zur Hilfe von unschuldigen Gefangenen derzeit nicht in der Lage ist, Ihnen zu helfen.« Andere wiederum klangen glaubhaft und erforderten ein paar zusätzliche Zeilen. »Obwohl wir Ihre Situation verstehen, können wir, aufgrund der hohen Nachfrage und unserer eingeschränkten Möglichkeiten, leider nur wenige Fälle annehmen. Wir wünschen Ihnen viel Glück bei der Suche nach jemandem, der Ihnen helfen kann.« Nur ein paar, sehr wenige, wurden übernommen.

Dieser Brief – dieser blieb auf ihrem Schreibtisch. *Ich hoffe so sehr, dass Sie mir helfen können, da sie mich bald töten werden, und vielleicht verdiene ich es auch, aber bestimmt nicht, weil ich mein kleines Mädchen umgebracht habe.* Sechs Wochen bis zu seiner Hinrichtung.

»Unmöglich«, murmelte sie ständig kopfschüttelnd vor sich hin. Sie schob ihre Haare aus dem Gesicht und wischte ihre Stirn mit einem Papiertuch ab. Für Anfang April war es recht warm, zu früh, um die Klimaanlage in ihrem Büro einzuschalten, und sie fühlte sich durch die Hitze schlapp. Sie öffnete einen weiteren Knopf an ihrer Bluse und las erneut George Calhouns Brief. *Ich habe ihnen immer und immer wieder gesagt, dass sie nicht meine Tochter war, aber sie glaubten mir nicht. Ich weiß nicht, warum Sallie – das ist meine Frau – das Gegenteil behauptete. Sie muss vor Sorge um Angelina verrückt geworden sein. So heißt unsere Tochter. Wir nannten sie so, weil sie unser kleiner Engel war.*

HIPP – das Projekt zur Hilfe von unschuldigen Gefangenen – hatte seinen Sitz in einem umgebauten Lagerhaus in der 14. Straße in East Village (Manhattan). Die Mitarbeiter dort erhielten Briefe von Insassen des ganzen Landes, und jeder Anwalt begutachtete einige davon. Dani hatte sich durch einen Haufen Ordner gearbeitet, jeder mit dem Hilfegesuch eines Häftlings, als sie auf den Brief von Calhoun stieß. Sie hatte bereits obendrauf gekritzelt: »Tut mir leid, nein«, ihn in ihren Postausgangskasten gelegt und sich anderen Briefen zugewandt. Aber bereits zum dritten Mal durchwühlte sie ihren Stapel mit Antworten und zog diesen Brief heraus. Nachdem sie erneut auf Calhouns Worte gestarrt hatte, wollte sie ihn abermals weglegen, zögerte jedoch. Schließlich stand sie auf, ging aus dem Büro und schaute beim Hinausgehen auf die eingerahmte Stickerei über ihrer Tür. Darauf stand: »Alle zum Tode Verurteilten beteuern, unschuldig zu sein. Gelegentlich sind sie es auch.« Ihre Mutter hatte es für sie gestickt, kurz nachdem sie angefangen hatte, für HIPP zu arbeiten. Inzwischen konnte Dani die Wahrheit dieses Spruchs bezeugen. Die Schwierigkeit war, herauszufinden, wer von ihnen tatsächlich unschuldig war.

Manchmal, wenn sie sich überfordert fühlte, wünschte sie sich, eine magische Kugel in ihren Händen zu halten – vielleicht in Form von DNA-Spuren –, die eine Antwort herbeizaubern könnte. Ohne sie war die Wahrheit oftmals schwer nachvollziehbar.

»Beschäftigt?«, fragte Dani, als sie in das Büro von Bruce Kantor eintrat, dem Leiter von HIPP. Sie rutschte auf einen der Plastikstühle, die vor seinem Schreibtisch standen.

»Immer. Viel zu beschäftigt. Ich glaube, ich brauche Urlaub.«

»Hattest du nicht erst vor drei Jahren Urlaub?«

»Ich denke, es waren fünf, aber wer führt schon Buch darüber?« Bruce lehnte sich in seinem Stuhl zurück, dessen Stoffüberzug genauso abgenutzt war wie das Holz seines Schreibtisches. Schweißperlen glänzten auf seiner dunkelbraunen Haut und seinem glatt rasierten Kopf. Mit seinem kräftigen, durchtrainierten Körper, den er regelmäßig durch sechzehn Kilometer joggen fit hielt, sah er aus wie ein kampfbereiter Krieger. »Also, was gibt's?«

»Schau dir mal diesen Brief an. Ich denke, da sollten wir mal nachforschen.« Sie reichte ihm den Brief und beugte sich auf ihrem Stuhl vor, während er schweigend las.

»Sechs Wochen?«, sagte er, als er ihn zu Ende gelesen hatte. »Du bist dir schon darüber im Klaren, wie schwierig das ist, oder?«

Natürlich wusste sie das. Eine Hinrichtung in nur sechs Wochen zu stoppen war, als ob man versuchen würde, einen Marathon in zwei Stunden zu laufen. »Du hast recht. Aber ich habe den Brief schon mehrmals wieder in den Stapel ›Nein, tut mir leid‹ zurückgelegt und immer wieder hervorgeholt.«

Bruce sah sich den Brief noch einmal an. »Ich dachte, du wolltest nichts mit Kindermordfällen zu tun haben.«

»Will ich auch nicht. Zumindest wollte ich das nicht. Ich kann mir noch nicht einmal vorstellen, mich als Mutter damit beschäftigen zu müssen.«

»Also, warum dieser Fall?«

Dani zuckte mit den Schultern. »Ich bin mir nicht sicher. Der Fall hat irgendetwas. Ich meine, wenn dieser Typ ehrlich ist, wurde seine Tochter nicht ermordet, aber man hatte die Leiche eines Kindes gefunden. Wer war es? Wo ist seine eigene Tochter?«

»Wenn wir diesen Fall übernehmen, bist du dann bereit, die Untersuchungen zu leiten?«

Diese Frage hatte Dani erwartet, und genau vor dieser Frage graute es ihr. Sie schrieb und argumentierte Berufungsklagen, nachdem andere für sie die Fakten recherchiert hatten. Die Fälle kamen erst auf ihren Schreibtisch, nachdem bereits alle verfügbaren Beweismittel gesammelt worden waren. Jahrelang hatte Bruce versucht, sie an Fällen zu beteiligen, die noch im Untersuchungsstadium waren, aber sie hatte immer abgelehnt. Berufungsklagen zu verfassen hatte den Vorteil, dass sie das Büro um drei Uhr verlassen und von zu Hause aus arbeiten konnte, und dies mit einem minimalen Fahrtweg. Auf diese Weise war sie zu Hause, wenn Jonah von der Schule kam. Diesen Fall zu übernehmen würde bedeuten, dass sie nicht bei ihrer Familie sein konnte, manchmal sogar wochenlang.

Plötzlich merkte sie, dass sie ihre Haarenden in den Fingern drehte, eine nervöse Angewohnheit aus ihrer Kindheit. Der Gedanke, die Leitung zu übernehmen, hatte Unbehagen in ihr ausgelöst.

»Ich denke darüber nach, okay?«

»Sicher. Aber nicht zu lange. Der Typ hat nicht ewig Zeit.«

Dani seufzte. »Ich weiß. Morgen. Morgen gebe ich dir Bescheid.«

An diesem Abend kuschelte sich Dani an ihren Mann, Doug, auf dem Daunensofa, das im Wohnzimmer vor dem offenen Kamin aus Marmor stand, in dem die letzte glühende Asche glimmte. Der rauchige Duft von brennendem Holz hatte sich im Raum ausgebreitet. Mit der untergehenden Sonne war auch die Hitze des Tages verschwunden, und die Luft draußen war beißend, mit einer feuchten Kälte, die durch die nur spärlich isolierten Wände des alten Hauses drang. Das Feuer sorgte für eine willkommene Wärme im Wohnzimmer. Diesen Augenblick, den sie zusammen verbrachten, nannten sie die *Flitterwochenstunde*, und ganz gleich, wie beschäftigt jeder von ihnen war, sie nahmen sich stets eine Stunde Zeit, um über Jonah, ihren Tag, über alles und nichts zu reden. Wenn einer von ihnen auf Dienstreise war, verbrachten sie diese Stunde zusammen am Telefon. Natürlich waren sie länger als nur eine Stunde am Tag zusammen, aber wenn sich die Termine anhäuften und Druck aufkam, war es einfacher, nachts zu arbeiten, und nach vielen solcher Nächte begann dann auch ihre Ehe darunter zu leiden. Also reservierten sie sich diese eine Stunde, ohne Wenn und Aber. Außerdem gab es ihnen, auch nach fünfzehn Jahren Ehe, immer noch das Gefühl, in den Flitterwochen zu sein.

»Warum glaubst du, dass er unschuldig ist?«, fragte Doug, als er über die langen, dunklen Wellen von Danis Haar strich.

»Ich weiß nicht, ob er es ist. Aber würde er dann nicht einfach abstreiten, das kleine Mädchen, das man im Wald gefunden hat, ermordet zu haben? Warum würde er dann darauf bestehen, dass es nicht seine Tochter war? Und wenn es wahr ist, dass das Mädchen nicht seine Tochter war, aus welchem Motiv hat er dann das Mädchen aus dem Wald umgebracht?«

»Vielleicht ist er verrückt. Vielleicht ist seine Tochter gestorben, und er hat dann in seinem Schmerz, aus blinder Wut, ein anderes Kind getötet.«

»Es wurde aber kein Totenschein für seine Tochter ausgestellt. Und wenn seine Tochter nicht tot ist, was ist dann mit ihr passiert?«

»Wie wär's denn hiermit: Zuerst hat er seine Tochter umgebracht und sie an einem geheimen Ort vergraben, und dann ist er losgezogen, um kleine Mädchen umzubringen.«

Dani nippte an ihrem Chianti. Es war schon ihr zweites Glas, und sie fühlte sich warm und kribbelig. »Du bist aber ganz schön makaber heute Abend.«

»Nicht ich, sondern die Klienten, die du verteidigst. Sie sind in der Lage, die scheußlichsten Taten zu begehen.«

»Also du meinst, ich sollte den Fall nicht übernehmen?«

Doug drehte Danis Gesicht zu sich. Seine Augen sahen in dem verdunkelten Raum schwarz aus. Sie lagen tief in den Augenhöhlen, oberhalb von buschigen Augenbrauen und unterhalb von leichten Tränensäcken umrahmt. In den Augenwinkeln hatten sich schon ein paar Krähenfüße gebildet. Plötzlich wurde ihr bewusst, dass sie sich dem mittleren Lebensalter näherten, einer Phase, die sie immer so weit wie möglich von sich weg schoben, als ob sie einfach jung bleiben könnten, indem sie das Eintrittsalter neu festlegten.

»Du solltest zumindest seine Behauptungen überprüfen. Du hättest keine Ruhe, bis du dich selbst davon überzeugt hast, ob er schuldig ist oder nicht.«

»Aber das würde bedeuten, dass ich unter Umständen wochenlang von zu Hause weg wäre. Das wäre hart für dich und Jonah.«

»Hmm. Ja, ich verstehe dein Dilemma«, sagte Doug und setzte seine Professor-Miene auf, einen Blick, den er sich in seiner langjährigen Laufbahn als Juraprofessor angeeignet hatte. »Trotz meiner Fähigkeit, eine Horde von Jurastudenten in den Griff zu bekommen, bin ich natürlich ganz eindeutig unqualifiziert dafür, mit den Bedürfnissen eines Zwölfjährigen umzugehen oder womöglich mit meinen eigenen. Ja, das ist mit Sicherheit ein Problem.«

Dani gab ihm einen spielerischen Klaps auf den Arm, und sie lachten. Es kam ihr in den Sinn, welches Glück sie hatte, einen Mann wie Doug geheiratet zu haben. »Ihr gleicht euch wie ein Ei dem anderen«, sagte ihre Mutter oft, eines der vielen Klischees, die sie häufig von sich gab. Einerseits wahr, andererseits wieder nicht. Sie waren grundverschieden, Doug war pragmatischer, und sie emotionaler. Beide waren sie erbitterte Verfechter ihres Gerechtigkeitssinns; beide teilten dieselben Werte; beide liebten sie ihre Familie. Dani wollte glauben, dass sie einander wegen dieser Eigenschaften auserwählt hatten, aber sie wusste, dass dies nicht stimmte. Damals waren sie zu jung gewesen, um zu erkennen, welche Menschen sie einmal werden würden und was ihnen später einmal wichtig sein würde. Sie wussten, dass sie Glück hatten, dass die Wahl, die sie so viele Jahre zuvor getroffen hatten, sich als so bemerkenswert richtig erwies.

»Wir schaffen das schon«, sagte Doug. »Außerdem habe ich abends ja immer noch Gracie zum Kuscheln.« Gracie war ihre fette, aber unglaublich liebevolle Katze. Sie liebte Dani über alles und schnurrte laut, wenn sie es sich nachts in ihrer Armbeuge gemütlich machte. Aber in Danis Abwesenheit nahm sie mit Doug vorlieb.

»Na, dann ...«

»Also ist es abgemacht.«

»Ja, ich glaube schon.« Es war nicht die Angst, Doug und Jonah alleine zu lassen, die sie zurückhielt. Es war der Fall. Wenn sie nur Berufungsbegründungen bearbeitete, dann hatte HIPP bereits befunden, dass der Beklagte unschuldig war. Aber als Ermittlerin musste sie diese Entscheidung selbst treffen. Und um dies tun zu können, musste sie den brutalen Mord an einem kleinen Mädchen nachvollziehen. Sie war sich nicht sicher, ob sie dazu bereit war.

Kapitel 2

Als sie am nächsten Morgen bei HIPP ankam, schaute Dani durch Bruces offene Bürotür und sah, dass er hinter seinem Schreibtisch saß. Sie hängte ihren Mantel auf, ging in ihr Büro und nippte an dem lauwarmen Kaffee, den sie sich vom Feinkostladen an der Ecke mitgenommen hatte. Hinter ihrem eher praktischen als schönen braunen Schreibtisch mit seiner laminierten Spanplatte stand ein schwarzer Bürodrehstuhl, dessen dünne Sitzauflage durch die jahrelange Abnutzung zerfleddert war. Der gestrige Stapel mit Ordnern war bereits geprüft und lag auf dem Schreibtisch ihrer Sekretärin zur Weiterbearbeitung. Ein Ordner jedoch blieb übrig. Darin befand sich ein einzelnes Blatt Papier, der handschriftliche Brief von George Calhoun.

Sie starrte auf diesen Ordner, während sie ihren Kaffee zu Ende trank, dann ging sie zum Kopierer, um eine Berufungsbegründung abzulichten, die sie zu Hause verfasst hatte. Mit einer Kopie des Dokuments in der Hand ging sie in Bruces Büro und legte das Blatt oben auf seinen bereits vollgestopften Schreibtisch. Bruce hatte das einzige Büro mit Fenster in den spartanischen Räumlichkeiten von HIPP. Die anderen Anwälte waren in einer Reihe kleiner, schuhkartonartiger Räume untergebracht, und die Ermittler und Anwaltsgehilfen saßen an den Schreibtischen eines Großraumbüros. Das war ziemlich weit von dem entfernt, was man sich als Jurist unter einer Wall-Street-Kanzlei vorstellte.

»Hier ist die Berufungsbegründung von Brigham«, sagte Dani.

Bruce schaute verdutzt von seinem Computer auf. »Jetzt schon? Das ging aber schnell. Die ist doch erst in einer Woche fällig.«

»Ich weiß. Dann hast du mehr Zeit, sie zu bearbeiten.« Als Leiter von HIPP prüfte Bruce alle Akten, die dieses Büro verließen. Allerdings bemängelte er Danis Arbeiten nur selten, und sie hatte es sich zur Gewohnheit gemacht, ihre Entwürfe bereits ein bis zwei Tage vor Abgabetermin vorzulegen. »Übrigens habe ich noch weiter über den Calhoun-Fall nachgedacht.«

Bruce lehnte sich in seinem Stuhl zurück, legte die Arme mit verschlungenen Fingern hinter den Kopf und lächelte wie ein Fischer, der sein Fangnetz einholte. »Du möchtest also, dass HIPP diesen Fall übernimmt, nicht wahr?«

Dani holte tief Luft. Sie hatte sich fast die ganze Nacht im Bett hin und her geworfen und dabei mit ihrer Entscheidung gekämpft. Schließlich gab sie es auf, stand auf, schlich hinunter in die Küche, kochte sich eine Tasse Kaffee und begann, eine Liste aufzustellen. In die linke Spalte schrieb sie die Gründe dafür, Calhouns Ersuch abzulehnen; in die rechte die Gründe, diesem Brief mehr Beachtung zu schenken. Sie hatte keine Mühe, die linke Spalte zu füllen. Die rechte enthielt nur einen einzigen Eintrag: Herausfinden, was mit Angelina Calhoun passiert ist. »Ja, das möchte ich.«

»Bist du bereit, die Angelegenheit von Anfang an zu bearbeiten?«

Dani nickte. »Ich glaube, es ist an der Zeit. Kann ich mir mein Team dafür zusammenstellen?« Wenn man den Status von HIPP als gemeinnützige Organisation in Betracht zog, mit unterbezahlten und überarbeiteten Mitarbeitern, hatten die hier beschäftigten Anwälte, Anwaltsfachgehilfen und Ermittler eine beeindruckende Liste mit Referenzen vorzuweisen. Obwohl sie alle erstklassige Mitarbeiter waren, hatte Dani ihre Vorlieben.

»Wen stellst du dir vor?«

Sie wusste sofort, wen sie wollte. »Tommy und Melanie.«

»Das müsste in Ordnung gehen. Ich sehe mir mal ihre Terminplanung an und schaue, ob sie etwas Zeit aufbringen können.«

Dani ging in ihr Büro zurück und beschäftigte sich mit Papierkram, bis sie einen Anruf im Staatsgefängnis von Indiana machen konnte, in dem George Calhoun inhaftiert war. Sie hatte sich bereits den Namen des Gefängnisleiters herausgesucht und wusste, dass Jared Coates als einer der neuen Spezies von Aufsichtspersonal galt – klug, hart und fair.

Als sie das Gefängnis erreichte, stellte sich Dani vor und bat darum, mit dem Gefängnisleiter verbunden zu werden. Ein paar Minuten später hörte sie eine tiefe Stimme sagen: »Guten Morgen, Ms Trumball. Wie kann ich Ihnen helfen?«

»Guten Morgen, Direktor Coates. Ich bin Anwältin und arbeite für das Projekt zur Hilfe von unschuldigen Gefangenen in New York City. Ich rufe sie wegen George Calhoun an. Ich habe einen Brief von ihm erhalten.«

»Ja?«

»Ich werde ihm über Nacht einen Anwaltsvertrag zukommen lassen, und sobald er zurückkommt, möchte ich Sie zunächst einmal treffen. Ich rufe Sie jetzt nur an, um Sie vorzuwarnen, da seine Hinrichtung bereits in sechs Wochen stattfinden soll. Wir müssen schnell handeln.«

»George Calhoun hat sie kontaktiert? Das ist interessant.«

»Wieso?«

»Verstehen Sie mich bitte nicht falsch. Ich bin froh, dass er das getan hat. Nur es schien, als ob er sich mit seinem Schicksal abgefunden hätte. Die meisten anderen Todeskandidaten kämpfen so hart sie nur können, um herauszukommen. Sie verbrauchen Anwälte wie Hühnerfutter. Aber George ist von Anfang an immer bei demselben Anwalt geblieben. Ich hatte stets den Eindruck, als sei es ihm egal, was passiert.«

Das überraschte Dani. Unschuldige Häftlinge, vor allem solche, die sich im Todestrakt befanden, kämpften normalerweise bis zur letzten Sekunde für ihre Freiheit. »Glauben Sie, dass er schuldig ist?«

»Kann sein oder auch nicht, ich weiß es nicht. Die Geschworenen haben ihn für schuldig erklärt.«

»Das verwirrt mich jetzt. Wenn Sie so darüber denken, warum freuen Sie sich dann, dass uns George geschrieben hat?«

»Soweit ich weiß, hat George immer beteuert, unschuldig zu sein. Meine persönliche Meinung dazu ist, dass, wenn ein Mensch permanent behauptet, eine Straftat nicht begangen zu haben, dann sollte er auch jede nur mögliche Chance bekommen, dies zu beweisen. Deshalb bin ich froh, dass er mit Ihnen Kontakt aufgenommen hat.«

»Es tut gut, dies von einem Gefängnisleiter zu hören.«

Dani vernahm ein leichtes Kichern am anderen Ende der Leitung. »Ja, das nehme ich an. Aber ich kann nachts einfach besser schlafen, wenn ich guten Gewissens sagen kann, dass nichts ausgelassen wurde.«

Dani legte erleichtert auf, denn sie wusste, dass sie der Gefängnisleiter nicht von Pontius zu Pilatus schicken würde. HIPP hatte schon mit genügend Häftlingen in genügend Gefängnissen gearbeitet, um zu wissen, dass ein Wort vom Boss den Ausschlag dafür geben konnte, die Angelegenheit einfacher oder verzwickter zu machen. Wenn man die kurze Zeit in Betracht zog, die ihr zur Verfügung stand, hätte ihr ein quertreibender Gefängnisleiter die Aufgabe schier unmöglich gemacht.

Sie kehrte wieder an ihren Computer zurück und meldete sich bei Lexis/Nexis an, dem Online-Suchprogramm für Juristen. Sie tippte ein *Das Volk von Indiana gegen George Calhoun* und machte sich daran, die ersten Entscheidungen des Berufungsgerichts zu lesen, die bereits sechs Monate nach seiner Verurteilung gefällt worden waren.

Im Mai 1990 wurden die verkohlten Überreste eines Kindes gefunden, die zur Hälfte im Wald, in der Nähe einer Tankstelle, ein paar Kilometer von einer abgelegenen Wegstrecke der Route 80 entfernt, zwischen Orland und Howe, Indiana, vergraben worden waren. Nach eingehenden Untersuchungen des Skeletts hatten die Anthropologen der Gerichtsmedizin festgestellt, dass es sich bei dem Kind um ein drei oder vier Jahre altes weißes Mädchen handelte. Finger und Füße waren zu stark verbrannt, um sie mit den Datenbanken abzugleichen. Walter Jankiewicz, der Tankstellenbesitzer, erinnerte sich an einen ziemlich heruntergekommenen amerikanischen Wagen, vielleicht ein Chevrolet, mindestens sechs oder sieben Jahre alt, schwarz oder dunkelblau, der ein paar Wochen zuvor nach Sonnenuntergang, jedoch noch vor vollständigem Einbruch der Dunkelheit, an der Straße angehalten hatte. Er beobachtete einen mittelkräftigen Mann, der aus dem Auto ausstieg und sich mit einem großen Paket abmühte, während er in Richtung Wald ging. Zwanzig Minuten später fuhr ein Lastwagen an die Tankstelle, und nachdem der Tankwart seinen Tank gefüllt hatte, war das Auto, das an der Straße parkte, verschwunden.

Unweigerlich war der Fall eines toten, bis zur Unkenntlichkeit verbrannten weißen Mädchens für die Medien ein gefundenes Fressen. Aber nach wochenlanger konstanter Aufmerksamkeit und mit TV-Sprechern, die bis zum Überdruss über die Identität des Opfers und die Umstände ihres Todes spekulierten, verlief die Berichterstattung über diesen Fall langsam im Sande. Zwei Jahre später strahlte man in der Primetime-Serie *America's Most Wanted* eine Reportage rund um diese Geschichte aus und beendete die Sendung mit einem Zeugenaufruf. Eine Woche später hatten sie bereits Dutzende Anrufe erhalten. Einer davon führte zu George Calhoun.

»Hey, wunderschöne Lady. Ich habe gehört, du hast nach mir verlangt.«

Dani schaute von ihrem Computer auf und sah einen grinsenden Tommy Noorland in der Tür stehen. Früher hatte sie gereizt darauf reagiert, wenn ein männlicher Kollege Anspielungen auf ihr Aussehen machte. Sie fand dieses Verhalten zweideutig und sexistisch – so nach dem Motto, eine Frau zählte nur, wenn sie attraktiv war. Und auch wenn sie es war, gab es noch lange keinen Grund, das zum Thema zu machen. Sie wollte um ihrer selbst willen geachtet werden, weil sie klug war und hart arbeitete, nicht weil sie zufälligerweise hübsch war. Allerdings hatte sich das mit dem Alter etwas gelegt. Inzwischen verstand sie, dass Männer wie Tommy Naturtalente im Flirten waren und dass er sie mit seinem Geplänkel nicht herabsetzen wollte. Sie wusste, dass er einen Riesenrespekt vor ihr hatte, und so lächelte sie einfach und antwortete: »In deinen Träumen, Tommy, in deinen Träumen.«

»Ach, Schätzchen, du weißt ja gar nicht, was du da verpasst«, sagte er und zwinkerte ihr zu.

Dies war Tommys typischer Schlagabtausch, nicht nur mit Dani, sondern mit jedem weiblichen Wesen im Büro. »Hat dich Bruce über den Calhoun-Fall informiert?«, fragte sie Tommy, der seinen kräftigen Körper auf einen Stuhl pflanzte.

»Nee! Er hat mir nur gesagt, du hättest was für mich.«

Dani erzählte Tommy, was sie über den Fall wusste. »Wir müssen die Sache schnell über die Bühne bringen. Wahrscheinlich werden wir Anfang nächster Woche dorthin fliegen, um ihn zu treffen, und eine Weile bleiben, um Befragungen durchzuführen. Und vorher möchte ich, dass du nach alten Presseberichten zu diesem Fall suchst. Hast du irgendwelche Kumpels, die sich in Indiana niedergelassen haben?«

Als ehemaliger FBI-Agent kannte Tommy andere ausgeschiedene *Fibbies* im ganzen Land. Nachdem er die Regierung verlassen hatte, übernahm er private Aufträge, durch die er mit den lokalen Behörden in Kontakt blieb, und die waren eine wertvolle Informationsquelle. »Im Augenblick fällt mir niemand ein, aber ich hör mich mal um.«

Nachdem er gegangen war, wandte sich Dani wieder den Informationen auf ihrem Bildschirm zu. Eine Anruferin, die auf den Aufruf in der Fernsehsendung reagiert hatte, erzählte der Polizei, dass die vier Jahre alte Tochter ihrer Nachbarn, George und Sallie Calhoun, zwei Jahre zuvor auf mysteriöse Weise verschwunden war. Sylvia Grant hatte gelegentlich bei Angelina Calhoun gebabysittet. Obwohl George tagsüber in einer örtlichen Autowerkstatt arbeitete, musste Sallie abends in einem Restaurant servieren und übernahm jede mögliche Extraschicht. An diesen Tagen passte Sylvia auf ihre kleine Tochter auf. Eines Tages fiel Sylvia auf, dass

Angelina nicht mehr im Vorgarten ihres kleinen bungalowartigen Hauses spielte, und fragte Sallie, wo sie denn sei.

»Sie ist weg«, antwortete Sallie.

»Weg, wohin?«, fragte Sylvia.

»Einfach weg.«

Sallie hatte ihr niemals erklärt, was passiert war. Als Sylvia fragte, ob Angelina gestorben sei, drehte sich Sallie um und ging weg. Sylvia hatte das kleine Mädchen nie mehr wiedergesehen. »Es kam mir so komisch vor«, erzählte sie dem Programmdirektor. »Und wissen Sie, es war ungefähr um dieselbe Zeit, als man die Leiche des kleinen Mädchens fand. Es wird wohl nicht viel Bedeutung haben, aber ich dachte mir, Sie sollten das wissen.«

Alle Hinweise wurden dem FBI übermittelt. Die Leiche wurde in Indiana gefunden, und die Anruferin lebte in Sharpsburg, Pennsylvania, kurz vor Pittsburgh, also wurde ihr Hinweis nicht vorrangig behandelt.

Erst einige Monate später kamen sie dazu, sie zu befragen. Sylvia deutete auf den Bungalow, in dem George und Sallie noch immer lebten, und die FBI-Agenten gingen nach nebenan, um ihnen ein paar Fragen zu stellen. Sie klingelten gegen elf Uhr morgens an der Tür; George war arbeiten, und Sallie war alleine zu Hause. Die zwei Männer erzählten Sallie, sie würden im Mordfall des kleinen Mädchens recherchieren, das man zwei Jahre zuvor in Indiana gefunden hatte. Als sie nach ihrer Tochter fragten, schaute sie die Männer zunächst verdutzt an, dann antwortete sie: »Es war mein Baby, das Sie in Indiana gefunden haben. Wir haben sie umgebracht.«

Diese Worte schickten George Calhoun in die Todeszelle und verbannten Sallie lebenslänglich ins Gefängnis. Sie plädierte auf schuldig, aber George behauptete steif und fest, dass seine Frau den Verstand verloren habe, und legte Berufung ein. Die Staatsanwaltschaft hatte keine gerichtsmedizinischen Beweise, um mit Sicherheit sagen zu können, dass es sich bei der verbrannten Leiche um Angelina Calhoun handelte. Schließlich gab es keinen Grund, ein Abstammungsgutachten zu erstellen: Sie hatten das Geständnis einer Frau, die keine andere Erklärung für das Verschwinden ihrer

Tochter vorbrachte. George sagte bei diesem Prozess unter Eid aus und bestritt, seine Tochter getötet zu haben, weigerte sich jedoch, Fragen zu ihrem Aufenthaltsort zu beantworten. Er starrte einfach nur schweigend auf den Boden.

Dani schaute von ihrem Computer auf. Natürlich erklärten die Geschworenen George für schuldig. Was hätten sie sonst tun sollen? Aber auch viele Jahre später behauptete er immer noch, dass das tote Kind nicht seine Tochter sei. Also, was war dann mit Angelina passiert? Wie konnte ein vierjähriges Kind wie vom Erdboden verschluckt verschwinden? Die Giftspritze war nur noch ein paar Wochen entfernt, und Dani fragte sich, ob George Calhoun endlich bereit war, die Antwort zu liefern.

Nach Ankunft der Nachmittagspost lag ein neuer Stapel mit Ordnern in Danis Posteingang. Noch mehr Briefe von Insassen, die auf die erneute Prüfung eines Anwalts warteten. Ja oder nein. Hoffnung oder Verzweiflung. Aussicht auf Freiheit oder weitere Inhaftierung. Ihre Antworten lagen in ihren Händen. Dani hasste diesen Teil ihres Jobs am meisten, über das Schicksal einer Person zu entscheiden, die um Hilfe flehte. Sie versuchte, den Job so objektiv wie möglich auszuführen, emotionslos zu handeln und sich nur auf die Fakten zu konzentrieren, die reinen Fakten. Die Fakten von Calhouns Fall rieten ihr, die Finger davon zu lassen. Seine Frau hatte das Kind als ihre Tochter identifiziert. Ihre Ermittlungen sollten genau hier aufhören. Aber sie konnte nicht. Seine Geschichte hatte in ihr eine emotionale Reaktion ausgelöst, und sie wollte mehr erfahren.

Ein Klopfen an der Tür unterbrach ihre Konzentration. »Störe ich?« Melanie Quinn stand im Eingang.

»Nee, nee. Komm schon rein.«

»Bruce hat mir nur gesagt, du hättest etwas für mich.« Melanie setzte sich, und Dani erzählte ihr alles über ihr nächstes Projekt. Mit siebenundzwanzig trug Melanie immer noch die Leidenschaft ihrer Jugend und die Bestimmtheit ihrer Überzeugungen in sich. Dani hoffte, dass sich dies nicht zu schnell änderte, aber sie wusste, es würde passieren – es musste.

Zweifel war ein notwendiger Bestandteil des Lebens, ein Bestandteil, den man häufig erst in seinem späteren Leben zu schätzen lernte. Nur mit Zweifel konnte man ihre Vermutungen infrage stellen und dafür sorgen, dass sie den richtigen Kurs einschlug.

Dani reichte Melanie den Ausdruck von *Das Volk von Indiana gegen George Calhoun.* »Wir beabsichtigen, diesen Fall zu übernehmen, und die Zeit rennt. Weniger als sechs Wochen bis zur geplanten Hinrichtung. Ich werde das Projekt leiten und möchte dich und Tommy in mein Team aufnehmen.«

Melanie schüttelte den Kopf. »Nur sechs Wochen? Wir haben es noch nie geschafft, eine Verurteilung so schnell rückgängig zu machen. Ist das überhaupt möglich?«

»Nun, es ist nicht *unmöglich.* Aber schwierig wird es werden, das steht fest.«

»Was soll ich zuerst tun?«

»In Lexis/Nexis alles, was du kannst, über den Fall herausfinden. Ich habe George über Nacht einen Anwaltsvertrag zugeschickt, und sobald dieser wieder zurück ist, fliegen wir dorthin, wahrscheinlich Anfang nächster Woche. Hast du hierfür Platz in deinem Terminkalender?«

»Ich ... ich kann es einrichten. Im Augenblick habe ich nichts besonders Dringendes.«

»Was verschweigst du mir?«

Ein kleines Lächeln huschte über Melanies Gesicht und verschwand ganz plötzlich, als sie wieder ihre professionelle Haltung einnahm. »Nichts, nichts. Nächsten Dienstag haben Brad und ich unser Einjähriges, und wir wollten dies bei *Per Se* feiern. Es hat eine Ewigkeit gedauert, einen Tisch reserviert zu bekommen, aber Brad wird das schon verstehen. Ich bin mir sicher.«

Dani dachte an die Zeit zurück, als sie und Doug verliebt waren. Der erste Jahrestag ihrer Verabredung war ein bedeutsames Ereignis gewesen. Es bedeutete, dass ihre Beziehung ernst war und nicht nur eine vorübergehende Liebelei. Obwohl Melanie das Zurückstellen ihrer privaten Pläne herunterspielte, verstand Dani, wie enttäuscht sie war. »Okay. Arbeite dich gründlich in den Fall ein, schau, was du finden kannst, und berichte mir morgen.«

Als Melanie ihr Büro verließ, fragte sich Dani, ob Brad wohl wusste, was für ein Schmuckstück er da hatte. Sicher war er von ihrer Schönheit geblendet. Melanie war atemberaubend. Ihre dicken, schulterlangen, rotblonden Locken umrahmten ein perfekt ovales Gesicht mit dichten getuschten Wimpern über Augen, die die Farbe eines arktischen Gletschers hatten. Ihr Körper war genau an den richtigen Stellen geformt, ohne ein Gramm überflüssiges Fett. Natürlich war ihre Erscheinung nicht alles. Als Redaktionsassistentin der Zeitschrift *Yale Law Review* schloss sie im Alter von zweiundzwanzig als Beste ihrer Klasse ab und hatte obendrein noch zwei Schuljahre übersprungen. Sie konnte alles machen, selbst als Gerichtsschreiber für den Obersten Gerichtshof arbeiten, aber es loderte ein Feuer in ihr, das sie zwang, Unrecht zu bekämpfen. Dani war glücklich, sie in ihrem Team zu haben.

Kapitel 3

Auf ihrem Weg nach Hause, nach Bronxville, einem Vorort in Westchester-County, nur eine Pendlerstrecke vom HIPP-Standort entfernt, ging ihr George Calhoun nicht aus dem Kopf. Wie üblich schoben sich die Autos nördlich der FDR-Schnellstraße im Schneckentempo vorwärts. Was eigentlich eine halbstündige Fahrt nach Hause werden sollte, verwandelte sich jedes Mal in eine Stunde und länger. Wenn es schneite, konnte es bis zu zwei Stunden dauern. Wahrscheinlich wäre es günstiger, mit dem Zug in die Stadt zu fahren und dann die U-Bahn zu nehmen, aber Dani hatte gerne ihr Auto dabei, für den Fall, dass etwas mit Jonah passierte und sie sofort nach Hause fahren musste.

Bevor Jonah zur Welt kam, hatte sie mit Doug in Brooklyn Heights gewohnt, in einer Zweizimmerwohnung im zweiten Stock. Es war billiger als Manhattan, und nur eine kurze U-Bahn-Strecke von der Stadt entfernt. Sie wohnte gerne dort. Abends spazierten sie und Doug die Promenade entlang und bewunderten die Skyline von Manhattan, die Zwillingstürme des *World Trade Center*, die wie zwei Fäuste die Herrschaft über die Stadt proklamierten. Sie waren noch vor dem berüchtigten 11. September umgezogen. Nachdem Jonah geboren war, brauchten sie mehr Platz und kauften ein renovierungsbedürftiges Haus in Bronxville.

Dani fuhr an den Vereinten Nationen vorbei und sah zäh fließenden Verkehr vor sich. Langsam setzte sie ihren Weg über die Queensboro Bridge fort, eine Auslegerbrücke, die trotz ihres fortgeschrittenen Alters immer noch eine elegante Erscheinung machte, beschleunigte nach und nach ein wenig, als sie sich der Robert F. Kennedy Memorial Bridge näherte, und konnte dann relativ zügig nach Hause fahren. Sie suchte einen Classicrock-Sender im Radio. Aber auch die hämmernden Takte von Bon Jovi im Hintergrund hinderten sie nicht daran, über Georges Fall zu grübeln. Häftlinge, schuldig oder nicht, beteuerten regelmäßig ihre Unschuld. Es kam ihr jedoch komisch vor, dass er darauf bestand, dass das Opfer nicht seine Tochter war. Litt er unter Wahnvorstellungen? Hatte er seine Tochter getötet und sich eingebildet, dass sie jemand anderes war? Oder war seine Frau vielleicht geistig gestört und stellte sich vor, dass er Angelina getötet hatte?

Kurz nach vier Uhr bog sie in ihre Einfahrt ein – eigentlich nicht so spät, wenn man den dichten Verkehr berücksichtigte, und gerade noch früh genug, um Jonah zu begrüßen, wenn er mit dem Schulbus um Viertel nach vier nach Hause kam. Katie, die Haushälterin, war immer zur Stelle, für den Fall, dass Dani den Kampf mit dem Straßenverkehr verlor. Katie kam täglich um drei Uhr, räumte das Haus auf, bereitete für die ganze Familie das Abendessen zu und ging dann um sieben. So konnte sich Dani immer sicher sein, dass jemand für Jonah zu Hause war. Auch wenn er zwölf Jahre alt war, brauchte er Hilfe.

Jonah litt unter dem Williams-Beuren-Syndrom, kurz WBS, einer seltenen genetischen Störung, die eine leichte Entwicklungsverzögerung verursachte. Dafür hatte er aber einen äußerst liebenswerten Charakter. Meistens lag ein Lächeln auf seinem Gesicht, und er war zu jedermann freundlich. Zu freundlich für die heutige Welt, aber sein Verhalten war reine Veranlagung.

»Hallo Katie«, rief Dani, als sie ins Haus kam. »Alles in Ordnung?«

»Ich bin hier drinnen«, rief eine Stimme aus der Küche.

Bevor Dani den gemütlichen Raum mit dem alten Wedgewood-Herd von 1940 betrat, stieg ihr der unverkennbare Duft von Schokoplätzchen, die im Ofen backten, in die Nase. »Hmm, riecht köstlich. Bald fertig?«

»Nicht für dich, nein, nein«, antwortete Katie lächelnd. Sie wusste, dass Dani versuchte, fünf Kilo abzunehmen, und spielte ein wenig ihr Gewissen. Dani wünschte, sie könnte Katie mit zur Arbeit nehmen. Die jüngeren Leute im Büro konnten den ganzen Tag essen, ohne auch nur ein Gramm zuzunehmen. Dann saßen sie an ihren Schreibtischen, mampften Krispy Kreme Donuts zu ihrem Morgenkaffee und M&Ms als kleine Stärkung am Nachmittag, tja, und dann konnte Dani natürlich nicht widerstehen, wenn sie ihr etwas anboten. Und so hatten diese fünf Kilos eher eine Tendenz nach oben als nach unten.

»Du bist eine Sadistin, Katie McIntyre.«

»Mag sein, aber zumindest bin ich für Jonah eine Heilige.«

Dani konnte ihr hier nicht widersprechen. Als sie ihre Arbeit wieder aufnahm, hatte sie bereits zwei Haushälterinnen auf die Probe gestellt, bevor sie schließlich Katie fand. Die ersten beiden waren eine Katastrophe, sodass sie jeden Morgen das Haus mit Angstgefühlen verließ, weil sie Jonah in ihrer Obhut gelassen hatte.

Dani und Katie drehten beide den Kopf, als sie hörten, wie der Schulbus in der Einfahrt hielt. Dani öffnete Jonah die Tür, und er hüpfte die kurzen Stufen zur Haustür hoch, in ihre Arme hinein.

»Ich hatte heute einen Zufallstag in der Schule, Mami.«

Dies war noch so eine Besonderheit von Kindern mit WBS. Trotz ihres niedrigen IQ neigten sie dazu, einen umfangreichen Wortschatz zu haben, obwohl die Wahl ihrer Worte oftmals völlig danebenlag.

»Welch schmackhaftes Aroma? Sind da Plätzchen im Ofen?«

Katie steckte ihren Kopf in die Diele und nickte. »Und ob! Ich habe sie nur für dich gemacht.«

Als Jonah mit einem Teller voller Plätzchen und einem Glas Milch am Küchentisch saß, ging Dani nach oben in ihr Arbeitszimmer, das sie sich mit Doug teilte. An einer Wand, direkt neben der Tür, standen zwei Schreibtische, jeder mit einem Computer bestückt: seinem und ihrem. An einer Pinnwand über ihrem Schreibtisch hingen jede Menge Fotos von ihrer Familie. Sie machte es sich in ihrem gut gepolsterten Stuhl bequem und lenkte ihre Gedanken von den warmen, frischgebackenen Plätzchen zu George Calhoun. Gemeiner Mörder oder unschuldiges Opfer? Sie hatte diesen Fall angenommen, um die Wahrheit herauszufinden, und sie betete, dass er zu der letzteren Kategorie gehörte. Wenn er sie nicht überzeugen konnte, dann würde sie den Fall nicht übernehmen. Ihre Prinzipien waren hart und kategorisch: Sie vertrat keine Kindermörder, auch wenn sie keinen fairen Prozess bekommen hatten.

»Mami, ich fühle mich durcheinander.«

Dani öffnete die Augen und sah Jonah vor ihr stehen. Er hatte gerötete Wangen, und seine braunen Augen sahen aus wie Pfützen mit schlammigem Wasser. Sie drehte sich zu ihrem Wecker um und sah, dass die hellroten Ziffern sechs Uhr zehn anzeigten, fast eine Stunde früher als ihre übliche Weckzeit. Doug schlief geräuschvoll neben ihr, die Daunendecke bis zum Kinn gezogen, um sich vor der frostigen Kälte zu schützen, die durch das geöffnete Fenster kam. Dani schlief gerne in einem kühlen Zimmer, Doug hingegen mochte es angenehm warm. Also blieb das Fenster offen, jedoch verprassten sie ihr Geld für die wärmste Daunendecke, die sie finden konnten.

Dani setzte sich im Bett auf, zog Jonah an sich heran, und er setzte sich neben sie. Mit dem Handrücken berührte sie seine Stirn, die sich warm und verschwitzt anfühlte. Mit Sicherheit Fieber. Kinder mit WBS waren recht anfällig für jede Art gesundheitlicher Probleme, und Dani bemühte sich, nicht auf jede kleine Krankheit mit Panik zu reagieren. Im Großen und Ganzen hatte sie es all die Jahre geschafft, ruhig zu bleiben, aber hinter dieser gespielten Ruhe steckten große Angstgefühle, und sie musste sich immer wieder zur Vernunft bringen und sich ins Bewusstsein rufen, wie absurd das doch sei. Zumindest sagte sie sich immer, dass ihre Ängste unbegründet seien, und drängte diese Furcht in den Hintergrund.

»Komm, Jonah, lass uns wieder zurück in dein Schlafzimmer gehen«, flüsterte sie ihm zu. Dani legte ihren Arm um seine Schultern und führte ihn den Gang hinunter. Sein Schlafzimmer ähnelte dem eines ganz normalen zwölfjährigen Jungen, mit Postern von Baseball-Helden und Rockstars, die sämtliche Wände schmückten, Kleidern, die über der Stuhllehne hingen, und Stapeln von Schulbüchern auf seinem Schreibtisch. Sie brachte ihn wieder ins Bett, schlurfte ins Badezimmer, holte eine Dosis Tylenol für Kinder und ein Glas Orangensaft aus der Küche, damit er die Medizin besser hinunterspülen konnte.

Nachdem sie Jonah verarztet hatte, machte sie es sich auf seinem Plüschteppich bequem, um ihm Gesellschaft zu leisten. »Versuch, noch ein wenig zu schlafen, mein Herzelein«, sagte sie, als ihr die Augen zufielen.

Tief im Hinterkopf hörte Dani das schwache Summen eines Weckers im Flur. Sie riss die Augen auf und stellte fest, dass sie eingeschlafen war. Sie schaute Jonah an und sah, dass auch er wieder fest schlief. Ein sanfter, kehliger Ton kam aus seinen leicht geöffneten Lippen, die Sonne strahlte durch den kleinen Spalt im Vorhang und ließ kleine Schweißperlen auf seiner Stirn sichtbar werden. Sie stand auf und befühlte seinen Hals. Immer noch warm. Still und leise verließ sie auf Zehenspitzen das Zimmer.

Doug lag mit halb geschlossenen Augen im Bett. »Wo warst du?«

»In Jonahs Zimmer. Er ist krank.«

Doug riss die Augen auf und setzte sich auf. »Was ist los?«

»Wahrscheinlich eine Erkältung. Allerdings hat er Fieber.«

»Hast du mit Dr. Dolman gesprochen?«

Harvey Dolman, ein Arzt im Montefiore Hospital, behandelte bei Jonah große und kleine Probleme. Für Dani war er ein Geschenk des Himmels, ein Arzt, der nicht nur über das Williams-Beuren-Syndrom und seine weitreichenden Ausmaße Bescheid wusste, sondern er behandelte auch seine Schützlinge und ihre Familien mit einer unerschöpflichen Geduld. Das Bronx-Krankenhaus hatte erst ein paar Jahre zuvor eine Abteilung für

Menschen mit WBS eröffnet, und dies hatte ihr Leben erheblich erleichtert.

»Es ist noch zu früh, um anzurufen. Ich warte, bis es neun Uhr ist.«

»Seine Abteilung kann ihn jederzeit erreichen«, sagte Doug und langte nach dem Telefon auf dem Nachttisch.

Dani legte ihre Hand über die von Doug. »Es wird schon wieder. Ich bin mir sicher, es ist nichts Ernstes. Wir sollten Dr. Dolman jetzt nicht stören.«

Doug starrte sie einen Augenblick an. »Also gut, wenn du sicher bist.« Er legte sich wieder hin. »Du weißt, dass er dich bitten wird, mit ihm daheimzubleiben.«

Ja, das wusste sie. Eigentlich war es geplant, dass sie abwechselnd zu Hause blieben, aber Dani konnte Jonahs Flehen, bei ihm zu bleiben, nicht widerstehen.

Um neun Uhr rief sie Dr. Dolman an und erhielt von ihm die Bestätigung, die sie erhofft hatte. Jonah hatte eine Erkältung, eine ganz banale Erkältung, wie jedes Kind von Zeit zu Zeit. Er fühlte sich besser, nachdem er noch ein paar Stunden geschlafen hatte und beim Aufwachen mit Freuden feststellte, dass er den ganzen Tag zusammen mit seiner Mutter zu Hause verbringen würde. Er lächelte wieder und plapperte in einem fort. Dani verbrachte gerne Zeit mit Jonah. Eigentlich mochten die meisten Erwachsenen seinen freundlichen und fröhlichen Charakter. Wenn der Calhoun-Fall sie nicht so unter Druck setzen würde, hätte sie den Tag mit Jonah genießen können. Stattdessen nahm sie den Hörer ab und rief im Büro an.

»Ich werde heute von zu Hause aus arbeiten«, erzählte sie Melanie. »Lass uns eine Konferenzschaltung für zwei Uhr anberaumen und diskutieren, was wir haben. Sagst du bitte Tommy Bescheid? Oh, und wenn der Vertrag von Calhoun zurückkommt, ruf mich sofort an.«

Eine Stunde später kam der Rückruf von Melanie. »Er war in der Morgenpost. George Calhouns unterschriebener Vertrag. Möchtest du, dass ich seinen Prozessanwalt anrufe?«

»Er war nicht nur sein Prozessanwalt«, erinnerte Dani sie. »Er hat auch seine Berufungsklagen bearbeitet. Ich rufe ihn von hier aus an.«

Dem bisherigen Anwalt beizubringen, dass er jetzt ausgetauscht wurde, war immer eine Herausforderung. Manchmal hatte man bei HIPP Glück und der Anwalt war sichtlich erleichtert, von dem Fall abgezogen zu werden, denn das letzte Glied in der Ereigniskette führte zum Tode eines Menschen. Meistens jedoch traf man auf Abwehrhaltung, weil die Instanz, die den Antrag prüfte, eine Beschwerde immer zunächst auf unwirksame Hilfe durch den Rechtsbeistand zurückführte. Das Justizwesen sprach jedermann das Recht auf einen Rechtsbeistand zu. Bei Verurteilungen zum Tode, so hatte der Oberste Gerichtshof entschieden, musste dem Strafgefangenen ein kompetenter Rechtsbeistand zur Verfügung gestellt werden. Leider gab es zu viele überarbeitete, unerfahrene, inkompetente oder einfach nur völlig untaugliche Anwälte, die mehr schlecht als recht das Leben der Angeklagten verteidigten. Dani hatte zahlreiche Prozessmitschriften gelesen, bei denen der Anwalt wegen einer Alkoholfahne ermahnt oder sogar wach gerüttelt wurde, als er an der Reihe war, Zeugen zu befragen, sodass es sie schon gar nicht mehr schockierte. So wie Georges Verteidiger seine Berufungen behandelt hatte, würde sich die Frage der Inkompetenz oder der unwirksamen Hilfe nicht stellen.

Dani suchte ihn auf der Martindale Hubbell Website, der Bibel für Lebensläufe von Anwälten. Robert Wilson war ein Kleinstadtanwalt mit einem Kanzleikollegen, aber keinen Mitinhabern. Höchstwahrscheinlich hatte der aktuelle Anwaltskollege während Georges Prozess dort noch nicht gearbeitet. Sie notierte sich seine Telefonnummer, aber Jonah störte sie noch, bevor sie die Nummer wählen konnte.

»Ich langweile mich«, jammerte er. »Warum kann ich denn nicht jetzt zur Schule gehen? Ich fühle mich *angenehm*. Ich vermisse meine Freunde. Du bist viel zu beschäftigt, um mit mir *wechselzuspielen*.«

Trotz seiner Schmolllippen sah Jonah engelhaft aus, ein häufiges Merkmal von Kindern mit WBS, deren Gesichtsform oft als Kobold- oder Elfengesicht bezeichnet wurde. Dani ging zu ihm und legte ihren Handrücken auf seine Stirn. Sie fühlte sich kalt an. Sie war hin und her gerissen. Sie wollte unbedingt loslegen und mit Robert Wilson sprechen. Die Suche begann mit ihm – die Abfrage der Fakten von dem ursprünglich mit der Verteidigung seines Klienten beauftragten Mannes. Glaubte er an Georges Unschuld? Dachte er, dass George verrückt sei? Wie sah seine damalige Prozessstrategie aus? Die Grundlage für ihren Versuch, Georges Leben zu retten, wenn HIPP sich entschloss, den Fall zu übernehmen, würde sich in Wilsons Akten befinden. Aber sie wusste, dass Jonah sie jetzt brauchte. Er konnte sich noch nie gut selbst beschäftigen; sein Verlangen nach Gesellschaft war zu stark. Jetzt, da das Fieber gesunken war, wurde er ruhelos und ungeduldig.

Ein vertrautes Gefühl überkam Dani – sie sah sich auf einer Wippe sitzen, die Füße hoch in der Luft, und die kleinste Bewegung in die falsche Richtung würde sie wieder nach unten auf den gnadenlosen Betonboden schicken.

Widerwillig wandte sich Dani vom Telefon ab. »Okay, Jonah, ich werde ein Spiel mit dir spielen, aber nur für eine Stunde. Danach muss ich wieder an die Arbeit.« Jonahs Gesicht leuchtete auf, und Dani verdrängte die Tatsache, dass sie jetzt Monopoly spielte, während ein Mann in der Todeszelle auf sein Schicksal wartete.

Nachdem sie Jonah überredet hatte, sich mit ein paar Computerspielen zu beschäftigen, kehrte sie endlich zu Georges Fall zurück. Sie hob das Telefon in ihrem Arbeitszimmer ab, das mit all den großen und kleinen Dingen bestückt war, die aus ihrem gemeinsamen Leben erzählten. An einer Wand stand ein deckenhohes, eingebautes Bücherregal aus Mahagoni, das sie einander versprochen hatten, zu kaufen, wenn sie einmal ein eigenes Haus hätten. Auf der gegenüberliegenden Seite war ein weiteres Regal eingebaut, mit einem Schrankbett in der Mitte für die seltenen Übernachtungsgäste und mit großen, offenen Einlegeböden auf jeder Seite. In der Regalwand gegenüber den beiden Fenstern stand ein für den heutigen Standard bescheidenes Fernsehgerät mit Siebenundzwanzig-Zoll-Bildschirm und jede Menge Schnickschnack, den sie über die Jahre hinweg gesammelt hatten, um sich später einmal an die gute alte Zeit zu erinnern. Da gab es zum Beispiel eine große Muschelschale, die sie während ihres Urlaubs am Strand von Montauk gefunden hatten, als Jonah ein Jahr alt war und gerade laufen lernte. Sie waren so glücklich, als er endlich diese unbeholfenen Babyschritte machte und einem betrunkenen Matrosen glich, der jeden Moment stolpern würde. Dani lachte, als er auf den warmen Sand neben die Muschel plumpste, sie in die Hand nahm und ganz nah an seinen kleinen Körper hielt. »Deine erste Muschel, Jonah. Du kannst sie mit nach Hause nehmen.«

Als sie die Muschel ans Ohr hielt, konnte sie noch immer das Rauschen der Wellen hören, die den Sand umspülten, und Jonahs Lächeln sehen, wie er seinen Schatz mit ins Motel nahm. Auf einem anderen Regal standen gerahmte Fotos von Jonah in den verschiedensten Etappen seines Lebens. Während der Jahre, die Dani noch mit ihm zu Hause blieb, interessierte sie sich fürs Fotografieren, brachte sich selbst bei, wie man mit komplizierten Dingen wie Blende, Verschlusszeit, Umgebungslicht und künstlichem Licht umgeht. Sie richtete sich sogar eine Dunkelkammer im Untergeschoss ein und experimentierte mit Schwarz-Weiß-Aufnahmen. Jonah war ihr Hauptmotiv, ihre Muse, und überall in ihrem Schrank fanden sich jede Menge Kartons mit seinen Fotos.

Ganz früher hatte Dani von einer Familie mit fünf Kindern geträumt. Sie war ein Einzelkind und beneidete ihre Freunde, die viele Geschwister hatten. Ihre Häuser waren immer erfüllt von Lärm und Wirrwarr, nicht zu vergleichen mit der Ruhe bei ihr zu Hause, aber es war ein Chaos, das mit Freude erfüllt war. Von Kindesbeinen an wusste sie schon, dass sie Karriere machen wollte, und war irgendwie davon überzeugt, dies mit einer großen Familie kombinieren zu können. Das änderte sich, als bei Jonah WBS diagnostiziert wurde. Sie war sich des hohen physischen und emotionalen Tributs bewusst, den die Erziehung ihres Sohnes fordern würde. Mehr Kinder zu haben würde über kurz oder lang Jonah benachteiligen, oder aber seine Geschwister, dachte sie damals. Manchmal fragte sie sich, ob sie recht hatte. Wenn sie Jonah so ansah, erfreute sie sich an seiner Entwicklung und wusste, dass es ihrer und Dougs Einsatz war, der ihm geholfen hatte, diesen Punkt zu erreichen.

Trotzdem vermisste sie es manchmal, eine größere Familie zu haben. Sie hatte viele Paare mit WBS-Kindern getroffen, die noch andere Geschwister hatten. Nicht nur ältere, sondern auch jüngere. Sie hatten es trotzdem geschafft – und sogar ziemlich gut. Sie und Doug hatten ihre Entscheidung für sich getroffen, es war zu spät, zurückzublicken.

Dani schüttelte den Kopf über ihr Zaudern und tippte Robert Wilsons Nummer ins Telefon ein. Nach dem dritten Klingeln meldete sich eine angenehme, weibliche Stimme. »Anwaltskanzlei von Robert Wilson. Marion Boland am Apparat. Wie kann ich Ihnen helfen?«

Ihre Förmlichkeit, vor allem in einer Kleinstadtkanzlei, überraschte Dani, aber sie erklärte schnell, dass sie George Calhoun vertrete und gerne mit ihrem Chef sprechen würde.

»Ich habe Ihren Anruf schon erwartet«, waren Wilsons erste Worte, als er antwortete. Er hatte eine tiefe Stimme, mit einer Barschheit, die Verärgerung darüber erkennen ließ, dass man ihn bei der Arbeit gestört hatte.

»Gut. Ich hoffe, das bedeutet, dass George Ihnen von seinem Kontakt mit HIPP erzählt hat.«

»Das nicht gerade. Aber ich wusste, wie verzweifelt er war, und als ich ihm gesagt habe, dass ich nichts mehr für ihn tun kann, habe ich mir schon gedacht, dass er versuchen würde, einen von euch an Land zu ziehen.« Sein Tonfall deutete Verachtung an, obwohl Dani nicht wusste, ob es Projekten für Unschuldige im Allgemeinen oder speziell ihrem gemeinsamen Klienten galt.

»George hat einen Anwaltsvertrag für unsere Dienstleistungen unterzeichnet, und da die Vollstreckung des Urteils bald stattfinden soll, hätte ich gerne schnellstmöglich eine Kopie Ihrer Akten«, sagte sie. »Ich werde Ihnen natürlich den unterschriebenen Vertrag für Ihre Unterlagen zufaxen.«

»Sicher, sicher. Nur zu, wenn Sie gerne Wasser treten wollen. Meine Sekretärin wird sie Ihnen über Nacht zuschicken. Aber Sie vergeuden nur Ihre Zeit.«

»Wieso? Weil Sie davon überzeugt sind, dass er schuldig ist, oder weil Sie nicht glauben, dass wir es schaffen werden, die Hinrichtung zu verhindern?«

»Oh, er ist durchaus schuldig, so viel ist sicher. Kein Zweifel. Was ich meinte, war der juristische Weg. Ich habe alle Berufungen bearbeitet, sogar zweimal versucht, das Oberste Gericht zur Anhörung zu bemühen. Ich habe es sogar geschafft, das Ganze so lange wie möglich hinauszuzögern, aber da gibt es keine Knöpfe mehr zu drücken. Ich habe unglaublich viel Zeit mit ihm verschwendet, glauben Sie mir, und ich wusste von Anfang an, dass ich dadurch nicht reich würde. Hab gerade mal meine Unkosten decken können. Sie wissen ja, wie das ist.«

Ja, in der Tat, das wusste sie. Wilson hatte womöglich recht – es gab vielleicht keine Basis mehr für eine Berufung –, aber Danis weibliche Intuition sagte ihr, dass er sich in diesem Fall nicht übermäßig angestrengt hatte. Wenn Wilson glaubte, dass sein Klient schuldig war, vermutete sie, dass er Calhoun zwar sein ganzes Geld aus der Tasche gezogen, aber bestimmt keinen Tropfen Schweiß dafür gelassen hatte.

»Sagen Sie, Mr Wilson …«

»Oh, nennen Sie mich Bob. Wir sind hier nicht so förmlich.«

»Okay, Bob. Ich habe nur die Fakten von den Berufungsbeschlüssen gelesen. Ich blicke da noch nicht ganz durch. Welche Beweise hatte die Staatsanwaltschaft, außer dem Geständnis seiner Ehefrau?«

»Außer dem Geständnis?«, explodierte er. »Was, verdammt noch mal, hätten sie denn noch gebraucht? Keiner von beiden gab mir eine Erklärung dafür, was mit ihrer Tochter passiert war. Denken Sie, eine Vierjährige rafft sich selbst auf, und spaziert einfach davon?«

»Ist es möglich, dass sie im Schlaf gestorben ist? Vielleicht durch einen plötzlichen Kindstod? Sie bekamen Panik, hatten

Angst, dafür verantwortlich gemacht zu werden, und vergruben sie in ihrem Garten?«

»Hören Sie, meine Süße, wenn ein Geschworener aus der Beratung zurückkommt und Ihnen ein Todesurteil aushändigt, dann machen Sie doch nicht dicht, nur weil Sie Angst haben, dass Sie für etwas beschuldigt werden, das Sie überhaupt nicht getan haben. Dafür haben Sie sich bereits selbst bestraft. Das ist jetzt über neunzehn Jahre her, und immer noch kein verflixtes Wort darüber, wohin seine Tochter eigentlich verschwunden ist. Nur immer wieder dasselbe Geleier: *Das Mädchen war nicht meine Tochter*, sonst nichts. Der Typ ist übergeschnappt.«

Dani wurde hellhörig. »Glauben Sie, dass er geistig verwirrt ist? Hat er jemals einen desorientierten oder wahnhaften Eindruck auf Sie gemacht?«

»Der Kerl ist irre und ausgekocht zugleich – zumindest, was dieses tote Mädchen anbelangt. Ansonsten ist er genauso normal, wie ich es bin.« Bob lachte. »Naja, wer weiß schon, wie normal ich bin? Ich bin viel länger an diesem Fall drangeblieben, als mir lieb war.«

Nachdem sie aufgelegt hatte, dachte Dani bei sich, dass Wilson recht hatte. Er hatte sich schon viel zu lange mit dem Fall beschäftigt. Ein verurteilter Mörder, der seine Unschuld beteuerte, hätte einen Anwalt verdient gehabt, der ihm glaubte. Allerdings wusste sie immer noch nicht, ob sie dieser Anwalt war. Diese Entscheidung musste warten, bis sie die Akte eingesehen und Calhoun getroffen hatte.

Kapitel 4

Bob Wilson hatte Wort gehalten. Am nächsten Tag standen stapelweise Kartons in einer Ecke des Konferenzraums bei HIPP, alle mit dem Absender: »Anwaltskanzlei Robert Wilson, Esq.«

»Du nimmst die Berufungen, ich nehme die Prozessmitschriften und die Beweisstücke«, sagte Dani zu Melanie. Sie würden Tage brauchen, bis sie alles gründlich durchforstet hatten, und sie würden beide bis weit in die Nacht hinein und übers Wochenende arbeiten. Aber Dani konnte die Arbeit von zu Hause aus erledigen und für Jonah erreichbar sein, der sich gut genug fühlte, um wieder in die Schule zu gehen. »Wenn du die Papiere durchsuchst, versuche, alles zu folgenden Fragen zu finden: Wurde an dem ermordeten Kind eine Autopsie durchgeführt? Stimmte die DNA des Kindes mit der der Eltern überein? Sie haben die Leiche in Indiana gefunden, die Calhouns lebten aber in Pennsylvania. Hat sie irgendjemand auf dem Weg dorthin erkannt?«

»Ich vermute, dass du eine Aufstellung der Punkte möchtest, die bereits angefochten wurden, sowie eine Zusammenfassung der Entscheidungen?«, fragte Melanie.

»Ja, und auch, ob es irgendwelche abweichenden Meinungen gab, die führst du dann bitte separat auf.«

»Sicher. Wie schnell brauchst du es?«

»Am besten gestern.«

»Und sechs Monate mehr auf der Uhr wären auch ganz nett.«

Beide fühlten den Druck, der auf ihnen lag. Sie saßen auf dem Boden, beide nahmen sich jeweils einen Karton vor und suchten nach den Unterlagen, die sie brauchten. Dani fand die Prozessmitschriften gleich im zweiten Karton, den sie öffnete. Die Aufzeichnungen protokollierten alles, was während des Prozesses gesagt wurde: jede Frage, jede Antwort, jeden Kommentar, ja sogar die Argumente, die bei den Richtern, außer Hörweite der Geschworenen, vorgebracht wurden. Normalerweise blätterte Dani zunächst durch die Prozessmitschriften, um sich schnell ein grobes Bild zu machen, und dann fing sie wieder von vorne an und suchte in mühsamer Kleinarbeit nach anfechtbaren Fehlern. Nachdem Melanie die Schriftsätze der Berufung gesammelt und das Büro verlassen hatte, ließ sich Dani wieder auf ihrem Stuhl nieder und begann mit der sorgfältigen Durchsicht.

Die Worte auf den Seiten wurden zu einer Filmrolle, und sie schlüpfte in die Rolle der Beobachterin, verließ in Gedanken ihr Büro, saß im Gerichtssaal und beobachtete den Ablauf der Verhandlung. Sie stellte sich den Staatsanwalt als einen großen Mann vor, mit perfekter, aufrechter Körperhaltung und im feinsten Nadelstreifenanzug. Sie sah ihn auf die Geschworenenbank zugehen. »Meine Damen und Herren, Sie werden jetzt alles über eine grausame Straftat erfahren. Sie werden schockierende Fotos sehen, Bilder, die man eigentlich niemandem zumuten dürfte. Aber Sie sind heute hier, weil jemand ein unschuldiges Kind ermordet hat, ein vier Jahre altes Mädchen.

Jeder Mord ist abscheulich, und jeder Kindermord ist widerwärtig. Aber damit Sie das ganze Ausmaß dieser monströsen Mordtat verstehen, müssen Sie sich Fotos der verbrannten Leiche ansehen, nachdem man sie völlig herzlos in einem Wald vergraben hat. Und wenn Sie diese Fotos sehen, werden Sie verstehen, warum der Täter für schuldig befunden und mit dem Tod bestraft werden muss.

Ich weiß, wie schwierig es für Sie sein wird, diesen Prozess durchzustehen und die Aussagen über den Tod dieses kleinen Mädchens zu hören, aber es wird ein Leichtes für Sie sein, zu befinden, wer diese entsetzliche Tat begangen hat. Es war der Angeklagte, der dort drüben auf diesem Stuhl sitzt. Und das kleine Mädchen, das er brutal ermordet hat, war seine eigene Tochter.

Wie können Sie wissen, dass es dieser Mann war, der die Straftat begangen hat? Ganz einfach – weil Ihnen seine eigene Frau berichten wird, was tatsächlich passiert ist. Sie werden sie sagen hören, dass sie beobachtete, wie ihr Ehemann ihre gemeinsame Tochter tötete, wie er sie anzündete und sie dann im Wald vergrub. Meine Damen und Herren, wenn Sie sich in diesen Raum zur Beratung zurückziehen, nachdem Sie alle Beweise gehört haben, werden Sie nicht den geringsten Zweifel mehr haben, dass George Calhoun es verdient, zu sterben.«

Dani überflog Bob Wilsons Eröffnungsplädoyer. Er brachte ein paar berechtigte Argumente vor, was den Mangel an gerichtsmedizinischen Beweisen anging, aber in dem Film, der in ihrem Kopf ablief, sah sie, wie die Augen der Geschworenen glasig wurden.

Sie las schnell die Zeugenaussage in der Anklageerhebung des Staatsanwalts durch. Der belastendste Beweis wurde durch Mrs Calhouns Geständnis erbracht. Als Dani die Prozessmitschrift las, stellte sie sich vor, wie die Geschworenen mit gespannter Aufmerksamkeit zuhörten, als Sallie sagte: »Mein Mann hat unsere Tochter bewusstlos geschlagen. Er hat Benzin über ihren Körper gegossen und sie angezündet. Ich habe ihm zugeschaut und nichts getan. Ich habe ihn nicht aufgehalten. Er hat ihre Leiche in eine Decke gewickelt, und wir sind nach Indiana gefahren. Ich war mit ihm im Auto. Als wir an einem Wald ankamen, hielt er am Straßenrand an. Ich bin im Auto geblieben, während er unsere Tochter in den Wald geschleppt hat. Er kam ohne sie zurück, und wir sind davongefahren.«

»Warum hat George Ihrer Tochter das angetan?«, fragte der Staatsanwalt.

»Sie war vom Teufel besessen. George sagte, wir müssten das tun, um ihr den Teufel auszutreiben.«

Bob Wilson beschränkte seinen Ärger auf Sallie darauf, ihre Glaubwürdigkeit anzuzweifeln. »Mrs Calhoun, haben Sie während der zwei Jahre, nachdem Ihr Mann dies angeblich Ihrer Tochter angetan hat und bevor die Polizei bei Ihnen an die Tür klopfte, jemals die Behörden informiert?«

»Nein.«

»Haben Sie jemals einem Freund oder Verwandten erzählt, was Ihr Mann getan hatte?«

»Nein.«

»Und ist es nicht eine Tatsache, dass Sie als Gegenleistung für Ihre Zeugenaussage nur zu lebenslanger Haft anstatt zum Tode verurteilt wurden?«

»Man hat mir nur geraten, die Wahrheit zu sagen, und genau das habe ich auch getan.«

Nachdem sie Sallies Zeugenaussage gelesen hatte, brauchte Dani eine Pause. Ihr ganzer Körper fühlte sich schmutzig an, als ob allein die Überlegung, Georges Fall zu übernehmen, sie beschmutzt hätte. Sie goss sich eine Tasse Kaffee ein und ging zu Bruces Büro.

»Hast du einen Moment Zeit für mich?«, fragte sie, trat ein und machte es sich in einem Sessel vor seinem Schreibtisch bequem. Der Sessel war genauso abgewetzt wie der in ihrem eigenen Büro.

Bruce schaute auf und lächelte. »Habe ich eine Wahl?«

»Ich habe kein gutes Gefühl bei diesem Fall.«

»Okay. Dann lass es.«

Das sah Bruce ähnlich. Er drängte seine Angestellten immer dazu, selbst Entscheidungen zu treffen. Meistens mochte sie diese Art. Heute war sie sich dessen nicht so sicher. »Ich habe die Mitschrift noch nicht zu Ende gelesen, aber die Sache macht mich jetzt schon verrückt.«

Bruce heftete seinen Blick auf sie. »Du solltest den Fall nicht übernehmen, wenn du der Überzeugung bist, dass der Typ schuldig ist, ganz gleich, wie viele Fehler während des Prozesses gemacht wurden. Wenn aber diese Fehler der Wahrheit in die Quere gekommen sind, dann verdient er es, angehört zu werden. Deine persönlichen Gefühle über die Art der Straftat sind irrelevant. Nur die Wahrheit zählt. Und es ist deine Aufgabe, die Wahrheit herauszufinden. Hast du genug gelesen, um zu wissen, was die Wahrheit ist?«

»Nein, ich bin noch nicht einmal zur Gegenklage des Verteidigers gekommen.«

»Nun, dann können zwei Dinge passieren. Der Anwalt des Beklagten hat vielleicht einen Bombenjob gemacht und dich in deinem Zweifel an dessen Schuld bestärkt, oder er lässt dich nach Anhören beider Seiten zu dem Schluss kommen, dass der Angeklagte schuldig ist, oder ...«

Sie ließ ihn nicht zu Ende reden. »Oder aber, er hat einen lausigen Job gemacht, und ich muss meine eigenen Ermittlungen anstellen, stimmt's?«

»Du hast es kapiert, Mädchen.«

Sie bedankte sich bei Bruce und ging in ihr Büro zurück, um die Mitschrift zu Ende zu lesen. Nach Sallies Zeugenaussage ging der Staatsanwalt zur Beweisführung über, indem er die Fotos des verbrannten und übel zugerichteten Körpers des ermordeten Kindes vorlegte, obwohl Einspruch wegen Aufwiegelung eingelegt wurde. Direkt neben einem grausamen Foto zeigte man eines von Angelina Calhoun als hübsches Kleinkind mit blondem Haar. Der Kontrast sollte die Geschworenen in Rage versetzen, was auch zweifellos gelungen war.

Anschließend beendete der Staatsanwalt seine Anklage, und der Richter schickte die Geschworenen für den Rest des Tages nach Hause, wo die ekelhaften Bilder der Leiche die Nacht über in ihren Köpfen verweilen konnten.

Am nächsten Tag begann Wilson seine Verteidigung mit George Calhouns Zeugenaussage. Abermals verwandelte Dani die Worte auf dem Papier im Geiste in einen Film über den Prozess. Sie sah George, wie er in den Zeugenstand trat, wie er schwor, die Wahrheit und nichts als die Wahrheit zu sagen. Wilson führte ihn durch die einleitende Aussage: wo er lebte, wo er arbeitete, wie weit er in der Schule gekommen war – bedeutungslose Fragen, um ihn mit der Bezeugung vertraut zu machen. Schließlich fragte er: »Mr Calhoun, haben Sie Ihre Tochter umgebracht?«

»Nein, Sir, das habe ich nicht. Ich liebte meine Angelina mehr als alles in der Welt. Ich hätte ihr niemals etwas angetan.«

»Nun, wie kam dann dieses kleine Mädchen in das Grab?«

»Keine Ahnung. Sie ist nicht meine Tochter.«

»Ihre Frau behauptet aber, dass sie es ist.«

»Meine Frau denkt nicht richtig.«

»Keine weiteren Fragen«, sagte Wilson, drehte sich um, und ging zum Tisch der Verteidigung zurück.

Der Staatsanwalt brachte George im Zeugenstand ganz schnell in Misskredit.

»Wo ist Ihre Tochter?«, fragte er.

»Ich weiß es nicht.«

»Haben Sie jemals eine Vermisstenanzeige aufgegeben?«

»Nein.«

»Haben Sie jemals irgendjemandem davon erzählt, dass sie vermisst wird?«

»Nein.«

»Haben Sie versucht, sie zu finden?«

»Nein.«

»Ist Ihre Tochter am Leben?« In der Mitschrift wurde bemerkt, dass der Angeklagte daraufhin schwieg. »Ich frage Sie noch einmal: »Ist Ihre Tochter am Leben?«

Wieder großes Schweigen, bis der Richter bemerkte: »Mr Calhoun, Sie müssen die Frage beantworten.«

»Ich weiß nicht.«

»Mr Calhoun, Sie verlangen von uns, Ihnen zu glauben, dass Ihre vierjährige Tochter, die sie mehr als alles in der Welt lieben, einfach so mir nichts, dir nichts verschwindet und Sie nichts dagegen getan haben? Und dass Sie noch nicht einmal wissen, ob sie tot oder lebendig ist?«

»Das sage ich doch«, antwortete er und sicherte sich damit die Verurteilung durch Geschworene, die seinesgleichen waren.

Diese erste Lektüre bestätigte Dani in ihrem Verdacht, was Bob Wilson betraf. Seine lustlose Verteidigung während der ersten Verhandlung machte deutlich, dass er einen unvermeidlichen Schuldspruch vorhersah und sich deshalb wenig Mühe machte, an diesem Ergebnis etwas zu ändern. Die ganze Zeit unterließ er es, trotz der offensichtlichen Löcher in ihren Aussagen, die Belastungszeugen anzugreifen oder bei unzulässigen Fragen Einspruch zu erheben. Aber noch merkwürdiger war das Fehlen einer echten Verteidigung. Abgesehen von ein paar Leumundszeugen, bestand die einzige widerlegende Aussage in der von Calhoun selbst. Wie war das möglich? Die Akten enthielten Fotos des ermordeten Mädchens, dessen Gesichtszüge bis zur Unkenntlichkeit verbrannt waren. Angesichts der Tatsache, dass George fortwährend behauptete, dass dieses tote Mädchen nicht seine Tochter war, hätte ein DNA-Test angeordnet werden müssen, wenn nicht vom Staatsanwalt, dann doch auf jeden Fall vom Verteidiger. Dann fiel Dani etwas ein. Vor siebzehn Jahren gehörte ein DNA-Test noch nicht zur gängigen Praxis.

Bob Wilson hätte mehr tun sollen, um Sallies Geständnis zu entkräften. Sein Kreuzverhör war erschreckend unzulänglich. Vielleicht dachte er, sie sei eine sympathischere Zeugin als ihr Ehemann und dass er mehr Schaden anrichten würde, wenn er sie auf aggressive Weise befragte. Er hatte unrecht. Ihre Aussage besiegelte Georges Schicksal. Wenn Wilson sie stärker ins Kreuzverhör genommen hätte, dann wäre er in der Lage gewesen, die Widersprüche in ihrer Geschichte aufzuzeigen, Zweifel bei den Geschworenen zu wecken. Sallie erwähnte den Teufel in ihrer Zeugenaussage für die Anklage. Waren sie und George tief religiös? Hatten sie ihrem Pfarrer jemals die Sorge um ihre Tochter anvertraut? Dani kannte die Antworten nicht, weil Wilson diese Fragen niemals gestellt hatte. Die Geschworenen Sallies Zeugenaussage hören zu lassen, ohne sich die geringste Mühe zu machen, ihr zu widersprechen, erschien ihr als ein kolossaler Fehler von Calhouns Anwalt.

Danis kurze Durchsicht der Mitschriften und Beweisstücke deutete auf eine Reihe von Anfechtungsmöglichkeiten hin. Viele waren zweifellos angestrebt worden, als dieser Fall seinen Weg nach oben nahm, vom Berufungsgericht über den Staatsgerichtshof bis hin zu Anträgen für ein Berufungsverfahren am Obersten Gerichtshof der Vereinigten Staaten. Calhouns Fall hatte es zweimal bis zum höchsten Gerichtshof geschafft, eine nicht übliche Reise für Todestraktinsassen. Sie musste wohl warten, bis Melanie alle Berufungsschriftsätze und Beschlüsse durchgelesen hatte, um zu sehen, welche Argumente immer noch zur Verfügung standen. Dani war sich immer noch nicht im Klaren, ob sie glaubte, dass George Calhoun schuldig oder unschuldig war, aber eines wusste sie: Sie musste dem Staatsgefängnis von Indiana einen Besuch abstatten.

Dani rief das Reisebüro an, das HIPP üblicherweise beauftragte, und buchte drei Plätze für einen Montagsflug nach Indianapolis. Nachdem sie aufgelegt hatte, warf sie einen Blick auf die Uhr. Es war fast vier Uhr, obwohl sie schon viel früher nach Hause hatte gehen wollen. Zudem war auch noch Freitag, der Tag, an dem es schon früher zu Staus kam als sonst. Sie dachte kurz daran, Doug in seinem Büro anzurufen und ihm vorzuschlagen, sie zum Abendessen in der Stadt zu treffen. Aber da Jonah erst kürzlich krank gewesen war, wollte sie am Abend nicht zu weit von zu Hause weg sein. Auch wenn Katie jederzeit kurz einspringen konnte, war sie doch kein Ersatz für den Trost einer Mutter.

Sie verließ ihr Büro und sah Tommy immer noch im Großraumbüro an seinem Schreibtisch sitzen. Tommy hatte das FBI nach zehn Jahren verlassen, weil seine Frau die Belastung seiner verdeckten Einsätze nicht mehr ertragen konnte, wodurch er damals monatelang weit weg von daheim – und ihren fünf Kindern – war. Er hatte eine dunkle Gesichtsfarbe, volles, welliges Haar, für Danis Geschmack ein wenig zu pomadig, und er trug einen dicken Schnurrbart. Kein Zweifel, dass er einmal gut ausgesehen hatte, aber jetzt war sein Körper, obgleich immer noch fit, rundlicher geworden, und die Jahre im praktischen Einsatz zeichneten sich in seinem Gesicht ab. Doch er hatte immer noch einen messerscharfen Verstand, er konnte Wahrheiten ans Licht bringen – und Lügen – wie kein anderer Ermittler im Büro.

»Tommy, würdest du bitte mal nachsehen, ob irgendwelche Mädchen im Alter zwischen drei und fünf Jahren im fraglichen Zeitraum als vermisst gemeldet wurden?«

»Klar.«

»Und kannst du mir mal kurz helfen?«

»Alles, was du willst, Schätzchen. Sag mir nur, wann und wo.«

»Verschon mich, Tommy. Ich bin jetzt wirklich nicht in der Stimmung für so was. Ich habe eine Scheißfahrt nach Hause vor mir und ein Wochenende voller Arbeit in Aussicht.«

»Autsch! Okay, keine Scherze. Was brauchst du?«

»Würdest du mir helfen, die Kartons aus meinem Büro in mein Auto zu verfrachten?« Der einzige Vorteil, den der Job ihr einbrachte, war ein kostenloser Parkplatz, zwei Blocks von HIPP entfernt. Monatsparkplätze, wenn man sie überhaupt bekam – für die meisten gab es Wartelisten – kosteten in East Village um die vierhundert Dollar im Monat.

Tony, der Eigentümer des Parkplatzgeländes, war ein ehemaliger Häftling, der dank der Bemühungen von HIPP freigekommen war. Er stellte HIPP vier Parkflächen zur Verfügung, kostenlos. Als er sie ihnen zum ersten Mal anbot, lehnte Bruce ab, aber Tony wollte unbedingt etwas für HIPP tun, sodass Bruce letztendlich nachgab. Er konnte nachvollziehen, dass Tonys Geste ihm ein Stück Selbstwertgefühl verlieh, das während seines zwölfjährigen Gefängnisaufenthaltes völlig ausgelöscht worden war.

Tommy schaute auf den Stapel mit Kartons. »Los geht's, Boss.«

Draußen auf der Straße war es noch hell, und der Duft von sprießenden Knospen lag in der Luft. Obwohl die Temperatur so um fünfzehn Grad schwankte, erschien die windstille Luft wärmer. Dani liebte den Frühling. Er brachte die Hoffnung auf warme Gammeltage mit sich, Sommerferien mit Jonah und Sonnenschein, der niemals aufzuhören schien. Aber dieser Sommer würde anders sein. Bis der Sommer anfing, war George Calhouns Schicksal definitiv besiegelt. Entweder kam er nach siebzehn Jahren aus dem Gefängnis frei, in dem er wegen einer Straftat saß, die er niemals begangen hatte, oder – zu Recht oder nicht – er würde durch eine Giftspritze sterben.

Wie Dani befürchtet hatte, verlief der Verkehr im Schneckentempo, und sie kam erst nach achtzehn Uhr zu Hause an. Sie war erschöpft, konnte kaum die Kraft aufbringen, ihr Abendessen zu sich zu nehmen. Nachdem Jonah eingeschlafen war, beschloss sie, sich für diesen Abend eine Pause zu gönnen. Ihr Verstand war zu ausgelaugt für die mühsame Prüfung der Mitschrift, die auf sie wartete. Stattdessen setzte sie sich vor das Kaminfeuer, und Doug legte fürsorglich seine Arme um sie.

»Hast du es jemals bereut, deine Arbeit bei der US-Staatsanwaltschaft aufgegeben zu haben?«, fragte sie. Genau wie Dani hatte auch Doug seine Juristenkarriere als stellvertretender Staatsanwalt im südlichen Distrikt von New York begonnen.

Es wäre einfach für Doug gewesen, mit einem schnellen Nein zu antworten, aber er war zu bedacht, um ihr einfach eine Antwort hinzuwerfen. »Meistens nicht. Das Unterrichten ist eine so lohnenswerte Aufgabe, und im Großen und Ganzen halten mich die Studenten auf Trab. Aber manchmal vermisse ich die Energie der Behörde, die Stimulation, wenn man dem Ziel immer näher kommt, bis man es festnageln kann. Und zu wissen, dass ich die Macht habe, zu verhindern, dass üble Dinge geschehen.«

Macht. Es gab viele Gründe, warum ein Anwalt zur US-Staatsanwaltschaft ging, und einer davon war das Machtgefühl. Für Doug hatte dies damals eine starke Anziehungskraft gehabt, eine, die sein Interesse an der Justiz von Anfang an beflügelte. Da war dieser Adrenalinstoß, Einzelteile der Ermittlungen zusammenzufügen, den Prozess vorzubereiten und einen Schuldspruch festzulegen, aber unter all diesen Dingen schlummerte das Wissen um die eigene Macht. Obwohl Doug in diesem Wissen schwelgte, gab er es ohne Zögern auf, um mehr Zeit mit Jonah zu verbringen.

»Ich habe kürzlich an Sara gedacht«, sagte Dani.

»Es ist schon lange her, dass du mit ihr gesprochen hast.«

»Ich hatte furchtbar viel zu tun. Es kam mir plötzlich in den Sinn, wie sehr mein Leben heute mit ihr oder zumindest mit Dingen zusammenhängt, die sie betreffen.«

Dani hatte eigentlich nie die Absicht gehabt, Anwältin zu werden. Sie wollte Psychologie studieren. Während ihrer ersten Studienjahre an der Brown University arbeitete sie ehrenamtlich für verschiedene soziale Aktionsgruppen. Eine davon nannte sich *Echte Freunde*. Wenn sie darauf zurückblickte, hatte diese Wahl wohl etwas Prophetisches, aber damals steckte einfach nur der egoistische Wunsch dahinter, ihre Chancen auf der Hochschule zu verbessern.

Echte Freunde brachte Freiwillige mit geistig zurückgebliebenen *Freunden* zusammen. Bei den Collegeversammlungen engagierten sich freiwillige Studenten, sich mit ihren Freunden mindestens zweimal monatlich zu treffen und noch regelmäßiger Kontakt über Telefon, und heutzutage per E-Mail zu halten. Aber in der Regel wurde viel mehr daraus. Die meisten Freiwilligen standen ihren Freunden sehr nahe, und die Vorteile dieser Freundschaften waren beidseitig.

Sara Klemson war Danis Freundin. Sara war ein außergewöhnlich hübsches, zurückgebliebenes achtzehn Jahre altes Mädchen und hatte immer Schwierigkeiten, Freunde zu finden. Ihre allzu überschwängliche Persönlichkeit schreckte ihre unbehinderten, gleichaltrigen Mitstudenten ab, und im Laufe der Zeit hatte sie sich immer mehr zurückgezogen. Sie und Dani hatten sich von Anfang an gut verstanden und trafen sich regelmäßig. *Echte Freunde* bot den Freiwilligen und ihren Freunden zahlreiche soziale Aktivitäten, aber nach und nach lud Dani Sara auch zu einigen regelmäßigen Campusveranstaltungen ein. Da war zum Beispiel die Party der Studentenvereinigung während ihres zweiten Studienjahrs.

Sie hatte keine Ahnung, wie es geschehen war. Sie konnte schwören, nicht betrunken gewesen zu sein, denn sie hasste dieses Gefühl, sich nicht mehr unter Kontrolle zu haben. Aber irgendwie hatte sie Sara aus den Augen verloren und es erst gemerkt, als es zu spät war. Sie fand sie schluchzend in einem Schlafzimmer, ihre Kleider waren zerrissen, die Laken blutig. Man hatte Sara vergewaltigt. Irgendwann wurden zwei Mitglieder der Studentenvereinigung verhaftet und vor Gericht gestellt. Mit ihrem unangebrachten Lächeln und ihrer langsamen Sprechweise machte Sara keine überzeugende Zeugenaussage, und da war es ein Leichtes für die teuren Anwälte der Jungs, ein »nicht schuldig« zu erreichen. Da wurde Dani klar, dass sie mehr Einfluss als Staatsanwältin haben würde als im Beruf einer Psychologin.

»Du wärest auch ohne Sara Anwältin geworden«, sagte Doug und streichelte ihre Wange. »Du bist einfach von Natur aus dafür geeignet.«

Die Flammen im Kamin schimmerten sanft im dunklen Wohnzimmer. Die Bilder, die auf dem Kaminsims standen, waren kaum zu sehen, aber Dani konnte ihr Lieblingsbild erkennen: der sieben Jahre alte Jonah, umrahmt von seinen Eltern, wie er freudestrahlend die Kerzen auf seiner Geburtstagstorte ausblies.

Dekorateure hätten ihr Wohnzimmer als Albtraum bezeichnet. Kein einheitlicher Stil, keine Koordination von Stoffen und Farben, einfach nur ein Sammelsurium von Einzelstücken, die sie über die Jahre hinweg gesammelt hatten. Dani nannte es den *behaglichen Stil*. Die burgunderfarbene Couch war gerade groß genug, dass sie und Doug sich darauf zusammenkuscheln konnten. Zwei Lehnstühle, die bereits ihre dritte Generation Schonbezüge erlebten. Den mit Wasserflecken übersäten Couchtisch aus Ahornholz hatte Dani auf einem privaten Flohmarkt gefunden. Der ovale, geflochtene, regenbogenfarbene Kaminvorleger war an den Rändern ausgefranst.

Das Zirpen früher Zikaden draußen vor dem Fenster vermischte sich mit dem Knistern des brennenden Holzes und verschaffte ihr ein Gefühl tiefster Zufriedenheit. Ihr Leben war zwar anders, als sie geplant hatten, aber sie waren glücklich. Sie waren eine Familie.

Kapitel 5

Fünfunddreißig Tage

Als die Ansage kam, dass die Passagiere von Flug 84 gleich an Bord gehen würden, schaute Dani nervös den weiten Korridor entlang in der Hoffnung, Tommy zu entdecken. Melanie saß neben ihr, beide mit einer Reisetasche. »Verdammt, es wird Zeit, dass er kommt«, sagte Dani.

Der LaGuardia-Flughafen war voller Geschäftsreisende, die Laptops dabeihatten und eifrig mit ihren Handys telefonierten. Dani verreiste nicht oft, meistens nur für ein paar Tage, um hier und da einen Fall zu plädieren.

Aber sie musste immer noch ein Gefühl von Furcht verdrängen, sobald das Flugzeug die Startbahn entlangrollte und sich dann übergangslos in den Himmel hob.

»Da ist er«, sagte Melanie. Sie stieß Dani mit dem Arm an und deutete auf einen Mann, der zum Flugsteig gerannt kam.

»Also wirklich – auf den letzten Drücker!« Dani konnte kaum ihre Verärgerung verbergen. Jeder Moment zählte, die Hinrichtung stand kurz vor der Tür, sie konnte sich keine Teammitglieder leisten, die ihre Aufgaben nicht ernst nahmen. Zu spät zu kommen war inakzeptabel.

»Tut mir leid«, sagte Tommy ganz außer Atem. »Gerade, als ich wegfahren wollte, bekam ich noch einen Anruf von einem Kumpel beim FBI. Er hatte ein paar Infos über das vermisste Mädchen für mich.«

Jetzt schämte sich Dani, Tommy so schnell verurteilt zu haben. Sie hätte es besser wissen müssen. »Was hat er gesagt?«

Bevor Tommy antworten konnte, kam eine knisternde Ansage aus dem Lautsprecher: »Alle Passagiere ab Reihe dreißig und höher können jetzt mit dem Boarding beginnen.« Reihenweise erhoben sich Personen von ihren Sitzen und begaben sich zum Flugsteig, weit mehr, als die tatsächlich aufgeforderten. Es bildete sich schnell eine Schlange vor dem Flugsteig, und es gab kaum genug Platz, die Bordkarte auszuhändigen. Obwohl die Leute reservierte Plätze hatten, schien jeder als Erster das Flugzeug betreten zu wollen.

»Ich habe es aufgeschrieben. Es ist hier drin«, sagte Tommy, und klopfte auf seine Aktentasche. »Ich erzähle euch alles im Flieger.«

Das Flugzeug war nur halb voll, und sie streckten sich aus. Tommy hielt sein Notizbuch aufgeklappt auf dem Schoß und beugte sich über den Gang, um mit den Frauen zu sprechen. »Es gibt da fünf Fälle mit Mädchen im Alter zwischen drei und fünf Jahren, die innerhalb von zwei Jahren vor dem Leichenfund in Indiana als vermisst gemeldet wurden. Bei zwei dieser Fälle waren die Eltern geschieden, die Mutter hatte das Sorgerecht, und der Vater verschwand zu derselben Zeit wie das Kind. Es wird angenommen, dass diese Kinder leben und irgendwo beim Vater sind. Zwei andere Kinder wurden gefunden.«

»Was ist mit dem fünften?«, fragte Dani.

»Ein dreieinhalbjähriges Kind – sie heißt Stacy Conklin – wird immer noch offiziell vermisst. Nun kommt das Interessante: Stacy wurde zwei Monate als vermisst gemeldet, bevor man die Leiche des Mädchens im Wald fand.«

»Wo hat man sie als vermisst gemeldet?«

»Ein weiterer interessanter Punkt. Sie lebte in Hammond, Illinois, in der Nähe der Grenze von Indiana und direkt neben der Route 80. Das ist ungefähr vier Stunden vom Fundort der Leiche entfernt.«

Dani schüttelte den Kopf. »Wenn Stacy so nahe am Fundort der Leiche im Wald als vermisst gemeldet wurde, wieso hat die Polizei nie daran gedacht, dass sie es sein könnte?«

»Haben sie. Sagen wir mal, nicht sofort, aber nach einer gewissen Zeit. Vergiss nicht, dass diese Tat neunzehn Jahre her ist. Sie hatten damals noch keine Computerdatenbank, so wie wir sie heute haben. Und es war ein anderer Bundesstaat. Aber bald darauf haben sie Alter und Geschlecht mit Stacy Conklin in Verbindung gebracht und ihre Eltern zu der Leiche geführt.«

»Und?«

»Und die Eltern sagten, dass es nicht ihre Tochter sei. Ihr Gesicht war so stark verbrannt, dass man sie nicht identifizieren konnte, allerdings vermute ich, dass sie die Körperform erkannt haben. Zu dünn für ihre Tochter und zu klein. Die Polizei nahm die Eltern unter die Lupe und fand nichts heraus. Liebevolle, hingebungsvolle Eltern, haben ihr Kind niemals geschlagen, Stützen der Gesellschaft, bla, bla, bla.«

»Ist das möglich? Kann es sein, dass George Calhouns Tochter immer noch am Leben ist?« Dani versuchte, sich zurückzuhalten, um sich nicht in ihrer freudigen Erregung, dass ihr Klient womöglich unschuldig sein könnte, zu verlieren. Es war ein zweischneidiges Schwert, wenn er nicht schuldig war. Die Unschuld eines Menschen zu beweisen bedeutete, dass sie einem Mann oder einer Frau geholfen hatte, einem ungerechtfertigten Tod zu entkommen. Wenn man es nicht schaffte, eine unschuldige Person zu entlasten, und dann ihrer Hinrichtung beiwohnte, das war die reinste Tortur. Sie ging jedes Mal hin, wenn sie eine Berufung verloren hatte. Ihre Klienten brauchten eine Person, die ihren Tod bezeugen konnte und die Wahrheit kannte.

Tommy warf ihr einen warnenden Blick zu. »Du glaubst, jeder Klient ist unschuldig. Du musst härter werden, Dani. Die meisten sind nicht unschuldig, und du weißt es. Und dieser Typ ist wahrscheinlich auch schuldig. Wir haben ihn noch nicht einmal getroffen, und du befindest dich schon auf einem Feldzug.«

Die meisten Mitarbeiter von HIPP waren gegen die Todesstrafe. Tommy war einer der wenigen, die der Meinung waren, dass abscheuliche Kriminelle auch ein abscheuliches Ende haben müssten. Trotz dieser Gefühle war er der beste Ermittler im ganzen Büro. Tommy glaubte genauso überzeugt an die Wahrheit wie an ausgleichende Gerechtigkeit und arbeitete verbissen daran, aufzudecken, ob eine zum Tode verurteilte Person auch den Tod verdiente. Dani hatte es schon lange aufgegeben, Tommy von ihrer Ansicht zu überzeugen, dass niemand auf der Welt den Tod durch Gesetzeshand verdiente. Sie war aber schon dankbar dafür, dass er seinen unglaublichen Riecher dazu benutzte, die Fakten zu wittern.

Manche Leute erledigten eine Menge Arbeit im Flugzeug, aber Dani gehörte nicht dazu. Sie konnte sich nicht konzentrieren, wenn sie sich neuntausend Meter über der Erde befand und nichts weiter als Wolken und Himmel zwischen ihr und dem Boden lagen. Nein, das war nicht ihr Fall. Fliegen machte ihr nichts aus, sie fühlte sich einfach nur etwas unbehaglich während des Fluges. Sie schloss die Augen und ließ ihre Gedanken schweifen.

Wie in den meisten Bundesstaaten verabreichte man auch in Indiana den Todeskandidaten die Giftspritze. Dies war nicht immer so. Zunächst wurden Gefangene durch Erhängen getötet, in Gedenken an die alten Zeiten des Wilden Westens. Dann kam der elektrische Stuhl, mit dem man vom Strafkonzept einer gerechten Rache abgehen und eine Art humane Behandlung einführen wollte. Immerhin verbannte die Verfassung grausame und unübliche Bestrafungsmaßnahmen. Einen Mörder an einen antiquierten Holzstuhl festzuschnallen und ihm zweihundertdreißig Volt in die Glieder zu jagen, war vermutlich eine schnellere Todesart. Dies erfolgte in drei Etappen: acht Sekunden, dann zweiundzwanzig Sekunden und wieder acht Sekunden. Und wenn er es dann immer noch nicht ins Jenseits geschafft hatte, folgten noch einmal drei Runden. Einmal hatte Dani zweiundzwanzig Sekunden zurückgezählt und sich vorgestellt, wie während dieser unendlichen Wartezeit Strom durch ihren Körper gejagt wurde; es schauderte sie jedes Mal, wenn sie daran dachte. Nichtsdestotrotz ging es immer noch schneller als Erhängen und war einfacher durchzuführen. Wenn beim Erhängen Seillänge und Gewicht des Gefangenen nicht haargenau berechnet wurden, waren mehrere Versuche erforderlich, um die Hinrichtung erfolgreich durchzuführen.

1980 hatte man das Erhängen durch den elektrischen Stuhl als bevorzugte Form der Hinrichtung ausgetauscht. Dennoch gab es immer wieder Probleme. Es stellte sich heraus, dass manchmal Körperteile der Gefangenen Feuer fingen. Blaue und orangefarbene Flammen loderten aus eines Mannes Kopf, füllten den Raum mit Rauch, und man sah nur noch verschwommen. Auf der Suche nach etwas mehr Menschlichkeit – zumindest für den Zuschauer – hatten die meisten Bundesstaaten den elektrischen Stuhl zugunsten der Giftspritze verbannt. Indiana nahm die Umstellung 1995 als erster Bundesstaat vor.

Wenn seine erste Verurteilung vollstreckt worden wäre, hätte sich Calhoun in einem elektrischen Stuhl wiedergefunden. Heute, sofern HIPP es nicht schaffte, würde ihm der Bundesstaat ein Gemisch aus drei Chemikalien verabreichen: ein Barbiturat, damit er einschlief, ein Muskelrelaxans, um sein Zwerchfell und die Lungen zu lähmen, und Kaliumchlorid, um den Herzstillstand hervorzurufen.

Manchmal schaffte es aber das Barbiturat nicht, den Gefangenen zu betäuben. Also blieb er bei Bewusstsein, wenn die Drogen seine Atmung und sein Herz stoppten und damit unvorstellbare Schmerzen verursachten.

Dani hatte George Calhoun noch nicht einmal gesehen, und dennoch glaubte sie bereits an seine Unschuld. Nein, wenn sie ehrlich zu sich selbst gewesen wäre, dann hätte sie zugegeben, dass sie an seine Unschuld glauben wollte. Sie war auf dem Weg, einen Mann zu treffen, den man für die unaussprechlichste Straftat verurteilt hatte: ein Elternteil, der sein eigenes Kind getötet hatte. Sie wollte diesen Mann nicht sehen. Sie wollte einen Vater sehen, der seine Tochter liebte, der ihr, so wie er in seinem Brief geschrieben hatte, niemals ein Leid angetan hätte. So zu denken, half ihr zu glauben, er könnte unschuldig sein. Er wäre nicht der Erste ihrer Klienten gewesen, der für ein Verbrechen verurteilt wurde, das er nicht begangen hatte. Sie hatte lange genug für HIPP gearbeitet, um zu wissen, dass Justitia nicht fehlerfrei war und dass viele unschuldige Männer und Frauen für Taten verurteilt wurden, die sie niemals begangen hatten. Aber sie kam immer wieder auf sein Versäumnis zurück, seine Tochter als vermisst zu melden. Es schrie förmlich nach *schuldig*. Und sie konnte nicht umhin, sich zu fragen, ob er in anderer Weise schuldig war – an einem Mord oder vielleicht einer anderen Tat. Aber wie?

Der kristallblaue Himmel von New York war von der Bildfläche verschwunden, als das Flugzeug am Flughafen von Indianapolis aufsetzte. Der strömende Regen, dessentwegen das Flugzeug fast eine Stunde im Luftraum hatte kreisen müssen, hatte aufgehört, dafür breiteten sich tiefe Pfützen auf den Straßen aus. Mit dem Stadtplan in der Hand stiegen sie in den Mietwagen ein und machten sich auf den Weg zur Innenstadt, zum Frauengefängnis von Indianapolis. Wenn man Sallie später verurteilt hätte, wäre sie wahrscheinlich ins neuere Frauengefängnis von Rockville eingeliefert worden. Die meisten derzeit in Indianapolis inhaftierten Frauen hatten spezielle Bedürfnisse: Die einen waren alt, die anderen geistig gestört, andere wiederum schwanger. Sallie passte in keine dieser Kategorien, aber Dani konnte sich irren. Vielleicht war sie geistesgestört. Sie würde sich ein Bild davon machen können, nachdem sie sie getroffen hatte.

»Meine Damen, was haltet ihr davon, wenn wir erst einmal zum Mittagessen anhalten?« Tommy hatte immer nur Essen im Kopf, aber er hatte nicht ganz unrecht. Sie wussten nicht, wie lange sie im Gefängnis brauchen würden.

»Ich bin dabei«, antworteten beide Frauen im Chor.

Sie parkten in der Nähe des Gefängnisses und liefen ein wenig herum. Fast sofort entdeckte Tommy ein Café, nur einen Block vom Parkhaus entfernt. Sie bummelten hinüber, studierten die im Fenster ausgehängte Speisekarte und schauten hinein. Es sah sauber und gemütlich aus, also traten sie ein. Die gepolsterten Bänke in den Sitzecken waren ausgeblichen und hatten Risse, Baumwollfäden hingen aus dem roten Vinylstoff heraus. Die Kellnerin, eine hübsche junge Frau mit roten Wangen und dunkelblonden Haaren, die sie zu einem Pferdeschwanz gebunden hatte, kam an ihren Tisch, und nahm die Bestellung auf.

Fliegen brachte Danis Appetit immer auf Hochtouren. Sie wusste nicht, warum. Bei Doug war das genaue Gegenteil der Fall. Wenn sie Familienurlaub machten, dann kämpfte sie immer mit Jonah um Dougs Flugzeugsnack. »Ich möchte einen Hamburger, englisch, keine Mayonnaise, nur Ketchup auf dem Brötchen.«

»Möchten Sie Pommes frites dazu?«

Sie zögerte. Pommes frites waren Kalorienbomben.

»Es kostet nur einen Dollar mehr, und sie sind hier wirklich spitze. Das haben bisher alle gesagt«, versuchte die Kellnerin, sie mit einem einladenden Lächeln zu überzeugen.

Dani zuckte mit den Schultern. Es war schon schwierig genug, zu Hause richtig zu essen. Unterwegs war das unmöglich. »Also gut, mit Pommes frites.«

»Etwas zu trinken?«, fragte die Kellnerin wie Luzifer, der versuchte, sie in die Hölle zu ziehen. Dani wusste, dass sie nur Wasser trinken sollte, besonders nach dem Fliegen, aber da sie nun schon Hamburger und Pommes frites bestellt hatte, kam es auf eine Sünde mehr oder weniger auch nicht an.

»Haben Sie Milkshakes?«, fragte Dani mit leiser Stimme, um zu verhindern, dass Tommy und Melanie sie hörten.

»Sicher«, sagte die Kellnerin so laut, dass man sie am Nebentisch hören konnte. »Schokolade, Vanille und Erdbeere, aber Schokolade ist zweifellos der beste.«

»Gut, dann bringen Sie mir bitte einen Schokoladenshake«, murmelte Dani.

Sie lehnte sich zurück und ließ ihre Gedanken schweifen, fern von Tommys und Melanies Gespräch. Jede Stadt, in die sie wegen eines Prozesses reiste, war irgendwie genauso wie New York City. Natürlich kam keine davon Manhattan gleich. Nirgendwo gab es solche Menschenmengen auf den Straßen. Nirgendwo gab es so viele Wolkenkratzer, ein so geschäftiges Treiben oder eine solche

Flut von Neonlicht. Sie vermutete, dass Leute, die in Chicago oder Los Angeles lebten oder sogar in Houston oder Atlanta, dies zu bezweifeln wagten. Aber sie irrten sich. Manhattan war einzigartig. Doch bei aller Einzigartigkeit hatten alle Städte, ob groß oder klein, gemeinsame Merkmale.

Jede Stadt hatte Asphaltstraßen, die ins Stadtzentrum führten; jede Stadt hatte ihre Bürogebäude und Restaurants, Tankstellen und Apotheken, Arztpraxen und Schulen; in jeder Stadt schleppten sich die Bewohner zur Arbeit, um ihren Lebensunterhalt zu verdienen. Einige waren ganz auf sich gestellt – Dani nahm an, dass dies bei ihrer Kellnerin der Fall war. Vielleicht war sie Collegestudentin und arbeitete halbtags, um ihre Unterrichtsgebühren zu finanzieren. Oder aber sie hatte das College verlassen und musste arbeiten, um ihre Miete bezahlen und sich am Wochenende ein wenig vergnügen zu können. Es bestand aber auch die Möglichkeit, dass sie nicht nur für ihren eigenen Lebensunterhalt sorgte. Vielleicht arbeitete sie, genau wie die Frau, die Dani in ein paar Stunden treffen würde, um ihr Kind großzuziehen. Was würde eine Frau, so wie diese junge Kellnerin mit ihrem herzlichen Lächeln und ihren warmen Augen, dazu bringen, zuzusehen, wie ihr Kind umgebracht wurde? Wie ihr Kind auf grauenvolle Weise umgebracht, bis zur Unkenntlichkeit verbrannt und wie ein ausgelutschter Truthahnknochen weggeworfen wurde? Und dann zwei Jahre lang zu schweigen?

Sallie Calhoun war einst so jung wie diese Kellnerin gewesen und arbeitete nachts, sodass sie tagsüber bei ihrem Baby sein konnte. Die Nachbarn beschrieben sie als eine hingebungsvolle Mutter. Sie hatten sie niemals Angelina anschreien hören, noch nicht einmal gehört, dass sie ihre Stimme erhob. Sie hatten sie niemals plump und faul in ihrem Fernsehsessel sitzen sehen, während sich Angelina selbst beschäftigen musste. Nein, sie überschüttete ihre Tochter mit Aufmerksamkeit, umarmte sie, bedeckte sie mit Küssen, wann immer sie konnte. Was war mit dieser liebevollen Mutter geschehen, die nun in einer Zelle im Frauengefängnis von Indiana saß?

Dani wusste nicht, ob sie dieses Rätsel lösen könnte, wenn sie mit Sallie sprach, aber alle Gedanken zu diesem Gespräch verschwanden, als die Kellnerin mit ihren Bestellungen kam. Der Hamburger war blutrot, genau, wie Dani es mochte. Sie schaffte es gerade noch, jede einzelne Pommes zu verspeisen und ihren Milkshake zu trinken, der übrigens genauso köstlich war, wie man ihr versprochen hatte, bevor sie gehen mussten. Zum Gefängnistor waren es nur fünf Minuten zu Fuß. Das Gebäude stammte noch aus dem Jahr 1873 und war die erste Justizvollzugsanstalt der Nation, die nur Frauen aufnahm, und das erste Hochsicherheitsgefängnis für weibliche Gefangene. Sie zeigten am Gefängnistor ihre Ausweise vor und wurden in den Wartebereich gebracht.

»Was glaubst du, wird sie uns erzählen?«, fragte Melanie. »Weiß sie, wie nahe der Tag der Hinrichtung ist?«

»Ich weiß nicht. Ich habe keine Ahnung, ob sie seit dem Prozess überhaupt miteinander kommuniziert haben. Immerhin hat ihre Zeugenaussage ihn in die Todeszelle geschickt. Ich könnte durchaus verstehen, wenn er nichts mehr mit ihr zu tun haben wollte.«

»Na ja, sie waren doch recht lange verheiratet. Und sie hatten ein Kind zusammen. Bedeutet das denn gar nichts?«

Dani unterdrückte ein Lächeln. Trotz ihrer Intelligenz und außerordentlichen juristischen Fähigkeiten war Melanie manchmal überraschend naiv. Melanie war in einer liebevollen, intakten Familie aufgewachsen und konnte noch nicht verstehen, wie verletzend verheiratete Paare miteinander umgingen. Vielleicht hatten Sallie und George einander aus dem Gefängnis geschrieben. Vielleicht hatten sie sogar ihre abgezählten Telefonanrufe benutzt, um zu erfahren, wie es dem anderen ging. Es war, als hätte das Gift, das zum Tode ihrer Tochter führte, auch ihre Ehe zerstört. Dani erwartete sich nicht allzu viel Hilfe von Sallie, bewahrte sich aber die Hoffnung.

Nach einer halben Stunde Wartezeit wurden sie in einen fensterlosen, knapp sechzehn Quadratmeter großen Befragungsraum gebracht. Die Wände waren karg, und der Boden abgewetzt. Sallie saß an dem blanken Tisch, und eine Wärterin stand vor der Tür.

Dani begutachtete sie zunächst, bevor sie sich vorstellten. Sie war eine zarte Frau, leicht untergewichtig, mit hervorstehenden Halsknochen und bleistiftdünnen Armen. Dunkle Augenringe sahen aus wie aufgemalt. Ihr kastanienbraunes Haar hing in schlaffen Strähnen an einem ovalen Gesicht herunter. Ihre Augen konzentrierten sich auf den Tisch, und sie gab keine Anzeichen von sich, dass sie ihre Anwesenheit zur Kenntnis nahm.

»Sallie, ich heiße Dani Trumball, und dies sind meine Mitarbeiter, Melanie Quinn und Tom Noorland. Wir arbeiten für das Projekt zur Hilfe von unschuldigen Gefangenen in New York City. Wir versuchen, Ihrem Ehemann zu helfen.«

Sallies Blick richtete sich weiterhin auf den Holztisch, und sie blieb stumm.

»Wissen Sie, wo sich George im Moment aufhält?«, fragte Dani.

Sallie hob ihren Kopf an. »Er ist in der Hölle.« Die Worte kamen wie aus der Pistole geschossen, und plötzlich, als hätte sie all ihre Energie durch das Sprechen verbraucht, ließ sie ihren Kopf wieder nach unten sinken.

»Sallie, würden Sie mich bitte ansehen?«

Langsam hob sie den Kopf und richtete ihre Augen starr auf Danis Gesicht.

»Sallie, George ist im Gefängnis, genau wie Sie. Wissen Sie, warum er dort ist?«

Ihre Stimme war sehr leise, kaum lauter als ein Flüstern. »Wegen Angelina.«

»Ja, das stimmt. Wegen Angelina. Wissen Sie, was er Angelina angetan hat?«

»Ja, ich weiß es. Ich habe es gesehen.«

»Würden Sie es mir bitte erzählen?«

Sallie schüttelte den Kopf. Tränen liefen ihr die Wangen hinunter. Neunzehn Jahre waren vergangen, aber Dani stellte fest, dass Sallies Wunde immer noch so frisch wie damals war. Dani kämpfte mit sich. Sollte sie aussteigen? Sie wollte Sallie nicht so erschrecken, dass sie ganz aufhörte zu reden. Obwohl sie knappe Antworten gab, redete sie zumindest mit ihnen. Dani wusste, dass Sallie den Schlüssel zu Georges Schicksal hielt, aber sie wusste nicht, wie sie ihn drehen musste. Sollte sie langsamer vorgehen, zunächst versuchen, ihr Vertrauen zu gewinnen? Oder sollte sie sich einfach vorankämpfen? Das war es, was sie wollte – sich hineinstürzen, die Antworten aus Sallies Mund herausziehen und die Wahrheit aus ihrem verschlossenen Verstand holen. Aber sie spürte, dass sie jede Chance auf Antworten verlieren würde, wenn sie zu hart mit ihr umging.

»Wie werden Sie hier behandelt, Sallie? Können wir irgendetwas für Sie tun?«

»Sie lassen mich in Ruhe, die anderen Frauen. Sie belästigen mich nicht.«

»Ist es das, was Sie wollen?«

Keine Antwort.

»Wie beschäftigen Sie sich?«

Keine Antwort.

»Haben Sie Arbeit hier?«

»In der Küche – da arbeite ich. Ich spüle das Geschirr.«

»Sie haben vorher in einem Restaurant gearbeitet – bevor Sie hierherkamen, richtig?«

»Ich hätte nicht arbeiten gehen dürfen. Eine Mutter sollte zu Hause bei ihrem Baby bleiben. Wenn ich daheim bei Angelina gewesen wäre, hätte ich mich um sie kümmern können. Das ist seine Schuld. Er hat mich dazu gebracht, arbeiten zu gehen.«

»Meinen Sie George?«, fragte Dani. Sie versuchte einfach nur, sich mit ihr zu unterhalten. Sallie nickte.

Dani verstand ihren Konflikt. Doug hatte sie dazu gedrängt, wieder arbeiten zu gehen, als Jonah sieben Jahre alt war. »Hat George Angelina etwas angetan, während Sie auf der Arbeit waren? Hat er sie misshandelt?«

Sallie schüttelte den Kopf. Auf die Gefahr hin, dass die Wärterin in den Raum gestürmt kam, um sie auseinanderzuziehen, nahm Dani Sallies Hände in ihre. Körperkontakt war verpönt, aber diese Frau, die ihr gegenübersaß, schien ein verzweifeltes Bedürfnis zu haben, dass sich jemand um sie kümmerte.

»Ich weiß, wie schwer es für Sie ist, über Angelina zu sprechen, aber es ist sehr wichtig für uns, zu erfahren, was passiert ist. Können Sie es mir erzählen? Können Sie mir erzählen, was mit Angelina passiert ist?«

»Sie ist weg.«

»Weg, wohin?«

»Ich weiß nicht.«

Die Antwort, die Dani zu finden hoffte, der Grund, warum sie diesen Fall übernommen hatte, schien ihr nun genauso schwer erreichbar wie gestern in New York. Wenn das tote Kind, das man im Wald von Indiana gefunden hatte, nicht Georges und Sallies Tochter war, was war ihr dann zugestoßen? »Sie haben bei Georges Prozess ausgesagt, er hätte Angelina geschlagen, sie getötet und ihre Leiche entsorgt. Ist es das, was passiert ist?«

Zum ersten Mal zeigte sich Sallie aufgeregt. »Habe ich nicht gesagt, was ich sagen sollte? Habe ich es nicht richtig gemacht? Werde ich jetzt etwa auch erhängt?«, fragte sie mit wehleidigem Jammern.

Dani drückte Sallies Hand. »Niemand wird Ihnen etwas zuleide tun. Hat jemand von Ihnen verlangt, solche Dinge zu sagen? Lassen Sie uns doch einfach darüber reden.«

Sallie vergrub das Gesicht in den Händen, und ihr Körper wurde von heftigem Schluchzen geschüttelt. Es dauerte nur ein paar Minuten, bis sie zu weinen aufhörte, aber Dani kam es viel länger vor.

Als Sallie sich beruhigt hatte, fragte Dani erneut. »Bitte Sallie, erzählen Sie mir, was passiert ist.«

»George hat mich dazu gebracht.«

»Sie zu was gebracht, Sallie?«

Sallie antwortete nicht. Sie legte ihre Arme um ihren Körper und begann, hin und her zu schaukeln.

»Hat George Sie dazu gebracht, Angelina wehzutun?« Ein Nicken. »Wie, Sallie? Wie haben Sie ihr wehgetan?«

»Ich habe ihn nicht abgehalten.«

»Abgehalten wovon? Was haben Sie beobachtet, was hat George getan?« Sallie schaukelte weiter. Ihre Lippen waren zusammengepresst, als müsste sie sich anstrengen, die Worte in sich zu behalten.

Dani legte ihre Hand auf Sallies Arm, eine Geste, von der sie hoffte, dass sie Sallie trösten würde. »Hat George Ihre Tochter umgebracht?«, fragte sie ruhig.

Sallie hörte auf zu schaukeln und starrte ins Leere. Dann erhob sie sich langsam von ihrem Stuhl und sagte: »Wir beide haben unsere Tochter umgebracht. Genau das ist passiert. Wir haben unsere Tochter getötet.« Sie drehte sich um, ging zu der Tür, die zu den Gefängniszellen führte, und klopfte. Ein letztes Mal wandte sie sich zu Dani um. Ihre Augen waren trocken, und ihr Mund war angespannt. »Ich möchte nicht mehr darüber reden. Verstehen Sie? Ich kann nicht darüber reden. George ist in der Hölle, und ich bin in der Hölle, und wir gehören beide dorthin.«

Dann öffnete die Wärterin die Tür, und Sallie, ihre einzige Hoffnung, zog von dannen.

Kapitel 6

Das Holiday Inn war wie jedes andere Holiday Inn, in dem Dani bisher übernachtet hatte: sauber und einfach. Keine luxuriösen Handtücher, keine parfümierten Badeseifen oder Frotteebademäntel im Schrank. Bevor Jonah zur Welt kam, stiegen sie und Doug in Hotels ab, die all diese Extras boten. Reisen war ihre Belohnung für fünfzig Wochen harte Arbeit im Jahr. Diese Zeiten waren vorbei. Wenn sich die Gelegenheit bot, reisten sie nun zu kinderfreundlichen Ferienorten: Disney World, Lake George im Norden von New York oder Montauk Point an der Ostspitze von Long Island. Sie waren mit Jonah auch schon ein paar Mal zelten gegangen. Aber mit Luxushotels war Schluss.

Dani nahm den Aufzug zur Eingangshalle und ging in die Hotelbar. Sie entdeckte Tommy und Melanie und rutschte auf einen Stuhl an ihrem Tisch. Sie hatten noch nicht über das Gespräch mit Sallie diskutiert, seitdem sie das Gefängnis verlassen hatten. Dani zog es vor, ein solches Gespräch erst einmal in ihrem Kopf rumoren und ankommen zu lassen, bevor sie darüber diskutierte.

»Was trinkt ihr?«

»Appletini«, sagte Melanie. Tommy hielt einfach sein Glas hoch. Er trank immer Scotch mit Soda.

»Ist er gut?«, fragte sie Melanie.

»Ganz okay.«

Dani folgte ihrem Beispiel und bestellte sich dasselbe. »Nun, was meint ihr, ist sie verrückt oder bei Verstand?«

»Calhouns Anwalt hat niemals darauf bestanden, sie zu einer psychologischen Analyse zu schicken«, sagte Melanie.

»Und es gab auch seither keinen Anlass dazu. Ich habe mit der stellvertretenden Gefängnisleiterin gesprochen. Sallie ist ein anständiger Häftling. Sie bleibt meistens für sich alleine. Sie verrichtet ihre Arbeit, macht keinen Ärger und erregt kein Aufsehen.«

»Sie schien heute Nachmittag sehr nachdrücklich darauf zu bestehen, dass sie beide zusammen ihre Tochter umgebracht haben«, sagte Tommy.

»Das ist nicht dasselbe, was sie im Prozess ausgesagt hat. Dort sagte sie, sie hätte danebengestanden und zugeschaut, als George Angelina getötet hat«, sagte Melanie.

Diese Ermittlung zu leiten, war für Dani absolutes Neuland. Vorher hatte man die Fakten an sie weitergereicht, und sie verwandelte das Ganze in eine rechtliche Beweisführung. Damit es eine überzeugende Beweisführung wurde, musste sie die Fakten analysieren, und darin war sie eine Meisterin. Allerdings schien ihre heutige Faktenanalyse nicht zusammenzupassen. »Du hast recht, Melanie. Als sie Sallie zu Hause vernommen haben, antwortete sie: ›Wir haben sie umgebracht.‹ Als sie beim Prozess gegen George aussagte, klang ihre Geschichte anders. Nun kehrt sie wieder zu ihrer ursprünglichen Aussage zurück. ›Wir haben sie umgebracht.‹ Aber sie sagte auch noch etwas anderes heute, das alles in ihrer Zeugenaussage infrage stellt. Erinnert ihr euch, als sie fragte, ob sie denn nicht gesagt hätte, was sie sagen sollte? Ob sie es denn nicht richtig gemacht hätte?«

Tommy schüttelte den Kopf. »Lass uns das Ganze noch einmal von vorn durchgehen. Die Polizei klopft an ihre Tür, stellt Fragen, und sie legt sich und ihren Mann herein. Ich vermute, sie haben sie dann mit auf die Wache genommen, sie geht ins Detail und stellt plötzlich fest, dass sie in großen Schwierigkeiten ist. Sie kapiert, dass sie glimpflicher davonkommen würde, wenn sie einfach nur Zuschauerin war, also ändert sie ihre Version. Dann verlangen sie von ihr, alles noch einmal vor Gericht zu wiederholen. Glaubst du nicht, dass sie das damit gemeint hat, als sie sagte, sie habe im Prozess doch alles richtig gemacht?«

»Könnte sein. Oder aber man hat ihr eingetrichtert, etwas anderes zu erzählen.«

Melanie sah verwirrt aus. »Warum sollte der Staatsanwalt von ihr verlangt haben, ihre Version zu ändern? Ihr unmittelbares Geständnis reichte doch aus, um George zu verurteilen. Was hätte es ihnen denn geholfen, wenn sie nur Zuschauerin gewesen wäre?«

»Ich weiß nicht. Aber wenn die Polizei oder der Staatsanwalt sie gebeten haben, eine andere Geschichte zu erzählen, dann muss es dafür einen Grund geben. Vielleicht passte ihre Version nicht zu den Details des Verbrechens, also haben sie ihr eine Geschichte gebastelt. Es wäre ja nicht das erste Mal, dass so etwas passiert.«

Sie nippten eine Zeit lang schweigend an ihren Drinks. Bevor sie nach Indianapolis geflogen waren, hatte Dani noch die leise Hoffnung gehegt, dass sie nach dem Gespräch mit Sallie wissen würden, welche Version der Ereignisse richtig oder ausgedacht war. Stattdessen schien sich die Wahrheit immer weiter zu entfernen.

Die Wolken hatten sich verzogen, und Dani durchwühlte ihre Handtasche nach ihrer Sonnenbrille. Sie fuhren in Richtung Norden auf der Autobahn 65 nach Michigan City, knapp drei Stunden entfernt. Melanie saß am Steuer, während Tommy per Handy weiter nach Hinweisen suchte, und Dani schaute sich die Akte an. Sie waren seit ihrem gestrigen Abendessen nicht weitergekommen. Heute würden sie sich zunächst mit dem Gefängnisleiter Coates und dann mit ihrem Klienten treffen. Sie fuhren schweigend, alle waren sich der begrenzten Zeit bewusst und dessen, was auf dem Spiel stand.

Während der Fahrt wurde Dani auf einmal klar, dass dies der erste Fall mit einem Todestraktinsassen war, bei dem die Entscheidung für HIPP, ihn zu vertreten, allein auf ihren Schultern lag. Sie musste entscheiden, ob sie an seine Unschuld glaubte. Sie musste entscheiden, ob er noch eine Chance verdiente, seinem Urteil zu entgehen, für das man ihn siebzehn Jahre lang eingesperrt hatte.

Das Gewicht der Verantwortung lastete schwer auf ihr, und sie fragte sich, ob sie für ihre Laufbahn die richtige Entscheidung getroffen hatte. Als Mitherausgeberin vom *Harvard Law Review* und einem Abschluss mit summa cum laude hätte sie überall hingehen können. Man hatte ihr einige Angebote auf dem silbernen Tablett serviert, von unanständig gut bezahlten Positionen bei Star-Anwaltskanzleien an der Wall Street bis zum Rechtsreferendariat am Bundesgericht mit einigen der klügsten Juristen auf der Bank.

Sie hatte sich für die US-Staatsanwaltschaft entschieden. Sie war stellvertretende US-Staatsanwältin für den südlichen Bezirk von New York. Dort hatte sie auch Doug kennengelernt. Es war eine unbesonnene Zeit gewesen, bis Jonah kam. Sie hätten ihn in eine Tagesstätte geben und ihr Leben auf der Überholspur fortsetzen können, aber ganz ehrlich, das konnten sie nicht. Nicht nach seiner Diagnose. Jonah verdiente eine Chance im Leben, und beide wollten sicher sein, dass er sie bekam.

Dani hatte sich fast sieben Jahre lang nicht mehr mit juristischen Dingen beschäftigt, und Doug nahm eine Stelle als außerordentlicher Professor an der juristischen Fakultät der Columbia-Universität an. Und vor vier Jahren fing sie bei HIPP an. Nun, da Doug Kriminalrecht unterrichtete, spezialisiert auf die Rechtsprechung bei Todesstrafen, konnte man sagen, dass sie seine Worte in die Tat umsetzte. Eine schlechte Vorlesung konnte einem Gefangenen keine Giftspritze verpassen, aber sie hatte es nicht so einfach. Wenn sie es nicht schaffte, sich durch die Fakten zu arbeiten und herauszufinden, was tatsächlich passiert war, würde ihr Klient sterben. Und das machte ihr Angst.

Die Anklage der Staatsanwaltschaft beruhte auf zwei Zeugenaussagen. Auch wenn Sallies Geständnis Lücken hatte, war da dennoch die Identifizierung von George und seinem Wagen durch den Tankstellenbesitzer. Obwohl es Aussagen von Augenzeugen den Geschworenen häufig leicht machten, mit einem Schuldspruch aus der Beratung zurückzukehren, waren sie bekanntermaßen unzuverlässig. Dani blätterte noch einmal durch die Prozessmitschrift, suchte nach Fehlern, um eine Grundlage für die Berufungsklage zu finden. Sie wusste, sie würde sie finden. Unwirksame Hilfe vom Rechtsbeistand stand ganz oben auf der Liste. Bob Wilson hatte vielleicht während des Prozesses geschlafen, und er hätte seinen Job besser machen können. Und weil er George bei seinen Berufungsklagen vertreten hatte, würde er mit Sicherheit nicht sein eigenes Fehlverhalten hervorheben, um das Urteil aufzuheben. Noch vor vier oder fünf Jahren wäre es nicht möglich gewesen, Urteil und Strafmaß aufgrund unwirksamer Verteidigung anzufechten. Wenn dies nicht bereits bei der ersten Berufung geschah, war die ganze Verteidigung verloren. Glücklicherweise hatte der Oberste Gerichtshof erkannt, dass, wenn der Prozessanwalt auch die Berufungsklage einlegte, dieser mit Sicherheit nicht zugeben würde, unwirksam gearbeitet zu haben.

Dani drehte sich nach hinten zu Tommy um und sah, dass er in seinen Laptop vertieft war. »He, kannst du noch auf deine Aufgabenliste schreiben, Georges Anwalt zu überprüfen? Vielleicht finden wir ja heraus, ob er Dreck am Stecken hat.« Tommy nickte, ohne von seinem Bildschirm aufzuschauen. Den Rest der Fahrt verbrachten sie schweigend.

»Vielen Dank, dass Sie uns empfangen, Direktor Coates.« Sie saßen alle vor dem makellosen Mahagonischreibtisch des Direktors in einem Raum, der so groß war, dass man die ganze HIPP-Belegschaft dort hätte unterbringen können. Drei große mit Gitterstäben versehene Fenster boten eine Aussicht auf den Gefängnishof, gemildert von glatten, weißen Gardinen. Ein uniformierter Mann stand in der Ecke Wache, schweigend, obwohl seine allgegenwärtige Präsenz förmlich davon schrie, dass sie sich in einem Gefängnis befanden. Der Gefängnisleiter schien jünger als die meisten anderen zu sein, so auf die vierzig zugehend, mit dunkelbraunem Haar, ohne graue Strähnen. Er hatte einen solch festen Händedruck, dass Dani ihre beginnende Arthritis in den Fingern spürte. »Nun«, fuhr Dani fort, »wie Sie wissen, haben wir eventuell die Absicht, für George Calhoun Berufung einzulegen. Sie waren bei unserem Gespräch letzte Woche sehr hilfsbereit, aber können Sie uns vielleicht noch etwas anderes über Mr Calhoun erzählen?«

»Was zum Beispiel?«

»Naja, Sie erwähnten, dass er von Anfang an seine Unschuld beteuerte. Wie haben Sie davon erfahren?«

»Sie müssen verstehen, Insassen im Todestrakt werden von den restlichen Männern isoliert. Mit Ausnahme von dreißig Minuten täglich sind sie in ihrer Zelle völlig alleine. Sie haben nicht viel Gelegenheit, miteinander zu sprechen.«

»Sie verwirren mich«, sagte Dani.

»Nun, ich erkläre es Ihnen. Sehen Sie, jeder braucht jemanden zum Reden, sei es mit dem Geistlichen oder oftmals mit den Wärtern. Ansonsten würden sie den Verstand verlieren. Viele Verurteilte prahlen mit ihren Vergehen. Andere hingegen schwafeln in einem fort, dass sie vorschnell verurteilt wurden. George gehört weder zu der einen noch zu der anderen Sorte. Aber er hat sich einem der Wärter anvertraut. George spricht nicht viel über seine Tochter, aber nach jedem Besuch seines Anwalts stürmte er kopfschüttelnd in seine Zelle zurück und beschwerte sich bei dem Wärter, dass sein Anwalt ihm nicht glaubte. Und dann sagte er immer, dass er seiner geliebten Tochter niemals ein Härchen gekrümmt habe und es auch nie tun würde. Aber ich persönlich glaube, dass diese Aussagen in einem Gefängnis nicht viel wert sind. Nun, wie ich Ihnen bereits vorher sagte, wenn es darum geht, einen Mann zu töten, dann möchte ich sicher sein, dass wir auch die richtige Person haben«.

Dani wusste nicht, ob ein Gefängnisleiter mit einem Gewissen schwer zu finden oder heutzutage typisch war, aber was auch immer, Coates war ein aufgeschlossener Mensch. »Hat George jemals einen Psychiater aufgesucht?«

»Nein, nein. Braucht er nicht.«

»Also keine Anzeichen von Wahnvorstellungen?«

»Jedes Mal, wenn ich ihn traf, kam er mir immer ziemlich normal vor. Die meisten Männer hier, die dem Tod ins Auge sehen, scheinen wie sich windende Schlangen zu sein, jeden Moment zum Angriff bereit. Man kann sich ohne Weiteres vorstellen, dass sie jemanden umgebracht haben. Bei George ist das anders. Er war immer ruhig, fast gelassen. Was auch immer er getan hat, er ist mit sich selbst im Reinen.

»Soweit Sie informiert sind – hat er jemals jemandem erzählt, was mit seiner Tochter passiert ist?«

»Wenn er sich nicht gerade über seinen Rechtsanwalt aufregt, spricht er nie über sie.«

Da war es schon wieder – dieses eine Puzzleteil, das nirgendwo hineinzupassen schien. George hatte von je her felsenfest behauptet, dass das Kind im Wald nicht seine Tochter war. Obwohl in nur weniger als einem Monat eine Giftspritze auf ihn wartete, hatte er immer noch keine Erklärung für Angelinas Verschwinden vorgebracht. Ganz gleich, wie überzeugend die Klageschrift sein würde, die sie erstellen konnte, damit er einen gerechten Prozess bekam, sie hoffte nur, dass es auf diese eine Frage hinauslaufen würde: Was war mit Angelina Calhoun passiert? Heute würden sie keine Antwort auf diese Frage bekommen. Der Gefängnisleiter hatte sie bereits bei ihrer Ankunft darüber informiert, dass George mit einer Lungenentzündung in die Krankenpflegeabteilung gebracht worden war. Es konnte ein paar Tage dauern, bis er in der Lage sein würde, sich mit ihnen zu treffen. Dani dachte, dies wäre vielleicht eine Gelegenheit, Bob Wilson zu treffen und das Ehepaar zu finden, dessen Tochter um dieselbe Zeit verschwunden war. Allerdings konnte sie ihre Sorge nicht abschütteln. George hatte sich an HIPP gewandt, also nahm sie an, dass er gerettet werden wollte. Aber war sein Wille stark genug, um ihnen Antworten zu geben?

»Ich vermisse dich.«

»Ist Gracie denn kein guter Ersatz für mich?«

Doug lachte, und dieser Ton ging Dani durch Mark und Bein, und sie hatte wieder das Gefühl der Besorgnis, das sie in den letzten Tagen mit sich herumschleppte. »Noch nicht einmal annähernd.«

»Wie geht es Jonah?« Sie fühlte sich hin und her gerissen. Sie wollte Doug sagen hören, dass ihr Sohn sie furchtbar vermisste, dass seine Welt ohne sie aus den Fugen geraten war. Aber sie wusste, dass es besser für Jonah war, wenn er das nicht sagte.

»Katie verwöhnt ihn nach Strich und Faden, also ist er recht glücklich. Übrigens, das Anmeldeformular für das Camp ist heute mit der Post gekommen.«

Es ging um eine Anmeldung für ein Musikcamp. Camp Adagio in den Green Mountains in Vermont, speziell für Kinder mit WBS. Jonah spielte schon seit dem Alter von drei Jahren Klavier. Es begann mit dem typischen Kinderklavier. Anstatt wahllos auf die Tasten zu hauen, begann er bereits, Melodien nachzuspielen, die er im Radio gehört hatte. Als er fünf war, spielte er schon auf einem professionellen Keyboard, und ein Jahr später kauften sie ihm ein gebrauchtes Klavier. Zwei Jahre später fing er schon an, Klavierkonzerte zu komponieren.

Für WBS-Kinder ist Musik oftmals eine große Leidenschaft. Einige bringen sie durch Singen zum Ausdruck, andere wiederum spielen Musikinstrumente, und wieder andere komponieren. Manche werden als Musikgenies bezeichnet, und die meisten haben ein solch feines Gehör, dass sie winzige Abweichungen in der Tonlage heraushören können.

»Sind wir denn wirklich sicher, dass er dazu in der Lage ist, einen ganzen Monat lang wegzubleiben?«

»Dani, wir haben das nun schon mindestens hundert Mal durchgekaut. Er ist bereit. Es wird gut für ihn sein.«

»Er wird ja so schnell erwachsen. Ich weiß, dass er uns immer brauchen wird, aber wenn er einen Monat lang von daheim weg ist, habe ich das Gefühl, als ob er uns weniger bräuchte.«

»Und hat das denn nicht auch was Gutes?«

»Doch, natürlich.«

»Wie läuft's mit den Gesprächen?« Doug verstand es meisterhaft, sie abzulenken, wenn er merkte, dass sie in Selbstmitleid zerfloss.

»Bisher ziemlich unproduktiv. Und wir sind heute auf ein Hindernis gestoßen. George ist krank, und wir können ihn erst sehen, wenn sein Fieber gesunken ist. Wahrscheinlich wird das nicht länger als ein, zwei Tage dauern, aber wir kommen trotzdem ins Hintertreffen.«

»Was macht ihr denn in der Zwischenzeit?«

»Ich wollte zunächst warten, bis wir mit George gesprochen haben, um uns dann mit seinem Prozessanwalt zu treffen, aber ich denke, ich werde das bereits morgen tun.«

»Na, dann wünsche ich dir viel Glück dabei. Und komm schnell wieder nach Hause. Auch wenn Jonah dich nicht braucht, ich brauche dich umso mehr.«

Nein, dachte sie, als sie den Hörer auflegte. Doug wollte sie vielleicht daheim haben, aber George war derjenige, der sie jetzt wirklich brauchte.

Kapitel 7

Tommy durchsuchte die Minibar in seinem Hotelzimmer nach einem Schluck Scotch. Da keiner zu sehen war, entschied er sich für eine Flasche Bier, öffnete sie und sank in den Vinylpolstersessel vor seinem Schreibtisch. Dani machte ihm Sorgen. Noch bevor sie mit George gesprochen hatte, glaubte sie bereits an seine Unschuld. Und das war schlecht. Die meisten Männer im Todestrakt waren schuldig und verdienten es, zu sterben. Obwohl er verstand, dass es wichtig war, sicherzugehen, dass kein Fehler begangen worden war, musste man dennoch völlig emotionslos ermitteln. In diesem Stadium war die Unschuldsvermutung totaler Mist. Was ihn persönlich anbelangte, vermutete er stets Schuld und suchte nach Gegenbeweisen. Dies war Danis erste Ermittlung, und ihre Unerfahrenheit machte sich bemerkbar. Zumindest bei ihm. Natürlich war sie klug. Wenn Beweise für die Unschuld eines Häftlings vorlagen, dann war sie die Beste, alle Fakten in eine spitzenmäßige Klageschrift zu bringen. Und er hatte sie beobachtet, wie sie vor dem Berufungsgericht ihre Plädoyers hielt – sogar vor dem Obersten Gerichtshof. Sie war verdammt überzeugend, sah aus wie ein Fuchs, klang aber wie ein Tiger.

Vielleicht hatte Sallie ihre Geschichte hier und da durcheinandergebracht, aber wie auch immer, sie führte stets wieder auf ein und denselben Täter zurück: George. Vielleicht hatte sie mitgemacht, vielleicht auch nicht. Das tat nichts zur Sache. Es war George, der kurz vor der Hinrichtung stand, George war ihr Klient.

Und es schien, als ob die Geschworenen recht hatten. Allerdings musste er jeder Spur nachgehen, ganz gleich, wie abwegig sie sein mochte. Er nahm das Telefon und wählte.

»Hammond Police Department. Mit wem kann ich Sie verbinden?«

»Ist Detective Hank Cannon im Hause?« Tommy wartete ein paar Minuten, bevor eine laute, raue Stimme antwortete.

»Cannon, am Apparat.«

»Detective Cannon, ich bin Tom Noorland. Jimmy Velasquez sagte, Sie könnten mir helfen.«

»Woher kennen Sie Jimmy?«

»Wir haben in den Neunzigern zusammen beim FBI gearbeitet. Ich habe mich zurückgezogen und arbeite jetzt für das Projekt zur Hilfe von unschuldigen Gefangenen in New York City.«

»Muss ziemlich langweilig für Sie sein. Ich kenne nicht viele unschuldige Häftlinge.«

Tommy lachte. »Da bin ich ganz Ihrer Meinung. Aber dieser hier soll in fünf Wochen an die Nadel. Wir möchten sichergehen, dass er es auch verdient.«

»Haben die Geschworenen nicht bereits darüber entschieden?«

»Hör'n Sie, Detective. Sie wissen, dass die sich manchmal vertun. Meistens lassen sie einen der schlechten Jungs laufen. Aber in manchen Fällen ist es umgekehrt. Niemand ist perfekt.«

»Was brauchen Sie von mir?«

»Sie haben in den neunziger Jahren im Fall eines vermissten Mädchens ermittelt. Ihr Name war Conklin, Stacy Conklin. Erinnern Sie sich daran?«

Tommy konnte einen Seufzer am anderen Ende der Leitung vernehmen, dann Schweigen. Er nahm einen weiteren Schluck Bier und wartete. Die Stimme, die jetzt am anderen Ende zu ihm sprach, klang etwas bedrückt.

»Wissen Sie, wie manche Fälle an einem kleben bleiben? Man bearbeitet sie, kaut sie immer wieder durch, und ganz gleich, wie sehr man sich anstrengt, man kommt auf keinen grünen Zweig. Stacy Conklin, ja, das ist genau so ein Fall. Er wurde im Dezernat als ungelöster Fall begraben, aber nicht in meinem Kopf. Ich wünschte, er wäre es. In zwei Jahren gehe ich in den Ruhestand, und ich möchte bestimmt nicht mein Lebensende damit verbringen, mich zu fragen, was mit ihr geschehen ist.«

»Gab es irgendwelche Spuren? Zeugen?«

»Nein. Sie verschwand mitten in der Nacht aus ihrem Bett. Die Eltern schliefen, und als sie aufwachten, war sie verschwunden. Keine Fingerabdrücke, kein Anzeichen von gewaltsamem Eindringen, aber es war Sommer, und die Schlafzimmerfenster standen offen. Wir hatten eine Liste mit Personen, die sich rund um das Haus aufgehalten haben, aber es kam nichts dabei herum.«

»Was ist mit den Eltern – wurden sie überprüft?«

»Na ja, die waren ganz schön hysterisch, als es passiert ist. Jeder, der sie sah, wusste genau, wie schwer es sie getroffen hatte. Die haben kein Theater gespielt, wenn Sie verstehen, was ich meine. Als die Leiche gleich nebenan, in Indiana, auftauchte, haben wir die Eltern zur Identifizierung mitgenommen. Der Anblick dieser verbrannten Leiche eines kleinen Mädchens hat sie fast umgebracht. Die Mutter konnte sie überhaupt nicht anschauen. Ich stand direkt neben ihnen. Gott sei Dank war es nicht ihre Tochter.«

»Wie konnten sie sich da so sicher sein, wenn der Körper so stark verbrannt war?«

»Andere Größe, anderes Gewicht. Und da waren auch noch ein paar Haare übrig. Es war nicht dieselbe Haarfarbe wie die ihrer Tochter.«

Es gab keinen Grund zur Annahme, dass die Polizei in Hammond ihren Job nicht richtig gemacht hatte, vor allem in Anbetracht von Detective Cannons Eifer, den Fall abzuschließen, bevor er in den Ruhestand trat. Tommy beschloss, etwas weiter zu bohren. »Wurden gerichtsmedizinische Untersuchungen angestellt, um zu bestätigen, dass sie nicht ihre Tochter war?«

»So wie DNA?«

»Ja, so wie DNA. Hat sich irgendjemand die Mühe gemacht und die DNA des Opfers mit der von den Conklins verglichen?«

»Vergessen Sie nicht, das war in den Neunzigern. DNA-Tests waren noch keine Routine.« Tommy wollte nicht riskieren, Cannon zu verärgern. Er brauchte seine Hilfe, wenn dieser Hinweis es wert war, weiterverfolgt zu werden. »Stimmt, ich vergesse das immer.«

»Warum fragen Sie eigentlich nach Stacy? Haben Sie Informationen über sie?«

»Nee. Ich prüfe einfach nur alle losen Enden für einen Typ, der im Todestrakt sitzt. Übrigens, wissen Sie zufällig, wo die Eltern jetzt wohnen?«

»Sicher. In demselben Haus, aus dem Stacy verschwunden ist. Ich sage Ihnen, ich wäre nicht dort geblieben. Ich bin immer noch in Kontakt mit ihnen. Nettes Ehepaar. Sie haben die Sache mit ihrer Tochter niemals verkraftet. Sie hatten keine weiteren Kinder mehr.«

Tommy dankte dem Detective für seine Hilfe. Für nichts gibt man nichts, dachte er bei sich, als er auflegte.

Kapitel 8

Ein lautes Klopfen an der Tür weckte sie auf. »Zimmerdienst«, hörte Dani jemanden sagen. Sie hatte es doch schon wieder getan, sie hatte vergessen, das *Bitte nicht stören*-Schild vor die Tür zu hängen. Der Wecker auf dem Nachttisch zeigte acht Uhr fünfzehn an. Sie taumelte aus dem Bett, öffnete die Tür zum Korridor und bat die Frau, die dort stand, später wiederzukommen.

Sie musste sowieso aufstehen. Melanie und Tommy warteten um neun Uhr in der Hotelhalle auf sie, um im Hotel zu frühstücken. Sie duschte schnell, zog sich an und ging nach unten. Die beiden warteten bereits an einem kleinen Tisch auf sie. Sie schnappte sich ein Muffin und eine Tasse Kaffee und gesellte sich zu ihnen.

»Etwas Neues vom Gefängnisleiter?«, fragte Melanie.

»Ja, ich habe gerade mit ihm gesprochen. Calhoun ist immer noch in der Krankenstation, aber es geht ihm besser. Wir können ihn wahrscheinlich morgen besuchen.«

»Ich habe gestern Abend Detective Cannon erreicht«, sagte Tommy.

»Und?«, fragten Dani und Melanie im Chor. Tommy erzählte ihnen alles über das Gespräch mit Cannon.

»Ist es irgendwie möglich, eine DNA-Probe von den Conklins zu bekommen?«, fragte Melanie.

»Immer langsam mit den jungen Pferden!«, sagte Tommy. »Nur weil sie eine Tochter haben, die um dieselbe Zeit verschwunden ist wie Angelina, heißt das noch lange nicht, dass das Kind in diesem Grab ihres ist.«

»Aber für all die anderen Kinder, die verschwunden sind, haben wir eine Erklärung.«

»Nur die Kinder, deren Verschwinden gemeldet wurde. Das fügt das Puzzle nicht zusammen. Nehmen wir einmal an, ein paar Eltern haben ihr Kind während desselben Zeitraums umgebracht. Das werden sie mit Sicherheit nicht den Behörden gemeldet haben, also wurden sie auch nicht in der FBI-Datenbank aufgenommen. Selbst wenn das tote Kind nicht Angelina ist – und das wäre ein starkes Stück –, dann könnte es jeder sein.«

»Allerdings«, sagte Dani, »könnte es hilfreich sein, wenn wir herausfinden würden, wie wir zu einer DNA-Probe von den Conklins kommen. Selbst wenn es nur dazu dient, sie auszuschließen.«

»Vergiss nicht das Opfer«, sagte Tommy. »Wer weiß, ob sich nicht irgendwo bei den Beweisstücken etwas finden lässt, von dem wir eine DNA-Probe machen könnten. In der Hoffnung, dass sie die Asservate immer noch haben. Ohne die DNA des Kindes haben wir nichts, was wir damit vergleichen können.«

»Ist es nicht Vorschrift, die Beweisstücke aufzuheben?«, fragte Melanie.

»Im Jahr 1990 nicht unbedingt.«

»Wir sind auf dem besten Wege, vorschnell zu handeln, Leute«, sagte Dani. »Wir wissen aus der Akte von Georges Anwalt, dass weder am Opfer noch an den Calhouns DNA-Tests durchgeführt wurden. Der Grund dafür mag sein, dass sie Sallies Geständnis hatten, oder aber, weil DNA-Tests damals noch nicht üblich waren. Wenn es jedoch eine Beweisstücksammlung mit der DNA des Kindes gibt, müssen wir das schnell herausfinden. Wir könnten sie dann mit der DNA von George vergleichen und sehen, ob sie zusammenpassen. Tommy, kannst du die Polizeistation in LaGrange anrufen, um herauszufinden, was sie noch haben?«

»Okay, wird gemacht.«

Dani nahm einen Bissen von ihrem Muffin und spülte ihn mit einem Schluck Kaffee hinunter. »Ach ja, noch etwas, Tommy, meinst du, dass uns dieser Detective in Hammond die Conklins vorstellen könnte?«

»Ich vermute, ja. Wenn es eine Chance gibt, dass das Kind im Wald Stacy und nicht Angelina war, wäre er daran interessiert.«

»Okay. Kümmere dich darum.«

»Was glaubst du? Bist du der Ansicht, dass die Conklins für den Tod ihrer Tochter verantwortlich sein könnten?«

»Ehrlich gesagt, es kann uns egal sein, ob sie es sind oder nicht. Wenn wir beweisen können, dass das Kind nicht Angelina Calhoun ist, dann haben wir die Chance auf einen neuen Prozess für George, falls nicht, sind wir sofort draußen. Aber wenn es Stacy ist, dann haben sich die Eltern dadurch verdächtig gemacht, dass sie ständig behauptet haben, es sei nicht ihre Tochter.«

Melanie schüttelte den Kopf. »Wenn ich mir eine verbrannte Leiche ansehen würde, ich glaube, ich würde mich weigern zu glauben, dass es mein Kind ist. Ich hätte versucht, mich vor dem Gedanken zu schützen, welche Schmerzen meine Tochter aushalten musste.«

Dani schaute sich im Frühstücksraum um. Da saßen mehrere Familien an den Tischen, einige sprachen leise, andere wiederum schienen offensichtlich durch die Quengelei ihrer Kinder verärgert zu sein. *Wie würde sich das anfühlen, wenn einem dieses quengelnde Kind weggenommen und man es niemals mehr wiedersehen würde? Gott, welch qualvollen Schuldgefühle einen plagen würden: Habe ich nicht richtig aufgepasst? Hätte ich mein Kind besser beschützen können?* Sie konnte Eltern verstehen, die sich im sterilen Raum des Gerichtsmediziners eine Leiche ansahen und behaupteten: »Nein! Das kann nicht mein Kind sein. Ich lasse es nicht zu, dass dies mein Kind ist.« Melanie hatte recht; Selbstschutz schuf einen sehr starken Panzer.

»Tommy, ich denke, du solltest nach Hammond fahren und dich einmal persönlich mit diesem Detective unterhalten.«

»Dein Wunsch ist mir Befehl.«

Da ein freier Tag vor ihr lag, beschloss Dani, Bob Wilson einen Besuch abzustatten. Sie fuhr in einem Mietwagen nach LaGrange, dieses Mal mit einem Kleinwagen, dem billigsten. Tommy fuhr mit dem anderen Mietwagen nach Hammond, Illinois, in die entgegengesetzte Richtung.

Sie hasste es, in fremde Städte zu fahren, ohne Satellitenradio, nur unbekannte Sender. Sie hasste Country-Musik, welche unvermeidlich die einzige Musik war, die sie außerhalb von New York finden konnte. Aber sie hasste es auch, ohne Musik zu fahren; diese Stille ging ihr auf die Nerven.

Es war ihr nie wohl dabei, den Anwalt zu treffen, der den Prozess eines zum Tode Verurteilten geführt hatte. Die meisten gingen auf Angriffsstellung. Manche zeigten sich zunächst kooperativ, aber sobald der ermittelnde Anwalt tiefer bohrte, verfielen sie in die allzu bekannten Rechtfertigungen in Bezug auf das Urteil. Die schlimmste hatte Dani von Bob Wilson gehört: Sein Klient war schuldig.

Sie hielt bei Wilsons Haus an, und fand genau das, was sie erwartet hatte: eine Ladenfront in einer Hintergasse mit einem abblätternden Schild vor der Tür und abgenutzten Möbeln drinnen. Kleinstadtverteidiger wurden im Allgemeinen nicht gut für ihre Bemühungen bezahlt. Nachdem sie sich vorgestellt hatte, deutete seine Sekretärin auf ein Büro am Ende des Korridors. »Gehen Sie nur bis ans Ende, meine Liebe. Er erwartet Sie schon. Klopfen Sie einfach an die Tür.«

Dani ging hinein, und sie tauschten ein paar Höflichkeitsfloskeln aus. Wilson schien so Ende fünfzig, Anfang sechzig zu sein. Er trug einen hellgrauen Anzug, aber sein Jackett hing auf einem Kleiderbügel hinter seiner Bürotür. Trotz seiner tiefen Falten im Gesicht konnte man noch erahnen, dass er in seiner Jugend recht attraktiv gewesen sein musste. Sein Büro unterschied sich nicht vom Empfangsbereich, es war vielleicht sogar noch angestaubter. Auf dem großen Schreibtisch aus Nussbaumholz lagen Unmengen von Akten, und in der Nähe stand ein überfüllter Papierkorb. Mit Ausnahme von ein paar ausgehängten Diplomen von der juristischen Fakultät von Indiana waren die weißen Wände blank. Dani kam gleich auf den Punkt. »Bob, gibt es da etwas bei diesem Fall, was ich wissen sollte, das nicht in den Akten steht?«

»Nein«, antwortete er schnell. »Es ist alles aufgeführt.«

»Also hat niemand versucht, das Kind aus dem Wald zu identifizieren, und man hat sich nur auf Sallies Geständnis verlassen?«

»Nun, sie konnten weder Finger- noch Fußabdrücke nehmen. Der Körper war ja viel zu stark verbrannt.«

»Und keine DNA?«

»Vergessen Sie bitte nicht, dass ein Verteidigungsanwalt in einem solchen Fall keinen DNA-Test beantragt. Warum auch? Sallie hatte doch bereits bestätigt, dass es ihre Tochter war.«

»Aber George beharrte darauf, dass sie es nicht war.«

Wilson lehnte sich in seinem Stuhl zurück und schaute zu ihr hinüber. »Süße, ihr Großstadtanwälte aus euren Elfenbeintürmen bildet euch wohl ein, dass Geld auf den Bäumen wächst«, sagte er mit einem verschmitzten Lächeln. »Es kostet einen Haufen Kohle, eine DNA-Analyse durchzuführen, vor allem damals. Wenn Sie Strafverteidigungsarbeit machen, dann entwickeln Sie einen sechsten Sinn. Sie merken ganz genau, wenn ein Klient versucht, Sie an der Nase herumzuführen, und Sie wissen auch, wenn er die Karten alle offen auf den Tisch legt. George war nicht unschuldig – das wusste ich sofort. Dann kann man ja gleich sein Geld mit vollen Händen aus dem Fenster schmeißen. Sallie hat bestätigt, dass es ihre Tochter war, und ganz gleich, was irgendeine Analyse gezeigt hätte, ich bin mir verdammt sicher, dass die Geschworenen ihr glauben würden.«

Dani fühlte, wie Wut in ihr aufstieg. Am liebsten hätte sie Wilson den Hals umgedreht und gebrüllt: *Sie haben einen Mann vertreten, der dem Tod ins Auge sieht. Wie konnten Sie es wagen, ihn einfach mir nichts, dir nichts, aufzugeben? Wie konnten Sie es wagen, diesen Fall zu übernehmen, obwohl Sie von vornherein wussten, dass Sie nichts dafür tun würden, um die Wahrheit herauszufinden? Wie können Sie es wagen, Strafrecht zu praktizieren, Sie nichtsnutzige Schande eines Anwalts?* Stattdessen fragte sie in aller Ruhe: »Glauben Sie, dass Sallie die Wahrheit gesagt hat?«

»Nun, ich muss zugeben, dass sie sich nicht so gut durchschauen ließ. Sie konnte keinen Satz hervorbringen, ohne zu heulen. Aber ich hatte keinen Anlass, ihr nicht zu glauben.«

»Wie sieht es mit ihrer geistigen Verfassung aus? Haben Sie versucht, ein psychologisches Gutachten über sie erstellen zu lassen?«

»Ich habe Ihnen bereits gesagt, dass diese Dinge Geld kosten. Ich habe verdammt wenig mit dieser Verteidigung verdient, und da er kein Sozialhilfeempfänger war, wollte das Gericht für all diese Tests, die man Ihrer Meinung nach hätte durchführen sollen, kein Geld ausgeben.«

»Erzählen Sie mir mal, wenn Sie so sehr von Georges Schuld überzeugt waren, warum haben Sie ihm dann nicht geraten, ein Schuldbekenntnis zu machen?«

Wilson stand von seinem Stuhl auf und schaute aus dem Fenster. Nach einer Weile drehte er sich wieder zu Dani um. Die Streitlust war aus seiner Stimme verschwunden, als er antwortete: »Ich hätte ihn auf Knien angefleht, ein Schuldeingeständnis zu machen, wenn es zu etwas gut gewesen wäre. Der Staatsanwalt bot ihm eine lebenslange Freiheitsstrafe ohne Haftaussetzung an und die Todesstrafe vom Tisch zu nehmen. Aber George wollte nichts davon wissen. Er hörte sich an, wie eine hängende Schallplatte, wiederholte ständig, er hätte das Kind nicht umgebracht. Es schien, als ob er sich den Tod herbeigewünscht hätte, so sehr, wie er darauf bestand, vor Gericht zu gehen.«

Dani zögerte, Wilson gegenüber zu missbilligend zu reagieren, immerhin kannte er den Fall zu gut, um Anlass zu geben, seine Kompetenz infrage zu stellen. Aber sie hinterfragte die Art, wie er diesen Fall behandelt hatte. »Ich bin erstaunt, dass Sie George in den Zeugenstand gebracht haben, insbesondere da Sie doch fest von seiner Schuld überzeugt waren. Dachten Sie, er würde den Geschworenen eine Erklärung zum Verschwinden seiner Tochter bieten?«

Wilson schüttelte den Kopf. »Ich wusste, dass das eine Katastrophe sein würde. Es spielte keine Rolle, wie oft ich ihm gesagt habe, dass er dabei war, seinen Kopf in die Schlinge zu stecken, wenn er als Zeuge auftreten würde. Er bestand einfach darauf, den Geschworenen zu erzählen, dass er kein Mörder war. Letztendlich gab ich auf. Ich war mir dessen bewusst, dass er so oder so untergehen würde. Also ließ ich ihm seinen Willen.«

Dani fragte sich, was das wohl für ein Gefühl war, einen Mann zu vertreten, den man schnurstracks in die Todeszelle schickte, weil man ihn für schuldig hielt. Sie praktizierte in einer selten gewordenen Welt – HIPP stellte das letzte Fünkchen Hoffnung für verurteilte Männer und Frauen dar. Wenn die Anwälte von HIPP nicht an die Unschuld ihrer Klienten glaubten, wären sie verloren. Dani hätte niemals die Verteidigung im Namen eines Menschen übernommen, dessen Unschuld sie anzweifelte. Strafverteidiger waren eine andere Spezies. Einige waren echte Idealisten, die sich selbst als Kreuzritter sahen, die den heiligen Grundsatz hochhielten, dass jedermann Recht auf einen Anwalt hatte; andere wiederum begannen zunächst als Staatsanwälte und wendeten dann die Fähigkeiten an, die sie erlernt hatten, um eine Praxis zu eröffnen zur Verteidigung angeklagter Krimineller. Und ein paar wenige – sehr wenige, so hoffte sie – wollten sich einfach nur bereichern. Wilson kam ihr wie einer dieser wenigen vor.

»Ist es nicht überraschend für einen schuldigen Mann, das Risiko eines Verfahrens einzugehen, obwohl er weiß, dass sein Leben auf dem Spiel steht?«

»Nicht, dass ich wüsste. Manche Kriminelle sind so ausgekocht, dass sie schon selbst daran glauben, die Straftat nicht begangen zu haben, auch wenn man sie in flagranti erwischt hat.«

Dani dachte plötzlich an eine Situation, als sie den dreijährigen Jonah ertappt hatte, wie er auf einem Stuhl stand und einen Keks in der Hand hielt, den er gerade aus dem Küchenschrank geholt hatte. »Jonah, nicht Keks genommen«, sagte er mit völlig unschuldigem Blick, als er seine Mutter entdeckte. Dani musste zugeben, dass Wilsons Einschätzung einiger Krimineller durchaus richtig war. Sie stellte ihm ein paar andere Fragen. »Sie haben Sallie nicht lange ins Kreuzverhör genommen. Gab es einen Grund dafür?«

»Ich sah, dass ihr die Geschworenen glaubten. Eine Menge mehr, als diejenigen, die bereit waren, George zu glauben. Ich hielt es für sinnlos, ihr noch mehr Zeit zu geben, ihre Sympathie zu erlangen.«

»Aber Sie hätten doch wenigstens versuchen können, ihre Aussage anzuzweifeln. Der Staat hatte keine gerichtsmedizinischen Beweise, die George mit dem Opfer in Verbindung brachten, nur Sallies Zeugenaussage.«

»Sie vergessen den Tankwart.«

»Seine Aussage war doch wirklich fragwürdig. Und dies haben Sie den Geschworenen mit Bravour gezeigt.«

Wilson gluckste. »Hören Sie, vergeuden Sie nicht Ihre Zeit damit, mir Honig ums Maul zu schmieren. Es ist kein Geheimnis, dass Sie auf unwirksame Verteidigung plädieren. Meine Gefühle werden dadurch nicht verletzt. Ich bezweifle, dass Sie es auf diese Weise erreichen, einen neuen Prozess für George zu erwirken, aber bitte schön, nur zu.«

Die Frage, ob HIPP den Fall übernehmen würde, stand immer noch im Raum. Auch wenn Dani an Georges Behauptung seiner Unschuld glaubte, so musste sie ihre Chancen dennoch genau abwägen, dies erfolgreich durchziehen zu können. Wilson hatte recht – so knapp vor der Hinrichtung einen neuen Prozess zu erwirken, wäre fast aussichtslos.

Sie unterhielten sich noch etwas und gingen dann die Details des Prozesses und der Berufungen durch. Dani bedankte sich bei Wilson für seine Hilfe und sammelte ihre Notizen ein, um zu gehen. Auf dem Weg zur Tür drehte sie sich zu ihm um. »Und Sie sind sich sicher, dass weder George noch Sallie jemals erzählt haben, was mit ihrer Tochter, mit Angelina, passiert ist?«

Wilson schloss die Augen und rieb sie sich mit dem Handrücken. Als er sie wieder öffnete, sah er müde aus, erschöpft von den vielen Jahren, in denen er sich mühsam durchgeschlagen hatte, um gesellschaftliche Außenseiter zu vertreten. »Kein einziges Mal vor dem Prozess. Noch nicht einmal während der Berufungen. Nur später, viel später, ungefähr fünf oder sechs Jahre später – ich glaube, es war, als ich an seiner letzten Chance einer Berufung am Obersten Gerichtshof arbeitete – hat mir George geschrieben. Er hatte sich eine absurde Geschichte ausgedacht, dass seine Tochter krank gewesen sei, bla, bla, bla, und dass ihr niemand helfen wollte. Es war absoluter Quatsch – ein verzweifelter Versuch, sein Schicksal umzubiegen. Ich habe diesen Brief weggeworfen.«

Er musste den Schock gesehen haben, der Dani im Gesicht geschrieben stand. »Sie haben den Inhalt dieses Briefes nicht weiterverfolgt?«

»Weswegen? Wahrscheinlich hat ihm ein Mitgefangener geholfen, diese Hirngespinste aufs Papier zu bringen. Sie können sich ja gar nicht vorstellen, wie kreativ die da drinnen werden. Alles Lügner. Es gab überhaupt keinen Grund, meine Zeit weiter zu vergeuden.«

»Aber was ist, wenn er die Wahrheit geschrieben hat?«

»Dann hätte er es mir gesagt, wenn es ihm so wichtig gewesen wäre.«

Wilson war bestimmt kein schlechter Anwalt. Jedenfalls war er bestimmt kein dummer Anwalt. Dani kannte ihn nicht wirklich, aber sie vermutete, dass er noch nicht einmal ein fauler Anwalt war. Überall in den Vereinigten Staaten verteidigten haufenweise Anwälte aus den drei Kategorien ihre Klienten vor Gericht. Wilsons Problem war, dass er nicht genügend Geld von einem Klienten bekam, den er selbst für schuldig befunden hatte – eine gefährliche Kombination für einen Angeklagten, der zum Tode verurteilt werden soll.

Kapitel 9

Tommy hielt den Tacho etwa zwanzig Stundenkilometer über der Geschwindigkeitsbegrenzung. Aus Erfahrung wusste er, dass dies der Sicherheitsbereich war, die Spanne zwischen der Geschwindigkeit, die als Höchstgeschwindigkeit angegeben war, und dem Punkt, der bestraft wurde, wenn er Pech hatte und in eine Verkehrskontrolle geriet. In weniger als zwei Stunden kam er bei der Polizeistation von Hammond an, und Hank Cannon wartete bereits auf ihn.

»Ich weiß nicht, ob ich Ihnen mehr erzählen kann«, sagte Cannon. »Ich habe Ihnen gestern bereits eine Menge am Telefon erzählt.«

»Nun, ich hatte auch nicht erwartet, durch meinen Besuch mehr zu erfahren. Aber unser Gespräch mit Calhoun wurde um einen Tag verschoben, und da ich noch nie ruhig auf meinem Hintern sitzen bleiben konnte, fiel mir nichts Besseres ein, als Jimmys Freund zu besuchen.«

Cannon setzte ein breites Lächeln auf, als er seinen Arm um Tommys Schultern legte. »Ja, ich wette, wir können uns gegenseitig ein paar wilde Geschichten über Jimmy erzählen. Kommen Sie, wir gehen in mein Büro.«

Tommy folgte Cannon den Korridor entlang. Die einst superweiße Wandfarbe war nun schmutzig grau und blätterte an den

Ecken ab. Der industrielle Teppichboden war auch recht abgewetzt.

Eine Mischung aus Stimmen, klingelnden Telefonen und Getippe auf Computertastaturen sorgte für ein vertrautes Hintergrundgeräusch, und Tommy sehnte sich auf einmal nach der guten alten Zeit beim FBI zurück.

Cannon führte ihn in ein Großraumbüro voller Schreibtische und mit drei Räumen am anderen Ende. »Dies hier ist mein Büro«, sagte Cannon und deutete auf einen der schätzungsweise zwanzig Schreibtische im Raum.

»Machen Sie es sich bequem.« Cannon ließ sich auf einen Stuhl hinter seinem Schreibtisch fallen und wartete, bis sich Tommy auf einem Plastikstuhl daneben niedergelassen hatte.

»Also, worum geht's bei diesem Besuch eigentlich? Ich könnte ja den lieben langen Tag über Jimmy plaudern, und ich bin mir sicher, wir würden unseren Spaß haben, aber ich glaube nicht, dass Sie einfach nur aus Lust und Laune hier herausgefahren sind.«

»Nee, da haben Sie recht. Ich dachte, wenn es Ihnen nichts ausmacht, könnten Sie mich vielleicht Stacys Eltern vorstellen.«

Cannon starrte Tommy eine Weile schweigend an. »Sie denken also, ich wäre so nahe mit ihnen in Tuchfühlung gekommen, dass ich wichtige Beweise übersehen haben könnte?«

»Nein, absolut nicht. Aber es kann ja nicht schaden, wenn jemand die Sache mal mit anderen Augen betrachtet. Ich glaube nicht, dass es ihre Tochter war, die man in den Neunzigern in Indiana gefunden hat. Aber wenn sie es doch war, wären sie denn nicht daran interessiert, es zu erfahren?«

»Und wie wollen Sie durch das Treffen mit den Conklins herausfinden, ob es Stacy war, die man in diesem Wald vergraben hat?«

»Hören Sie. Ich will ganz ehrlich mit Ihnen sein. Ich hoffe, dass die Conklins irgendetwas von Stacy aufgehoben haben. Einen Kamm oder eine Haarbürste vielleicht. Womöglich ihre Lieblingspuppe, an der noch ein paar ihrer Haare hängen. Dann könnten wir sie mit irgendeiner DNA vergleichen, die in den Asservaten in LaGrange liegt.«

»LaGrange?«

»Ja, so heißt der Bezirk, der den Fall des Kindes aus dem Wald übernommen hat, drüben bei Orland.«

»Haben die Leute dort die DNA von dem Kind?«

Tommy senkte seinen Blick. »Ich habe noch nicht mit ihnen gesprochen, aber ich denke schon. Ich meine, ist das in einem Mordfall nicht üblich?«

»Vielleicht habt ihr Jungs vom FBI routinemäßig DNA-Beweise in den Neunzigern aufgehoben, aber das stand bei uns hier nicht unbedingt auf dem Programm. Könnten Sie nicht zuerst einmal in LaGrange nachfragen, bevor wir die Conklins belästigen?«

Tommy schenkte Cannon sein herzlichstes Lächeln. »Nun, jetzt bin ich schon mal hier. Es ist ein herrlicher Tag. Außerdem ist das für uns eine willkommene Ausrede, das Büro zu verlassen. Wer weiß, vielleicht ermutigt es die Conklins sogar, wenn sich jemand anderes bemüht, herauszufinden, was mit Stacy passiert ist.«

Cannon schaute Tommy fragend an. »Sind Sie sicher, dass Sie nicht die Absicht haben, diesen Mord den Conklins in die Schuhe zu schieben? Sollte dies der Fall sein, dann sage ich Ihnen klipp und klar, dass Sie auf dem falschen Dampfer sind. Vergessen Sie's.«

»Ruhig Blut. Ich glaube nicht, dass sie es getan haben. Ich behaupte noch nicht einmal, dass unser Typ es nicht getan hat. Alles, was ich weiß, ist, dass Calhoun darauf beharrt, dass das Mädchen im Wald nicht seine Tochter war. Ich habe ihn sogar noch nicht einmal getroffen. Aber wenn ich das habe, werde ich womöglich denken, dass er ein Scheißkerl ist und genau das bekommen wird, was er verdient. Um ehrlich zu sein, erwarte ich das sogar. Aber in der Zwischenzeit möchte ich nichts unversucht lassen. Wenn es nur die geringste Chance gibt, dass Calhoun die Wahrheit sagt und das Mädchen im Wald nicht seine Tochter war, muss sie wohl oder übel jemand anderes sein. Vielleicht ist dieser jemand Stacy Conklin. Wenn ich ihre Eltern wäre, würde ich alles tun, dass die

Person, die ihr das angetan hat, zur Hölle fährt. Und eines bin ich mir sicher, George Calhoun hat Stacy Conklin nicht umgebracht.«

»Die Conklins haben den Leichnam des kleinen Mädchens doch gesehen. Es war nicht Stacy.«

»Nach dem zu urteilen, was ich gelesen habe, waren die Verbrennungen sehr stark. Sie hätten sich irren können. Ich meine, wenn es meine Tochter wäre, würde ich mir einreden, dass sie es nicht war.«

Cannon zuckte mit den Schultern. »Ich glaube zwar, dass dies ein sinnloses Unterfangen ist, aber ich habe heute nichts Dringendes vor. Versuchen wir es einfach.«

Dreißig Minuten später schüttelte Tommy die Hand von Mickey Conklin. Der Handschlag des Mannes war kräftiger als er aussah. Ein Bodybuilder, dachte Tommy, als er die Muskeln sah, die Mickeys enges Sweatshirt ausfüllten. Janine Conklin stand mit verschränkten Armen vor ihrem schlanken Körper neben ihm.

»Vielen Dank, dass ihr uns empfangt«, sagte Cannon, nachdem sie sich gegenseitig vorgestellt hatten. »Ich verspreche euch, es wird nicht lange dauern. Wie geht's euch so? Ist schon 'ne Weile her, dass wir miteinander gesprochen haben.«

Janine stand teilnahmslos an der Haustür, im Gegensatz zu Mickey, der auf den Fußballen hin und her wippte. »Es geht uns gut, danke. Nicht wahr, Janine?«, sagte Mickey, und seine Worte überschlugen sich, als er Tommy anblickte.

»Könnten wir vielleicht einen Moment hineinkommen?«, fragte Cannon.

»Sicher, natürlich; verzeih mir meine schlechten Manieren, Hank. Es ist nur so, dass wir euch nicht erwartet haben«, sagte Janine, und trat zur Seite, damit die beiden Männer ins Haus gehen konnten.

»Bitte, macht es euch bequem«, fuhr Janine fort und deutete auf die Couch. »Kann ich euch etwas zu trinken anbieten? Ich habe gerade frischen Kaffee gemacht.«

»Herzlich gerne, Janine. Danke. Wie immer«, sagte Cannon.

Tommy schüttelte den Kopf. »Für mich nichts.«

Als Janine den Raum verließ, drehte sich Tommy zu Mickey um. »Detective Cannon erzählte mir vom Verschwinden Ihrer Tochter. Mein Beileid.«

Mickey nickte schweigend.

»Würde es Ihnen etwas ausmachen, mir das Zimmer zu zeigen, aus dem sie verschwunden ist?«

»Was geht Sie das denn an?«, fragte Mickey.

»Verzeihen Sie, ich bin wieder zu voreilig. Ich vertrete einen Mann, der wegen Mordes an seiner Tochter in Kürze hingerichtet werden soll. Als die Leiche entdeckt wurde, bestand der Verdacht, es hätte Stacy sein können, und man hat Sie beide zur möglichen Identifizierung mitgenommen. Sie haben bestätigt, dass sie es nicht war. Ich versuche nur, das Ganze zurückzuverfolgen, um sicherzustellen, dass das auch wirklich der Fall ist.«

Mickey setzte sich aufrecht. »Wollen Sie damit sagen, dass ich meine eigene Tochter nicht kenne?«

»Ich bin der Meinung, dass sich jeder Vater in dieser Situation geweigert hätte, zu glauben, dass es seine Tochter war, die man ermordet und angezündet hat«, sagte Tommy gelassen. »Und ich kann mir vorstellen, dass unser Verstand uns manchmal austrickst, damit wir das sehen, was wir sehen wollen.«

»Ich weiß, was ich gesehen habe. Ich weiß, dass es nicht Stacy war.«

»Was wollen Sie von uns?« Janine stand in der Tür mit einer Tasse Kaffee in jeder Hand. »Haben wir denn nicht schon genug durchgemacht?«

»Ich möchte Ihnen auf keinen Fall noch mehr Kummer bereiten, Mrs Conklin. Ich dachte nur, vielleicht würde sich in Stacys Zimmer irgendetwas mit einer Haarsträhne von ihr finden lassen. Auf diese Weise wären wir ganz sicher, dass sie es nicht war.«

Ein gurgelnder Schluchzer entwich Janines Kehle, als sie sich umdrehte, und sich in die Küche zurückzog.

Mickey stand auf. »Hören Sie, es gibt nichts mehr in Stacys Zimmer. Wir haben unser Büro dort eingerichtet. Wir haben vor Jahren schon alles weggeworfen. Ich denke, Sie sollten jetzt gehen.«

Tommy und Cannon standen auf und gingen zur Haustür. »Ich weiß, dass dies unangenehm ist. Aber wenn es Stacy ist, wären Sie denn nicht daran interessiert, ihren Mörder zu finden? Würden Sie ihn denn nicht lieber hinter Gittern sehen?«

»Nein«, sagte Mickey. »Ich möchte einfach nur unseren Albtraum vergessen.«

Kapitel 10

Es war erst drei Tage her, seit Dani nach Indiana geflogen war, und schon jetzt vermisste sie ihr Zuhause. Wie würde es Jonah schaffen, vier Wochen lang von seiner Familie getrennt zu sein, wenn sie erst ein paar Tage von ihm und Doug fort war und sich schon jetzt fühlte wie eine Süchtige, die eine Entziehungskur machte? Sie hatte vollkommen vergessen, dass Teenager den Drang nach Unabhängigkeit haben, den sie selbst verspürt hatte, als sie eine Mutter wurde und später wie alle Mütter zu Hause saß und sich wegen der Gefahren ängstigte, die dort draußen lauerten.

Als Kind hatte sie immer gedacht, sie sei unzerstörbar. Nichts Böses könnte ihr geschehen, keine Krankheit könnte sie jemals befallen, kein Risiko war zu groß. Wie traurig ist es doch, dass uns allen irgendwann das Leben lehrt, dass wir genauso verwundbar sind, wie der Nachbar, der von einem Auto angefahren wurde, oder wie ein Großelternteil, der einer langen Krankheit erlegen ist, oder wie die Mutter eines Freundes, die sich wegen Brustkrebs einer Chemotherapie unterzog und dann trotzdem sterben musste. Es gab Zeiten, in denen sie sich nach dieser glückseligen Unwissenheit sehnte, nach dieser Gewissheit, ewig zu leben, dass nichts auf der Welt ihr Glück zerstören konnte. Kein Wunder, dass sie Jonah davor schützen wollte, zu schnell erwachsen zu werden und lernen zu müssen, dass nichts gewiss war. Ein unglücklicher Zufall, sei es Krankheit, Unfall, eine achtlose Entscheidung oder aber ein Extrachromosom, konnte das Leben eines Menschen für immer verändern.

Trotz ihres Heimwehs kribbelte es Dani vor Aufregung – heute würde sie zum ersten Mal vor George Calhoun sitzen. Sie wusste nicht, was sie erwartete. Bob Wilsons Einschätzung von George war eindeutig. Nichtsdestotrotz fehlte etwas, etwas Ungeklärtes, das nur George ihr beantworten konnte. Ob er ihr die Antwort liefern würde, war zu diesem Zeitpunkt ungewiss.

Sie traf Melanie und Tommy zum Frühstück in der Hotelhalle. Wieder schenkte sie sich eine Tasse Kaffee ein, nahm einen dicken Heidelbeermuffin und setzte sich in den Plastikstuhl an einem Tisch in der Ecke.

Dani beendete die Beschreibung ihres Gesprächs mit Bob Wilson und wandte sich dann zu Tommy. »Hast du mit der Polizei in LaGrange gesprochen?«

»Ja. Mit einem der Kriminalbeamten, die in den neunziger Jahren an dem Fall dran waren.«

»Und?«

»Und nichts. Die Beweismittelsammlung war ziemlich dürftig. Es gab nichts, was eine DNA enthielt.«

Das überraschte Dani. Auch wenn DNA-Analysen zur damaligen Zeit zur Beweisaufnahme relativ neu waren, hätte sie sich dennoch vorgestellt, dass in den Beweisgegenständen irgendetwas zu finden war – eine Haarsträhne, Fingernagelabschürfungen, eine Blutprobe. »Wie ist es mit Cannon gelaufen?«

»Mit meinem üblichen Charme habe ich Cannon dazu gebracht, mich zu den Eltern zu bringen«, sagte Tommy. »Meine Hoffnung war, sie hätten etwas von ihrer Tochter aufgehoben, wie beispielsweise ihre Haarbürste. Kein Glück. Sie haben alles säuberlich ausgeräumt und das Kinderzimmer in ein Büro umgewandelt.«

»Hast du Gelegenheit gehabt, mit den Eltern zu sprechen?«

Tommy nickte, und nahm einen Bissen von seinem Bagel. »Daddy bestand darauf, dass es nicht Stacy war. Für meinen Geschmack bestand er ein wenig zu sehr darauf. Oder aber ich bilde mir etwas ein.«

Bei jedem anderen wäre es ein Leichtes gewesen, Tommy von seiner Grübelei abzubringen. Aber die vielen Jahre undercover beim FBI hatten seinen bereits von Natur aus scharfen Instinkt rasiermesserscharf gemacht. Wenn sich Tommy Fragen zu Mickey Conklin stellte, dann musste Dani das ernst nehmen. Ob sie diese Spur weiterverfolgen würden, hing davon ab, was bei dem Gespräch mit George herauskam.

Als Anwältin in Berufungsverfahren war Dani schon in Gerichtshöfen des ganzen Landes in Erscheinung getreten, aber selten hatte sie sich in ein Hochsicherheitsgefängnis gewagt. Das Staatsgefängnis von Indiana wurde während des Zweiten Weltkriegs erbaut, um Kriegsgefangene zu isolieren, und galt als eines der gefährlichsten Gefängnisse im Land. Mit seinen imposanten Mauern und den zahlreichen Kontrollpunkten sah es aus wie eine massive Festung. Am ersten Kontrollpunkt wurden Dani, Melanie und Tommy gefilzt und ihre Taschen gründlich durchsucht, bevor sie sich zum nächsten Kontrollpunkt begeben durften. Ein Tor schloss sich hinter ihnen, bevor sich das nächste öffnete, und insgesamt mussten sie durch fünf Tore hindurch, bis sie zu einem kleinen Befragungsraum geführt wurden. Kurze Zeit später brachte ein Wärter George Calhoun hinein, dessen Hände rücklings gefesselt waren.

Er sah anders aus, als Dani erwartet hatte. Sie hatte sich vorgestellt, George würde seiner Frau ähneln: schmächtig, mit mattbraunem Haar und tief eingefallenen Augen. Stattdessen war er zwar klein, aber korpulent, mit einer muskulösen Brust und kräftigen Unterarmen. Seine sandbraunen Haare waren als Kind wahrscheinlich blond gewesen. Anders als seine Frau mit ihrer zurückweichenden Haltung schien George wie ein Stier zu sein, der darauf wartete, in die Arena gelassen zu werden.

Dani brauchte bei ihm nicht bedächtig vorzugehen. Sie konnte in seinen Augen lesen, dass er unbedingt seine Geschichte erzählen wollte. Nachdem sie sich vorgestellt hatten, begann Dani sofort mit der Frage, die seit neunzehn Jahren unbeantwortet geblieben war. »George, erzählen Sie mir bitte, was mit Angelina passiert ist.«

Er klopfte mit dem Fuß auf den Boden. Er schwieg eine Weile, und plötzlich fragte er Dani: »Haben Sie Kinder?«

»Ja. Ich habe einen Sohn.«

»Würden Sie denn nicht alles für ihn tun?«

»Ich würde niemanden für ihn umbringen«, antwortete sie schnell.

George nickte langsam mit dem Kopf. »Dagegen ist nichts einzuwenden.« Er beugte sich über den Tisch. Keine weitere Regung. »Es gab nichts, was ich nicht für Angelina getan hätte.« Die Worte sprangen ihm von der Zunge wie eine Anschuldigung, die ihr Zielobjekt suchte.

Dani fragte erneut. »Was ist mit Ihrer Tochter passiert?«

George saß aufrecht, mit zurückgezogenen Schultern. »Wir mussten tun, was wir tun mussten. Um unserem kleinen Mädchen zu helfen. Damit sie eine Chance hatte.«

»Ich verstehe nicht ganz.«

»Ich vermute, die meisten Menschen würden das nicht tun.«

Für einen Augenblick befürchtete Dani, sie würden das Gefängnis genauso verwirrt verlassen, wie sie Sallie verlassen hatten. Wenn das passierte, wäre ihre Entscheidung klar: HIPP würde es ablehnen, diesen Fall zu übernehmen.

»George, bitte, ich möchte verstehen, was Sie sagen wollen. Ich möchte es zumindest versuchen und Ihnen helfen. Der einzige Weg ist, mir alles über Angelina zu erzählen.«

George sank in seinem Stuhl zusammen, seine Streitlust war verpufft wie die Luft aus einem platten Reifen. Mit sanfter Stimme, aber mit Entschlossenheit sagte er: »Wir wünschten uns so sehr ein Baby. Wir versuchten es immer und immer wieder.«

»Und dann kam Angelina zur Welt?«

»Ja, Madam. Aber erst, nachdem wir schon sehr lange verheiratet waren. Sallie und ich waren gerade mit der Highschool fertig, als wir heirateten. Es war nicht so, dass wir mussten, so wie einige unserer Freunde. Nein, wir waren einfach unglaublich ineinander verliebt. College war etwas, das wir nicht geplant hatten, also schien es uns vernünftig, den Bund der Ehe zu schließen. Ich meine, warum warten? Ich habe schon immer gerne an Autos herumgebastelt, eigentlich, seit ich einen Schraubenschlüssel halten konnte. Jede Werkstatt in der Stadt bot mir einen Job an. Sallie hatte nie etwas von einer Studentin. Sie konnte noch nicht einmal ordentlich tippen. Aber wir hatten ihr Einkommen auch nicht für längere Zeit eingeplant. Nur für ein paar Jahre, bis wir etwas Geld für eine Anzahlung für ein Haus gespart hatten, und dann wollten wir versuchen, ein Baby zu bekommen. Tja, aus ein paar Jahren wurden fast fünfzehn Jahre, bevor Sallie schließlich schwanger wurde. Wir hatten es schon fast aufgegeben.« George hörte auf zu sprechen und starrte ins Leere.

»Sie müssen sich furchtbar gefreut haben, als Angelina geboren wurde«, sagte Dani und wollte ihn damit zum Weitersprechen bringen.

»Es war nichts Geringeres als ein Wunder, so kam es uns vor. Ich brach zusammen und schluchzte, als ich sie zum ersten Mal sah. Ich hielt dieses kostbare kleine Mädchen in den Armen und wollte es einfach nicht mehr loslassen. Ich sage Ihnen, ich hatte noch nie zuvor etwas so Schönes gesehen.« George starrte auf den Tisch. Dani konnte seine Hände sehen, die immer noch hinter seinem Rücken in Handschellen gefesselt und leicht zusammengedrückt waren. »Es war kein Wunder, das lernten wir noch früh genug. Wunder müssen doch andauern, nicht wahr?«

Dani zuckte mit den Schultern.

»Sallie war Kellnerin, bevor das Baby kam. Als wir Angelina nach Hause brachten, gab sie ihren Job auf, und schwor, keinen mehr anzunehmen, solange sie sich um unser Baby kümmern musste.«

Sallie hatte Dani erzählt, dass sie gearbeitet hatte, nachdem Angelina geboren wurde. Irgendetwas hatte sie umgestimmt. »Warum ging Sallie wieder arbeiten?«

»Wir mussten ausstehende Rechnungen bezahlen. Arztrechnungen. Krankenhausrechnungen. Sehen Sie, unsere allerliebste

Angelina wurde krank. Wenn Sie kein krankes Kind haben, können Sie nicht wissen, wie sich das anfühlt. Wenn Sie mit ansehen müssen, wie schwach ihr Baby ist und wie es weint, und wenn sie dem Ganzen machtlos gegenüberstehen, weil Sie ihm nicht helfen können.«

Obwohl Dani durch das Leben mit Jonah durchaus dieses Gefühl der Hilflosigkeit kannte, wollte sie George nicht unterbrechen. Melanie machte Notizen, damit Dani von nichts abgelenkt würde, während sie ihm zuhörte.

George schaute Dani an, und sie sah, dass seine Augen förmlich glühten. »Bevor es geschah, bevor sie krank wurde, waren wir so glücklich wie noch nie. Jeden Tag, wenn ich von der Arbeit nach Hause kam, sagte Sallie zu mir: ›Schau mal, was Angelina heute geschafft hat‹, dann beobachtete ich, wie sich mein Baby herumrollte, und später, wie sie es schaffte, sich alleine aufzusetzen. Dann grinste Sallie immer wie ein Honigkuchenpferd. Als Angelina ihre ersten Schritte machte und nicht dabei hinfiel, ja, das war, als ob sie auf dem Mond oder so spazieren ginge, und es schien alles so unglaublich.«

»Und dann wurde sie krank?«

George nickte. »Der Arzt sagte, sie müsse sich einer Chemotherapie unterziehen. Ich wusste, wie schlimm das war. Mein Onkel hatte Lungenkrebs, vermutlich weil er zu viel geraucht hat. Er wurde schrecklich krank von der Chemotherapie, und plötzlich starb er doch. Aber Angelinas Arzt hatte Hoffnung.«

»George, lassen Sie uns einen Schritt zurückgehen. Warum brauchte Angelina Chemotherapie?«

»Sie hatte Leukämie.«

Dani schaute auf Melanie und sah, dass sie aufgehört hatte, Notizen zu machen. Sie nahm an, dass Georges Enthüllung Melanie genauso erschüttert hatte wie sie. »Das tut mir leid, George. Es tut mir aufrichtig leid.« Dani wartete einen Augenblick. »Wann wurde das bei ihr diagnostiziert?«

»Kurz nach ihrem zweiten Geburtstag. Wir hatten eine kleine Party für sie gemacht, nur wir drei feierten, aber wir hatten das ganze Haus mit Luftballons geschmückt, und Sallie hatte eine Schoko-ladentorte gebacken. Ungefähr eine Woche später rief mich Sallie in der Arbeit an. Sie weinte am Telefon, erzählte mir, dass Angelina krank wäre, Fieber hätte, richtig hohes Fieber, so um die vierzig Grad. Ich muss dazu sagen, dass unsere kleine Tochter oft kränkelte und ständig Erkältungen und Schnupfen bekam, aber wir hatten keine Krankenversicherung. Ich bin nur ein einfacher Mechaniker, wissen Sie. Also, jedes Mal, wenn das Baby krank wurde, behandel-ten wir sie zu Hause, und sie wurde immer wieder gesund. Aber sie hatte noch nie zuvor so hohes Fieber gehabt, und das machte Sallie Angst, also brachten wir sie zur Notaufnahme. Der Arzt sagte, An-gelina habe eine Ohreninfektion und gab Sallie Medizin für unser Kind. Aber diesmal wurde es einfach nicht besser.«

»Können Sie sich an den Namen des Arztes erinnern?«

George blieb eine Weile stumm. »Ich komme einfach nicht drauf. Alles andere liegt so deutlich vor mir, alles, was er sagte, einfach alles. Ich kann ihn mir sogar bildlich vorstellen, aber sein Name – der ist mir entfallen.«

»Sind Sie mit Angelina wieder zu diesem Arzt gegangen?«

»Ja, Madam. Etwa vier oder fünf Tage später habe ich mir ein paar Stunden freigenommen, und wir brachten Angelina zu dem-selben Arzt. Und diesmal hat er sie sehr gründlich untersucht, sie komplett durchgecheckt. Und dann entdeckte er diese roten Flecken auf ihrer Haut. Und er stellte uns einen Haufen Fragen. ›Wird sie schnell müde? Wie ist ihr Appetit? Haben Sie sie jemals hinken sehen?‹ Solche Dinge. Auf einmal bekamen wir Angst, aber der Arzt sagte uns, wir sollten uns keine Gedanken machen. Er sagte, er müsse ein paar Analysen durchführen. Analysen kosten Geld, aber das war uns in diesem Moment egal, denn nichts war uns wichtiger als Angelina. Nichts. Also nahm ihr der Arzt Blut ab, und sie schrie die ganze Zeit, während Sallie sie auf den Armen hielt, aber wir dachten ständig: ›Bitte, bitte, lieber Gott, mach', dass mit unserem Baby alles in Ordnung ist.‹ Wir sagten das im-mer und immer wieder und versuchten einfach, unsere Ohren zu schließen, um sie nicht mehr schreien zu hören.

Na ja, es war egal, wie sehr wir gebetet haben, denn als wir wieder zum Arzt zurückkamen, teilte er uns mit ›Ihre Tochter hat Leukämie‹.« George hielt inne, holte tief Luft und ließ den Kopf auf die Brust sinken. Alle warteten still darauf, dass er fortfuhr. Als er wieder aufschaute, standen Kummer und Verzweiflung in seinen Augen geschrieben. »Wissen Sie, wie sich das anfühlt, wenn man Ihnen mitteilt, dass Ihr Baby vielleicht sterben wird? Ihr kostbares Baby, auf das Sie fünfzehn Jahre lang gewartet haben und das Ihnen dann als Geschenk Gottes gebracht wird?«

Dani wusste, wie sich das anfühlte. Als ihr Jonahs Arzt mitteilte, dass ihr Kind einen Herzfehler hatte, dass ihr fünf Jahre alter Sohn operiert werden musste und dass solche Operationen mit Risiken verbunden waren, hatte ihr eigenes Herz ausgesetzt.

Es fühlte sich an, als ob die Wände im Raum immer näher kämen und sie in einem winzigen Ort ohne Licht und Luft einklemmten. Kein Elternteil sollte jemals mit einer lebensbedrohlichen Krankheit seines Kindes konfrontiert werden. Kein Elternteil sollte jemals mit dem Tod seines Kindes konfrontiert werden. Denn das stellte die natürliche Ordnung des Universums völlig auf den Kopf.

Sie erzählte George nicht, wie sehr sie sich in sein Leid hineinversetzen konnte. Stattdessen murmelte sie »Es tut mir so leid.«

»Wir hatten weder Geld noch Versicherung, also unterzeichneten wir ein paar Vereinbarungen, um im Laufe der Zeit die Behandlungen zu bezahlen. Sie pumpten dieses Zeug in ihren Körper – das dazu gedacht war, sie zu heilen –, aber es war schier unmöglich zuzusehen, was sie unserem Baby antaten. Sie übergab sich Tag und Nacht. Ihr armer kleiner Körper konnte es kaum ertragen. Im zweiten Behandlungsmonat fielen ihre wunderschönen blonden Haare aus, und der Mund war voller Geschwüre. Sie weinte die ganze Zeit, und es gab nichts, was wir für sie tun konnten.«

»Wie lange hatte man sie der Chemotherapie unterzogen?«

»Sechs Monate. Und als dann alles getan war, sagte der Arzt, es ginge ihr wieder gut. Sie sei auf dem Wege der Besserung, so nannte er das. Ihre Haare kamen wieder, genau wie ihr Lächeln, und alles schien wieder in Ordnung zu sein. Aber da gab es eine Menge offener Rechnungen. Hohe Rechnungen für ihre Behandlung, wissen Sie. Ich sagte Sallie, sie müsse wieder arbeiten. Sie wollte nicht. Unser Baby in der Obhut von jemand anderem zu lassen – nun, das brach uns einfach das Herz. Aber wir hatten keine andere Wahl. Sallie versuchte verzweifelt, einen Job mit Krankenversicherung zu finden, aber die einzige Arbeit, die sie jemals gemacht hatte, war Bedienen. Schließlich nahm sie eine Nachtarbeit in einem Restaurant an. Also passte sie tagsüber auf Angelina auf, und ich blieb nachts bei ihr. Wir waren in diesem Jahr so glücklich.« George hielt inne und lächelte. »Sehen Sie, der liebe Gott hatte uns unsere kleine Tochter wiedergegeben.«

Abermals stellte Dani die immer noch unbeantwortete Frage. »Ich verstehe. Angelina war sehr krank, und sie beide hatten große Angst. Aber dann ging es ihr wieder besser. Also, was ist mit ihr passiert?«

George schüttelte den Kopf. »Wir dachten nur, es ginge ihr besser. Aber die Leukämie – sie kam zurück. So etwa um ihren vierten Geburtstag herum fiel Angelina oft hin. Wir dachten, es wären Wachstumsschmerzen, wissen Sie, Kinder wachsen so schnell, und oft fallen sie über sich selbst. Wir machten uns keine Gedanken, als wir wieder mit ihr zum Arzt gingen. Das war dumm von uns. Es war, als ob wir übermütig geworden wären und wir nun unsere wohlverdiente Strafe bekämen. Die Leukämie – sie hatte sich bis zu ihrem Gehirn ausgebreitet. Der Arzt sagte, sie müsse sich erneut einer Chemotherapie unterziehen. Und Bestrahlungen. Und eine Knochenmarktransplantation – das war es, was sie wirklich brauchte. Aber wir mussten jemanden finden, der kompatibel war. Sallie und ich wurden beide getestet, aber unser Knochenmark war nicht das richtige für Angelina. Wir zahlten immer noch die ersten Arztrechnungen zurück, und jetzt kamen auch noch Krankenhausrechnungen dazu. Der Arzt sagte, wir sollten uns seinetwegen keine Gedanken machen, aber dass wir Geld für das Krankenhaus auftreiben sollten. Er sagte, wir müssten beweisen, dass wir zahlungsfähig wären, bevor sie sie behandeln würden.«

»Haben Sie das Geld für ihre Behandlung beschafft?«

»Nein, Madam. Wir haben alles versucht. Wir haben sogar bei Medicaid, dem Gesundheitsfürsorgeprogramm, vorgesprochen, aber sie sagten, wir hätten ein zu hohes Einkommen. Ein zu hohes Einkommen! Können Sie sich das vorstellen? Wir hatten ja noch nicht einmal einen Cent zu viel in der Tasche.« George schüttelte den Kopf. »Ich habe Sie vorhin gefragt, ob Sie nicht alles für Ihr Kind tun würden. Nun, es gab nichts, was ich nicht für Angelina getan hätte. Sie würde sterben, wenn sie keine Behandlung bekam. Der Arzt sagte es uns zwar nicht ins Gesicht, aber es war ganz deutlich an seiner Stimme zu hören.«

»Ist Angelina gestorben?«, fragte Dani sanft.

»Ich weiß es nicht«, antwortete George mit tonloser Stimme.

Sie saßen alle wie angewurzelt da, und für eine Weile konnte Dani keine Worte finden. Schließlich stellte sie noch einmal dieselbe Frage, mit der sie dieses Gespräch begonnen hatte. »Was ist mit Angelina passiert?«

»Sie müssen das verstehen. Wir waren verzweifelt. Kein Krankenhaus der Welt hätte sie behandelt. Ich ging also in die Bücherei und las eine Menge über ihre Krankheit. Ich las, wie schlimm es ist, wenn sich der Krebs im Gehirn festsetzt. Ich las auch, dass die Mayo-Klinik die beste sei, dass ihre Ärzte Kinder wie meines retten würden. Aber sie wollten natürlich auch Geld dafür. Also fuhren wir alle zusammen nach Minnesota. Wir nahmen ihre ganzen Krankenakten und all ihre Tests mit, schwärzten alle Namen – Angelinas Namen, den des Arztes, des Krankenhauses, sogar den des Labors –, damit uns niemand mit ihr in Verbindung bringen konnte. Wir legten alles in einen Beutel und banden ihn ihr um die Taille. Wir legten auch einen Brief in den Beutel, nicht mit unseren Namen oder so, noch nicht einmal mit Angelinas Namen, und wir schrieben in diesem Brief, dass wir ihnen unsere Tochter anvertrauen, dass sie ihr unbedingt helfen, sie gesund machen müssten. Wir wussten, wenn sie elternlos war, wäre es ohne Belang, dass sie nicht versichert war. Wenn sie alleine wäre, mussten sie ihr helfen. Medicaid würde für sie zahlen, denn sie hatte ja kein Einkommen.

Wir dachten, sie würden sie in ein Pflegeheim stecken, und dann ginge es ihr vielleicht besser, jemand würde sie adoptieren. Also ließen wir sie dort, im Krankenhaus, und sagten ihr, dass wir sie über alles liebten, immer lieben würden, aber dass sie warten müsste, bis jemand käme, um ihr zu helfen. Wir beschworen sie, niemandem ihren Namen zu nennen. Und dann gingen wir weg. Wir haben sie nie wieder gesehen.«

Dani war schwindlig. Wie konnten Eltern ein Kind, ein nur vier Jahre altes Kind, ganz alleine in einem Krankenhaus lassen? Wie qualvoll musste es für George und Sallie gewesen sein, einer Wahl zwischen Leben und Tod gegenüberzustehen: entweder ihr Kind unbehandelt sterben zu sehen oder aber ihre geliebte Tochter zu verlassen.

Konnte diese Geschichte wahr sein? Oder war es der letzte Strohhalm, an den sich George klammerte, um der Giftspritze zu entgehen? Der Anblick von Georges Gesicht ließ Dani glauben, dass sein Albtraum Wirklichkeit war. Aber nach siebzehn Jahren Gefängnis war es das erste Mal, dass er eine Erklärung für das Verschwinden seiner Tochter lieferte. »Warum haben Sie das niemandem schon vorher erzählt?«, fragte sie. »Sie wurden wegen Mordes an Angelina angeklagt. Sie wussten, dass Sie die Todesstrafe erwartete. Wieso haben Sie das denn nicht Ihrem Anwalt erzählt? Oder warum haben Sie den Geschworenen nicht das erklärt, was Sie uns heute erzählt haben?«

»Was hätte ich ihnen denn erzählen sollen? Dass wir unsere Tochter im Stich gelassen haben – krank und alleine – und dann einfach abgehauen sind? Meine Sallie brauchte lange, um zu akzeptieren, warum wir keine andere Wahl hatten. Ich habe von niemandem erwartet, der nicht in unserer Situation steckte, so etwas zu verstehen. Vor allem, wenn unsere Kleine dort gestorben wäre. Und wenn sie die Behandlung bekommen hätte und sie gesund geworden wäre? Nun, wenn ich ihnen erzählt hätte, wo wir sie hingebracht hatten, dann hätten sie sofort mit der Behandlung aufgehört. Ich konnte dieses Risiko nicht eingehen. Ganz egal, was es für mich bedeutete. Dann, als ich dachte, wir wären auf der sicheren

Seite und meine Geschichte könnte ihr nicht mehr schaden, habe ich versucht, es meinem Anwalt zu erzählen. Wenn sie noch lebte, wäre sie achtzehn Jahre alt gewesen. Sie konnten sie nicht zu uns zurückschicken, wenn sie immer noch medizinisch behandelt werden musste. Mein Anwalt hat mir natürlich nicht geglaubt, aber ich kann es ihm nicht verübeln.«

»Hätten Sie ihn nicht bedrängen können, ihn dazu bringen können, Ihnen zuzuhören?«, sagte Dani.

George schüttelte den Kopf. »Das hätte nichts genutzt.«

Dani musste zugeben, dass er recht hatte. Damals war Wilson fest entschlossen gewesen, zu glauben, dass sein Klient schuldig war.

»Nachdem die Geschworenen aus der Beratung zurückgekommen waren und mich hierher geschickt hatten, schlief ich jede Nacht mit dem Gedanken ein, dass meine Angelina nicht gestorben war und dass sie von einer netten Familie adoptiert wurde, die sie liebte, und die die finanziellen Mittel hatte, sie gesund zu erhalten. Warum hätte ich ihr diese Chance nehmen sollen? Ich sagte Ihnen bereits, ich würde alles für mein Kind tun. Und das meine ich ernst. Ich war bereit, zu sterben, sodass mein Engelchen die Chance hatte, zu leben.

»Und jetzt? Warum erzählen Sie uns das jetzt?«

»Weil ich es wissen muss, bevor ich es tue. Ich meine, bevor ich sterbe. Ich muss wissen, ob mein Baby lebt.«

Kapitel 11

Unmöglich! Das war der Gedanke, der ihr nicht mehr aus dem Kopf ging. Es war von Anfang an unmöglich gewesen. Was hatte sie nur geritten, diesen Fall zu übernehmen? In den Beweisgegenständen von dem Kind im Wald befand sich keine DNA. Warum auch? Diese Methoden waren so neu, dass sie zur damaligen Zeit nur selten angewendet wurden. Sie hätte wissen müssen, dass die Polizei keine Haarbüschel, Fingernägel oder andere Dinge aufhob, um eventuell zu beweisen, dass es nicht Angelina Calhoun war, die man im Wald gefunden hatte. Wenn George ehrlich zu ihnen war, wie sollte Dani dann in der Lage sein, es zu beweisen? *Unmöglich!* Aber es war zu spät, einen Rückzieher zu machen. Der Fall hatte sich in sie hineingefressen. Sie wäre niemals in der Lage, wegzugehen, ohne auch nur den geringsten Versuch unternommen zu haben, zu beweisen, was Wahrheit und was Lüge war.

Schweigend gingen sie zum Hotel zurück. Vor einer Woche hatte Dani sehnsüchtig gehofft, von Sallie oder George eine Antwort zu bekommen. Sie hatte sich alle möglichen Erklärungen für Angelinas Verschwinden vorgestellt, alle Arten von Entschuldigungen für Georges Schweigen. Aber nicht das. Sie betraten die Hotelhalle und gingen direkt in den Speisesaal. Dani und Melanie bestellten Kaffee, Tommy einen Scotch.

»Er sagt die Wahrheit, davon bin ich überzeugt«, sagte Dani zu den anderen, nachdem die Kellnerin gegangen war.

Tommy schaute sie skeptisch an. »Ich möchte ungern deine Seifenblase zum Platzen bringen, Dani, aber er sitzt schon seit siebzehn Jahren im Gefängnis. Wenn er noch nicht wusste, wie man Seemannsgarn spinnt, bevor er da hineinkam, dann hat er aber im Laufe der Jahre die Grundlagen dazu gelernt. Das ist der reinste Wettbewerb unter den Häftlingen. Sie schließen sogar Wetten ab, wer die beste Lüge erfindet und den Sieg davonträgt.«

»Dieser Mann war viel zu sehr am Boden zerstört, um zu lügen«, sagte Melanie. »Ich bin Danis Meinung. Vielleicht hat er etwas Schreckliches damit getan, als er seine Tochter einfach so sitzen ließ, aber ich gehe jede Wette ein, dass die Leiche, die man in Orland gefunden hatte, nicht Angelina war.«

War es eine verachtenswerte Tat, dieses Kind krank und allein in einem Krankenhaus zu lassen? Jonah zu verlassen, ihn im Stich zu lassen, verängstigt und unfähig, den Verlust seiner Eltern zu verstehen, schien Dani unbegreiflich.

Ganz gleich, was passierte, Dani wollte bei ihm sein, ihn trösten, ihn beruhigen, selbst wenn ihre Worte hohl klangen. Mit jeder Faser ihres Daseins würde sie gegen das System kämpfen, das ihm die Behandlung versagte. Aber sie musste zugeben, dass die Mittel, die ihr zur Verfügung standen, wesentlich mächtiger waren als die von George und Sallie. Sie war gebildet und eine geschulte Anwältin. Wenn die erste Antwort *Nein* lautete, dann hatte sie das Wissen und die Fähigkeit, so lange zu kämpfen, bis die Antwort *Ja* lautete, und die Befehlsleiter so weit hinaufzuklettern, bis sie die Person erreichte, die in der Lage wäre, sich über die normale Verfahrensweise hinwegzusetzen. Sie wollte damit nicht sagen, dass sie zum Schluss in der Lage gewesen wäre, eine medizinische Behandlung zu erreichen, sondern nur, dass ihr das Kämpfen eine Art Hoffnung gegeben und dieses Gefühl von Machtlosigkeit gemildert hätte, das George und Sallie überwältigt haben musste.

Tommy lehnte sich in seinem Stuhl zurück und verschränkte die Arme vor der Brust. »Es ist eine gute Sache, dass ihr Mädels mich dabei habt. Einer von uns muss ja auf dem Boden der Tatsachen bleiben. Seht's doch ein – es gibt absolut keinen Beweis dafür, ein solches Märchen zu belegen. Ich garantiere euch, wir werden keine Arztberichte oder Krankenhausakten finden. Und vergesst Sallie nicht. Meint ihr denn, sie hätte nicht daran gedacht, zu erwähnen, dass sie eine kranke Tochter hatten? Nicht eine Silbe!«

»Es gibt keinen Beweis, weil niemand nach solchen Krankenakten gesucht hat.« Danis Körper bebte vor Wut. Sie wusste nicht, ob es Tommys abweisende Haltung war, die ihren Zorn erregte, oder ein System, das ein todkrankes Kind abwies. Am liebsten hätte sie jetzt jemanden erwürgt. »Warum sollten sie auch, wenn weder George noch Sallie jemals darüber gesprochen haben? Und was Sallie anbelangt, sie könnte ganz genauso von Schuld überwältigt sein und sich fühlen, als hätten sie ihre Tochter tatsächlich umgebracht. Sie alleine und krank zurückzulassen kam für sie einem Mord gleich.«

»Oder«, sagte Tommy, »sie war tatsächlich krank, und sie wussten sich keinen anderen Rat, als sie zu töten.«

Nun wusste Dani es ganz genau: Es war Tommy, den sie erwürgen wollte. Sie zwang sich dazu, sich zu beruhigen. Es gab immer noch unbeantwortete Fragen, und sie hatte Tommy in ihr Team gewählt, weil er der Beste war, wenn es darum ging, Antworten aufzuspüren. »Ganz egal, wir müssen Georges Geschichte prüfen. Du musst dich dahinterklemmen und den Arzt sowie das Krankenhaus aufsuchen. Hoffentlich gibt es die Aufzeichnungen noch.«

Melanie war still. Dani beobachtete, wie sie mit sich selbst kämpfte. Sie wollte George glauben, aber Tommy hatte das Vertrauen in ihr eigenes Urteilsvermögen infrage gestellt. Diesen Kampf hatte Dani schon vorher beobachtet, nicht nur bei jungen Frauen, auch bei älteren, erfahreneren. Ganz gleich wie klug oder fähig diese Frauen waren, sie waren dazu erzogen worden, sich Männern zu fügen. Es stimmte, dass die Frauenemanzipation die Welt verändert hatte; Frauen konnten nun jede Arbeit annehmen und wurden ernst genommen. Ja, sie hatten lange dafür gekämpft.

So klug sie auch war, aber Anwältin zu werden war für Danis Mutter etwas, das ihre Grenzen überschritt.

Melanies Mutter jedoch hatte ihre Tochter zweifellos dazu ermutigt, jede beliebige Karriere anzustreben. Wenn Dani im Gerichtssaal plädierte, nahmen sie die Richter immer besonders hart dran. Die alten Klischees saßen immer noch tief, und Dani kannte zu viele Frauen, kluge Frauen, die buckelten, wenn sie von Männern herausgefordert wurden.

Gott sei Dank war Bruce, ihr Chef, nicht einer von diesen Männern an der Macht, die, unbewusst oder nicht, Frauen als einfache Sterbliche ansahen. Vielleicht kam dies durch seine Laufbahn, die er eingeschlagen hatte: Bedürftigen zu helfen. Macht war in diesem Umfeld zweitrangig, und jeder, der gewillt war zu helfen, wurde sehnsüchtig aufgenommen und war gleichwertig. Im Justizministerium war das anders, da war Macht der Lohn für harte Arbeit und viele Überstunden und wurde denen verliehen, deren Engagement nicht aufgrund ihres Geschlechts verdächtig war. Dani schätzte, dass dies beim FBI auch der Fall war, dort, wo Tommy seine Fähigkeiten als Ermittler erworben hatte. In diesem Fall war es klar, dass Tommy einige der Glaubenssätze des FBI übernommen hatte. Sie wusste, dass er sie als zu weich ansah. Manchmal machte sie sich selbst darüber Gedanken.

Der Flug zurück nach New York verlief ohne Zwischenfall. Kurz nach der Landung machte sich Dani schnurstracks auf zu HIPP. Gerade als sie die Jacke ausziehen wollte, kam Bruce in ihr Büro.

»Wie war deine erste Exkursion?«

Tägliche Telefonate hatten ihn über ihre Ergebnisse auf dem Laufenden gehalten. Nun wollte er ihre Reaktion sehen, nachdem sie zum ersten Mal vor Ort gewesen war und sich durch das Wirrwarr der gesammelten Informationen gearbeitet hatte, um nun die Entscheidung zur Übernahme eines Klienten zu treffen. Sie war hin und her gerissen zwischen Furcht und Aufregung. »Ich bin verunsichert. Sag mal, wenn du potenzielle Klienten befragst, woher weißt du, ob sie dich auf den Arm nehmen oder nicht?«

Bruce kicherte in sich hinein, das gelassene Lachen eines Menschen, dem diese Frage schon unzählige Male gestellt worden war. »Zweifelst du an deinem ersten Eindruck?«

Während des Rückflugs von Indiana hatte sie sehr mit dieser Frage gekämpft, Tommys Eindruck gegen ihren abgewogen und versucht, Georges Geschichte aus jedem Blickwinkel zu betrachten. »Nein, ich glaube immer noch, dass das Mädchen im Wald nicht Georges Tochter ist. Aber wir werden uns dessen wohl niemals sicher sein. Es gibt keine DNA-Probe in der Beweismittelsammlung, und wer weiß, ob wir irgendwelche Krankenhausakten finden?«

»Tja, ohne DNA kannst du niemals sicher sein. Du musst deinem Instinkt vertrauen. Wenn die Beweiskette, die zu einer Verurteilung geführt hat, Schwachstellen aufweist, dann gibt es gute Gründe zu der Annahme, dass das Urteil fehlerhaft ist.«

»Weißt du, Tommy ist nicht meiner Meinung.«

»Das ist auch gut so. Es hilft, jemanden zu haben, der die Gegenseite vertritt. Es zwingt dich dazu, die Wahrheit herauszufinden.«

»Sicher, aber ... « Bruce hob eine Augenbraue an, ein Trick, den sie nie beherrscht hatte. »Er glaubt, ich bin ein Weichei. Ich bin ein Weichei – das weiß ich selbst. Und George beim Erzählen dieser Geschichte zu beobachten war herzzerreißend. Das ist aber nicht der Grund, warum ich ihm glaube. Zumindest denke ich nicht, dass es der Grund ist. Es ist nur – der Blick in seinen Augen, der Kummer, dass er nicht weiß, was mit seiner Tochter passiert ist –, das erschien mir echt.«

Bruce schaute auf den Kalender an der Wand. »Wir haben nicht den Luxus, abzuwarten, bis Tommy seine Ermittlungen beendet hat, um zu entscheiden, ob wir Georges Fall übernehmen. Die Hinrichtung ist in weniger als fünf Wochen. Wenn du überzeugt davon bist, dass er unschuldig ist, dann müssen wir weitermachen. Haben wir eine Grundlage für die Berufung?«

»Sicher. Sein Fall hätte von jemandem aus der Highschool bearbeitet werden können, bei dem geringen Arbeitsaufwand, der darin steckt. Es schreit förmlich nach ›unwirksame Verteidigung‹.«

»Es ist dein Fall, Dani, und deine Entscheidung. Was hast du vor?«

»Ich möchte ihm glauben. Ich möchte, dass Tommy Beweise findet, die es rechtfertigen, ihm zu glauben.«

»Und wenn Tommy diese Beweise nicht findet?«

»Meine Intuition sagt mir, dass er unschuldig ist.«

»Dann solltest du dich auf deine Intuition verlassen.«

Als Bruce ihr Büro verließ, wusste Dani, dass es nicht so einfach war, wie er vorgeschlagen hatte. Früher, bevor sie bei HIPP arbeitete, führte sie ihr Instinkt dazu, an die Wahrheit des Geständnisses eines Angeklagten zu glauben. Im Laufe der Zeit hatte sie gelernt, dass auch etwas, das ganz klar erschien, infrage gestellt werden musste. Sallie hatte ein Geständnis abgelegt. George hatte ihnen ein Motiv geliefert, dieses Geständnis anzuzweifeln. Ihrem Instinkt zu vertrauen bedeutete letztendlich nur, schwere Entscheidungen zu treffen.

Die meisten Leute, die Dani bisher getroffen hatte, setzten voraus, dass sie keine große Verfechterin der Todesstrafe war. Warum würde sie sonst für HIPP arbeiten? Und diese Leute hatten natürlich recht. Die Erfahrung lehrte sie, dass viel zu oft Fehler begangen wurden. Sie war früher nicht so eine starke Gegnerin der Todesstrafe gewesen, ganz im Gegenteil. Vor allem zu Beginn ihrer Karriere als stellvertretende US-Staatsanwältin, als der Abschaum der Menschheit bei ihr unter Anklage stand. Es war einfach, den Respekt vor Menschen zu verlieren, die die Schwäche anderer ausnutzten. Der Gedanke, sie aus dem zukünftigen Genpool zu entfernen, damit sie nicht weiter die Erde verpesten konnten, half ihr dabei, zu rationalisieren. Die Dankbarkeit der Familie des Opfers, wenn sie jemanden verurteilte, die Erleichterung, die auf ihren Gesichtern zu lesen war, wenn die Geschworenen für das Todesurteil stimmten, bestärkte sie in ihrem Glauben, dass die Todesstrafe gerecht war.

Bis zu Darryl Coneston. Darryl war der Neffe von Jenny Slenku. Von Kindesbeinen an hatte Jenny auf Dani aufgepasst, während ihre Eltern arbeiteten. Sie begrüßte Dani mit frischgebackenen Keksen, wenn sie von der Schule nach Hause kam, bereitete das Abendessen zu, bevor ihre Eltern von der Arbeit kamen, und kümmerte sich um den Haushalt. Sie war mit ihren Eltern und ihrer älteren Schwester vor Beginn des Zweiten Weltkriegs aus dem Norden Rumäniens, aus der Bukowina, eingewandert, und dort nannte man sie *Jenica*. Obwohl sie schon seit über dreißig Jahren hier lebte, als sie Danis Kindermädchen wurde, hatte sie immer noch einen leichten rumänischen Akzent. Jennys Fröhlichkeit und Ausgelassenheit breiteten sich auf ihre ganze Umgebung aus. Sie hatte einen Narren an Dani gefressen, verwöhnte sie mit rumänischen Delikatessen, wie die knusprigen Salzbrezeln *covrigi* oder die *gogoşi,* eine Art Krapfen, und zu besonderen Gelegenheiten *Kozunak*, ein süßes Kuchenbrot, das in ihrer Heimat als traditionelles Feiertagsgebäck zu Weihnachten zubereitet wurde. Sie dachte, Dani könnte nie etwas falsch machen, und Dani vergötterte sie. Als Dani in die Highschool kam, brauchte sie keinen Erwachsenen mehr, der zu Hause auf sie wartete, aber Jenny war ein Teil von Danis Familie geworden, und es wäre unvorstellbar gewesen, sie gehen zu lassen.

Dani erinnerte sich noch sehr gut daran, wie sie in ihrem dritten Highschool-Jahr an einem schönen Herbsttag von der Musikprobe ganz aufgeregt nach Hause gekommen war. Sie war immer noch geblendet von der Beachtung, die ihr der flotte Trompetenspieler geschenkt hatte, mit seinem strahlenden Lächeln, das so rein und scharf war, wie die Noten seines Instruments. Sie spazierte in die Küche und fand Jenny schluchzend am Küchentisch vor. Ihr kleiner runder Körper und die unzähligen dichten, kleinen, grauen Locken zitterten wie ein auf höchster Stufe eingeschalter Mixer.

Dani legte die Arme um ihren bebenden Körper und fragte: »Was ist los, Jenny? Was ist passiert?«

Jenny konnte vor Kummer kaum sprechen, aber in der nächsten Stunde versuchte Dani, die Ursache ihrer Verzweiflung wie ein Puzzle zusammenzusetzen. Jennys einziger Neffe, der Sohn ihrer Schwester, war wegen brutaler Vergewaltigung und Mordes an einem Teenagermädchen verhaftet worden. Schon die Ungeheuerlichkeit dieses Ereignisses allein hätte Jenny zum Überlaufen gebracht, aber es kam noch schlimmer: Er hatte ein Geständnis abgelegt, diese Tat begangen zu haben. Dani tröstete Jenny, so gut sie konnte, aber im Innern brodelte sie vor selbstgerechter Genugtuung, dass er für diese abscheuliche Tat seiner gerechten Strafe nicht entgehen würde.

In den nächsten Wochen belauschte Dani oftmals ihre Eltern, wie sie mit Jenny über seine schlimme Lage diskutierten. Es war ein Fehler, ein Justizirrtum, ein Hohn gegen die Gerechtigkeit. Darryl war ein guter Junge, studierte fleißig und nahm auf jeden Rücksicht. Eine Freundin des Opfers hatte ihn fälschlicherweise als die Person identifiziert, die man zuletzt mit ihr gesehen hatte.

»Warum hat er denn ein Geständnis abgelegt?«, hörte Dani ihre Eltern fragen.

»Sie haben ihn geschlagen – ihn dazu gebracht, es zu tun«, antwortete Jenny mit hängenden Schultern und ohne ihr einst so fröhliches Lächeln. »Er durfte seine Mutter nicht anrufen; sie haben ihm nichts zu essen, nichts zu trinken gegeben, man erlaubte ihm noch nicht einmal, zur Toilette zu gehen. Sie sagten, man würde ihn zum Tode verurteilen, wenn er kein Geständnis ablegte. Er ist doch nur ein armer Junge. Was wusste er denn schon?« Mit der blasierten Gewissheit eines Teenagers war Dani sicher, dass er schuldig sein musste, wusste, dass sich ein Augenzeuge nicht irren konnte, und wusste, dass eine unschuldige Person kein Geständnis ablegte.

Jenny hörte auf, für ihre Familie zu arbeiten, als Dani mit ihrem Jurastudium begann. Sie war inzwischen in ihren Sechzigern, bereit, zusammen mit ihrem Ehemann zu Hause zu bleiben und sich um ihre Enkelkinder zu kümmern. Sie hatte sich nie wirklich von der Inhaftierung ihres Neffen erholt. Bei der Abschlussfeier an der juristischen Fakultät, die Jenny als geschätztes Mitglied der Familie besuchte, nahm sie Dani zur Seite. »Du bist jetzt Anwältin, du kannst Darryl helfen. Bitte zeig ihnen, dass er unschuldig ist, dass er eine solch schreckliche Tat nicht begangen hat.«

»Aber er hat doch gestanden«, erinnerte Dani sie.

»Nein, nein, das haben sie so gedreht; er hat es mir selbst erzählt. Hilf ihm. Du bist die Einzige, die ich darum bitten kann.«

Die Jahre an der juristischen Fakultät hatten Danis Ansichten über das Strafjustizsystem nicht verändert. Sie glaubte, dass Augenzeugen zuverlässig waren. Sie wusste, dass unschuldige Menschen nicht gestanden, ganz gleich, wie hart man sie misshandelte. Aber Jenny gehörte zur Familie. Dani versprach, sie würde sehen, was sich machen ließe. Als frischgebackene Anwältin studierte sie zunächst für die Zulassungsprüfung, nahm dann frohen Mutes einen neuen Job an; verliebte sie sich in den Mann, den sie schließlich heiratete, kämpfte mit den Anforderungen der Mutterschaft – da konnte man leicht inmitten all dieser Dinge ein Versprechen vergessen. Von Zeit zu Zeit rief Jenny an und fragte sie: »Irgendetwas Neues? Hast du etwas herausgefunden?«

»Nein, ich suche ständig, habe aber noch nichts gefunden«, antwortete Dani dann jedes Mal auf ihre Enttäuschung mit den geringsten Schuldgefühlen.

Und dann wurde Jenny krank, kämpfte mit dem Krebs, der sich von ihrer Brust bis zu den Lymphdrüsen und schließlich bis zum Gehirn ausbreitete. Inzwischen hatte Dani die Bundesstaatsanwaltschaft verlassen und widmete Jonah ihre ganze Aufmerksamkeit. Als sie Jenny im Krankenhaus besuchte, umklammerte Jenny Danis Hände, blickte sie mit wässrigen Augen an und flüsterte: »Bitte, hilf ihm, bevor es zu spät ist«, und Dani wusste, dass sie es nicht mehr länger vermeiden konnte.

Darryl war zu lebenslanger Haft in einem Staatsgefängnis von Florida verurteilt worden. Genau, wie ihm der Polizist damals versprochen hatte, erließ man ihm durch sein Geständnis die Todesstrafe. Inzwischen waren Danis Eltern in den Ruhestand getreten und nach Florida gezogen, und sie plante eine Reise mit Jonah, um sie dort zu besuchen und um ein Treffen mit Darryl zu arrangieren. Dieses Treffen war der Anlass, dass Dani anfing, ihre bisherigen Annahmen infrage zu stellen.

Darryl war neunzehn Jahre alt, als ihn die Polizei festnahm, um ihm Fragen zur Vergewaltigung und zum Mord von Janice Priestly zu stellen, einer sechzehnjährigen Highschool-Schülerin, die stundenweise beim örtlichen Burger King arbeitete. Es war eines der vielen Fast-Food-Restaurants, die von den Studenten aus dem nahe gelegenen College besucht wurden, an dem auch Darryl seine Einsen bekam und Redakteur der Literaturzeitschrift war. Er gab sofort zu, in dieser Nacht zusammen mit seinem Freund Lance bei Burger King gewesen zu sein, um die nächsten Schritte für ein gemeinsames Forschungsprogramm zu besprechen. Er sagte weiterhin, dass er keine der Angestellten bemerkt habe und kurz nach acht Uhr gegangen sei. Aber nach Aussage von Janices Freundin und Arbeitskollegin Rona McAfee hatte Darryl mit Janice geflirtet, und als sie ihre Schicht gegen acht Uhr beendet hatte, waren Darryl und Lance ihr durch die Tür gefolgt.

Als er zur Befragung hereingeführt wurde, nahm Darryl an, es würde sich um ein Missverständnis handeln und sah keinen Anlass für die Anwesenheit eines Anwalts. Schließlich hatte er nichts Schlimmes getan. Zwanzig Stunden später verstand Darryl, dass seine Unschuld irrelevant war. Während des Verhörs schlug man ihm auf den Kopf, auf die Brust und die Beine, niemals ins Gesicht, und immer mit einem Telefonbuch, das man gegen seinen Körper hielt, um keine Anzeichen von Gewalt zu hinterlassen. Sie warfen einen Stuhl auf ihn und schlugen seinen Kopf mehrmals auf den Tisch.

Als diese Misshandlungen immer noch nicht zu einem Geständnis führten, erzählte ihm die Polizei, Lance hätte gestanden und würde auch bald Darryl mit hineinziehen. Sie sagten ihm, dass er zum Tode verurteilt würde, es sei denn, er würde gestehen. Sie zeigten ihm Fotos von der Todeszelle. Sie hielten eine Injektionsnadel an seinen Arm und sagten: »Damit werden wir dich umbringen.«

In diesem Augenblick wusste Darryl, dass er nur zwei Möglichkeiten hatte: Leben im Gefängnis oder den Tod. Er wählte die erste. Die Polizei hatte ihn in Bezug auf Lance belogen; er hatte weder gestanden noch Darryl darin verwickelt. Aber um der Todesstrafe zu entgehen, erklärte sich Darryl bereit, gegen seinen Freund auszusagen. Beide wurden zu lebenslänglicher Haft verurteilt.

Zwölf Jahre später erhielt der Gouverneur von Florida ein Schreiben von einem zum Tode Verurteilten in Georgia, der behauptete, dass zwei unschuldige Männer wegen Vergewaltigung und Mordes an Janice Priestly im Gefängnis säßen, für ein Verbrechen, für das er, der Verfasser des Briefes, allein verantwortlich sei. Anstatt diesen Häftling zu befragen, befragte die Polizei in Florida Darryl im Gefängnis. Aus lauter Angst, dass die Behauptung seiner Unschuld seiner Chance auf Bewährung schaden würde, bestätigte Darryl abermals, diese Straftat begangen zu haben.

Nun saß er vor Dani, schaute ihr direkt in die Augen und sagte: »Ich habe in meinem ganzen Leben niemandem etwas zuleide getan.« Sie glaubte ihm. Als Darryl verurteilt wurde, steckte die DNA-Analyse noch in ihren Kinderschuhen. Als sie ihn traf, gehörte diese Methode schon zu einer bewährten Kriminaltechnik. In den nächsten Monaten suchte Dani Beweisakten aus seinem Prozess zusammen und entdeckte, dass es vom Opfer immer noch biologische Proben gab. Sie stellte einen schriftlichen Antrag zur DNA-Analyse. Der Staat legte Einspruch ein. Nach einer Anhörung siegte Dani. Die Analyse wurde durchgeführt, und es stellte sich heraus, dass weder Darryl noch Lance Janice vergewaltigt hatten.

Jenny starb zwei Tage, nachdem Dani ihr von den DNA-Ergebnissen erzählt hatte. Sie starb mit dem Trost und der Sicherheit, dass nach all diesen Jahren die Unschuld ihres Neffen endlich bewiesen war und die Ungerechtigkeit bald wiedergutgemacht würde.

Dani war sich sicher, dass diese Geschichte ein Happy End haben würde. Sie reichte beim Bundesstaat Florida einen gemeinsamen Antrag ein, um die Urteile von Darryl und Lance mit der Begründung der tatsächlich bewiesenen Unschuld aufzuheben. Nach fünfzehn Jahren Gefängnis würden die beiden Männer endlich frei sein. Aber bevor das geschehen konnte, verprügelte ein Häftling Darryl so schwer, dass er einen irreversiblen Gehirnschaden erlitt. Er brauchte dauerhafte Pflege in einem Heim. Obwohl man ihn aus dem Gefängnis befreit hatte, war seine einst so vielversprechende Zukunft für immer vorbei.

Als Jonah älter wurde und Dani wieder arbeiten gehen wollte, entschied sie sich für HIPP. Ihre Weltsicht hatte sich durch den Fall Darryl Coneston verändert, und die Arbeit bei HIPP wurde zur Wiedergutmachung für ihre damalige Blindheit und Arroganz.

Kapitel 12

Tommy saß über einen kleinen Tisch in einem Dunkin-Donuts-Laden gebeugt und führte seinen mit Kaffee gefüllten Papierbecher an die Lippen. Immer noch zu heiß. Er trank seinen Kaffee schwarz, ohne Milch, ohne Zucker. Kaffee sollte heiß sein, dampfend heiß, aber verflucht noch eins, dieser Kaffee da würde ihm die Zunge verbrühen und ein unangenehmes, verbranntes Gefühl im Gaumen hinterlassen, das ihn den restlichen Tag piesacken würde. Am besten wartete er und ließ ihn abkühlen. Keine Eile. Seine Bemühungen waren doch sowieso nur für die Katz. Natürlich war es sein Job, der Spur zu folgen, ganz gleich, wohin sie führte. Er musste zugeben, dass er sich durchaus schon einmal geirrt hatte. Aber nicht oft. Eigentlich fast nie. Dani schien sich so sicher, dass dieser Typ unschuldig war, aber Tommy wusste, dass sie in ihrem Innern ein Marshmallow war. Vielleicht sogar außen. Es dauerte eine Weile, bis sich Tommy abgehärtet hatte und feststellte, dass Täter so überzeugend lügen konnten. Er hatte eine Menge während seiner FBI-Zeit gesehen.

Er nippte wieder am Kaffee. »Hmm«, sagte er laut. »Genau richtig.« Er brach ein Stück von seiner Zimtschnecke ab, tunkte sie in den Kaffee und nahm dann einen großen Schluck dieser kräftigen, braunen Flüssigkeit. Sein Lieblingsfrühstück: keine Eier, Schinkenspeck oder Pfannkuchen, einfach nur eine gute Tasse Kaffee und ein Plunderteilchen. Manchmal sogar eine Orgie bestehend aus Bagel und Frischkäse. Für ihn war es wichtig, sich in Form zu halten. Regelmäßig Fitnesstraining, gesund essen – na ja, vielleicht gehörte das Plunderteilchen nicht dazu, aber immer noch besser als Schinkenspeck –, dies war Teil seiner regelmäßigen Routine. Reisen störte diese Routine und brachte ihn aus dem Rhythmus. Wenn er mehr als zwei Tage nicht beim Fitnesstraining war, kam er sich vor, als ob er einen Entzug machte. Er hatte für das FBI sehr viel reisen müssen. Nun blieb er lieber zu Hause.

Tommy beendete sein Frühstück und klappte eine Straßenkarte von Indiana auf. Er fuhr zunächst auf der Route 80 in östlicher Richtung, dann weiter auf der 76 in Richtung Sharpsburg, Pennsylvania, Calhouns Heimatstadt. Wenn alles gut ginge, wäre er in sechs Stunden dort. In seiner Ledermappe, auf der seine Initialen in Gold gedruckt waren – ein Geschenk seiner Frau, als er den Job bei HIPP angenommen hatte –, befanden sich unterzeichnete Vollmachten von Calhoun. Mit etwas Glück würden sie ausreichen, um eine Akteneinsicht bei der Krankenhausverwaltung und den Ärzten zu erwirken. Falls überhaupt noch Dokumente vorhanden waren. Immerhin, wenn Calhoun die Wahrheit gesagt hatte, wären diese Unterlagen fast zwanzig Jahre alt. Gab es denn bereits Computer zu dieser Zeit? Tommy erinnerte sich nicht, es war schon so lange her.

Nachdem er seine Rechnung gezahlt hatte, schlenderte er zu seinem Mietwagen und fuhr los. Eine unglaublich riesige Prärie lag vor ihm. Im Sommer, so stellte er sich vor, wuchsen wahrscheinlich Maisfelder entlang der Straße, aber jetzt war das braune Land flach und trocken.

Da es nichts gab, was ihn ablenken konnte, langte er nach seiner Mappe auf dem Beifahrersitz, holte eine CD heraus und steckte sie in den Schlitz im Armaturenbrett. Wenn er alleine im Auto fuhr, hörte er sich gerne Hörbücher an, nahm immer eines auf seine Ausflüge mit. Krimis mochte er am liebsten – Dennis Lehane, George Pelecanos, Robert Parker und so gut wie alles von P. D. James.

An den Audio-Funktionen herumzufummeln, während er über hundertzehn Stundenkilometer fuhr, war eine Kunst, die Tommy schon seit Langem beherrschte. Bald hörte er eine Stimme mit britischem Akzent Worte aus John LeCarrés neuestem Roman vorlesen. Tommy stellte die Lautstärke ein und machte sich für die lange Fahrt bereit. Für ihn waren Bücher besser als Musik. Musik war Ablenkung; Bücher bedeuteten Versunkenheit, Verdrängen aller anderen Gedanken, mit Ausnahme der gerade gehörten Geschichte. Das brauchte er jetzt – alle Gedanken zu George Calhoun und seinem Termin mit dem Scharfrichter wegzuschieben.

Das Meadowbrook Hospital sah aus wie jedes andere städtische Krankenhaus: eine Backsteinfassade, vierstöckig, umgeben von jeder Menge Parkplätzen, die voller Autos standen. Tommy suchte schon seit fünf Minuten, bis er einen blauen Toyota sah, der gerade ausparkte, und schaffte es, einem Mercedes den freien Parkplatz streitig zu machen. Er nahm sich vor, erst einmal mit dem Krankenhaus anzufangen, bevor er versuchen würde, den Arzt zu finden, von dem George behauptete, dass er seine Tochter behandelt hatte. Auch wenn er den Arzt finden würde – und ohne einen Namen bestand nur eine geringe Chance –, war es schon so lange her, dass der Arzt womöglich gar nicht mehr praktizierte. Vielleicht lebte er schon gar nicht mehr. Aber Krankenhäuser bewahrten Akten auf. Wenn er es schaffen würde, einen Blick hineinzuwerfen, könnte er herausfinden, ob George die Wahrheit über seine Tochter gesagt hatte. Zumindest den Teil über ihre Krankheit. Der Rest der Geschichte schien zu absurd, um glaubwürdig zu sein. Er konnte sich nicht vorstellen, eines seiner Kinder zu verlassen. Aus keinem Grund der Welt. Vor allem nicht, wenn das Kind krank war. Dann brauchte einen das Kind doch am meisten.

Tommy spazierte über den Parkplatz zum Haupteingang. Als er durch die Drehtür ging, kam ihm der beißende Geruch von Ammoniak und Fäule entgegen. Er ging zum Informationsschalter und lächelte die ältere Dame an, die dahinter saß. »Hallo, meine Liebe. Können Sie mir sagen, wo ich den Typen finde, der für dieses Krankenhaus verantwortlich ist? Ich bin mir nicht sicher, welchen Titel er trägt. Vielleicht *Geschäftsführer*?«

Die Frau zog nachdenklich die Stirn in Falten und wirkte irgendwie verloren. »Oh je. So was hat mich noch nie jemand gefragt. Die meisten Leute fragen, wo es zu einem Patientenzimmer geht oder zur Cafeteria oder zu den Toiletten.« Sie lächelte schüchtern. »Ich bin nur ehrenamtlich hier beschäftigt, verstehen Sie. Zwei Nachmittage in der Woche. Es hilft mir, die Zeit herumzubringen.«

Tommy deutete auf das Telefon auf ihrem Schreibtisch. »Vielleicht könnten Sie jemanden anrufen und fragen.«

»Wie dumm von mir. Natürlich. Das mache ich sofort.«

Zwanzig Minuten später saß Tommy auf einem Stuhl im Büro von Ronald Cornwall, Verwaltungsdirektor vom Meadowbrook Hospital. Der Direktor hielt die von George Calhoun unterzeichneten Vollmachten zur Freigabe der Krankenakten in der Hand.

»Mr Noorland, ich habe Ihnen bereits erklärt, dass wir einige Prozeduren zu beachten haben. Diese Vollmacht wird in unser Archiv gesendet, und dort wird man dann suchen. Wenn wir etwas haben, schicken wir es Ihnen. Der Vorgang dauert im Allgemeinen mehrere Wochen.«

»Und ich versuche, Ihnen schon seit geraumer Zeit klarzumachen, dass mein Klient nicht mehrere Wochen warten kann«, antwortete Tommy, kaum in der Lage, seine Frustration über die Bürokratie unter Kontrolle zu halten.

Cornwall schüttelte den Kopf. »Auch wenn ich unsere Prozeduren umgehen wollte, Sie sagten, dass diese Unterlagen zwanzig Jahre alt sind. Wir haben damals noch nicht alles in den Computer aufgenommen. Es wird eine ganze Weile dauern, bis unsere Mitarbeiter die Archive durchforstet haben – und es stehen bestimmt noch einige andere Anfragen in der Warteschlange.«

Tommy lehnte sich im Stuhl zurück und verschränkte die Arme. »Na ja, wir müssen eine Lösung finden, denn ich bin mir sicher, dass Sie keinen unschuldigen Mann in den Tod schicken wollen, nur weil Ihre Leute hier zu beschäftigt sind, um einen Arsch voll Papier zu durchsuchen.«

Cornwall wurde blass. »Das hat doch gewiss nichts mit unseren Akten zu tun.«

»Es könnte aber sein.«

»Aber – aber – sie sagten, er wäre schon seit siebzehn Jahren im Gefängnis. Wie kommt es, dass sie erst jetzt nach unseren Akten fragen? Sie können das doch nicht einfach alles auf meinen Schultern abladen – das ist unfair.« Cornwall hatte seine Stimme angehoben, und seine aufgerissenen Augen flehten Tommy praktisch an, die Last von ihm zu nehmen, die er ihm aufgebürdet hatte.

Obwohl er skeptisch war, die Unterlagen zu finden, die mit Calhouns Geschichte übereinstimmten, führte Tommy seine Ermittlungen stets so durch, als ob er seinem Klienten glaubte. Er war ein erfahrener Ermittler und erst dann mit sich selbst zufrieden, wenn er wusste, dass er alles gründlich unter die Lupe genommen hatte. Er duldete keinerlei Widerstand. Er hatte nicht die Absicht, das Krankenhaus mit leeren Händen zu verlassen.

»Hören Sie, ich kann Ihren Leuten beim Durchsuchen der Kartons helfen.«

Cornwall schüttelte den Kopf. »Nein, das würde gegen den Datenschutz verstoßen.«

»Scheiß Datenschutz.«

Cornwall ließ die Schultern sinken. »Ich würde Ihnen ja gerne helfen – wirklich. Aber bin kein Wundertäter. Ärzte vollbringen Wunder, aber keine Krankenhausverwalter.«

»Ich suche nicht nach einem Wunder, sondern nach Informationen. Scheint mir ziemlich einfach.«

Die beiden Männer schauten sich mit versteinerter Miene an, wie Revolverhelden, die darauf warteten, wer zuerst zog. Plötzlich setzte sich Cornwall auf. »Warten Sie eine Minute. Vielleicht können wir das alles umgehen. Sie sagten, sie wurde 1989 oder 1990 hier behandelt. Vielleicht ist der behandelnde Arzt noch hier beschäftigt.« Cornwall zog eine Schublade in seinem Schreibtisch auf, nahm ein Blatt Papier heraus und schaute darauf. »Ich denke, wir haben Glück.« Er nahm das Telefon und tippte vier Nummern ein. »Ist Dr. Samson da?« Minuten vergingen, bevor er wieder sprach. »Gary, ich freue mich, dass du da bist. Hast du '89 hier gearbeitet? Gut. Kannst du dich daran erinnern, damals ein kleines Mädchen wegen Leukämie behandelt zu haben – ihr Name war Angelina Calhoun, ungefähr drei oder vier Jahre alt?« Cornwall nickte und lächelte. »Ich schicke dir gleich jemanden hoch, wenn du kurz Zeit hast. Er heißt Thomas Noorland. Er ist Ermittler und hat eine Vollmacht vom Vater des Mädchens.« Er legte auf und drehte sich zu Tommy um. »Sie haben Glück. Dr. Samson ist jetzt Leiter unserer pädiatrisch-onkologischen Abteilung und war damals Stabsarzt. Er erinnert sich an die Calhouns. Ich bitte jemanden, Sie in sein Büro zu bringen, und er wird Ihnen alles erzählen, was er über den damaligen Zustand ihrer Tochter weiß.«

Tommy musste zugeben, dass er überrascht war. Er hatte damit gerechnet, dass sein Besuch hier in einer Sackgasse enden würde, war sich sicher, dass Calhoun die Geschichte mit der Krankheit seiner Tochter erfunden hatte. Nun schien es, dass wenigstens ein Teil seines Märchens stimmte. Was den Rest anbelangte, blieb Tommy skeptisch.

Cornwall rief seine Sekretärin über die Sprechanlage an. »Vicky, ist Billy in der Nähe? Gut. Schicken Sie ihn bitte rein.«

Kurz darauf betrat ein Mann mittleren Alters in Arbeitskleidung Cornwalls Büro. »Sie brauchen mich, Mr Cornwall?«

Die langsame Sprechweise und der schlurfende Gang ließen darauf schließen, dass er unter Entwicklungsstörungen litt. »Ja, Billy. Bitte begleiten Sie diesen Herrn doch zu Dr. Samson. Sein Büro ist in Zimmer 521. Wissen Sie noch, wie Sie dorthin kommen?« Billy nickte.

Tommy bedankte sich bei Cornwall, als er das Zimmer des Direktors verließ, und folgte Billy auf dem Weg über die Flure zum Fahrstuhl. »Wie lange arbeiten Sie schon hier, Billy?«, fragte Tommy, um sich ein wenig mit ihm zu unterhalten.

Billy hielt an, um über die Frage nachzudenken. »Lange.«

»Arbeiten Sie gerne hier?«

Er nickte. »Ich mag Kinder. Ich bringe sie gerne zum Lachen.«

Sie nahmen den Fahrstuhl zum fünften Stock und gingen durch ein weiteres Labyrinth mit Fluren, bis sie endlich an Zimmer 521 anlangten. »Hier ist Dr. Samsons Büro«, sagte Billy, bevor er ging. »Er ist ein richtig netter Mann.«

Die Tür stand offen, also klopfte Tommy einmal, um seine Ankunft anzukündigen, und trat ein. Ein dünner Mann, so Anfang fünfzig, mit ein paar grauen Haaren an den Schläfen und Drahtgestellbrille saß hinter einem Schreibtisch. In dem kleinen Büro standen nur ein Metallschreibtisch am anderen Ende, zwei Stühle davor und Aktenschränke an der Wand.

»Sie müssen Mr Noorland sein«, sagte der Arzt, als er von seinen Unterlagen aufschaute.

»Bitte nennen Sie mich Tommy.«

»Wie kann ich Ihnen helfen?«, fragte er mit ruhiger, fast trauriger Stimme.

Es musste die schlimmste Fachrichtung für einen Arzt sein, dachte Tommy, Kinder mit Krebs zu behandeln. Die Tragödien, die er jeden Tag sehen musste, hatten ihn sicher stark strapaziert, und sein buckeliger Rücken sowie die ausdruckslosen Augen schienen Tommys Vermutungen zu bestätigen.

»Wenn ich richtig verstehe, haben Sie Angelina Calhoun behandelt«, sagte Tommy. Er setzte sich und schob Dr. Samson eine unterzeichnete Vollmacht zur Akteneinsicht hin. »Es war '89 oder '90. Ich hoffte, Sie würden sich an ihren Zustand erinnern, und wie es ihr ging.«

»Ich erinnere mich sehr gut an Angelina. Ich habe sie wegen Leukämie behandelt.« Tommy meinte, eine feuchte Ecke im linken Auge des Arztes entdeckt zu haben. »Jedes Kind, das ich hier behandle, ist etwas Besonderes für mich, die Kinder, die ich rette, und diejenigen, die ich verliere«, setzte er mit kaum hörbarer Stimme fort. »Aber einige gehen mir sehr zu Herzen.« Er machte eine Pause und schüttelte den Kopf. »Angelina war so ein wunderschönes Mädchen, lächelte immer, war immer tapfer. Alle Mitarbeiter hier waren so angetan von ihr. Sie sprachen sogar davon, für ihre Behandlung zu sammeln, aber sie hätten niemals genug Geld aufgebracht. Ich habe auf mein Honorar verzichtet, aber das Krankenhaus war nicht dazu bereit. Ich habe hart dafür gekämpft, aber ein Krankenhaus ist ein Unternehmen, und Sie wissen ja, wie das so mit Unternehmen ist, immer gewinnorientiert. Ihre Eltern waren sehr fleißige Leute, aber sie hatten keine Krankenversicherung. Heute ist das anders. Die Zeiten haben sich geändert. Heutzutage gibt es das Hilfsprogramm für Kinder *Cover All Kids* in Pennsylvania, da hätten sie eine Krankenversicherung bekommen können, wenn auch nicht kostenlos, aber für eine geringe Gebühr. Aber damals ... « Er hielt inne und starrte aus dem Fenster.

Nach einer Weile fragte Tommy: »Was ist mit ihr passiert? Ist sie gestorben?«

Samson drehte sich zu Tommy um. »Das habe ich mich selber oft gefragt. Ich vermute, ja. Ich habe nie mehr von den Eltern gehört, nachdem ihnen das Krankenhaus eine Abfuhr erteilt hatte, also kann ich es Ihnen nicht mit Sicherheit sagen. Aber selbst mit Behandlung ... « Er schüttelte den Kopf. »Ihre Prognose war nicht gut.«

»Ich nehme nicht an, dass Sie noch ihre Krankenakte haben.«

Dr. Samson zuckte mit den Schultern. »Ich bin mir sicher, dass ich sie noch irgendwo habe. Ich habe die älteren Akten in meiner Garage untergebracht.«

»Könnten Sie Angelinas Akte suchen?«

Der Arzt nickte. »Ich vermute, Sie wollen eine Kopie, wenn ich sie finde?«

»Sie können Gedanken lesen.« Tommy stand auf und wollte gehen. »Vielen Dank, Doktor. Sie haben mir sehr geholfen.«

»Warten Sie einen Augenblick. Sie können nicht einfach gehen, ohne mir zu erklären, warum Sie mir diese ganzen Fragen stellen. Wissen Sie etwas über Angelina Calhoun? Lebt sie?«

Tommy setzte sich wieder hin. »Das ist die Millionen-Dollar-Frage, Doktor. Ihr Vater soll in fünf Wochen wegen Mordes an seiner Tochter hingerichtet werden.«

»Oh mein Gott! Das ist doch unmöglich. Er vergötterte dieses Kind. Beide Eltern.«

»Ja, er behauptet auch, dass er Angelina nicht ermordet hat. Er behauptet, dass er und seine Frau zur Mayo-Klinik gefahren seien, sie dort mit all ihren Krankenberichten abgesetzt und gehofft hätten, dass jemand ihren Krebs behandeln würde.«

»Ich vermute, dass die Möglichkeit besteht. Man hätte sie zur Kinderschutzbehörde geschickt. Wenn sie ihre Eltern nicht finden konnten und ihren Gesundheitszustand kannten, hätte der Staat für ihre Behandlung gezahlt. Aber ein krankes vierjähriges Mädchen in einem anderen Staat alleine zu lassen und einfach abzuhauen? Ich kann mir nicht vorstellen, dass die Calhouns so etwas getan haben.«

Tommy gluckste leicht. »Wissen Sie, Doktor, ich kann es mir auch nicht vorstellen. Ich dachte auch sofort daran, dass er diese hirnrissige Geschichte erfunden hat. Hat er wahrscheinlich auch. Aber er hat die Wahrheit über Angelinas Krankheit gesagt, und dass er nicht in der Lage war, für ihre Behandlung zu zahlen. Und ich soll verdammt sein, aber ich fange an, diesem verrückten Hurensohn zu glauben.«

Als er wieder durch die Krankenhausflure lief und auf der Straße ankam, gingen Tommy die Worte des Arztes nicht mehr aus dem Kopf. Er war so sicher, dass ihn Dani zu einem Metzgergang geschickt hatte. Zum ersten Mal wagte er die Vorstellung, dass George Calhoun vielleicht die Wahrheit sagte. Dennoch gab es immer noch unbeantwortete Fragen, aber die wichtigste von allen würde am schwierigsten zu beantworten sein: Wer war das kleine Mädchen, das man vor neunzehn Jahren verbrannt im Wald gefunden hat?

Tommy schlenderte zu dem Meer von Fahrzeugen auf dem Parkplatz. *Wo ist denn jetzt mein verfluchtes Auto?* Wenn er sein eigenes Auto fuhr, fand er es immer leicht: Sein dunkelblauer Lincoln Navigator war nicht zu übersehen und war größer als die meisten anderen, benzinsparenden Fahrzeuge. Er war der Meinung, dass er mit einer Frau und fünf Kindern Platz brauchte. Nun hatte er aber einen Mietwagen, einen silbergrauen Hyundai, der aussah, wie jedes andere Auto auf dem Parkplatz. Wer um alles in der Welt hätte denn daran gedacht, sich das amtliche Kennzeichen zu merken? Er ging in die Richtung, von der er glaubte, gekommen zu sein, nahm die Fernbedienung heraus und drückte die Nottaste. Ein Pfeifton kam von seiner Linken, und als er sich umwandte, sah er die blinkenden Scheinwerfer. »Da bist du ja«, murmelte er zu sich selbst, als er zu seinem Auto hinüberlief. Er langte nach dem Türgriff, als er einen weißen Zettel bemerkte, der unter einem der Scheibenwischer klemmte. Eigentlich hatte er einen Werbezettel erwartet, also zog Tommy ihn heraus und knäulte ihn zusammen. Aber aus einem Augenwinkel bemerkte er plötzlich rote Tinte, die auf das Papier gekritzelt war. Er faltete das Blatt auseinander und las: *WENN DIR DEIN LEBEN LIEB IST, DANN STECK DEINE NASE NICHT IN DINGE, DIE DICH NICHTS ANGEHEN. DIES IST DEINE EINZIGE WARNUNG.*

Er öffnete seine Aktenmappe, zog einen Beweisbeutel heraus, ließ die Notiz, die er vorsichtig mit einem Taschentuch an einer Ecke hochhielt, in den Beutel hineingleiten und versiegelte ihn. Er blickte über den Parkplatz, sah aber nichts Ungewöhnliches, nur ein paar Reihen leerer Autos. Dann schaute er auf die Straße, und auch hier erregte nichts seine Aufmerksamkeit. Als er sich wieder in Richtung Krankenhauseingang umdrehte, sah er Billy mit einer baumelnden Zigarette zwischen den Lippen an einem Baum lehnen und zu ihm hinüberstarren. Tommy wollte ihm erst die Notiz zeigen, ließ es aber bleiben. *Er ist vielleicht ein Mann, hat aber den Verstand eines Kindes.* Er setzte sich ins Auto, und bevor er es anließ, nahm er sein Handy und rief Dani an.

»Was willst du hören? Gute oder schlechte Nachrichten?«, fragte er, als sie sich meldete.

»Such dir was aus. Nein, gute Nachrichten. Ich muss etwas Positives hören.«

»Ich habe den Arzt gefunden, der Angelina Calhoun behandelt hat. Er bestätigt, dass sie Leukämie hatte und dass ihre Familie die Behandlung nicht bezahlen konnte. Er sagte, dass er keine Ahnung

hat, was passierte, nachdem sie nach Hause geschickt wurden.«
Tommy erzählte ihr alles über sein Gespräch mit Dr. Samson.

»Das sind doch tolle Nachrichten«, sagte Dani. Tommy konnte
die Begeisterung in ihrer Stimme hören. »Haben sie Akten für uns?
Ich brauche sie für unsere Berufungsklage.«

»Nun, das wird ein wenig dauern, bis sie die Krankenhausakten
gefunden haben. Wenn sie überhaupt noch nach so vielen Jahren
existieren, dann liegen sie irgendwo ganz unten vergraben. Der
Verwaltungsdirektor hier hat mir versprochen, dass sie die Suche
vorrangig behandeln würden, aber dass es dennoch ein paar Wochen dauern könnte. Und dann gibt es immer noch keine Garantie, dass man sie findet. Der Arzt hat seine eigenen Aufzeichnungen, die er in der Garage gestapelt hat, aber auch hier gibt es keine
Garantie, dass Angelinas Akte darunter ist.«

»Wenn das die schlechte Nachricht ist, dann kann ich damit
leben. Wir können eine eidesstattliche Erklärung vom Arzt bekommen.«

»Nein«, sagte Tommy. »Die schlechte Nachricht ist, dass es hier
jemanden gibt, der will, dass wir verschwinden.«

»Was meinst du damit?«

»Ich meine – «, er blickte sich um, um sicherzugehen, dass niemand in der Nähe war – »ich meine, dass mich anscheinend jemand verfolgt. Und er oder sie ist nicht gerade erfreut über meine
Anwesenheit.«

Kapitel 13

Er beobachtete, wie der Ermittler den Zettel von der Windschutz-scheibe nahm und sah, wie er beim Lesen die Augen aufriss. Er wusste, dass er ihm keine Angst machen würde, aber dennoch, er fühlte sich besser, es geschrieben zu haben. Es gab ihm das Gefühl, alles unter Kontrolle zu haben. Er wusste, dass dieser Mann Probleme bereiten würde. Die Worte, die er ausgesprochen hatte, waren ohne Belang. Es ging um den Tod des Kindes. Deshalb war er gekommen. Er wusste es vom Kriminalbeamten, der jetzt sein Freund war, der immer mitteil-sam war, wenn er anrief, um sich nach neuen Erkenntnissen zum Tod des Kindes zu erkundigen.

Der Ermittler hatte den Parkplatz sondiert, bevor er eine Akten-mappe aus seinem Auto nahm. Er nahm etwas aus der Mappe heraus, und dann verschwand der Zettel.

Der Mann stieg in sein Auto und saß einfach so da. Hatte er einen Fehler gemacht, als er den Zettel dort ließ? Bisher war er immer vor-sichtig gewesen, verdeckte seine Spuren peinlich genau. Konnte man seine Fingerabdrücke von diesem Zettel entnehmen? Er hatte keine Handschuhe getragen, na und? Selbst wenn der Ermittler den Zet-tel zur Polizei brächte, selbst wenn sie Fingerspuren fänden, die Spur würde nicht zu ihm führen. Seine Fingerabdrücke waren in keiner Akte zu finden.

Das Standlicht am Auto des Ermittlers wurde eingeschaltet, und das Auto stieß langsam aus der Parklücke zurück. Er wartete, bis sich das Auto des Ermittlers zur Ausfahrt bewegte, bevor er in seinen Honda Civic stieg. Er ließ den Motor an und folgte ihm mit Abstand. Er blieb zwei Autos hinter ihm, achtete darauf, nicht entdeckt zu werden. Als der Ermittler auf den Highway 28 fuhr, dachte der Mann, er würde vielleicht zum Flughafen fahren. Er ließ sich hinter ein anderes Auto zurückfallen; so war es einfacher, die Autobahn zu überblicken. Davon abgesehen, kannte er die Ausfahrt zum Flughafen. Er könnte näher an das Auto des Ermittlers heranfahren, sobald die Ausfahrt in Sicht kam.

Er hatte recht. Der Ermittler fuhr schnurstracks zur Mietwagenstation am Flughafen, gab das Auto ab und stieg in den Shuttlebus. Der Mann blieb hinter dem Bus und beobachtete, zu welchem Terminal der Ermittler ging. United Airlines. Die flogen in die ganze Welt. Der Ermittler könnte an jeden beliebigen Ort fliegen, aber der Mann nahm an, dass er nach New York zurückflog, weil er wusste, dass er von dort kam.

Hier gab es nichts mehr für ihn zu tun. Er wusste noch nicht einmal, warum er ihm zum Flughafen gefolgt war. Die Tatsache, dass der Ermittler im Krankenhaus vorgesprochen hatte, reichte ihm als Erklärung aus.

Kapitel 14

Dani fühlte sich ermutigt und verwirrt zugleich. Das fehlende Puzzlestück hatte sich jetzt eingefügt, der Beweis für Angelina Calhouns schwere Krankheit. Dies war die Information, die sie gebraucht hatte, um an Georges Unschuld zu glauben. Sie wusste, dass Tommy vielleicht immer noch sagen würde, dass sie noch nicht allzu viel erreicht hätten, dass es immer noch nicht klar sei, ob man George und Sallie glauben könnte, dass sie ihre Tochter in einem weit entfernten Krankenhaus ausgesetzt hatten. Natürlich konnte es sein, dass beide verrückt waren und ihre Tochter wegen ihrer Krankheit getötet hatten. Doch Dani konnte nicht umhin, George zu glauben, so wie er die Geschichte erzählt hatte, mit dem Kummer, der ihm noch zwanzig Jahre später ins Gesicht geschrieben war. Er kam Dani nicht verrückt vor. Einfach nur traurig. Unglaublich traurig.

Aber der Zettel, der an Tommys Auto hing? Sie verstand einfach nicht, wer ein Interesse daran haben konnte, sie daran zu hindern, George zu helfen. Sie musste darüber nachdenken. Aber jetzt nicht. Zunächst einmal musste sie ihre Arbeit machen und versuchen, eine Anhörung für HIPP beim Gericht zu erwirken.

Sie ging erst zu Bruce und dann zu Melanie und informierte sie über den neuesten Stand der Dinge. »Ich schreibe die Berufungsbegründungsschrift«, sagte sie zu Melanie. »Bitte arbeite an der Zusammenstellung der Berufungsakte.«

Melanie schaute sie ernst an. »Hältst du es wirklich für möglich? Dass Angelina lebt?«

Für einen Augenblick ließ Dani ihrer Fantasie freien Lauf und stellte sich Angelina Calhoun als erwachsene Frau vor, wie sie sie zum Obersten Gerichtshof begleitete und mit einem glückseligen Lächeln den neun Geschworenen mitteilte: »Selbstverständlich lebe ich dank des unvorstellbar großen Opfers meiner Eltern. Es ist furchtbar, was sie durchmachen mussten. Wenn ich das gewusst hätte, wäre ich früher gekommen.« Das Bild in ihrem Kopf verschwand, und sie antwortete Melanie: »Wahrscheinlich nicht. Der Arzt sagte, ihr Zustand war bedenklich. Auch mit der besten Behandlung – ich weiß wirklich nicht. Aber wenn wir jemanden finden können, der sich an ein Kind mit Leukämie erinnert, das im Krankenhaus mutterseelenallein abgesetzt wurde, das wäre ein absoluter Knüller. Und auch wenn es schon zwanzig Jahre her ist, so etwas vergisst man nicht.«

Sie beendeten ihr Gespräch, und Dani machte sich an die Arbeit. Sie schaute auf die Uhr an der Wand und sah, dass es bereits fünf Uhr war. Mist. Sie hatte vergessen, Katie anzurufen, um ihr Bescheid zu sagen, dass sie später nach Hause käme, und Jonah fragte sich zweifellos, wo sie war. Zumindest gefiel Dani der Gedanke, dass er fragen würde. Viel wahrscheinlicher war jedoch, dass er in seine eigene Musikwelt eingetaucht war, Klavier spielte, neue Sonaten komponierte und sich auf das Musikcamp in diesem Sommer vorbereitete. Obwohl die offizielle Bestätigung zu seiner Bewerbung noch nicht eingetroffen war, hatte der Campleiter Dani versichert, dass Platz für ihn wäre.

Sie rief Doug an. »Möchtest du heute zum Abendessen in der Stadt bleiben?«, fragte sie, als sie ihn an der juristischen Fakultät erreichte.

»Sicher. Gibt es einen Anlass?« Doug wusste, dass sie es vorzog, wochentags zu Hause zu essen.

»Ich dachte, es würde uns guttun. Übrigens, ich bin immer noch im Büro. Bei diesem gottverdammten Regen wird furchtbar viel Verkehr herrschen.«

»Gut, ich habe noch für etwa eine Stunde Arbeit vor mir. Wir treffen uns um achtzehn Uhr dreißig im Cuccina, okay?«

»Perfekt, bis später.« Dani legte auf und rief Katie an, um sie über die geänderten Plänen zu informieren.

»Kein Problem, Dani. Du hast dir einen schönen Abend verdient. Und lass dir Zeit, nach Hause zu kommen. Wann immer du zurück bist, ich warte gerne.«

Ja, sie musste es sich immer wieder bestätigen, Katie war ein Geschenk des Himmels.

Obwohl es für einen Donnerstagabend etwas früh war, viel früher, als die New Yorker üblicherweise zu Abend aßen, war jeder Tisch im Cuccina besetzt. Knoblauchgeruch lag in der Luft, und die Wände vibrierten vom Stimmengewirr der Gäste und der Geschäftigkeit des Bedienpersonals. Sie mussten sich anstrengen, um einander zu hören, aber das ausgezeichnete Essen, die vernünftigen Preise und die unmittelbare Nähe zur juristischen Fakultät der Columbia-Universität veranlassten sie immer wieder, hierher zurückzukehren. Wenn Dani und Doug länger arbeiten mussten, gingen sie meistens ins Cuccina.

Danis zweites Glas Rotwein stieg ihr direkt in den Kopf, und sie fühlte sich etwas benommen. Sie lehnte sich zurück und hörte nur halb zu, als Doug über eine Reise sinnierte, die sie machen könnten, während Jonah im Sommercamp war. Trotz der Falten, die auf Dougs Gesicht lagen und die Dani durch ihren benebelten Blick nur verschwommen wahrnehmen konnte, fand sie, dass er immer noch jugendlich aussah, vor allem attraktiv, mit oder ohne Falten. Sie hatte Doug an ihrem ersten Arbeitstag bei der US-Staatsanwaltschaft kennengelernt. Sie hatte stumm auf den Fotokopierer geschaut, um die einzelnen Tastenfunktionen herauszufinden, als Doug mit einer Tasse Kaffee in der Hand vorbeigeschlendert war. Er lächelte sie an, und Dani sah die Grübchen in seinen Wangen und die grünen Flecken in seinen Augen, und schon war sie bis über beide Ohren verknallt. Danach versuchte sie ständig, ihm wieder zu begegnen, bis er sie schließlich zur Party eines Freundes einlud. Seit dieser Zeit waren sie zusammen.

»Also, was hältst du davon?«, fragte Doug und holte sie wieder in die Realität zurück.

»Ähm, ich weiß nicht so recht.«

»Hast du mir eigentlich überhaupt zugehört?«

Dani schüttelte den Kopf. »Es ist der Wein. Du weißt doch, wie ich darauf reagiere.«

»Ist schon gut. Du hast ein paar anstrengende Tage hinter dir. Ich habe dich gefragt, ob es dir gefallen würde, diesen Sommer durch die griechischen Inseln zu segeln.«

Sofort stellte sich Dani die prallen weißen Segel vor und das azurblaue Meer um sie herum. Sie saß am Bug des Bootes, die Haare wehten im Wind, und sie ließ die Beine an der Seite herunterbaumeln. »Klingt traumhaft, aber keiner von uns beiden kann segeln.«

»Kein Problem. Wir mieten uns einen Kapitän und dienen ihm als Crew. Er wird uns zeigen, was wir tun müssen.«

»Können wir uns das leisten?«

»Ich habe mir schon ein paar Orte angeschaut. Ich denke, dass es machbar ist. Also, wie sieht's aus?«

Dani zögerte. Sie wusste, wie Doug reagieren würde, aber sie sagte es trotzdem: »Wir wären so weit von Jonah entfernt. Es ist das erste Mal, dass er von uns getrennt ist. Was, wenn er Heimweh bekommt? Was, wenn er sich verletzt? Wie soll uns das Camp auf einem Boot erreichen?«

Doug legte seine Gabel zur Seite und griff nach Danis Hand. »Du machst dir viel zu viele Sorgen. Wir leben im einundzwanzigsten Jahrhundert. Wir können Anrufe auf dem Boot empfangen. Außerdem sind deine Eltern in der Nähe und können ihn für die paar Tage aufnehmen, die wir brauchen würden, um im Notfall zurückzufliegen.«

Dani zog ihre Hand zurück. »Vielleicht machst du dir zu wenig Sorgen. Vergiss nicht, dass wir beide Anwälte sind. Wir sind darauf geeicht, an alles zu denken, was falsch laufen kann, und eventuellen Gefahren vorzubeugen.«

»Denk eben einfach drüber nach, okay?«

»Ja, das verspreche ich dir.«

Doug blickte sie einen Augenblick stumm an. »Beschäftigt dich etwas heute Abend? Du scheinst mit deinen Gedanken ziemlich weit weg zu sein, auch schon vor dem Wein.«

Dani erzählte ihm von dem Zettel, den Tommy an seinem Auto gefunden hatte. »Ich zermartere mir das Hirn und versuche herauszufinden, wer ein Interesse daran haben könnte, dass wir den Fall niederlegen. Ich kann mir nur zwei Möglichkeiten vorstellen: Entweder es ist jemand, der weiß, dass George seine Tochter getötet hat, und sichergehen möchte, dass dieser seiner Strafe nicht entgeht, oder jemand, der weiß, dass George seine Tochter nicht getötet hat, und nun Angst hat, dass wir es herausfinden.«

»Hast du die Polizei über diesen Zettel informiert?«

»Tommy hat die örtliche Polizei in Pennsylvania angerufen. Sie machen zurzeit einen Fingerspurenabgleich mit dem Zettel.«

»Nun, *dies* ist etwas, um das du dir Sorgen machen solltest. Nicht, dass du deine Arbeit niederlegen sollst. Du musst einfach nur vorsichtig sein.«

»Also, was meinst du dazu? Wer könnte wollen, dass wir den Fall nicht weiterbearbeiten?«

Doug dachte einen Moment lang nach. »Ich glaube, du solltest eine Liste von all denjenigen machen, die wissen, dass ihr im Calhoun-Fall ermittelt.«

Dani griff nach ihrer Handtasche und zog einen kleinen Notizblock mit Kugelschreiber heraus. »Lass mal sehen. Natürlich jeder bei HIPP, aber die kommen ja nicht infrage.«

»Wahrscheinlich nicht, aber für diese Aufgabe solltest du jeden Namen notieren.«

Sie begann, auf den Notizblock zu schreiben. »Die Wärter in beiden Gefängnissen wissen es, Georges Anwalt und seine Sekretärin, der Kommissar in Illinois – ich glaube, er heißt Cannon. Diese Leute wissen, dass wir versuchen werden, die Hinrichtung zu stoppen. Aber sie könnten es wiederum anderen erzählt haben. Und diese Leute wieder anderen.« Sie legte ihren Kugelschreiber nieder. »Das ist zwecklos. Es gibt keine Möglichkeit, wie ich herausfinden kann, wer wissen könnte, dass wir Calhoun vertreten.«

»Okay. Versuchen wir etwas anderes. Wem würde es am meisten schaden, wenn Calhoun nicht hingerichtet würde?

Dani dachte einen Moment lang nach und nahm ihren Kugelschreiber wieder in die Hand. »Der Person, die das Mädchen im Wald tatsächlich umgebracht hat.«

»Dann hast du deine Antwort.«

Sie verzog das Gesicht zu einer Grimasse. »Das ist keine Antwort. Ich habe keine Ahnung, wer das Mädchen umgebracht hat, wenn es George nicht war.«

Sie schwiegen einen Moment, als der Kellner den Kaffee brachte. Als er wieder ging, traf es sie wie ein Blitz. »Wir müssen die Identität dieses kleinen Mädchens herausfinden. Dann wissen wir vielleicht, wer uns bedroht.«

»Ich denke, da hast du recht.«

Dani kritzelte eine Erinnerung auf ihren Notizblock: *Leiche vom kleinen Mädchen exhumieren*

Am nächsten Morgen versammelten sich Bruce, Melanie, Tommy und Dani im HIPP-Konferenzraum. »Okay, wie sieht die Strategie aus?«, fragte Bruce.

»Ich denke, wir müssen von zwei Seiten aus angreifen«, sagte Dani. »Zunächst müssen wir zum Kammergericht in LaGrange gehen – dieses Gericht ist dem Ort am nächsten, an dem die Leiche vergraben wurde –, dann müssen wir einen Antrag auf Exhumierung stellen.«

»Hat denn Calhoun nicht schon all seine Möglichkeiten einer Berufung am Landesgericht ausgeschöpft?«

»Ja, das hat er. Den Antrag auf Exhumierung würde ich aber nicht als Berufung formulieren. Bisher hat noch niemand nach der Identität dieses Mädchens gefragt, das man im Wald gefunden hat. Sie verurteilten George wegen des Mordes an diesem Mädchen. Die Berufungsklagen beruhten alle auf der Vermutung, dass es Angelina war. Wenn wir eine Exhumierung erwirken können und sich herausstellt, dass es jemand anders war, und wir dann mit dieser Information zum Landesgericht zurückkehren, dann kann es zu spät sein oder auch nicht – ich habe keine Ahnung. Aber das wollen wir auch gar nicht. Das bringt mich zum zweiten Plan. Da er seine Habeas-Corpus-Berufungen nicht ausgeschöpft hat, können wir zum Bundesgericht gehen und versuchen, darzulegen, dass die Verurteilung beziehungsweise das Strafmaß seine Grundrechte verletzt haben.«

»Wie sieht's mit dem Timing aus?«

»Idealerweise würde ich mich zunächst an das Landesgericht wenden, um eine Exhumierung der Leiche zu erwirken, und wäre dann in der Lage, die Ergebnisse zum Bundesgericht zu bringen. Allerdings haben wir keine Zeit dafür, also sollten wir gleich den zweiten Antrag stellen, bevor wir eine Entscheidung für den ersten bekommen.«

Bruce wandte sich zu Tommy. »Wie sieht's mit deinen Ermittlungen aus? Bist du damit durch?«

»Ich versuche gerade, herauszufinden, ob die Calhoun-Geschichte mit der Mayo-Klinik stichhaltig ist. Ich habe bereits ein paar Anrufe bekommen und warte noch auf Rückrufe.«

»Okay«, sagte Bruce. »Klingt gut. Wenn ihr irgendetwas von mir braucht, lasst es mich wissen.«

Dani seufzte. »Ein Wunder. Das ist es, was ich brauche.«

Kapitel 15

Sunny Bergman hatte sich immer noch nicht an die überfüllten Straßen von New York City gewöhnt. Naja, nachdem sie bereits seit zwei Jahren in Manhattan lebte, hätte sie sich längst an das Menschengewimmel gewöhnen müssen.

Trotzdem musste sie sich jedes Mal einen Ruck geben, wenn sie die Wohnung verließ. Die engen Wände im Fahrstuhl, die permanent smoggefüllte Luft, sogar die Gerüche auf der Straße riefen bei ihr Heimweh nach Byron hervor, der Kleinstadt, in der sie aufgewachsen war. Eine ideale Kindheit, dachte sie, mit der Behaglichkeit, die dadurch entstand, dass man fast jeden in der Stadt kannte. Ein Ausflug zum Supermarkt endete meistens mit einem Gespräch unter Freunden, die sie dort zufällig traf, oder mit Eltern von Freunden, ja sogar mit den lächelnden Kassiererinnen. Die nächstgrößte Stadt war nur zwanzig Minuten entfernt und bot sämtliche Geschäfte und Restaurants, die man brauchte.

Manhattan war so vollkommen anders. Niemand lächelte ihr zu oder nickte wenigstens als Antwort auf ihre freundlichen Versuche, ins Gespräch zu kommen. Gelegentlich lächelte jemand Rachel zu, aber auch die kaltherzigsten Menschen konnten einem solch schönen Kind nicht widerstehen. Sunnys eigenes Herz bebte vor Glück, jedes Mal, wenn sie ihre Tochter ansah. Eigentlich wollte sie in ihrem Alter noch kein Kind haben. Sie wollte arbeiten, bis

Eric sein Medizinstudium beendet hatte, und dann wollte sie eine Krankenpflegeschule besuchen. Sich abwechseln – darum ging es in einer Ehe. Eines Tages würde sie ihre Ausbildung fortsetzen, aber es war noch zu früh. Sie konnte den Gedanken nicht ertragen, Rachel in der Obhut einer fremden Person zu lassen.

Als sie aus der Vorhalle ihres Wohngebäudes auf den Bürgersteig trat, wurde Sunshine einen Moment vom strahlenden Sonnenschein geblendet. Sunshine – so hieß sie eigentlich. Ihre Eltern hatten ihr die Geschichte zu ihrem Namen unzählige Male erzählt. Sie hatten ihr anvertraut, dass sie so viele Jahre warten mussten, bis sie endlich ein Kind bekamen, und dass sich das Krankenhauszimmer, wie von Sonnenlicht durchflutet, erhellte, als sie zum ersten Mal in ihre Augen sahen. Mit Rachel an der Hand spazierte sie in den Park, in die grüne Oase dieser Stadt aus Beton und Backsteinen.

»Mami, können wir heute die Triere besuchen?«, fragte Rachel in ihrer zarten Stimme, die so melodisch klang wie ein Lied.

»Das heißt Tiere, nicht Triere«, sagte Sunny. »Heute nicht, es ist zu weit weg. Nach unserem Spaziergang im Park treffen wir Daddy zum Mittagessen.«

»Ich will aber die Triere sehen.«

»Es macht bestimmt Spaß, mit Daddy zu Mittag zu essen.«

Sunny verstand Rachels Schweigen. Assistenzärzte machten viele Überstunden, und Eric kam selten nach Hause, bevor Rachel ins Bett ging. Ironie des Schicksals – Eric liebte Kinder so sehr, dass er Kinderheilkunde als Fachrichtung gewählt hatte.

Eric, der sie mit nach Manhattan genommen hatte, so weit von ihrer geliebten Familie und ihren Freunden entfernt; Eric, der sie jeden Tag in dieser Stadt voller Fremder alleine ließ. Er hatte sie gestern schon wieder alleine gelassen, als er plötzlich zu einem Besuch in seine Heimatstadt in Pennsylvania fahren musste. Am Vorabend hatte er einen Anruf von seiner Schwester erhalten. Carol hat schon wieder Probleme, sagte er. Ihre Ehe stand auf der Kippe, und sie fing schon wieder an zu trinken. Zwei Jahre Abstinenz waren dabei, den Bach hinunterzugehen. Er musste zurück, um sie zurechtzustutzen. »Wir begleiten dich«, bot Sunny in einem verzweifelten Versuch an, mehr Zeit mit Eric zu verbringen.

»Nein, Rachel würde nur ablenken. Im Übrigen bin ich am Abend wieder zurück. Ich bin nur tagsüber weg.«

Er kam spät am Abend zurück, völlig zurückgezogen, nicht bereit, sich mit ihr zu unterhalten. Er ging dann gleich zu Bett und kehrte ins Krankenhaus zurück, bevor sie und Rachel an diesem Morgen aufwachten. Er hatte Sunny schon so oft gesagt, dass er härter als andere Assistenzärzte arbeiten musste, um sich zu beweisen. Er war wesentlich älter als die anderen – er war fast zweiunddreißig, als er mit dem Medizinstudium begann. »Ich war das schwarze Schaf der Familie«, erzählte er ihr, als sie sich kennenlernten. »Ich war der Wilde, der nicht gewillt war, eine feste Arbeitsstelle anzunehmen. Nun muss ich dafür büßen und alles wiedergutmachen.«

Sunny nahm Rachel bei der Hand. Sie spazierten an den wenigen Sandsteinhäusern vorbei, die hier und da zwischen den neuen Wohngebäuden standen, und hielten an, um in den liebevoll gepflegten Vorgärten die ersten Forsythienknospen zu bewundern. Sunny drehte ihren Blick von den vielen Müllsäcken ab, die sich am Straßenrand auftürmten. Die Müllabfuhr war noch nicht gekommen, um die Mülltonnen zu leeren. Noch so ein Unterschied zu den makellosen Plastik- oder Metalltonnen, die am Ende der Einfahrten ihres Vorstadthauses aus der Kindheit standen. Der ätzende Geruch war bestimmt nicht gut für Rachel. Sie fürchtete sich immer vor Krankheiten, wenn dieser beißende Geruch in ihre Nase stieg.

Sunny drückte die Hand ihrer Tochter etwas fester, als sie die Straße überquerten, um diesem hässlichen, gefährlichen Müll zu entkommen. Backsteingebäude aus der Vorkriegszeit säumten die Straße. Die meisten waren sechs oder sogar sieben Stockwerke hoch, gelegentlich mit einem Restaurant oder Geschäft im Erdgeschoss. Ihr eigenes Wohngebäude war eines der höchsten im Stadtviertel und hatte zwölf Stockwerke. Aber die Stadtviertel in Manhattan waren merkwürdig. Nur ein, zwei Blocks weiter, und das

Aussehen der Häuser war ein komplett anderes. Ganz anders als die Gleichförmigkeit von Byron, mit seinen Straßen, an denen einfache Farmen und gelegentlich zweistöckige Häuser standen, mit ihren sorgfältig gepflegten Rasenflächen und eingezäunten Hinterhöfen, denn auch im Mittleren Westen musste man aufpassen, dass die Kinder nicht auf die Straße liefen, obwohl die Autofahrer immer vorsichtig waren.

»Schau, Rachel, Billy ist im Park.« Sie waren nur zwei Schritte vom Eingang zum Spielplatz entfernt. Als Rachel ihren Freund sah, ließ sie die Hand ihrer Mutter los, rannte zu ihm und ließ sich neben ihn in den Sandkasten plumpsen. Sunny schlenderte zu Billys Mutter, Ellen, und setzte sich zu ihr auf die Bank.

»Ich habe nicht damit gerechnet, dich heute zu sehen«, sagte Ellen lächelnd zu Sunny. »Wolltest du dich nicht mit Eric zum Mittagessen treffen?«

»Doch, doch, aber es ist so herrlich draußen, dass ich ein paar Hausarbeiten für später liegen gelassen habe, damit wir zuerst an die frische Luft gehen konnten.«

»Ich kenne das Gefühl. Ich konnte es heute auch nicht erwarten, ins Freie zu gehen. Es fühlt sich fast wie Frühling an.«

»Nun, wir haben Frühling.«

»Ja, laut Kalender haben wir Frühling, aber in New York ist Frühling fünf Tage im Mai. Davor ist es kühl und regnerisch und anschließend heiß und dunstig. Wir haben nicht so viele tolle Tage wie diesen hier.«

Mit geschlossenen Augen legte Sunny ihren Kopf zurück und ließ ihr Gesicht von den Sonnenstrahlen streicheln. Wenn sie an einem Tag wie diesem inmitten der Grünflächen im Park saß, fühlte sie sich fast wie zu Hause. Sie hörte das schallende Gelächter ihrer Tochter, und dieses liebliche Geräusch zauberte ein Lächeln auf ihr Gesicht. Ja, Rachel zu haben, war alle Mühe wert.

»Hast du das Neueste über MaryLou gehört?«, fragte Ellen. »Sie kam zu früh nach Hause und hat Stephen mit einem jungen Flittchen im Bett erwischt. Eigentlich hätte sie im Theater sein sollen, aber sie muss beim Mittagessen wohl etwas Falsches gegessen haben, denn es war ihr so übel, dass sie in der Pause gehen musste.«

Ellen war eine notorische Klatschtante, eine Wichtigtuerin aus dem Wohnviertel, die bei Skandalen aufblühte, und ununterbrochen quasseln konnte. Das Gedudel ihrer Stimme verschmolz zu einem lauten Summen, das genauso beruhigend wirkte wie das Rauschen einer Klimaanlage. Sunny wusste, dass sie ihr nicht zu antworten brauchte. Ein Grunzlaut hier und da würde genügen.

»Stephen schaute sie einfach nur an und sagte: ›Du bist aber früh daheim.‹ Kannst du dir das vorstellen? Er hat noch nicht einmal versucht, das Mädchen zu verstecken oder eine Entschuldigung vorzubringen. Naja, weißt du, Gerüchten nach zu urteilen, hat MaryLou auch schon immer irgendwelche Techtelmechtel gehabt, also hat sie vielleicht nur das bekommen, was sie verdient hat. Ich habe gehört, dass sie es mit dem Jungen getrieben hat, der ihr die Lebensmittel von Gristedes bringt. Er liefert mir auch die Lebensmittel, und er ist richtig süß, aber liebe Güte, der kann doch nicht älter als achtzehn sein!«

Sunny öffnete die Augen und suchte nach Rachel. Ihre Tochter saß immer noch glücklich mit ihrem kleinen Freund im Sand. Als sie zum Spielplatzeingang schaute, sah sie, wie sich Ralph mit seiner Tochter Brianna näherte. Das kurze Herzflattern, das sie spürte, verunsicherte sie, aber sie fing sich wieder. In der Vergangenheit war sie sich in Ralphs Gegenwart ziemlich lächerlich vorgekommen, wenn sie stotternd auf seine höfliche Konversation antwortete. Nun ging es ihr besser, sie konnte lächeln und war gefasst, ohne die Nervosität preiszugeben, die sie in seiner Anwesenheit spürte.

»Morgen, meine Damen«, sagte er, als er sich ihrer Bank näherte. »Habt ihr noch etwas Platz für mich?« Brianna rannte zu den anderen Kindern, während sich Ralph ans andere Ende des Holzsitzes quetschte. »Fällt schwer, drinnen zu bleiben und zu malen, an einem Tag wie diesem.«

»Wann ist deine Vernissage?«, fragte Ellen.

»Die Eröffnung ist heute in zwei Wochen. Aber ich bin gewappnet, ich muss nur noch die Gemälde zusammenpacken und zur Galerie bringen. Ich experimentiere zurzeit mit etwas Neuem. Das hält mich auf Trab. Trotzdem bin ich nie zu beschäftigt, um an einem Frühlingstag für eine Stunde in den Park zu gehen.«

Sunny lächelte, fühlte aber dieses Herzflattern wieder, dieses störende Pum-pada-Bum, Pum-pada-Bum, jedes Mal, wenn sie Ralph ansah.

»Ich hoffe, dass ihr beide zur Eröffnung kommt. Mit euren Ehemännern, das versteht sich.«

»Warum soll ich mir das von meinem Mann verderben lassen?«, sagte Ellen mit einem koketten Lächeln.

Alle Frauen flirteten mit Ralph. Er war groß und muskulös, und aus dem markanten, knochigen Gesicht, umrahmt von welligem, schwarzem Haar, stachen himmelblaue Augen hervor. Die Stoppeln des täglichen Bartwuchses, die er auf dem Kinn zur Schau trug, waren das Tüpfelchen auf dem i zu seinem verwegen guten Aussehen. Mit dem Einkommen seiner Gattin, einer Anlagebankerin, konnte es sich Ralph leisten, zu Hause in ihrer Loftwohnung zu bleiben und seinem künstlerischen Talent nachzugehen. Teil ihrer ehelichen Abmachung war es, dass er sich um Brianna kümmerte, wenn die Kindertagesstätte geschlossen war. Ein attraktiver Mann inmitten des Geschnatters von Spielplatzmüttern – es war unvermeidlich, dass er zum Objekt ihrer Fantasien wurde.

»Dein Mann kann dir Gesellschaft leisten, während mich meine Frau herumzieht, um Leute zu begrüßen und mich vorzustellen.«

»Na, da haben wir es doch! Jetzt bringst du schon wieder deine Frau ins Spiel.«

»Ja, es ist eine dumme Angewohnheit von mir.«

»Nun, dieses Mal sehe ich darüber hinweg, aber mal ehrlich, was nutzt es denn, einen Mann in unserer Mitte zu haben, der ständig über seine Frau spricht?«, sagte Ellen und tat, als ob sie schmollte.

»Ich werde mich bessern«, sagte Ralph mit gespielter Ernsthaftigkeit.

Sunny beneidete ihre Freunde um das lässige Scherzen. Sie betrachtete sich nicht als schüchtern, dennoch hatte sie eine innere

Sperre, die solche Spielereien nicht zuließ. Irgendetwas war nicht in Ordnung mit ihr, dachte sie, wenn sie über sich nachgrübelte. Sie schaute auf ihre Uhr, ein digitales Chronometer, das sie gekauft hatte, um die Zeit beim Sport zu stoppen, aber sie trug sie ständig und zog sie der goldenen Rado-Uhr vor, die ihr Eric zur Geburt von Rachel geschenkt hatte. Die goldene Uhr war wunderschön mit ihrem runden Ziffernblatt, umgeben von winzigen Diamanten, die sie zu den seltenen Gelegenheiten trug, wenn sie sich beide schick machten. Niemals zuvor hatte sie etwas so Schönes besessen. Eigentlich hatte sie sich nie richtig dabei wohlgefühlt, sie zu tragen; irgendwie passte sie nicht zu ihr. Dieses Gefühl hatte sie jedoch im Laufe ihres Lebens schon bei vielen Dingen gehabt.

Sie stand auf und rief nach Rachel: »Es ist Zeit, wir müssen zu Daddy gehen. Sag deinen Freunden Auf Wiedersehen.« Sie drehte sich zu Ralph und Ellen um und verabschiedete sich von ihnen. Während sie ging, fragte sie sich, ob die beiden jetzt ihr Gesprächsthema wechseln würden. Sie fragte sich sogar, ob sie den Mumm gehabt hätte, mit Ralph zu flirten, wenn sie mit ihm alleine gewesen wäre. Nicht, dass sie Eric nicht lieben würde; gewiss liebte sie ihn. Aber da er sie durch seine langen Arbeitszeiten im Krankenhaus sehr oft und lange mit ihren Gedanken alleine ließ, ertappte sie sich manchmal dabei, wie sie ihrer Fantasie freien Lauf ließ.

Wie dumm von mir, dachte sie, als sie Rachels Hand nahm und in Richtung Krankenhaus lief, um ihren Mann zum Mittagessen zu treffen.

Am nächsten Abend war Sunny eifrig mit der Blumendekoration beschäftigt. Am Nachmittag hatte sie jede Blume im Blumenladen einzeln ausgesucht, zwei Blocks von ihrer Wohnung entfernt. Überall lagen Blumen herum, die bereits zu Sträußen gebunden, in Zellophan verpackt, und bereit waren, in Glasvasen gestellt zu werden. Sunny gestaltete ihre Blumendekoration gerne selbst, dann konnte sie entscheiden, welche Blumen am besten zusammenpassten, wie eine Gardenie aussah, wenn man sie neben Farnkraut steckte oder mit einer Narzisse verschönerte. Blumen waren in dieser Jahreszeit wundervoll. Ganz gleich, wie sie die Blumen anordnete, sie würden diesen schrecklich dunklen Eingangsbereich erhellen. Dennoch, es musste eine perfekte, elegante Präsentation sein, die diesen antiken Tisch in der Diele zierte. Es sah aus, als hätte sie sämtliche Trödlerläden in East Village durchstöbert, bevor sie ihr Glück nördlich des Gramercy Parks suchte, um den richtigen Tisch für ihre Diele zu finden. Plötzlich, wie durch ein Wunder, stolperte sie beim Ramschverkauf bei einem Nachbarn über einen schmalen, dunklen Mahagonitisch, der Anfang 1900 von einem chinesischen Ebenisten angefertigt worden war. Ach, was war sie glücklich! Es war genau das, was sie sich vorgestellt hatte, es war genau der Stil, den Erics Mutter bewundern würde. Die Blumen mussten genau zur feinen Holzmaserung des Tisches passen. Diesen Eindruck wollte sie Erics Eltern vermitteln, wenn sie zum ersten Mal ihre Wohnung betraten – Perfektion.

Es war nicht das erste Mal, dass sie Besuch von Erics Eltern bekamen, seitdem diese sich in Florida zur Ruhe gesetzt hatten. Sie hatten sie schon einmal besucht, kurz nachdem sie und Eric nach New York City gezogen waren und Eric die Stelle als Assistenzarzt angenommen hatte. Damals hatten sie kaum Möbel gehabt. Die weiß gestrichenen Wände blätterten an den Ecken ab, und die Holzfußböden waren kahl. Damals konnte man natürlich nicht von ihnen erwarten, diese Wohnung in Windeseile in ein gemütliches Heim verwandelt zu haben. Heute jedoch würde Mrs Bergmans geschultes Auge bestimmt die Ergebnisse von Sunnys Dekorationsversuchen begutachten.

»Es ist okay«, rief Eric vom Wohnzimmer mit leichter Verärgerung in der Stimme. Er war nicht sehr gesprächig, seit er vom Besuch bei seiner Schwester zurückgekommen war. Wann immer sie versuchte, seine Laune zu verbessern, erteilte er ihr eine Abfuhr. »Hör doch endlich auf, an den Blumen herumzufummeln. Es ist Mutter doch völlig egal, ob die Rose nun vorn oder hinten in der Vase steht.«

»Das stimmt nicht. Sie bemerkt alles.« Phyllis Bergman war Perfektionistin. Ihr Haus hätte man in der Zeitschrift *AD Architectural Digest* vorstellen können. Obwohl sie das Haus mithilfe eines professionellen Dekorateurs eingerichtet hatte, wusste Sunny, dass Phyllis in der Lage gewesen wäre, es ganz alleine zu gestalten. Sie hatte einen unglaublich guten Geschmack.

Du musst Mutter nichts beweisen. Sie vergöttert dich bereits.«

»Falsch. Sie vergöttert Rachel. Aber sie toleriert mich.«

»Du machst dich lächerlich.«

Das war genau das Problem mit Eric. Er ging davon aus, dass jeder die Dinge liebte, die auch er liebte. Weil er Manhattan liebte, musste Sunny Manhattan auch lieben. Weil er Sushi liebte, musste das jeder andere auch. Und weil er Sunny liebte, mussten das wohl auch seine Eltern. Sunny war der Meinung, dass Erics Vater sie recht gut leiden konnte, aber das Verhältnis zu seiner Mutter stand auf einem anderen Blatt. Wie sehr sie sich auch bemühte, Sunny konnte die Missbilligung ihrer Schwiegermutter schon wittern. Tief in ihrem Innern wusste Sunny, dass Mrs Bergmann glaubte, sie hätte Eric in eine Falle gelockt und ihn sich geschnappt. Sie war überzeugt davon, dass es Sunny, weil sie aus einer Arbeiterfamilie stammte, auf ihren Sohn, diesen so attraktiven Medizinstudenten aus einer wohlhabenden Familie, gezielt abgesehen hatte und absichtlich schwanger geworden war.

Aber in Wirklichkeit war alles ganz anders. Ja, Sunny wurde unerwartet schwanger. Und ja, sie und Eric hatten früher geheiratet als geplant. Aber Eric hatte sie bekniet, das Baby zu behalten. Sie wollte ihrer Schwangerschaft ein Ende bereiten und hatte bereits einen Termin in der Klinik vereinbart. Immer und immer wieder flehte Eric sie an, den Termin abzusagen. Sie stritten sich, dann weinte sie, aber sie stritten immer und immer wieder. Wochenlang empfand sie es wie einen unendlichen Kreislauf von Tränen und Wut. Schließlich gab sie nach. Eric war zu energisch, um sich ihm zu widersetzen.

Es fiel ihr wirklich schwer, die Krankenpflegeschule aufzugeben. Seit ihrer Kindheit hatte Sunny davon geträumt, Krankenschwester zu werden. Sie liebte Rachel – selbstverständlich –, trotzdem wartete sie bereits sehnsüchtig darauf, wieder in die Schule zurückzukehren. Es war sonnenklar, dass Eric sein Medizinstudium nicht aufgab. Immerhin war ein Arzt wichtiger als eine Krankenschwester. Die Karriere eines Gatten war wichtiger als die seiner Ehefrau. In diesem Punkt waren sie sich einig, als sie Pläne für ihre Zukunft machten: Sobald er sein Medizinstudium beendet hatte, würde er eine Stelle als Assistenzarzt annehmen und später in einer Praxis arbeiten. Sie könnte dann zu einem späteren Zeitpunkt ihre Ausbildung wieder aufnehmen. Dann wäre Rachel im Kindergarten, vielleicht sogar schon in der ersten Klasse. Es war richtig, ihren Traum für die Familie zu verschieben, sagte sich Sunny oft.

»Hör mal«, sagte Eric zu Sunny, »erwähne unter keinen Umständen meinen Eltern gegenüber, dass ich bei Carol war. Ich möchte nicht, dass sie glauben, sie wäre wieder rückfällig geworden.«

»Klar.« Er wollte auch nicht, dass Sunny nur ein Wörtchen darüber bei Carol erwähnte. Carol würde sich wegen ihres schwachen Willens schämen, gab er jedes Mal als Begründung an. Es wäre erniedrigend für sie, wenn Sunny es erwähnen würde. »Vielleicht würde sie gerne wissen, dass ich sie unterstütze, dass auch ich für sie da bin, wenn sie mich braucht«, hatte Sunny darauf geantwortet.

Aber Eric war unnachgiebig. »Nein!«, hatte er dann gebrüllt. »Vertrau mir einfach. Ich kenne sie besser als du.« Also blieb Sunny stumm.

»Bekommst du auch genügend Schlaf?«, fragte Robert Bergman seinen Sohn, während Sunny den Tisch abräumte.

»Klar, Dad, das ist kein Problem.«

»Ich frage nur, weil ich gehört habe, dass sie euch Assistenzärzte Tag und Nacht und dann noch den darauffolgenden Tag arbeiten lassen.«

»Heute ist das nicht mehr so. Die Krankenhäuser haben das schon lange geändert. Ich bekomme genug Schlaf. Mach dir darüber keine Sorgen.«

»Ich verstehe immer noch nicht, warum du nicht Chirurgie als Fachrichtung gewählt hast«, schaltete sich Mrs Bergman ein. »Immerhin hat es lange genug gedauert, bis du dich endlich entschlossen hast. Dann hättest du zumindest die bestbezahlte Fachrichtung wählen können. Du hast nicht so viel Zeit wie die jüngeren Assistenzärzte, Geld zu sparen.«

Sunny konnte dem Gespräch im Wohnzimmer folgen, während sie das Geschirr in der Spüle stapelte. Ihre Wohnung war klein – das Esszimmer bestand aus einer kleinen Nische neben der Küche –, also ganz nahe, sodass sie die Missbilligung im Tonfall ihrer Fragestellung bemerkte, und sie schaute hinaus, um Erics Reaktion zu sehen. Obwohl seine Stimme ruhig blieb, stellte Sunny fest, dass sein ganzer Körper genauso angespannt war wie nach dem Besuch bei seiner Schwester. »Ich habe Pädiatrie gewählt, weil ich mit Kindern arbeiten wollte. Das weißt du doch, Mutter. Wir haben das doch alles schon mehrmals diskutiert.«

»Ich weiß, ich weiß, aber Geld verdient man in der Chirurgie. Daran gibt es nichts zu rütteln. Mit Geld kannst du an einem netten, hübschen Ort wohnen, ein paar anständige Möbel kaufen. Es ist keine Schande, viel Geld zu verdienen. Na ja, ich vermute, dass ich schon damit zufrieden sein sollte, dass du in der Medizin tätig bist. Eine Zeit lang dachte ich schon, du würdest im Gefängnis landen.«

»Phyllis, jetzt reicht's! Eric ist ein guter Junge. Du übertreibst ein wenig mit seinen Jugendsünden.«

Sunny beschäftigte sich in der Küche, machte Kaffee und bereitete den Nachtisch vor. Sie wollte nicht an diesem Gespräch teilnehmen, weil sie befürchtete, etwas loszulassen, was sie bitter bereuen würde.

Erics Vater räusperte sich. »In einem Punkt hat deine Mutter nicht ganz unrecht, mein Sohn. Erinnerst du dich an meinen Freund Dan Edelman? Sein Sohn ist Herzspezialist für Kinder geworden. Er arbeitet immer noch mit Kindern, aber er macht etwas Besonderes, nicht nur das Übliche, verstehst du, was ich damit sagen will? Und er plant seine Operationen. Keine Telefonanrufe, die ihn mitten in der Nacht aufwecken.«

Sunny warf wieder einen Blick ins Esszimmer und beobachtete, wie Eric ganz steif da saß und den Mund zu einem verbissenen

Grinsen verzogen hatte. »Natürlich, Dad, ich weiß ganz genau, was du meinst. Mit einem Kinderarzt könnt ihr bei euren Freunden nicht genug prahlen.«

»Nein, nein«, kam es im Chor von seinen Eltern.

Erics Mutter beugte sich über den Tisch und tätschelte seine Hand. »Was auch immer du machst, wir sind stolz auf dich. Du hast schon immer zu empfindlich auf unseren Ratschlag reagiert. Wir versuchen einfach nur, zu helfen.«

»Der Kaffee ist fertig«, rief Sunny plötzlich von der Küche aus.

Alle Köpfe drehten sich in Richtung ihrer Stimme. Als Sunny mit einem Teller hausgemachter Ingwerkekse in den Raum kam, lächelten ihr alle zu, dann lächelten sie sich gegenseitig an und gaben das Bild einer heilen, glücklichen Familie ab.

Kapitel 16

Einundzwanzig Tage

Das Amtsgericht von LaGrange befand sich an einer mit Bäumen gesäumten Straße in der Innenstadt. Das mit Verzierungen versehene, dreistöckige Gebäude mit einem zylinderförmigen Turm in der Mitte erinnerte Dani an Filme, die das kleinstädtische Amerika aus den Vierzigern und Fünfzigern zeigten. Dieser Ort hatte mit dem Getümmel von Manhattan überhaupt nichts mehr gemein. Sie wartete eine halbe Stunde lang vor dem Gerichtssaal 215, bis Georges Fall aufgerufen wurde.

Die Anhörung auf ihren Antrag zu einem Gerichtsbeschluss zur Exhumierung der Leiche, die Angelina Calhoun zugeordnet wurde, war der erste Fall auf dem morgendlichen Terminkalender. Sie und Melanie waren schon am Vorabend in LaGrange angekommen. Obwohl es sich nur um ein lokales Kammergericht handelte, weit entfernt von der Erhabenheit und Förmlichkeit des Obersten Gerichtshofs der Vereinigten Staaten, hatte Melanie sie am Vorabend mit Fragen bombardiert, als ob sie bereits vor dieser strengen Körperschaft plädieren würde. Und obwohl dieses Bezirksgericht üblicherweise nicht die letzte Instanz der Justiz war, bedeutete für George Calhoun das Recht auf Exhumierung der Leiche des Kindes den Unterschied zwischen Leben und Tod.

Dani hatte schon ein paar Dutzend Mal bei Anträgen oder Berufungen plädiert, vielleicht einige hundert Mal, aber immer, wenn sie vor einem Richter oder einem Richtergremium stand, musste sie sich selbst zügeln, um Ruhe zu bewahren. Meistens schaffte sie es, ihre Nerven zu beruhigen, bevor sie zu sprechen begann. Selbst Unterbrechungen von der Richterbank brachten ihren Gedankengang nicht durcheinander. Aber zu Beginn, wenn sie vom Stuhl aufstand, bekam sie jedes Mal feuchte Hände, und das Herz klopfte ihr bis zum Hals.

Um fünf Minuten vor zehn traten sie und Melanie in den Gerichtssaal ein. Ihre Antragspapiere waren eingereicht worden, und der Bezirksstaatsanwalt von LaGrange hatte ihre Einsprüche zur Kenntnis genommen. Fast unmittelbar, nachdem sich Dani an den Tisch vor dem Gericht gesetzt hatte, der für den Anwalt des Angeklagten vorgesehen war, näherte sich ihr ein Mann mittleren Alters in einem braunen Tweedanzug, der für diesen milden Frühjahrstag viel zu warm war.

»Ms Trumball, nehme ich an«, sagte er und streckte seine Hand aus. »Ich bin Ted Landry.«

»Ja, die bin ich«, antwortete sie und schüttelte ihm die Hand. »Und dies ist meine Assistentin, Melanie Quinn.«

»Ich muss sagen, ich war überrascht, als ich Ihre Unterlagen erhielt. Sie kommen damit auf den letzten Drücker, meinen Sie nicht?«

Dani zuckte mit den Schultern. »Nun ja, ich wünschte natürlich auch, wir hätten etwas mehr Zeit zur Verfügung. Aber solange die Uhr noch tickt, ist immer noch genügend Zeit, die Wahrheit zu enthüllen.«

»Oder aber«, sagte er mit einem Lächeln, »der Wahrheit Steine in den Weg zu legen.«

Er drehte sich um, als der Gerichtsdiener den Gerichtssaal betrat. Sie wussten, dass der Richter dicht hinter ihm sein würde. »Na, dann wünsche ich Ihnen viel Glück, Ms Trumball. Möge die Wahrheit gewinnen.« Er ging zum Tisch des Staatsanwalts zurück, bevor Richter Edwards den Gerichtssaal betrat.

»Erheben Sie sich!«, intonierte der Gerichtsdiener, und jeder erhob sich, wie es der Gerichtsdiener anordnete. »Sie können sich setzen«, sagte er, nachdem Richter Edwards in seinem Lederdrehstuhl hinter der erhöhten Richterbank Platz genommen hatte.

»*Das Volk gegen George Calhoun*«, rief er aus.

Dani antwortete: »Ms Trumball für den Angeklagten.«

»Mr Landry für den Staat.«

Richter Edwards schaute zu ihr hinüber. »Sie haben einen Antrag bei mir gestellt, Ms Trumball. Ich habe Ihre sowie die Akten des Staates gelesen. Möchten Sie noch etwas hinzufügen?

Sie stand auf. »Ja, Euer Ehren.«

»Gut, bevor wir beginnen, werde ich ausführen, was ich davon halte. Ich habe die Argumentation Ihrer Begründungsschrift gelesen, jedoch muss ich dazu sagen, dass mir das Ganze eher wie ein Ave Maria vorkommt. Ihr Klient ist seit über siebzehn Jahren inhaftiert, und es ist das erste Mal, dass er eine DNA-Analyse an der Leiche des Kindes beantragt?«

»Euer Ehren, ich gebe zu, dass es wie Torschlusspanik wirkt, aber mein Klient hatte seinem vorherigen Anwalt schon vor fünf Jahren die Gründe zur Exhumierung der angeblichen Leiche seiner Tochter geliefert, jedoch hat dieser Anwalt einfach keine Notiz davon genommen. Er hat ganz eindeutig seine Pflicht versäumt, seinen Klienten ordnungsgemäß zu verteidigen.«

»Nun, dann sieht es danach aus, als wäre die Grundlage für ein Fehlverhalten vonseiten des Anwalts gegeben, aber dies hat nichts mit dem Antrag zu tun, der mir vorliegt.«

»Ich werde beim Bezirksgericht einen Antrag auf eine Habeas-Corpus-Akte stellen, aber da die Hinrichtung in drei Wochen vollstreckt werden soll, können Sie sich die Dringlichkeit vorstellen, zunächst einmal herauszufinden, wer eigentlich in diesem Grab liegt. Wenn es nicht Angelina Calhoun ist, dann – ja dann, sind die Konsequenzen eindeutig.«

Landry stand auf. »Euer Ehren, wenn Sie erlauben. Dieser Antrag ist voller Löcher, es läuft überall Wasser hindurch. Und diesen Schlamassel kann man nur mit zwei Worten zusammenfassen: *fahrlässiger Verzug.*«

Mit diesem Argument hatte Dani gerechnet. Es beruhte auf dem Konzept, dass es im Namen der Fairness Menschen nicht erlaubt war, die Geltendmachung ihrer Rechte aufzuschieben. Sie hatte sich auf diesen Vorwurf vorbereitet. »Euer Ehren, fahrlässiger Verzug tritt nur dann in Kraft, wenn eine Gegenpartei benachteiligt wurde. Der Staat kann wohl kaum behaupten, dass er durch den Verzug geschädigt wurde. Er hat kein persönliches Interesse daran, einen unschuldigen Mann in den Tod zu schicken.«

Landry antwortete wie aus der Pistole geschossen: »Der Staat hat durchaus ein Interesse an der Res Judicata. Der Oberste Gerichtshof hat dieses Interesse an der Rechtskräftigkeit anerkannt. Der Angeklagte hatte ausreichend Gelegenheit, die Exhumierung der Leiche und den DNA-Test des Kindes zu beantragen. Siebzehn Jahre lang. Dieser Antrag ist nichts weiter als eine Verzögerungstaktik, ein Versuch, das Bundesgericht zu überzeugen, sein Urteil aufzuheben. Ein Versuch, der mit Sicherheit genauso erfolglos sein wird wie alle vorherigen Berufungen.«

Dani wollte gerade den Mund aufmachen, da hielt Richter Edwards abwehrend die Hand hoch. »Ms Trumball, ich bin mir sicher, dass Ihr Antrag gut gemeint ist, aber ich muss dem Staatsanwalt in diesem Punkt recht geben. Ihr Klient hätte lange vor seinem Prozess reden müssen.«

»Aber Euer Ehren ...«

»Ich weiß, was Sie sagen wollen. Ich sagte bereits, dass ich Ihre Unterlagen gelesen habe. Er hatte Angst, dass seiner Tochter die medizinische Betreuung versagt worden wäre, wenn er geredet hätte. Ehrlich gesagt, ich halte diese Geschichte für ausgesprochen unglaubwürdig. Antrag abgelehnt«, sagte er und rief den nächsten Fall auf.

Obwohl enttäuscht, war Dani weder überrascht noch entmutigt. Sie hatte bereits im Vorhinein eine Beschwerde zu diesem Schiedsspruch vorbereitet. Sie brauchte nur noch die schriftliche

Anordnung des Richters ihrer Akte beizufügen, und schon war ihr Antrag fertig.

»Glaubst du dem Typ?« Melanie war fuchsteufelswild, als sie aus dem Gerichtssaal kamen. »Er hat dich ja kaum zu Wort kommen lassen. Ganz egal, was du sagen wolltest – er war schon vorher zu einer Entscheidung gekommen.«

»Es war mir bewusst, dass es ziemlich mühsam mit diesem Richter sein würde. Er genießt den Ruf, bei Straftaten knochenhart zu sein. Er kandidiert im nächsten Jahr für die Wahl und möchte nicht als der Mann gelten, der George Calhoun geholfen hat, aus dem Gefängnis zu kommen.

»Aber die einzige Möglichkeit, George freizubekommen, ist, wenn sich herausstellt, dass die Leiche nicht seine Tochter ist. Wie sollte denn die Freilassung eines unschuldigen Menschen einem Richter schaden?«

Man brachte den Junganwälten leider nicht bei, dass im Gerichtssaal andere Regeln herrschten. Melanie bildete sich immer noch ein, dass Gerechtigkeit das Grundprinzip für alle Gerichtsbeamten war. Sie musste sich abhärten, und von ihrer Traumvorstellung auf dem Boden der Tatsachen landen. »Schau, jeder möchte als Gewinner dastehen. Der Staatsanwalt möchte einen Schuldspruch erwirken. Er redet sich selbst ein, dass eine schwache Beweislast kein Hindernis dafür sein darf, Kriminelle von der Straße zu entfernen. Vielleicht hält er etwas zurück, das der Verteidigung helfen würde, obwohl er weiß, dass er es nicht darf. Womöglich legt er einem Zeugen, dessen Gedächtnis nicht das beste ist, nahe, was er sagen soll. Der Verteidigungsanwalt ist überzeugt, dass selbst der größte Abschaum der Menschheit im Rahmen des Gesetzes ein Recht auf ein faires Gerichtsverfahren hat. Der Oberste Gerichtshof fügt sogar noch das Recht auf eine wirksame Verteidigung hinzu. Also wird er ebenso viele zweifelhafte Taktiken anwenden, um einen Freispruch zu erwirken und um sein Gewissen zu erleichtern, in der Überzeugung, dass er die in der Verfassung garantierten Rechte hochhält. Der Richter möchte die Wiederwahl gewinnen, also wird er auf Nummer sicher gehen. Versteh mich bitte nicht falsch. Es gibt hervorragende Richter, Staatsanwälte und Verteidigungsanwälte, die ihre Rolle mit Integrität und Leidenschaft ausüben. Aber du wirst feststellen, dass es auch zu viele von der anderen Kategorie gibt.«

»Okay. Also nehmen wir einmal an, dass dieser Richter auf Nummer sicher gehen will. Ich verstehe immer noch nicht, warum die Anordnung einer Exhumierung riskant sein soll.«

»Nehmen wir einmal an, er würde die Exhumierung anordnen und der DNA-Test würde beweisen, dass es Angelina Calhoun ist. In diesem Fall würde sich die Presse auf ihn stürzen, weil er diesem schrecklichen Mörder eine zweite Chance gegeben und seine gerechte Bestrafung verzögert hat, auf die alle gewartet haben. Edward ist ein Feigling. Er möchte vermeiden, dass man ihm nachsagt, er würde Angeklagte begünstigen. Er weiß, dass wir in die Berufung gehen werden, und wenn es sich herausstellt, dass es richtig war, dem Antrag nicht stattzugeben, beweist es, wie klug er ist. Und wenn das Gegenteil der Fall ist, dann sind die Leute zufrieden, dass er ein strenger Richter ist.«

Melanie schüttelte den Kopf. Dani wusste, wie sie sich fühlte: angeekelt. Sie hatte dieses Gefühl so oft gespürt, nicht nur als Staatsanwältin bei der US-Staatsanwaltschaft, sondern auch bei HIPP. Die juristische Fakultät bereitete hoffnungsvolle Anwälte nicht auf die Wechselfälle von Gerichtsurteilen vor.

Das Jurastudium war frei von Politik, Engstirnigkeit, schlechten Richtern und inkompetenten Anwälten. Das Jurastudium war rein und makellos, und Dani liebte es. Aber im Laufe der Jahre kam sie zu der Erkenntnis, dass die Rechtsprechung im wirklichen Leben ganz anders aussah.

Sie machte sich auf den Weg zu Richter Edwards Büro. Eine junge Frau saß an einem Schreibtisch im Vorzimmer. Dani reichte ihr eine Visitenkarte. »Guten Morgen. Wir kommen gerade aus dem Gerichtssaal von Richter Edwards im Fall *Das Volk gegen George Calhoun*. Ich möchte sicherstellen, dass wir so schnell wie möglich eine Abschrift des richterlichen Beschlusses erhalten.«

Die junge Frau sah sich die Karte an. »Jeder möchte den Beschluss so schnell wie möglich. Meistens dauert es eine Woche, manchmal etwas länger, das hängt von seinem Terminkalender ab.«

Sekretärinnen waren wie Torwächter. Wenn sie nicht auf Danis Seite waren, dann konnten sie aus reiner Boshaftigkeit das Abtippen eines Beschlusses verzögern. »Es ist mir bewusst, dass alle sehr beschäftigt sind. Aber mein Klient soll in drei Wochen hingerichtet werden. Für ein Verbrechen, das er wahrscheinlich nicht begangen hat.«

Die junge Frau starrte sie an und seufzte. »Also gut. Ich will sehen, was ich tun kann.«

»Sie sind ein Engel der Barmherzigkeit«, sagte Dani und bedankte sich bei ihr.

»Was nun?«, fragte Melanie, als sie das Büro der Sekretärin verließen.

»Nun müssen wir beten, dass Tommy etwas herausgefunden hat.«

Kapitel 17

Man hätte meinen können, der Regen würde nie aufhören. Sechs Tage hintereinander nur Regenschauer hinterließen bei Sunny den Eindruck, als wäre sie auf hoher See, umgeben von Wasser, wohin sie nur schaute, und ohne jede Hoffnung auf Rettung. Sechs Tage Puzzlespiele mit Rachel, sechs Tage *Gutenachtgeschichten* lesen, immer und immer wieder, sechs Tage die Zeichentrickserie *Dora* im Fernsehen anschauen.

Sie dachte schon, sie würde den Verstand verlieren. Eric konnte das nicht verstehen. Er kam jeden Abend völlig erschöpft nach Hause und dachte, Sunnys Leben wäre der reinste Spaziergang, immerhin lag ihre einzige Verantwortung darin, auf ein dreijähriges Kind aufzupassen. Er wollte noch nicht einmal zu Abend essen, wenn er nach Hause kam: Essen zum Mitnehmen vom chinesischen Restaurant oder aus der Pizzeria war genauso willkommen wie ein selbstgekochtes Essen. Es war ihm auch völlig egal, ob sie die Wohnung sauber machte, ob Rachels Spielzeug überall auf dem Wohnzimmerboden verstreut lag oder ob die Wäsche darauf wartete, zusammengefaltet zu werden.

Den lieben langen Tag in der Wohnung sitzen zu müssen gab ihr das Gefühl, eingesperrt zu sein. Eric hatte ihr versprochen, aus New York wegzuziehen, sobald er seine Zeit als Assistenzarzt absolviert hatte. Sunny hoffte, sie könnten in der Nähe ihrer Mutter wohnen. Es gefiel ihr nicht, so weit von ihr entfernt zu sein. Sie fragte sich, ob sich Rachel jemals an ihr Leben in New York City erinnern würde – an das Geräusch, den Geruch, die Menschenmengen. Sie erinnerte sich so wenig an ihre eigene Kindheit. Ihre erste wirkliche Erinnerung ging in die Zeit zurück, als sie sechs Jahre alt war und in die erste Klasse kam. Jedes Mal, wenn sie versuchte, frühere Zeiten heraufzubeschwören, fühlte sie ein eigenartiges Unbehagen, also ließ sie es bleiben.

»Mami, mir ist langweilig.« Selbst ihrem lieben, kleinen Engel fiel nach sechs Tagen die Decke auf den Kopf, und Rachel wurde quengelig.

»Ich weiß, Rachel. Morgen wird bestimmt die Sonne wieder scheinen, und wir können in den Park gehen. Ich wette, Billy wird auch da sein.«

»Aber mir ist jetzt langweilig.«

Sunny wusste, was Langeweile bedeute. Sie war ihre tägliche Begleiterin.

Eric hörte das Telefon als Erster klingeln. Er hatte schon so oft Anrufe mitten in der Nacht bekommen, und trotz seiner Veranlagung, tief und fest zu schlafen, hatte er sich selbst dazu erzogen, bei diesem vertrauten Geräusch schnell aufzuwachen. Da er das Krankenhaus am anderen Ende der Leitung erwartete, antwortete er schnell: »Dr. Bergman.« Sunnys Gehör war auf das Weinen eines Kindes fixiert, daher hatte sie gelernt, trotz dieser Anrufe im Schlafzustand zu bleiben, aber etwas in Erics Tonfall unterbrach diesen Schlaf.

»Ich verstehe«, hörte sie ihn sanft sagen. »Wann ist es passiert? Nein, natürlich, ich bin mir sicher, dass du alles getan hast, was du konntest.« Stille, und dann sprach Eric wieder. »Das wäre mir eine große Hilfe, vielen Dank. Wir nehmen den nächsten Flug.«

»Was ist los?«, fragte Sunny, als sie ihre Augen im dunklen Schlafzimmer öffnete.

»Schatz, es tut mir leid.«

»Was erzählst du da? Was ist los?«

»Deine Mutter. Sie hatte einen Herzinfarkt.«

Sunny schaute ihn ungläubig an. Sie setzte sich ruckartig im Bett auf und ließ sich von Eric in den Arm nehmen. »Geht es ihr gut?«, flüsterte sie, vor Angst, die Worte laut auszusprechen.

»Nein, es tut mir leid. Sie ist noch vor Ankunft der Ambulanz gestorben.«

»Aber… aber ... das kann doch nicht sein. Mutters Herz ist gesund. Sie war doch immer so stark.«

»Manchmal passieren solche Dinge einfach. Wie aus heiterem Himmel, ohne Vorwarnung.« Eric hielt Sunny ganz fest umschlungen, denn als Sunny der Tod ihrer Mutter endgültig klar wurde, brach sie in Tränen aus, und ihr ganzer Körper bebte. Sie stieß einen Klagelaut aus und schüttelte in einem fort den Kopf und murmelte: »Nein.«

Eric streichelte ihr Haar, bis sich das Schluchzen legte.

»Was soll ich denn ohne sie machen? Sie ist mein Halt. Ich brauche sie.«

»Ja, ich weiß.«

»Wer war das am Telefon?«

»Nancy. Deine Mutter rief sie an, als sie Stiche in der Brust bemerkte. Sie dachte erst, es wäre eine Magenverstimmung, aber Nancy bestand darauf, den Notarzt zu rufen. Nur war es dann zu spät.«

Nancy. Die beste Freundin ihrer Mutter. Für Sunny war sie fast wie eine Tante.

Sunny versuchte, stark zu sein, aber dann brach sie erneut in Tränen aus. Ihr Vater war bereits sechs Jahre zuvor gestorben. Als sie heirateten und zum Altar schritten, musste sie krampfhaft die Tränen zurückhalten, weil ihr Vater nicht an ihrer Seite war. »Jetzt habe ich niemanden mehr«, sagte sie zwischen den Schluchzern.

»Du hast doch mich und Rachel.«

»Ja, aber das ist nicht dasselbe. Ich bin jetzt Waise. Ich habe meine Geschichte verloren.«

Eric streichelte ihren Arm und flüsterte tröstende Worte. Es war zwecklos, sich wieder zum Schlafen hinzulegen. Er hielt Sunny in den Armen, bis es draußen hell wurde und das Licht durch die Jalousien den Anbruch eines neuen Tages ankündigte.

Als das Taxi in die Aspen Road einbog, verspürte Sunny ein Engegefühl in der Brust. Sie hatte eigentlich geplant, zwei Wochen später, zum Osterfest, in ihren Heimatort zurückzukehren. Ihre Mutter wartete dann immer schon in ihrem großen Sessel am Fenster und beobachtete ihre Ankunft. Nun wartete ein leeres Haus auf sie. Anstatt zu einer Großmutter, die Rachel mit Küssen bedeckte, gingen sie in ein Haus, in dem Totenstille herrschte.

Nancy hatte die Beerdigung vorbereitet und die letzten Freunde und Familienangehörigen benachrichtigt, die noch übrig blieben. Sunny war wie betäubt vor Schmerz und nicht in der Lage, Entscheidungen zu treffen, daher war sie erleichtert, dass sie anderen die Verantwortung dafür übertragen konnte. Nun, da das Taxi in die Einfahrt fuhr – die Einfahrt ihrer Mutter –, rollten die Tränen erneut über ihre Wangen.

»Nicht weinen, Mami«, sagte Rachel. »Ich geb' dem Aua 'nen Kuss und mach alles wieder gut.«

Sunny wischte ihre nassen Wangen mit dem Handrücken ab und legte ihre Arme um Rachel. »Du hast es bereits besser gemacht. Siehst du? Ich weine nicht mehr.«

Eric bezahlte den Fahrer, während Sunny und Rachel ihre Sachen nahmen und ausstiegen. Die Sonnenstrahlen waren so hell, dass Sunny blinzeln musste. *Das ist falsch. Es müsste ein bewölkter Tag sein, kein sonniger.* Aber alles funkelte im Sonnenlicht. Das Haus, der Rasen, der prachtvolle Garten, den ihre Mutter immer mit so viel Liebe gepflegt hatte. Mit Rachel an der Hand schloss Sunny die Haustür auf und trat ein. Familienbilder zierten die Wände der Diele.

Eric war direkt hinter ihnen. »Ruh dich doch einfach aus. Ich rufe das Bestattungsinstitut an und teile ihnen mit, dass wir angekommen sind. Wir haben noch ein paar Stunden Zeit, bis sie uns dort erwarten.«

Es schien alles so unwirklich. Alles im Haus sah genauso aus, wie es Sunny in Erinnerung hatte: die karierten Vorhänge in der Küche, die sie zusammen mit ihrer Mutter genäht hatte; die Spitzendeckchen auf dem Esszimmertisch, die sie bei einem privaten Flohmarkt gefunden hatten; das Sofa mit dem Schonbezug im Wohnzimmer. Irgendwie, hatte sie gedacht, würde alles anders aussehen, anders ohne die Anwesenheit ihrer Mutter. Sie ging von einem Zimmer ins andere und berührte einzelne Gegenstände. Es gab ihr ein Gefühl der Verbindung, Verbindung zu ihrer Mutter, Verbindung zu ihrer Kindheit.

Die Beerdigungsfeier würde am nächsten Tag stattfinden, ein Begräbnis im kleinen Kreis. Ihre Mutter war Krankenschwester gewesen und ein paar Jahre zuvor in den Ruhestand getreten, war aber nicht mit ihren früheren Kollegen in Kontakt geblieben. »Ich möchte viel reisen, solange ich noch jung genug bin, alleine zurechtzukommen«, sagte sie. Und das tat sie auch. Ihre erste Reise führte nach New York, wo sie Sunny besuchte. Von dort flogen sie und Nancy nach Paris. Sie hatte immer davon geträumt, den Louvre zu sehen, auf den Champs Élysées entlangzuspazieren und im Fahrstuhl auf die Spitze des Eiffelturms zu fahren. »Es war genauso, wie ich es mir vorgestellt hatte«, erzählte sie Sunny bei ihrer Rückkehr. »Mach nicht denselben Fehler wie ich, warte nicht, bis du alt bist, um zu reisen. Reise, solange du jung bist.« Sie und Nancy waren danach noch oft verreist, aber die Reise nach Paris blieb etwas Besonderes.

Sunny fragte sich, ob ihre Mutter früher mit dem Reisen begonnen hätte, wenn sie keine Tochter gehabt hätte. Sie war schon älter, als sie Sunny zur Welt brachte, fast vierzig. Die Eltern von Sunnys Freunden waren erst Mitte vierzig, als ihre Kinder ans College gingen, jung genug, um ihre wiedergewonnene Freiheit zu genießen. Während Sunny durchs Haus ging und sich den Schnickschnack betrachtete, den ihre Mutter von ihren Reisen mitgebracht hatte, stellte sie sich die Frage, ob sie es jemals bereut hatte, durch ein Kind angekettet zu sein. Aber genauso schnell, wie ihr diese Gedanken in den Sinn kamen, genauso schnell waren sie auch schon wieder verschwunden. Sunny wusste, dass sie der Mittelpunkt im Leben ihrer Eltern gewesen war, dass sie jeden einzelnen Moment ihres Lebens geliebt hatten. Ihre Mutter hatte ihren Traum vom Reisen für etwas viel Wertvolleres aufgeschoben: ihre Tochter.

Welch ein Glück ich doch hatte. Sie setzte sich auf die Couch und schaute auf Eric und Rachel.

Sie hatte ihren eigenen Traum, Krankenschwester zu werden, zugunsten der Mutterschaft zurückgestellt. Während sie ihre Tochter beobachtete, wie sie sich in die Arme ihres Vaters kuschelte, war sich Sunny sicher, dass sie ihre Entscheidung nicht bereute.

Kapitel 18

Verfluchte Bürokratie! Seit mehr als einer Woche lief Tommy von einer Agentur zur nächsten, und alles für nichts und wieder nichts. Er hatte gehofft, alles telefonisch machen zu können, um sich eine Reise nach Minnesota zu sparen, aber er trat einfach auf der Stelle. Morgen würde er sich auf die Socken machen. Der Frühling hatte endlich in New York Einzug gehalten. Der unentwegte Regen hatte aufgehört, die Sonne schien, und der Golfplatz winkte. Er schaute sich die Wettervorhersage für Rochester, Minnesota, an, und es war hundsmiserabel. Nass und kalt.

All seine Bemühungen hatten zu einer festgefahrenen Situation geführt, wie die Straßen von Manhattan in den Stoßzeiten. Nichts ging vor, nichts zurück. Er saß nur dumm an seinem Schreibtisch herum und drehte Däumchen. Am Vormittag hatte er einen Anruf vom Labor erhalten, die einen Test an dem Zettel durchführten, der unter seinem Scheibenwischer geklemmt hatte. Die gute Nachricht: Auf dem Papier befanden sich verschiedene Fingerabdrücke. Die schlechte Nachricht: Keiner davon passte zu irgendwelchen in den Datenbanken.

Tommy fragte sich, wie Dani und Melanie mit ihrem Antrag vorankamen. Es gab nur drei Möglichkeiten, um Klarheit in diesem Fall zu schaffen: Exhumieren der Leiche und endlich herausfinden, ob das Kind Angelina Calhoun war; einen Eintrag zu ihrem Tod in Minnesota zu finden; oder Angelina Calhoun lebend und gesund zu finden. Das wäre ein absoluter Knüller, dachte er, wenn sie noch am Leben wäre.

Dieser Fall bereitete ihm Sorgen, und nicht nur, weil ein Kind darin verwickelt war. Er war so überzeugt davon, dass ihnen dieser Typ eine Menge Unsinn erzählt hatte. Nun plagten ihn Zweifel. Selbst wenn Calhoun die Wahrheit gesagt hatte – und das wäre echt der Hammer –, hatte er sich denn nicht noch eines anderen Vergehens schuldig gemacht? Es müsste als Kapitalverbrechen bestraft werden, ein krankes Kind auszusetzen. Vielleicht hätte er noch einen anderen Weg als diesen finden können, eine ärztliche Behandlung für sie zu bekommen. Womöglich hätte sie weitergelebt. Und dann war da dieser verdammte Zettel an seinem Auto. Was in alles in der Welt sollte das bedeuten? Seitdem er zurück war, hatte er keine weiteren bösen Mitteilungen mehr erhalten.

Er schaute auf die Uhr und stellte fest, dass es bereits nach dreizehn Uhr war. Er bummelte zu Bruces Büro und steckte den Kopf hinein: »Lust auf Mittagessen?«

Bruce schaute auf die Uhr an der Wand und dann auf die Unterlagen, die über seinen Schreibtisch verstreut lagen. »Eigentlich habe ich keine Zeit, aber was soll's, lass uns gehen. Das Wetter ist zu schön, um den ganzen Tag im Büro zu sitzen.«

Während sie auf den Fahrstuhl warteten, fragte Tommy: »Hast du es jemals bereut, keine Kinder zu haben?«

»Manchmal. Wenn ich bei meiner Schwester zu Besuch bin und ihre Kinder überall herumlaufen, alle lustig und fröhlich, dann vermisse ich es, ein Teil davon zu sein.«

»Ich verstehe, was du meinst. Es ist herrlich, wenn sie noch in diesem Alter sind. Weißt du, sie beim Kinderbaseball oder Football zu beobachten, sich mit ihnen auf dem Boden zu wälzen, all der ganze Kram. Du glaubst ja gar nicht, wie schnell sich das ändert. Erst sind sie bei allem von dir abhängig, aber dann, urplötzlich, schämen sie sich, zuzugeben, dass du ihr Vater bist.«

»Ach ja, die Teenagerzeit. Ich erinnere mich gerne daran.«

»Tommy junior geht im Herbst ans College. Ich weiß nicht, wie Patty das verkraften wird. Sie wird schon ganz rührselig, wenn sie daran denkt.«

»Und du? Bist du denn dafür bereit?«

Tommy schüttelte den Kopf. »Ich erinnere mich noch, wie das war, als ich ans College ging. Es war der Anfang davon, aus der Familie heraus- und in mein eigenes Leben einzuziehen. Ich weiß, dass es gut für ihn ist. Als Vater ist es mir bewusst, dass wir ihn ziehen lassen müssen, aber es ist verdammt hart. Ich vermute, dass mir Calhoun deshalb nicht aus dem Sinn geht. Es kostet mich viel Kraft, Tommy junior aus seinem Nest flüchten zu lassen, aber er ist fast achtzehn und gesund. Wie konnte Calhoun seine vier Jahre alte Tochter einfach so aussetzen? Ich kapiere es einfach nicht.«

Bruce nickte. »Es ist schwierig, sich in die Köpfe anderer Menschen zu versetzen. Wir vermischen unsere eigene Situation mit diesen Fällen. Aber wir sollten nicht über die Entscheidungen anderer richten, die ganz andere Lebenserfahrungen gemacht haben. Es sei denn, sie haben das Gesetz gebrochen.«

»Nun, was mich betrifft, steht Calhoun immer noch hoch im Kurs.«

Der Fahrstuhl erreichte die Eingangshalle, und sie verließen das Gebäude in den hellen Sonnenschein hinein. »Nun«, sagte Bruce, »vielleicht sind die Antworten genauso klar wie das Wetter heute, nachdem du in Rochester warst.«

»Kann sein. Das hoffe ich zumindest.«

Trotz des strömenden Regens landete Tommys Flugzeug zehn Minuten früher auf dem Internationalen Flughafen von Rochester. Er schlängelte sich durch die Flughafenkorridore zum Mietwagenverleih und holte sich einen Toyota Camry vom Parkplatz. Er wollte zuerst im Hotel einchecken und anschließend seine Besuche erledigen. Zunächst würde er zum Bezirksstandesamt gehen. Natürlich hatte er bereits vorher dort angerufen, und wie so viele Telefonate, die er gemacht hatte, war auch dieses fruchtlos verlaufen. Man konnte keine Sterbeurkunde von Angelina Calhoun finden. Aber sie wäre auch nicht unter ihrem Namen eingetragen worden. Vielleicht wäre der Vorname derselbe, aber wenn George die Wahrheit gesagt hatte, dann hatte er ihren wirklichen Namen absichtlich aus den Krankenakten gestrichen, die sie um die Taille trug.

Fünfundvierzig Minuten später stand er am Schalter des Standesamts. »Ist Helen zufällig da?«, fragte er die korpulente Dame, die vor ihm stand.

»Ist gerade zur Pause. Sie können dort drüben auf sie warten.« Sie deutete auf eine Bank an der Wand.

»Meinen Sie, es dauert lange?«

Die Beamtin zuckte mit den Schultern. Sie machte den Eindruck, als ob ein Lächeln ihr Gesicht in kleine Stücke zerbröckeln ließe.

»Nun, Anne? Das ist doch Ihr Name, nicht wahr?«, sagte Tommy, als er das Namensschild auf ihrer Bluse las. »Vielleicht können Sie mir helfen, bis sie zurück ist. Ich muss ein paar Sterbeurkunden eines weißen, weiblichen Kindes suchen, so zwischen vier und sieben, und das vor etwa sechzehn bis zwanzig Jahren.« Nach dem, was ihm Doktor Samson erzählt hatte, vermutete Tommy, dass dieser Zeitraum die möglichen Sterbedaten abdecken würde, in der Annahme, dass sie an der Leukämie gestorben war. Die Berechnung war zwar nicht perfekt, aber die Zeit war zu kurz, um die Suche auszuweiten. Anne starrte Tommy mit leerem Blick an. »Also, wie sieht's aus, Anne? Können Sie mir dabei helfen?«

»Sie machen Scherze, oder?«

»Nee. Todernst.«

»Sehen Sie diese Formulare da drüben? Füllen Sie eines mit dem aus, was Sie suchen. Eine Suche wie diese hier dauert ungefähr sechs Monate. Vielleicht sogar ein Jahr.«

»Ich glaube, ich warte auf Helen«, sagte Tommy und kehrte zur Bank an der Wand zurück. *Gottverdammte Beamten. Studieren die, um zu lernen, wie man Leute in den Wahnsinn treibt?*

Zehn Minuten später kam eine wohlgeformte junge Frau mit glattem, schwarzem, rückenlangem Haar hereinspaziert. Als sie den Schalter erreichte, deutete Anne auf Tommy. »Der Mann da hat nach dir gefragt.«

Helen drehte sich um und lächelte freundlich. »Ja? Kann ich Ihnen helfen?«

»Ich bin Tommy Noorland. Wir haben vor ein paar Tagen miteinander telefoniert. Erinnern Sie sich? Das Mädchen mit der Leukämie?«

»Ja, natürlich. Kommen Sie, wir gehen zu meinem Schreibtisch, da können wir reden.« Tommy folgte ihr durch die Schwingtür am vorderen Schalter zu einem Schreibtisch am anderen Ende des Raumes. Als Erstes entdeckte er ein Foto von Helen mit einem Mann und einem Baby. Die Guten sind immer verheiratet, dachte er.

»Wie ich Ihnen bereits am Telefon sagte, bin ich mir nicht sicher, ob und wie ich Ihnen ohne konkretere Informationen helfen kann«, sagte Helen und setzte sich auf ihren Stuhl. »Sie kennen ja noch nicht einmal den Namen des Kindes.«

»Bitte erzählen Sie mir, dass alle ihre Eintragungen im Computer eingespeist sind«, sagte Tommy.

»Na klar, bis zu fünfzig Jahren zurück. Wenn es vorher war, müssten wir die Archive durchforsten.«

»Hat Ihre Software eine Suchfunktion?«

Helen nickte. »Allerdings habe ich sie noch nie für etwas anderes als für eine Namenssuche benutzt.«

»Könnten Sie es bitte versuchen? Sie wissen, wie wichtig es ist.«

»Ja, ich weiß. Und nicht nur, weil sich Ihr Klient in der Todeszelle befindet. Wenn das tote Kind nicht seines ist, bedeutet es, dass irgendwo da draußen eine Mutter und ein Vater zwanzig Jahre in der Ungewissheit verbracht haben, was mit ihrem Kind passiert ist. Ich kann mir vorstellen, wie grausam das sein muss. Also möchte ich Ihnen gerne helfen. Falls es möglich ist.«

Gott sei Dank hatte Helen damals seinen ersten Anruf angenommen und nicht dieser Sauertopf am Schalter. Sie hätte ihm mit Sicherheit eine Abfuhr erteilt. »Okay, dann beginnen wir mit 1990, engen die Suche auf Leukämie als Todesursache ein, und dann beschränken wir wiederum die Auswahl auf vier Jahre alte Kinder und schließlich auf weibliche. Danach machen wir dasselbe mit den Fünfjährigen. Wie klingt das?«

Helen tippte bereits am Computer herum, während sie mit Tommy sprach. »Das könnte klappen, aber es wird etwas dauern. Wenn Sie andere Dinge zu tun haben, könnte ich das alleine machen und Sie anrufen, sobald ich etwas gefunden habe.«

Tommy schenkte ihr ein strahlendes Lächeln. »Sie sind ein Engel. Ich stehe in Ihrer Schuld.«

Er schrieb seine Handynummer auf die Rückseite seiner Visitenkarte und reichte sie Helen. Beim Hinausgehen ging er an Anne vorbei, die hinter dem Schalter saß. »Nur weiter so, Süße«, sagte er und tätschelte ihren Po. Er konnte sich irren, aber er glaubte, ein winziges Lächeln auf ihrem Gesicht zu sehen.

Nächster Halt: Sozialamt von Olmsted County. Wenn Angelina Calhoun in Rochester, Minnesota, ausgesetzt wurde, dann musste irgendjemand dieses Amt angerufen haben, damit man sie dort aufnahm. Tommy hatte mit ein paar Leuten hier gesprochen und wurde meistens von Pontius zu Pilatus geschickt. Ehrlich gesagt, hatte er auch nicht mehr erwartet. Als er dort ankam, hatte sich der Regen endlich in Nieselregen verwandelt. Nachdem er geparkt hatte, ging Tommy in das Gebäude und suchte die Hinweistafel nach dem zuständigen Büro ab. Fünf Minuten später saß er dem Schreibtisch von Roger Holmes gegenüber. Roger sah aus wie der letzte Vertreter der Hippiegeneration: ausgewaschene Jeans, ein T-Shirt mit einem Friedenssymbol auf der Brust, buschige, schulterlange Haare und ein Bart, der schon vor einem Jahrzehnt eine Rasur vertragen hätte. Tommy konnte unter dem ganzen Haar sein Alter nicht schätzen, aber er gab Roger gut fünfzig Jahre. Das Namensschild auf seinem Schreibtisch trug die Initialen ›MWS‹, gefolgt von seinem Nachnamen.

Tommy reichte ihm Calhouns unterzeichnete Vollmacht und ein Foto der drei Jahre alten Angelina. Holms saß da und starrte das Bild an. Schließlich schaute er auf. »Ich weiß nicht, was ich damit anfangen soll. Sie haben weder den Namen des Kindes noch den der Eltern. Und meine Kristallkugel ist leider zur Reparatur.«

»Hören Sie, es ist mir klar, dass ich Ihnen keine einfache Frage gestellt habe. Aber vielleicht gibt es jemanden, der sich an ein kleines Mädchen erinnert, das man im Krankenhaus ausgesetzt hat.«

Roger schnaubte. »Glauben Sie denn, das ist ungewöhnlich? Ich kann Ihnen die Anzahl der ausgesetzten Kinder nennen, die wir jedes Jahr aufnehmen. Es kommt zwar nicht täglich vor, aber oft genug im Jahr, sodass es uns nicht mehr schockiert.«

»Mit diesem Mädchen war es aber anders. Sie hatte Leukämie. Die Eltern setzten sie mit ihrer kompletten Krankenakte dort ab.«

Roger lehnte sich in seinem Stuhl zurück und strich über den Bart. »Mal sehen. Vielleicht Abby. Sie ist alt genug und könnte gegen 1990 hier gewesen sein. Nein.« Er schüttelte den Kopf. »Ich habe vergessen, dass sie vom Norden hierher versetzt wurde.« Er strich sich weiter über den Bart, und seine Lippen bewegten sich stumm, während er sich die Namen durch den Kopf gehen ließ. Plötzlich erhellte sich sein Gesicht. »Jetzt fällt es mir ein. Sie ist zwar keine Sozialarbeiterin, aber Alice müsste es wissen. Sie war bei fast jedem Direktor Sekretärin, der seit 1979 durch diese Türen gewandert ist. Sie verfolgt alles, was im Büro vor sich geht. Wenn sich jemand erinnert, dann Alice.«

»Okay«, sagte Tommy. »Dann sollten wir sie jetzt fragen.«

Roger blickte auf die große Uhr an der angrenzenden Wand: sechzehn Uhr dreißig. Er schaute hinüber zum anderen Ende des Großraumbüros und sah einen leeren Schreibtisch neben dem Büro des Direktors. »Da müssen Sie leider bis morgen warten. Sie kommt gegen acht und verlässt das Büro um vier. Für heute ist es zu spät.«

»Mist. Ich nehme nicht an, dass Sie bereit wären, mir ihre private Telefonnummer zu geben.«

Roger schüttelte den Kopf. »Geht nicht, Kumpel.«

»Wie wär's, wenn Sie sie anrufen?«

»Ich kenne ihre Telefonnummer nicht. Wir teilen keine privaten Informationen miteinander.«

Tommy spürte, wie er sich langsam, aber sicher aufregte. Seit zehn Jahren hatte er mit dem Problem zu kämpfen, dass er zu schnell überkochte. Während seiner FBI-Zeit hatte er sich immer unter Kontrolle, aber es funkte immer noch mal, hier und da. »Hören Sie, irgendjemand muss doch ihre Nummer kennen. Haben Sie denn keine Personalabteilung oder – wie sie es heutzutage nennen – Human Resources?«

»Doch, doch, aber die würden Ihnen ihre Telefonnummer auch nicht geben. Was ist denn so schlimm daran, noch einen Tag zu warten?«

»Das beschissene Leben eines Mannes. Das ist so schlimm daran«, sagte Tommy, stand auf und verließ das Büro.

Er hatte die Nase voll von diesem Tag. Fliegen machte ihn stets müde. Er ging ins Hotel zurück, nahm eine lange, heiße Dusche und bestellte sich etwas beim Zimmerservice. Während er auf seine Bestellung wartete, rief er Dani an, um ihr von seinem Tag zu berichten.

»Bitte erzähl mir, dass du gute Neuigkeiten hast, Tommy.«

»Noch nicht. Aber es ist nicht ganz hoffnungslos. Ich hab hier ein paar Dinge laufen, die sich vielleicht bezahlt machen. Morgen gehe ich zum Krankenhaus.«

»Gut, den Tag können wir abhaken. Der Richter hat noch nicht einmal eine Nacht gebraucht, um darüber nachzudenken. Er hat alles direkt im Gerichtssaal angeordnet.«

»Weiß du, auch wenn es stimmt, dass Angelina Leukämie hatte, dann heißt das noch lange nicht, dass unser Typ sie nicht doch umgebracht hat. Vielleicht war es ein Grund mehr für ihn – und den konnte er nicht ertragen. Oder aber er hat sich eingebildet, dass er sie von ihrem Leiden erlöst hat.« Er vernahm ein Stöhnen am anderen Ende der Leitung. Er legte noch eins drauf. »Du kannst Sallies Geständnis nicht einfach ignorieren. Ich meine, es ist immerhin neunzehn Jahre her, und sie behauptet immer noch, ihre Tochter ermordet zu haben.« Er war sich bewusst, wie sehr sich Dani an Georges Unschuld klammerte. Der Gedanke an Eltern, die ihr Kind ermorden, war abscheulich. Aber Tommy wusste

165

noch aus FBI-Tagen, dass die meisten Morde an Kindern unter fünf Jahren von den Eltern begangen wurden – fünfzig Prozent. Und die andere Hälfte teilte sich zwischen Familienangehörigen oder Familienbekanntschaften auf. Er würde die Zeit in Rochester dazu nutzen, eine andere Antwort zu finden, und er würde es gründlich tun, aber er hatte keine große Hoffnung, irgendeine Spur von Angelina Calhoun in dieser Stadt zu finden.

»Sie konnte mir kaum in die Augen sehen. Es ist keine Frage, dass sie eine enorme Schuld mit sich herumträgt, wenn sie ihre kranke Tochter ausgesetzt hat. Neunzehn Jahre nicht zu wissen, was mit ihr passiert ist. Nicht zu wissen, ob sie einem schrecklichen Tod erlegen war, ohne eine Menschenseele. Nicht zu wissen, ob sie ein Fremder aufgesammelt und ihr furchtbare Dinge angetan hat. Ja, ich kann verstehen, dass es für eine Mutter, die ihr Kind auf diese Weise ausgesetzt hat, einem Mord gleichkommt.«

Tommy würde weiterermitteln und womöglich etwas finden, das Danis Theorie beweisen würde. Er wusste, dass er sie anders nicht überzeugen konnte.

Schließlich hatten sich die Wolken verzogen, und Sonnenschein begrüßte Tommy, als er die schweren Gardinen in seinem Zimmer zur Seite schob. Der blaue Himmel versetzte ihn in bessere Laune. Keine Hochstimmung, aber ermutigend. Unterwegs zu sein, weit weg von seiner Familie, ermüdete ihn. Kürzlich hatte er darüber nachgedacht, bei HIPP zu kündigen und nach einem ruhigen Job als Sicherheitsbeamter zu suchen, mit einem geregelten Arbeitstag. Er war nicht wie die anderen, die sich berufen fühlten, den Kampf gegen die Todesstrafe anzugehen. Er hatte sich schon so viele Ausreden anhören müssen, die Verbrecher vorbrachten, um ihre Taten zu rechtfertigen – Misshandlungen in der Kindheit, die Eltern waren Alkoholiker, sie wuchsen in einem miesen Viertel auf. Aber für ihn führte alles auf einen Punkt zurück: Mörder sollten das zurückbekommen, was sie gegeben hatten.

Er schluckte sein übliches Frühstück hinunter – Kaffee und eine Zimtschnecke – und fuhr zum Sozialamt von Olmsted zurück, um mit Alice zu sprechen. Eine attraktive junge Dame stand hinter dem Schalter und begrüßte ihn mit einem freundlichen Lächeln. Auf ihrem Namensschild stand *Pam*.

»Sie sind eine frische Brise, mit der man gerne den Tag beginnt«, sagte Tommy.

Pams Lächeln verdunkelte sich. »Wie bitte?«

»Ich habe Sie ein wenig aufgezogen, Schätzchen. Gestern habe ich es mit einem Sauertopf im Standesamt zu tun gehabt, da sind Sie eine willkommene Aufmunterung.«

»Kann ich etwas für Sie tun?«, sagte sie, und ihr Lächeln war nun gänzlich verschwunden.

»Ich suche nach Alice. Vielleicht hat Roger Ihnen gegenüber erwähnt, dass ich heute wieder vorbeischauen würde?«

Pams Lächeln kehrte zurück. »Oh, Sie sind dieser Ermittler. Alice ist da hinten in der Ecke«, sagte sie und deutete auf eine Reihe mit Schreibtischen. »Gehen Sie nur nach hinten. Sie erwartet Sie schon.«

Tommy ging an den vielen Beamten vorbei, einige arbeiteten an ihren Schreibtischen, andere wiederum quatschten miteinander. Er ging an einem vorbei, der Solitaire auf seinem Computer spielte. Als er sich Alices Schreibtisch näherte, sah er eine kleine grauhaarige Frau; sie trug eine Brille mit dicken Gläsern, eine geblümte Bluse und einen Faltenrock.

»Morgen, Alice. Ich bin Tommy Noorland. Hat Roger mit Ihnen zufällig über mich gesprochen?«

»Sie sind der Ermittler, nicht wahr? Sie haben Fragen zu einem ausgesetzten Kind?«

»Das stimmt.«

»Wir haben eine ganze Reihe ausgesetzter Kinder, die durch diese Tür gekommen sind, aber keines davon hatte Leukämie.«

»Sind Sie sicher? Haben Sie sich die Einträge angesehen?«

Alices setzte sich kerzengerade auf. »Ich mache es mir zur Aufgabe, mich über die Kinder zu informieren, die hier durchlaufen. Es ist schon so lange her, ich kann mich nicht an jeden Namen erinnern, aber ich versichere Ihnen, dass wohl keines davon Leukämie hatte. Und vor allem, ein solch hübsches Kind. Ich hätte mich mit Sicherheit an dieses Gesicht erinnert.«

Tommy war nicht sonderlich überrascht. Schritt für Schritt bestätigten sich seine Vermutungen. George hatte seine kranke Tochter nicht in Minnesota ausgesetzt – er hatte sie umgebracht.

Letzter Halt – Mayo-Klinik. Die Telefonate, die er noch bei HIPP geführt hatte, waren insofern hilfreich, dass er sich seinen Weg über den Campus bahnen konnte, aus dem das Klinikum bestand. Er wusste genau, wohin er gehen musste: Wenn Angelina hier behandelt worden war, dann war sie entweder im Krebszentrum der Mayo-Klinik oder aber, was wahrscheinlicher war, im Saint Mary's Hospital gelandet, in dem Kinderheilkunde praktiziert wurde. Tommy manövrierte sich spielend durch die Straßen von Rochester und kam zehn Minuten später im Saint Mary's an.

Er hatte bereits dort angerufen und einen Termin mit Dr. Jeffreys vereinbart, dem Leiter der pädiatrischen Abteilung. Als er ankam, brachte ihn Jeffreys Sekretärin zu dessen Büro, in dem er auf ihn warten sollte. Und warten. Eine halbe Stunde später wurde er kribbelig. Er war noch nie ein geduldiger Mensch gewesen, der einfach so herumsaß und nichts tat. Gerade als er aufstand, um zu gehen, öffnete sich die Tür, und ein kleiner, kahl werdender Mann mit ein paar Büscheln roter Haare auf dem Hinterkopf kam herein. Anstelle der Krankenhauskleidung trug er eine graue Hose und einen marineblauen Blazer mit blau gestreiftem Hemd und dunkelroter Krawatte. Er musste so Anfang vierzig sein, nicht alt genug, um in der Pädiatrie tätig gewesen zu sein, als Angelina ein Kleinkind war.

»Es tut mir furchtbar leid, dass Sie so lange warten mussten«, sagte er und reichte ihm die Hand. »Ich bin Dr. Jeffreys. Hat Ihnen niemand einen Kaffee angeboten?«

»Nein, aber das geht schon in Ordnung. Ich hatte bereits meinen Gourmetkaffee heute Morgen. Ich bin Ihnen sehr dankbar, dass Sie sich die Zeit nehmen, mich zu empfangen. Ich weiß, dass Sie sehr viel zu tun haben.«

»Na ja, sicher, aber nun bin ich hier und Sie auch, also erzählen Sie mir, wie ich Ihnen behilflich sein kann.«

Tommy reichte dem Arzt Calhouns unterzeichnete Vollmacht und nahm ein Foto von Angelina heraus. »Haben Sie jemals dieses Kind gesehen? Es muss so um die neunzehn Jahre her sein.«

»Nein«, antwortete Dr. Jeffrey schnell. »Aber zu dieser Zeit war ich noch Assistenzart in der medizinischen Fakultät von Yale. Wie heißt sie? Ich kann das prüfen und nachschauen, ob es eine Krankenakte von dieser Patientin gibt.«

»Ihr wirklicher Name war Angelina Calhoun, aber sie wurde wahrscheinlich unter einem anderen Namen eingetragen.«

»Ich verstehe nicht ganz.« Tommy erzählte ihm Calhouns Geschichte. »Es tut mir leid, aber es wird schwierig sein, Ihnen zu helfen. Keiner der aktuellen Ärzte in der Kinderabteilung hat 1990 hier gearbeitet.«

»Wissen Sie, ob es noch welche hier in der Umgebung gibt, die eine Privatpraxis eröffnet haben?«

»Daniels ist in unser Zentrum in Miami versetzt worden; Goldstein ist in den Ruhestand gegangen und wohl auch umgezogen, aber ich weiß nicht, wohin; und Blonstein, tja, der ist letzten Sommer leider verstorben.«

Egal wohin er ging, es war wie eine hängende Schallplatte. Niemand wusste etwas. War es so, weil Angelina niemals hier war oder weil es einfach zu mühsam war, nach etwas zu suchen, das neunzehn Jahre zurücklag, wenn noch nicht einmal der Name bekannt war? Wie auch immer, er stand mit leeren Händen da.

»Vielleicht könnte ich ihr Bild im Ärztezimmer aushängen«, bot Dr. Jeffrey an. »Wenn Sie noch einen anderen Abzug von ihrem Foto haben, dann hänge ich es auch im Zimmer der Krankenschwestern aus. Man kann ja nie wissen.«

»Vielen Dank, Doktor. Jede Hilfe ist willkommen. Aber wissen Sie, wir kommen langsam in Zeitdruck, also wenn sie irgendjemand erkennt, muss man mich SOFORT anrufen.« Tommy bedankte sich bei dem Arzt und ging.

Als er zu seinem Auto ging, klingelte sein Handy. »Ja, hier Tommy Noorland.«

»Tommy, hier spricht Helen vom Standesamt. Ich habe gerade die Suche beendet. Es tut mir leid. Ich habe nichts herausgefunden.«

»Danke, Helen. Ich bin Ihnen sehr dankbar, dass Sie es versucht haben.«

Tja, das war's dann wohl. Ich bin wieder am Nullpunkt angelangt. Wenn George die Wahrheit gesagt haben sollte, dann fürchte ich, dass wir es nie herausfinden werden.

Kapitel 19

Er hatte zwanzig Minuten lang wie gelähmt auf seinen Computer-
bildschirm gestarrt, wie versteinert von einem Artikel im Indiana Star.
Er hätte ihn fast übersehen. Er traute seinen Augen nicht. ›Das Landgericht von Indiana lehnt einen Antrag auf Exhumierung der Leiche
eines Kindes ab.‹ Das war der Titel. Er hatte gerade die Seite überflo-
gen, als ihm der Name George Calhoun ins Gesicht schlug.

Okay. Ruhig Blut. Der Antrag wurde abgelehnt. Sie würden sie
nicht wieder ausgraben. Aber er wusste, dass man Beschlüsse auch revi-
dieren konnte. Vielleicht war es noch nicht vorüber. Verdammt! Er
hatte feuchte Hände. Er spürte ein Engegefühl in der Brust. Er konnte
kaum noch atmen. War er einem Herzinfarkt nahe? Er hätte es sich
fast gewünscht. Dann wäre alles vorbei. Die panische Angst, entdeckt
zu werden, wäre endlich vorbei.

Langsam ließ das Engegefühl nach, und seine Atmung wurde wieder gleichmäßig. Es ging ihm gut. Er würde es schaffen. Gott hatte
ihn nicht verschont, um ihm jetzt Knüppel zwischen die Beine zu
werfen, was ihm zum Verhängnis werden sollte. Er dachte darüber
nach. Würde es zu einer weiteren Berufung kommen? Vielleicht war es
zu spät dazu. Aber wenn noch genügend Zeit wäre, um in Berufung
zu gehen, und das Gericht dem Antrag zur Exhumierung der Leiche
stattgeben würde, was dann? Auch wenn sie erfahren würden, dass es
nicht Calhouns Tochter war, wüssten sie immer noch nicht, wer in

diesem anonymen Grab lag. Nur er kannte den Namen des Kindes. Nur er wusste, dass er den Tod des Kindes zu verantworten hatte, nur er hatte die Leiche bis zur Unkenntlichkeit verbrannt und sie dann wie wertlosen Schrott entsorgt.

Er hatte alles getan, was nötig war, um sich zu schützen. Und er würde alles tun, was nötig war, um sich weiterhin zu schützen.

Kapitel 20

»Es ist zwar erst eine Woche her, aber hast du schon einmal darüber nachgedacht, was du mit dem Haus deiner Mutter anfangen willst?«

Nancys Frage verwunderte Sunny. Ihre Augen füllten sich wieder mit Tränen, und sie versuchte verzweifelt, sie zurückzuhalten. Sie konnte den Gedanken nicht ertragen, sich von dem Haus in der Aspen Road zu trennen. Zumindest jetzt noch nicht. Später, wenn der Schmerz über den Verlust ihrer Mutter nicht mehr so heftig sein würde. Sie wusste aber auch, dass ihre Zurückhaltung von einem geheimen Wunsch geprägt war, nämlich dem, wieder nach Hause zurückzukehren, wenn Eric seine Zeit als Assistenzarzt beendet hatte. Dies dauerte nur noch etwas mehr als ein Jahr.

Byron war ein herrlicher Ort für eine Familie, mit von Bäumen gesäumten Straßen, guten Schulen und Nachbarn, die sich gegenseitig halfen. Ihre Mutter hatte Nancy kennengelernt, als sie im Haus nebenan wohnte. Dann wurden sie schnell Freundinnen und blieben es auch noch, nachdem Nancy und ihr Mann weggezogen waren.

»Ich möchte es nicht verkaufen, Nancy. Vielleicht, wenn Eric seine Zeit als Assistenzarzt beendet hat, wenn wir wissen, wie es weitergehen soll. Aber jetzt noch nicht.«

»Mach dir darüber keine Sorgen. Ich kenne einen Handwerker, der es absperren kann. Du weißt schon, Rohre entleeren und solche Dinge. Ich hoffe, ich höre mich nicht zu pragmatisch an, aber es gibt ein paar Dinge, die du dennoch sofort erledigen solltest.«

»Nein, Du hast recht. Was muss ich denn jetzt tun?«

»Nun, du musst Telefon und Kabelfernsehen abmelden, solche Dinge. Und weißt du, ob deine Mutter ein Testament hinterlassen hat?«

»Nein. Wir haben nie darüber gesprochen. Ich dachte nie, dass Mutter jemals sterben würde. Ich meine, natürlich wusste ich, dass es eines Tages passieren würde, aber noch nicht so früh.«

»Nun, Testament oder nicht, du brauchst einen Anwalt, um das Haus auf deinen Namen überschreiben zu lassen. Du musst darauf achten, dass alles seine Richtigkeit hat. Ich kann dir einen Immobilienanwalt empfehlen, wenn du möchtest.«

»Dich hat wirklich der Himmel geschickt, während dieser ganzen Tortur, Nancy. Ich weiß nicht, was ich ohne dich getan hätte.«

Nachdem sie ihr Gespräch beendet und sich verabschiedet hatten, ging Sunny zurück, um das Geschirr abzuräumen. Sie fühlte einen stechenden Schmerz in ihrer Brust, jedes Mal, wenn sie an ihre Mutter dachte, an ihre starke Bindung und ihre große Liebe, die sie füreinander empfunden hatten. Ihre Mutter war ihre allerbeste Freundin, und nun war sie für immer weg. Sunnys Verbindung zu Byron war abgeschnitten.

Das Leben in Manhattan war so anders als das Leben in Byron. Niemand lächelte. Niemand plauderte mit ihr, wenn sie durch den Hausflur ging oder wenn sie zusammen in den Fahrstuhl stiegen. Gott sei Dank gab es Verabredungen zum Spielen, an denen sich die Kinder trafen, während ihre Mütter zusahen und ein Schwätzchen hielten. Wenigstens konnte sie mit ein paar Frauen reden. Sie sprachen niemals über ernsthafte Dinge. Sunny nannte es *leeres Geschwätz*. Welche Filme sie gesehen hatten, was in der letzten Folge ihrer Lieblingssoap passiert war, welche Gerüchte es gab. Sunny würde niemals mit ihnen über das Gefühl der Einsamkeit sprechen, das sie in dieser mächtigen Stadt hatte, wie ungeeignet sie sich manchmal fühlte, ein Kind großzuziehen, wie sie sich danach sehnte, in einer Kleinstadt zu leben.

Sie hatte eine wundervolle Kindheit in Byron gehabt und wollte für Rachel dasselbe. Anstelle der geplanten Verabredungen zum Spielen gingen die Kinder in ihrer Straße von Haus zu Haus, um sich mit ihren Freunden zu treffen. Sie fuhren mit ihren Fahrrädern die Straße rauf und runter, dachten sich Spiele im Garten hinter dem Haus aus und erkundeten alle Winkel in ihren Häusern. Wenn sie alle zusammen bei Sunny zu Hause waren, saß ihre Mutter oft am Küchentisch und diskutierte mit Nancy. Manchmal schnappte Sunny Worte aus ihrem Gespräch auf und wusste, dass die beiden miteinander ihre Sorgen und Wünsche teilten.

Sie hörte ein Rascheln aus Rachels Schlafzimmer, ein Zeichen dafür, dass sie aus ihrem Mittagsschlaf erwachte. Rachel wachte im Allgemeinen mit einem kräftigen Schrei auf, aber wenn sie Sunny an ihrem Bettchen sitzen sah, und diese ihren Arm streichelte, wachte sie mit einem Lächeln auf. Sunny ging ins Schlafzimmer.

»Hallo, mein Schlafmützchen«, sagte sie, als Rachel ihre Augen öffnete. »Willst du Saft?«

»Ja, Abelsapft.«

Sunny wusste, dass sie Apfelsaft meinte. »Okay, raus aus den Federn und wir holen welchen.«

»Und dann mit Billy spielen?«

»Nein, meine Süße, heute nicht.«

»Ich will Billy«, jammerte sie.

Wie konnte sie ihrer Tochter erklären, dass sie immer noch zu traurig war, um auf dem Spielplatz zu sitzen und mit den anderen Frauen zu plaudern, das, was sie *leeres Geschwätz* nannte. »Wir gehen heute in den Zoo. Wie wär's damit?«

»Und wir sehen Triere?«

»Ja, und dann kannst du Ziegen und Schafe füttern, wenn du möchtest.«

Auf Rachels Gesicht breitete sich ein strahlendes Lächeln aus. »Hurra!«

Wie einfach es doch ist, einer Dreijährigen eine Freude zu machen, dachte Sunny. *Wenn das Leben doch nur so bliebe.*

Kapitel 21

Dani war erschöpft. Sie und Melanie hatten rund um die Uhr gearbeitet. Nachdem Sie die Revision zu Richter Edwards Ablehnung, die Exhumierung der Leiche anzuordnen, eingereicht hatten, machten sie sich daran, in mühevoller Kleinarbeit alles durchzugehen, was passiert war, bevor HIPP hinzugezogen worden war. Sie wollten eine Petition zusammenstellen, um sie zum Landgericht von Nordindiana zu schicken und damit eine Aufhebung von Calhouns Urteil, auf der Grundlage der unwirksamen Verteidigung, zu erwirken. Die Unterlagen wurden vorgelegt, und jetzt mussten sie auf die Anhörungstermine warten. Heute Abend war es das erste Mal seit Wochen, dass Dani nach Hause kam, ohne dass stundenlange Arbeit auf sie in ihrem Arbeitszimmer im ersten Stock wartete.

Jonah war fest eingeschlafen, und Dani lag verschlungen in Dougs Armen auf der Wohnzimmercouch. Es war wieder Flitterwochenstunde, aber sie war zu müde, um zu reden. Sie kuschelte sich schweigend in seine Arme, während er ihr übers Haar strich. Die Zärtlichkeit seiner Berührung besänftigte sie, und sie spürte, wie sich ihre innere Spannung löste. »Ich glaube, dass unsere Unterlagen stichfest sind, aber sie hätten mehr Wirkung erzielt, wenn Tommy in der Lage gewesen wäre, zumindest einen Teil von Calhouns Geschichte zu belegen«, sagte sie, als ihre Energie langsam wieder zurückkehrte.

»Du kannst nur mit den Fakten umgehen, die du in der Hand hast.«

»Ja, ist doch klar. Das tue ich doch schon eine ganze Weile, wie du weißt. Ich bin nicht naiv.«

»Autsch.«

Sie seufzte. »Ich weiß. Ich bin reizbar, sollte es aber nicht. Ich bin einfach zu müde, um mich zu beherrschen.«

»Ist schon gut. Ich bin jetzt schon ein paar Jährchen mit dir verheiratet und kenne deine Reaktionen recht gut. Ich bin nicht naiv.«

»Autsch.«

Beide lachten, und plötzlich spürte Dani, wie die ganze Last von ihr abfiel, die sie seit Tagen mit sich herumgetragen hatte. »Mal im Ernst, ich mache mir Sorgen um Calhouns Aussichten auf Erfolg. Es ist viel einfacher, wenn die Berufung auf einem DNA-Beweis beruht.«

»Das stimmt. Du hast einen schweren Weg vor dir. Insbesondere bei diesem Zeitdruck. Er hat bereits zahlreiche Berufungen verloren.«

»Sicher, aber sein Anwalt hat einen dilettantischen Job gemacht. Und George hatte zu diesem Zeitpunkt keine Erklärung zum Verschwinden seiner Tochter abgegeben.«

»Das Gericht wird ihn nicht mit Samthandschuhen anpacken, weil er siebzehn Jahre lang mit dieser Erklärung gewartet hat.«

Das bereitete Dani am meisten Probleme. Siebzehn Jahre langes Schweigen. Sie verstand Calhouns Beweggründe. Sie bewunderte seine Antriebskraft, sein Kind zu schützen. Sein Schweigen war der Preis für Angelinas Chance auf eine Behandlung. Es war der Preis für Georges Hoffnung, dass sie eine Zukunft haben würde. Aber auch nach fünf oder sechs Jahren, wenn man gewusst hätte, ob die Behandlung geholfen hatte oder ob sie am Krebs gestorben war, gab er immer noch keine Erklärung ab. Warum? Seit ihrem ersten Besuch hatte Dani viele Male telefonisch mit Calhoun gesprochen. Jedes Mal, wenn sie diese Frage stellte, antwortete er: »Ich hätte nicht gedacht, dass mir jemals jemand glauben würde.« Und vielleicht hatte er recht. Als er dann schließlich das Schweigen seinem ersten Anwalt gegenüber brach, hatte ihn Wilson einfach ignoriert.

»Ich weiß. Ich fürchte, dass sie sein Schweigen mit Schuld gleichstellen werden. Tommy ist überzeugt davon. Er ist sich sicher, dass uns George nur einen Teil seiner Geschichte erzählt hat, dass er ein wenig Wahrheit mit Lügen vermischt hat, um glaubwürdiger zu wirken. Er wusste, dass wir in der Lage sein würden, die Krankengeschichte seiner Tochter nachzuweisen, und hat sich letztendlich eine Geschichte ausgedacht, die sich nur schlecht überprüfen ließ.«

»Was glaubt er, was mit Angelina passierte?«

»Er ist der Meinung, dass George sie umgebracht hat. Vielleicht, weil er mit ihrer Krankheit nicht mehr zurechtkam, vielleicht, weil er dachte, es wäre gnadenvoller, als sie leiden zu lassen.«

»Und du? Hast du irgendwelche Zweifel?«

Sie dachte über Dougs Frage nach. Es war ihre allererste Ermittlung. Sie allein hatte entschieden, Calhouns Fall zu übernehmen. Eigentlich müsste sie Zweifel hegen, aber sie tat es nicht. »Nein. Absolut keine. Und das macht das Ganze so schwierig. Ich glaube, dass Calhoun unschuldig ist, aber ich bin mir nicht sicher, ob ich ihn retten kann.«

»Also wird er sein Leben für das seiner Tochter opfern müssen.«

»Vielleicht, oder aber seine Tochter starb sowieso, alleine und voller Angst. Und vielleicht verdient er es, allein aus diesem Grunde, bestraft zu werden. Aber verdient er es, zu sterben?«

Doug, der ewige Lehrer, stellte eine Gegenfrage. »Was ist deine Meinung dazu?«

»Nein. Ohne Vorbehalt, nein.«

Jedes Mal, wenn das Bürotelefon klingelte, hoffte Dani, es sei das Gericht, um ihr den Termin für die Anhörung mitzuteilen. Sie kreuzte ihre Finger, hoffte, vom Landesgericht in Bezug auf die Exhumierung zu hören. Es würde sich alles ändern, wenn das Mädchen, das man damals im Wald gefunden hatte, nicht Georges Tochter war. Allerdings, wenn es Angelina war, dann würde auch dies einiges ändern. Vielleicht nicht alles, aber sie konnte immer noch Berufung, beruhend auf der unwirksamen Verteidigung durch Calhouns Anwalt, einlegen. Aber sie musste sich selbst fragen: Wollte sie die Berufung fortführen, wenn sie erfuhr, dass es Angelinas Leiche war? Sie grübelte über die einzelnen Szenarien nach, und ihr wurde klar, dass sie bereit war, die Berufung durchzuziehen. Bevor sie George getroffen hatte, wäre ihre Antwort ein entschiedenes Nein gewesen. Jetzt, nachdem sie von Angelinas Krankheit erfahren hatte und wusste, in welcher verzweifelten Lage sich George und Sallie damals befunden hatten, wurde ihr bewusst, dass es falsch war, sich kategorisch zu weigern, Kindermörder zu vertreten. Selbst wenn Tommy in Bezug auf George recht behielt, er hätte nicht den Tod verdient. Vielleicht wäre George nur zu lebenslänglicher Haft verurteilt worden, wenn Wilson seine Arbeit richtig gemacht hätte.

»Gibt's was Neues?«, fragte Bruce im Vorbeigehen.

»Nicht eine Silbe. Ist es normal, dass es so lange dauert?«

»Wir gehen einmal davon aus, dass die Richter dasselbe Bewusstsein für Dringlichkeit haben wie wir, aber das ist leider nicht immer der Fall.«

»Ich kann mich auf nichts anderes mehr konzentrieren.«

»Deine Begründungen sind immer spitze, du hast die verbalen Argumente schon einige Dutzend Male durchgekaut – du kannst jetzt nichts mehr daran ändern. Lass es dabei bewenden.«

»Kannst du das, mit deinen Fällen?«

Bruce lächelte. »Niemals.«

Nachdem er ihr Büro verlassen hatte, zog sie eine Revisionsakte heraus, an der sie bereits für einen anderen Insassen gearbeitet hatte. Es war Routine: Die DNA-Analyse, die bei der Verurteilung des Klienten nicht zur Verfügung stand, hatte nun seine Unschuld bewiesen. Er war einzig und allein auf der Grundlage der Aussage eines Augenzeugen verurteilt worden. Augenzeugen waren die unzuverlässigsten Beweismittel, das wusste sie, aber Geschworene liebten sie. Sie verschlangen die Worte desjenigen im Zeugenstand, der sagte: »Er war es. Ich habe gesehen, wie er es getan hat.« Nichts beruhigte ihr Gewissen mehr, als einen Mann, der womöglich auch noch dunkelhäutig war, zum Tode durch den elektrischen Stuhl, die Giftspritze oder was auch immer sich der Staat Barbarisches ausgedacht hatte, zu verurteilen. Es war ganz gleich, ob der Staatsanwaltschaft forensische Beweise fehlten, die zur Aussage des Augenzeugen passten, oder ob der Angeklagte ein Alibi hatte, vor allem, wenn es von einem Freund oder einem Verwandten kam.

Doug hatte seinen Studenten während der Vorlesungen zum Thema Beweisführung die Unzuverlässigkeit von Augenzeugen stets in ganz besonders dramatischer Weise dargestellt. Einmal, bevor Dani wieder zu arbeiten angefangen hatte, saß sie im Hörsaal und beobachtete den Unterricht. Doug begann die Vorlesung mit einer Diskussion des Falles, an dem sie gerade arbeiteten. Mitten in dieser Diskussion kam ein bewaffneter Fremder in den Hörsaal geplatzt. »Keine Bewegung«, schrie er mit lauter, abgehackter Stimme. Er rannte zu Doug, schnappte ihn sich, und legte ihm die Pistole an die Schläfe. »Bei der kleinsten Scheißbewegung erschieß ich den Kerl hier. Hände auf eure Pulte – ich will sie sehen. Jetzt!«, brüllte er die Studenten mit einem hysterischen Tonfall in der Stimme an. »Du da«, sagte er zu Doug und bohrte ihm die Pistole noch stärker in die Schläfe, »gib mir deine Brieftasche.« Nachdem Doug in die Innenseite seiner Jacke gegriffen und ihm die Brieftasche ausgehändigt hatte, riss ihm der Eindringling die goldene Uhr vom Handgelenk und schien ihn mit dem Pistolenkolben k. o. zu schlagen. Doug fiel zu Boden, die Studenten hielten die Luft an, und der Eindringling rannte hinaus. Dieser ganze Vorfall dauerte nicht länger als eine Minute. Nach einem Moment fassungslosen Schweigens sprangen ein paar Studenten auf und eilten Doug zu Hilfe, aber bevor sie das Lehrerpult erreichten, stand Doug seelenruhig mit einem breiten Grinsen im Gesicht auf.

»Glückwunsch«, sagte er zu ihnen. »Sie alle wurden gerade Augenzeugen eines Verbrechens. Wer kann den Straftäter beschreiben?«

Erstaunlicherweise bekam er, in einer Klasse mit etwa hundert Studenten, fast hundert verschiedene Beschreibungen. Als Doug mit diesen theatralischen Vorstellungen begann, bediente er sich eines Studenten im dritten Studienjahr, der den Räuber spielen sollte. Bald stellte er fest, dass es in New York City wahrscheinlich mehr arbeitslose Schauspieler als an irgendeinem anderen Ort außerhalb von Los Angeles gab, die bereit waren, für einen Apfel und ein Ei zu arbeiten, und er engagierte einen dieser Schauspieler, diese Rolle zu übernehmen.

Er arbeitete mit Schauspielern aller Hautfarben und Nationalitäten. Manchmal kleidete er den Schauspieler in neutrale, undefinierbare Farben, manchmal ließ er ihn ein Kleidungsstück in leuchtenden Farben tragen, sei es einen Hut oder eine Jacke. Das war eigentlich ohne Belang. Jedes Mal stritten sich die Studenten lautstark über Haarfarbe, Größe, Gewicht, Alter, die Kleidung, die er trug, ja sogar über die Hautfarbe. Wenn der Täter ein Kleidungsstück in kräftiger Farbe trug, wurde er häufig identifiziert, aber die Studenten waren nur selten einer Meinung, was die anderen Merkmale des Eindringlings anbelangte. Dies öffnete ihnen die Augen, waren sie doch alle davon überzeugt gewesen, so gewitzt zu sein, dass sie sich nicht irren konnten.

Plötzlich klingelte das Telefon und riss Dani aus ihren Gedanken. Sie schaute auf die Anruferanzeige und sah die Vorwahl von Indiana, also nahm sie den Hörer ab, noch bevor ihre Sekretärin es tun konnte. »Dani Trumball«, meldete sie sich.

»Ms Trumball, hier ist die Geschäftsstelle des US-Bezirksgerichts für den nördlichen Bezirk von Indiana. Ich rufe Sie an, um Ihnen mitzuteilen, dass die Anhörung zu Ihrer Petition für Montag, zehn Uhr morgens anberaumt wurde. Das ist in anderthalb Werktagen. Reicht Ihnen die Zeit?«

Dani bekam einen Schrecken. Heute war Donnerstag. Sofern das Berufungsgericht nicht bis Ende des Tages anrief, könnte man denken, sie würde versuchen, Calhouns Petition in Bezug auf die unwirksame Verteidigung vorzuziehen. »Ja, das geht in Ordnung.« Nachdem sie aufgelegt hatte, rief sie Melanie über das Haustelefon an. »Das Bezirksgericht hat gerade angerufen. Der Termin ist am Montag.«

»Mist«, sagte Melanie leise. »Was meinst du, warum braucht das Berufungsgericht so lange? Vielleicht sollten wir dort anrufen und sie an den Hinrichtungstermin erinnern.«

»Ich habe bereits jeden Tag angerufen. Ich bin schon auf Du und Du mit der Büroleiterin. Sie ist sympathisch, aber alles hängt von dem Richter ab, der die Planung vornimmt.«

»Kann ich etwas für dich tun?«

»Bob Wilson schriftlich für Montag vorladen. Das wird ihm zwar nicht in den Kram passen, aber er rechnet bestimmt schon damit. Und den Arzt vom Meadowbrook Hospital. Ich hätte ihn gerne dabei, aber wir können ihn nicht dazu zwingen, weil er aus einem anderen Bundesstaat kommt. Wenn er nicht nach Indiana kommen kann, müssen wir seine eidesstattliche Erklärung bekommen.«

»Gut, ich mach mich an die Arbeit.«

»Und ich werde veranlassen, dass man Calhoun zum Gericht bringt. Er muss unter Eid aussagen.«

Dani beendete das Gespräch und legte die Akte weg, an der sie gerade gearbeitet hatte, bevor der Anruf kam. Ihre ganze Aufmerksamkeit galt nun Calhoun und der Vorbereitung des Gerichtstermins am kommenden Montag.

Kapitel 22

Fünfzehn Tage

Das US-Bundesgericht von Fort Wayne, Indiana, war ein Granit-
und Kalksteingebäude mit griechisch-dorischen Säulen und einer
hohen Eingangshalle mit Marmorböden und -wänden. Tommy
begleitete Dani und Melanie auf ihrer Reise nach Indiana, und sie
hatten bereits im Gerichtssaal Platz genommen. Die Antragsgegne-
rin, die stellvertretende US-Staatsanwältin, Jolene Getty, war eine
Mittdreißigerin im *Power Suit*: schwarzer Nadelstreifenrock mit
passender Jacke und eleganter, elfenbeinfarbener Bluse. Ganz anders als die weiblichen Juristen, die man aus dem Fernsehen kannte,
die mit weit ausgeschnittenen Pullis im Gerichtssaal auftauchten,
bekundete sie Professionalität. Nachdem man sich gegenseitig vorgestellt hatte, warteten alle auf den Richter. George saß mit gefessel-
ten Händen und Füßen, mit einem orangefarbenen Häftlingsover-
all bekleidet, auf der Anklagebank. Ein paar Stuhlreihen waren für
Männer und Frauen reserviert, die aus den verschiedensten Gefängnissen kamen, um dem Gerichtsverfahren beizuwohnen.

Genau wie eine Woche zuvor im Amtsgericht von LaGrange
verkündete auch hier der Gerichtsdiener die Ankunft des Richters
und bat alle, sich zu erheben. Richter Arnold Smithson kam herein, nahm Platz und deutete mit einer Handbewegung an, dass
sich alle setzen sollten.

»Frau Anwältin«, sagte er und nickte in Danis Richtung, »sind Sie bereit?«

»Ja, das bin ich, Euer Ehren.«

»Fangen Sie an.«

Dani stand auf und zeigte auf mehrere Kartons, die auf einem separaten Tisch standen. In diesen Kartons befanden sich sämtliche Mitschriften von jedem Calhoun-Prozess, jeder Anhörung sowie sämtliche Beweisstücke, die zu diesen Verfahren beigetragen hatten. Außerdem enthielten sie die Kopien sämtlicher gefällter Urteile in diesem Fall. »Ich möchte die Unterlagen, die sich in diesen Kartons befinden, als Beweisstück A der Petition zu Protokoll geben.«

»Irgendwelche Einwände?«, fragte Smithson die gegnerische Partei.

»Keine«, antwortete Getty.

»Zu Protokoll genommen.«

Die Aufzeichnungen waren der Schlüssel zu HIPPs Behauptung, dass George während seines Prozesses und aller nachfolgenden Berufungen eine unwirksame Verteidigung erhalten hatte. Die relevanten Abschnitte dieser Mitschriften waren Teil von Danis Begründungsschrift – eine schriftliche Argumentation zur Begründung ihrer Beschwerde bezüglich der unwirksamen Verteidigung, die dem Gericht bereits vorgelegt worden war. In der Begründung führte sie sämtliche Punkte an, in denen der Anwalt während des Prozesses versagt hatte. Bei unzähligen Gelegenheiten hatte er es versäumt, Einspruch zu erheben, und unterlassen, die Zeugen der Staatsanwaltschaft ins Kreuzverhör zu nehmen, insbesondere Sallie. Aber der eindeutigste Beweis für Wilsons Scheitern, eine wirksame Verteidigung zu bieten, stand nicht in der schriftlichen Aufzeichnung, daher musste Dani diese Fakten bei dieser Anhörung verbal vorbringen.

»Haben Sie irgendwelche Zeugen?«, fragte Smithson.

»Ja, die habe ich.«

»Fahren Sie fort, und rufen Sie Ihren ersten Zeugen auf.«

»Ich rufe Robert Wilson in den Zeugenstand.«

Wilson schlenderte sichtlich unzufrieden zum Zeugenstand. Dani ging zu ihm hinüber. »Mr Wilson, Sie vertraten den Angeklagten« – sie deutete auf George – »wegen vorsätzlichen Mordes, richtig?«

»Ja, das stimmt. Und zu einem wesentlich niedrigeren Honorar als üblich.«

»Hatten Sie bereits andere Beklagte in einem Kapitalverbrechen vertreten?«

»Selbstverständlich. Eine Menge.«

»Also waren Sie mit dem Arbeitsaufwand vertraut, den der Fall eines Kapitalverbrechens mit sich bringt, bevor Sie Mr Calhoun als Klienten angenommen haben.«

»Nun, manche Fälle erfordern mehr Arbeit als andere. Das hängt von den Umständen ab.«

»Und als Sie sich entschlossen, Mr Calhouns Fall anzunehmen, hatten Sie da eine Vorstellung vom Arbeitsaufwand, der auf Sie zukam?«

»Ich hatte meine Schätzungen angestellt. Da können Sie nicht viel tun, wenn Ihre Ehefrau ein Geständnis ablegt und Sie mit hineinzieht.«

»Also, das heißt, Sie hatten bei diesem Fall von Anfang an damit gerechnet, einen Handel zur Strafmilderung einzugehen, nicht wahr?«

»Einspruch«, rief Getty. »Suggestivfrage.«

»Lassen Sie es mich anders formulieren«, sagte Dani, bevor der Richter reagieren konnte. »Als Sie sich dazu bereit erklärten, diesen Fall anzunehmen, hatten Sie sich etwas vom Ergebnis erhofft?«

Wilson zögerte. »Nun ja, natürlich dachte ich, dass es einen Versuch wert war, eine Strafmilderung zu erreichen, damit die Todesstrafe vom Tisch war.«

»Und machte die Staatsanwaltschaft ein Angebot zur Strafmilderung?«

»Na klar, aber mein Klient bestand auf einem Prozess. Trotz meines strengen Anratens zum Gegenteil, möchte ich hinzufügen.«

»Nannte er Ihnen einen Grund?«

»Er sagte, dass es nicht seine Tochter war, die man im Wald gefunden hatte.«

»Würden Sie dem Gericht erklären, was Sie zur Absicherung seiner Behauptung unternommen haben?«

»Was ich unternommen habe? Da gab es nichts zu tun. Seine Frau hatte bereits zugegeben, dass es ihre Tochter war, dass George sie umgebracht und sie dort im Wald gelassen hatte, wo die Polizei sie später fand.«

»Hatten Sie Mrs Calhoun im Rahmen Ihrer Prozessvorbereitungen gefragt, ob das tot aufgefundene Mädchen ihre Tochter war?«

»Ich hatte eine Kopie ihres auf Video aufgezeichneten Geständnisses. Es war nicht nötig, mit ihr zu sprechen.«

»Haben Sie verlangt, dass Mrs Calhoun sich einer psychiatrischen Untersuchung unterzieht?«

»Ich habe bei den Nachbarn herumgefragt und auf ihrer Arbeitsstelle. Niemand hielt sie für verrückt.«

»Sie erachteten es also nicht für notwendig, einen DNA-Test an der Leiche aus dem Wald zu beantragen, richtig?«

»Ich sah keine Veranlassung dazu. Wie ich bereits sagte, Mrs Calhoun hatte bereits zugegeben, dass es ihre Tochter war.«

»DNA-Tests sind teuer, nicht wahr?«

»So teuer, dass es sich die Calhouns nicht leisten konnten.«

»Haben Sie bei Gericht einen Antrag gestellt, Mittel für einen DNA-Test zur Verfügung zu stellen?«

Wilson seufzte. »Ich wiederhole mich. Ich sah keine Veranlassung dazu.«

»Dann erzählen Sie mir doch bitte, welche Ermittlungen Sie vor dem Prozess unternommen haben.«

»Ich habe mit seinen Nachbarn und seinem Arbeitgeber gesprochen. Sie haben vor Gericht seinen guten Charakter bezeugt.«

»Das war aber schon in der Strafphase, oder täusche ich mich da?«

»Nun, das Prozessergebnis war von vornherein klar. Ich versuchte, vor den Geschworenen ein paar mildernde Faktoren einzubringen, um sie dazu zu bewegen, ihn wie seine Frau zu lebenslänglicher Haft zu verurteilen.«

Dani drehte sich zu ihrem Tisch um und durchsuchte ein paar Unterlagen, bevor sie sich wieder dem Zeugenstand zuwandte. »Sie sagten, Mr Calhoun bestritt, dass das gefundene Mädchen seine Tochter war. Erzählte er Ihnen, was mit seiner Tochter passiert war?«

»Das ist es ja. Er sagte kein Sterbenswörtchen. Sie verstehen also, wie sehr meine Hände gebunden waren, weil er das Verschwinden seiner Tochter nicht erklären konnte. Danach hätte kein Anwalt der Welt etwas dagegen tun können.«

»Sie haben Mr Calhoun in sämtlichen Berufungsverfahren vertreten, nicht wahr?«

»Alles, bis ihr euch letzten Monat eingemischt habt.«

»Und hat Ihnen Mr Calhoun während der ganzen Zeit, die Sie ihn vertreten haben, jemals erklärt, was mit seiner Tochter passiert ist?«

»Niemals.« Er korrigierte sich. »Warten Sie. Ein einziges Mal, es war ungefähr vor fünf Jahren, erzählte er mir irgendwas in der Art, dass seine Tochter krank gewesen sei. Dass ihr niemand hatte helfen wollen. Ich erinnere mich nicht an die Einzelheiten. Es klang unglaubwürdig. Zunächst wollte ich seinen Brief in die Akte legen, aber dann muss ich ihn wohl versehentlich weggeworfen haben.«

Wilson hatte seine Geschichte abgeändert, um einen Verweis durch den Richter zu vermeiden. Er wusste, dass er verpflichtet war, die ganze Korrespondenz seines Klienten zu seiner Akte zu legen und sie nicht vorsätzlich wegzuwerfen, wie er Dani gegenüber in seinem Büro zugegeben hatte. Sie ging darüber hinweg. Sie wollte Wilson nicht an den Pranger stellen.

»Haben Sie jemals die Behauptung von Mr Calhoun zur Krankheit seiner Tochter weiterverfolgt?«

Wilson schaute schuldbewusst nach unten. Man hatte ihm von Tommys Gespräch mit Dr. Samson im Meadowbrook Hospital erzählt. »Ich muss zugeben, dass ich nicht an seine Geschichte geglaubt habe. Ich habe es einfach auf sich beruhen lassen.«

Sie hatte erreicht, was sie von Wilson brauchte, und nach ein paar weiteren Fragen wandte sie sich zu Getty.

Die stellvertretende US-Staatsanwältin ging hinüber zum Zeugenstand. »Mr Wilson, hatten Sie bei einem Ihrer Mordprozesse vor Mr Calhouns Fall jemals an DNA-Tests gedacht?«

»Nicht, dass ich wüsste.«

»Und war es nicht vielleicht deshalb, weil sich diese Wissenschaft zur damaligen Zeit noch in den Kinderschuhen befand?«

»Ich denke schon. Erst einige Jahre später fing man an, diese Untersuchungen häufiger durchzuführen, und zwar zunächst bei der Polizei. Sie benutzten diese Tests nach und nach, um ihren Beweis gegen den mutmaßlichen Täter unter Dach und Fach zu bringen. Erst nachdem die Staatsanwaltschaft begann, sie einzuführen, benutzten allmählich auch Anwälte diese Tests, um die Unschuld ihrer Klienten zu beweisen.«

»Wenn man also all diese Gegebenheiten der damaligen Zeit berücksichtigt, würden Sie sagen, dass es im Rahmen einer objektiven Angemessenheit absolut korrekt war, keinen DNA-Test anzufordern?«

»Einspruch«, rief Dani. »Schlussfolgerungsfrage.«

»Er ist Anwalt, und es fällt durchaus in seinen Kompetenzbereich«, sagte Getty.

»Ob es unangemessen war oder nicht, einen DNA-Test zu beantragen, ist die ultimative Frage in diesem Fall, und es ist Sache des Gerichts, ein Urteil darüber zu fällen«, sagte Dani.

»Einspruch abgelehnt«, sagte Richter Smithson.

»Ich kann mir keinen anderen Anwalt vorstellen, der damals einen DNA-Test beantragt hätte, vor allem nicht angesichts der vorliegenden Fakten«, antwortete Wilson.

Getty beendete Wilsons Befragung, und Dani stand auf. »Nur noch ein paar Fragen. Wissen Sie, wie die Situation betreffend der Zulassung von DNA-Beweisen vor fünf Jahren aussah?«

»Nun, zu dem Zeitpunkt war dieses Verfahren mehr oder weniger Standard geworden – das heißt, in Fällen, in denen es sachdienlich war.«

Dani bedankte sich bei ihm, und er wurde aus dem Zeugenstand entlassen. Er verließ den Gerichtssaal und vermied jeden Blickkontakt mit Dani. Sie war sicher, sie würde ihn nicht mehr wiedersehen.

»Haben Sie weitere Zeugen?«, fragte Richter Smithson.

»Ja, Euer Ehren.«

»Gut, dann werden wir die Verhandlung für die Mittagpause unterbrechen. Wir versammeln uns wieder um dreizehn Uhr.«

Dani ging zu George hinüber. Ein Wärter stand neben ihm, um ihn in eine Zelle im Gerichtsgebäude zu bringen. »Es läuft alles gut. Sie sollten die Hoffnung nicht aufgeben.«

»Danke«, sagte er, kaum hörbar. Er wollte noch etwas sagen, hielt aber inne.

»Was ist, George?«

»Ich frage mich – ich meine ... « Er hielt wieder inne und starrte auf den Boden. Dani sah, dass seine Hände zitterten.

»Ist schon gut, George. Sie können mich alles fragen.«

»Es ist nur – ich dachte, vielleicht haben Sie versucht, herauszufinden, was mit Angelina passiert ist. Nachdem wir sie im Krankenhaus gelassen hatten?«

Dani legte ihre Hand auf seine. »Es tut mir leid. Wir haben es versucht, aber hatten leider keinen Erfolg.«

George nickte und sagte nichts. Er verließ das Gericht mit gesenktem Kopf und hängenden Schultern. Bevor sie auch nur Gelegenheit gehabt hatten, das Urteil vom Richter zu hören, war ihr Klient bereits am Boden zerstört.

Sie fanden eine kleine Imbissstube, zwei Blocks vom Gericht entfernt, und gingen zum Mittagessen hinein. Sie erwischten den letzten freien Tisch in dem überfüllten Restaurant. Fest entschlossen, etwas Gesundes zu essen, bestellte Dani einen Salat mit separatem Dressing, während Tommy und Melanie auf ihre Hamburger warteten.

»Wie ist deine Meinung?«, fragte Melanie. »Zu heute Morgen?«

»Wilson hat uns alles geliefert, was wir brauchen.«

»Glaubst du, dass es zu unserem Nachteil ist, dass DNA-Tests damals, als George seinen Prozess hatte, noch kaum üblich waren?«

»Dürfte eigentlich nicht. Immerhin hat er ja noch nicht einmal nach einer Blutgruppenbestimmung an der Leiche des Kindes gefragt. Nach allem, was wir wissen, waren die Blutgruppen inkompatibel. Er knöpfte George sein ganzes Vermögen ab, und ließ die Angelegenheit einschlafen.«

»Was geschieht, wenn du diese Runde verlierst?«, fragte Tommy.

Dani schüttelte den Kopf. Der nächste Schritt wäre normalerweise eine Berufung beim Landesberufungsgericht, und sollten sie dort verlieren, käme eine Revision beim Obersten Gerichtshof der Vereinigten Staaten an die Reihe. Aber es blieb ihnen nicht mehr viel Zeit. In nur zwei Wochen sollte die Hinrichtung stattfinden. »Keine Ahnung. Versuchen, eine schnelle Berufung einzulegen, vermute ich.«

Sie aßen schweigend, jeder von ihnen war sich der tickenden Zeitbombe bewusst.

Sie waren schon zehn Minuten früher im Gerichtssaal zurück. Als der Richter hereinkam und sich alle gesetzt hatten, rief Dani Dr. Samson als nächsten Zeugen auf. Sie hatte einen Trumpf in der Hand: Er hatte die Krankenakte von Angelina Calhoun gefunden.

»Dr. Samson, ist Ihnen der Angeklagte bekannt?«, fragte Dani.

»Ja, es ist George Calhoun. Ich habe seine Tochter behandelt, Angelina.«

»Warum wurde sie behandelt?«

»Akute lymphoblastische Leukämie, im Allgemeinen *ALL* genannt. Analysen haben ergeben, dass sie unter Prä-B-Zellen-ALL litt.«

»Können Sie das dem Gericht in einfachen Worten erklären?«

»Es bedeutet, dass sich eine große Anzahl entarteter weißer Blutzellen im Knochenmark befinden. Normale weiße Blutzellen schützen den Körper vor Krankheiten, aber diese können es nicht, weil sie defekt sind. *Akut* bedeutet den schnellen Ausbruch der Krankheit, und *lymphoblastisch* bezieht sich auf die Art der betroffenen weißen Blutzellen – nämlich die Lymphozyten. *Prä-B-Zelle* bedeutet, dass die Bildung der Leukämiezellen in den B-Zellen angefangen hatte, sie aber noch nicht voll ausgereift waren.«

»Und wie hoch ist die geschätzte Überlebensrate von Kindern mit dieser Krebsart?«

»Nun, heute ist sie relativ hoch. Damals jedoch war ein Überleben ungewiss.«

»Wie behandelten Sie Angelinas Leukämie?«

»Mit Chemotherapie. Sie musste sich einer sechsmonatigen Behandlung unterziehen, nach der sie auf dem Wege der Besserung war.«

»Hat sich das irgendwann geändert?«

»Ja. Ungefähr anderthalb Jahre später machten sich die Symptome erneut bemerkbar. Ich führte eine Lumbalpunktion durch und stellte fest, dass sich die Leukämie über ihr zentrales Nervensystem bis ins Gehirn ausgebreitet hatte.«

»Was bedeutete dies für ihre Überlebensprognose?«

»Sie war sehr gering.«

»Gab es Behandlungsmöglichkeiten?«

»Ja, eine erneute Chemotherapie und dieses Mal sogar Bestrahlungen. Ihre beste Überlebenschance war jedoch eine Knochenmarktransplantation durch eine kompatible Person. Ich war bereit, auf mein Honorar zu verzichten, aber das Krankenhaus hatte den Calhouns bereits einen umfangreichen Kredit gewährt und war nicht bereit, das noch einmal zu tun. Er musste Mittel aufbringen, um ihre Behandlung zu bezahlen. Danach habe ich nie wieder etwas von der Familie gehört.«

»Dr. Samson, glauben Sie, dass George Calhoun dazu fähig gewesen wäre, seine Tochter zu ermorden?«

»Einspruch. Spekulationsfrage«, rief Getty.

»Euer Ehren, Dr. Samson hat schon Tausende von Kindern mit Krebs behandelt. Ich bin der Meinung, dass er das erforderliche Sachverständnis hat, um zu wissen, wie Familien auf solch eine Diagnose reagieren.«

»Einspruch abgelehnt. Fahren Sie fort, Dr. Samson.«

»Nein, ich glaube nicht, dass er seiner Tochter etwas angetan hätte. Wenn Familien Nachrichten wie diese bekommen, dann versuchen sie, ihr Kind besonders zu behüten, und genau das war der Fall bei den Calhouns. Für mich war ganz deutlich zu erkennen, wie sehr sie ihre Tochter liebten.«

»Danke, Dr. Samson. Keine weiteren Fragen.«

Getty stand auf. »Dr. Samson, würden Sie beschreiben, was mit Angelina ohne weitere Behandlung geschehen wäre?«

»Sie wäre sicherlich gestorben.«

»Und können Sie bitte beschreiben, welche Phasen sie in diesem letzten Stadium durchgemacht hätte?«

»Appetitlosigkeit mit Gewichtsverlust, Ausbreitung kleinflächiger Hautblutungen über den gesamten Körper, und sie hätte unter entsetzlichen Schmerzen durch das Anschwellen ihrer Organe gelitten.«

»Es besteht also die Möglichkeit, dass ein liebevoller Vater, der sich die Behandlung seines Kindes nicht leisten konnte, seinem Kind diese Agonie ersparen wollte. Ist das nicht möglich?«

»Ich kann mir beim besten Willen nicht vorstellen, dass die Calhouns so etwas getan hätten.«

»Aber möglich wäre es?«

»Ja, das nehme ich an.«

»Danke. Keine weiteren Fragen.«

Smithson schaute Dani an. »Bitte rufen Sie Ihren nächsten Zeugen auf.«

Sie rief George Calhoun.

»Mr Calhoun, als man Sie wegen des Mordes an einem Kind, das man im Wald von Orland fand, verhaftete, was sagten Sie da zu den Polizeibeamten?«

»Ich versicherte ihnen, dass es nicht meine Tochter sein konnte.«

»Erzählten Sie ihnen, warum es nicht Ihre Tochter sein konnte?«

»Nein, Madam.«

»Haben Sie irgendwann einmal Ihrem Anwalt, Mr Wilson, erzählt, dass es nicht Ihre Tochter war, die man im Wald gefunden hat?«

»Ja, Madam, schon bei ersten Mal, als ich ihn traf.«

»Erzählten Sie Mr Wilson, warum es nicht Ihre Tochter sein konnte?«

»Nein, noch nicht.«

»Später?«

»Ja, Madam. Vor ungefähr fünf Jahren, kurz vor meiner letzten Berufung, schrieb ich ihm einen Brief und erzählte ihm von Angelina, von ihrer Krankheit, und dass niemand bereit war, sie zu behandeln.«

»Ist das alles, was Sie ihm erzählt haben?«

»Nun, ich erzählte ihm auch, dass wir sie in die Mayo-Klinik brachten und sie mit ihrer Krankenakte dort ließen, in der Hoffnung, dass sie jemand behandeln würde, weil sie alleine war.«

»Mr Calhoun, Sie standen vor Gericht, weil man sie beschuldigte, Ihre Tochter ermordet und ihre Leiche in Orland, Indiana, vergraben zu haben. Der Staat beantragte die Todesstrafe. Warum erzählten Sie denn zu diesem Zeitpunkt Ihrem Anwalt nicht, was Sie mit Angelina gemacht hatten?«

Calhoun bewegte sich unruhig auf seinem Stuhl und blickte auf den Boden. »Ich befürchtete, dass sie Angelina wieder krank nach Hause schicken würden, wenn ich es erzählt hätte.«

»Warum beschlossen Sie vor fünf Jahren, Mr. Wilson die Wahrheit über Ihre Tochter zu sagen?«

»Ich war der Meinung, nun wäre sie in Sicherheit. Wissen Sie, wenn die Behandlung geholfen hätte, dann wäre es ihr wieder viel besser gegangen. Und wenn sie überlebt hätte, dann wäre sie achtzehn gewesen und hätte entscheiden können, ob sie mich und Sallie wiedersehen wollte.«

»Und wenn sie nicht überlebt hätte?«

»Nun, dann, wenn die Mayo-Klinik ihr nicht helfen konnte, wäre es zwecklos gewesen, die Wahrheit zu sagen.«

»Danke, Mr Calhoun. Das ist alles, was ich habe.«

Getty stand auf und ging zum Zeugenstand. »Ich habe ein paar Fragen. Wie oft haben Sie Mr Wilson von der Krankheit Ihrer Tochter erzählt?«

»Nur ein einziges Mal, im Brief.«

»Sie habe ihn nie mehr daran erinnert?«

»Nein.«

»Mr Calhoun, es ist schwer zu glauben, dass Sie nicht weiter darauf bestanden haben, mit Ihrem Anwalt darüber zu sprechen, obwohl Ihr Leben an einem seidenen Faden hing.«

»Ist das hier eine Frage?«, sagte Dani.

Getty lächelte. »Tut mir leid, ich konnte mir diese Bemerkung einfach nicht verkneifen. Ich fahre fort. Haben Sie jemals versucht, Ihre Tochter zu finden? Oder herauszufinden, was mit ihr passiert ist?«

»Wie hätte ich das tun können? Ich war im Gefängnis.«

»Bitte beantworten Sie einfach meine Frage.«

»Nein.«

»Also, Sie wollen uns weismachen, dass Sie Ihre kranke Tochter in einem anderen Bundesstaat gelassen, niemandem davon erzählt und niemals versucht haben, herauszufinden, ob sie überlebt hat oder gestorben war, richtig?«

»Es ist nie ein Tag vergangen, an dem ich nicht an mein kleines Mädchen gedacht habe. Ich habe das alles nur getan, um ihr ein besseres Leben zu bieten.«

»Sehr lobenswert, Mr Calhoun, sofern Ihre Geschichte stimmt. Ihre Arztrechnungen waren sehr hoch, nicht wahr?«

»Ja, Madam.«

»Wenn Angelina verschwunden wäre, hätten Sie sich nicht in die Schulden stürzen müssen, richtig?«

»Es war ganz gleich, wie viele Schulden ich hatte. Ich hätte mein letztes Hemd dafür gegeben, sie gesund zu machen.«

»Aber Tatsache war, dass Sie kein Geld mehr für ihre Behandlung hatten, nicht wahr?«

Georges Augen wurden feucht. Er konnte vor Rührung kaum sprechen und fuhr fort: »Ich hatte alles versucht, was in meiner Macht stand. Ich bettelte um Darlehen bei jeder Bank. Ich bettelte meinen Chef um einen Vorschuss an. Er hätte es auch getan, aber es war einfach zu viel Geld.«

»Wussten Sie, wie sehr Ihre Tochter im Laufe der Krankheit leiden würde?«

George schüttelte den Kopf.

»Sie müssen Ihre Antwort in Worte fassen, Mr Calhoun.«

»Ich sah, wie sehr sie litt.«

»Angelina umzubringen hätte das Ende ihres Leidens bedeutet, nicht wahr?«

»So etwas hätte ich nie getan. Niemals.«

»Das sagen *Sie*. Siebzehn Jahre später und zwei Wochen vor Ihrer Hinrichtung. Sehr bequem.«

Dani sprang wutentbrannt auf. »Einspruch«, brüllte sie.

»Keine weiteren Fragen«, sagte Getty, bevor der Richter reagieren konnte.

»Ich habe keine weiteren Zeugen«, informierte Dani den Richter.

»Ms Getty, haben Sie irgendwelche Zeugen?«

»Nein, Euer Ehren.«

»Gut. Die Schlussplädoyers werden auf morgen Vormittag, zehn Uhr, anberaumt.«

Dani bedankte sich beim Richter, sammelte ihre Akten ein und ging mit Tommy und Melanie ins Hotel zurück. Sie fühlte sich gedämpft optimistisch. Sie hätte es sich niemals erlaubt, anders zu denken.

Kapitel 23

»Euer Ehren«, begann Dani, als sie vor Richter Smithson stand, bereit, ihr Plädoyer vorzutragen, »wie in den Richtlinien der Entscheidung des Obersten Gerichtshofs im Fall *Strickland* dargelegt, müssen wir nachweisen, ob Robert Wilsons Vertretung von George Calhoun in seinem Mordprozess sowie in den darauffolgenden Berufungsverfahren unter einen objektiven Standard der Angemessenheit fiel und ob dieser Mangel dem Beklagten zum Nachteil wurde. Es besteht kein Zweifel, dass Mr Wilson in dieser Hinsicht völlig versagte. *Strickland* verlangt, dass er eine angemessene Ermittlung bezüglich der Fakten des Verbrechens und der Schuld seines Klienten durchführt. Stattdessen stellte er gar keine Ermittlungen an. Es handelte sich hier um einen Todesstrafenfall – das Leben seines Klienten stand auf dem Spiel. Jedes Mal nahm er den nicht sehr stabil aufgebauten Fall der Staatsanwaltschaft kritiklos hin. Ist er darauf eingegangen, als Mr Calhoun beharrlich behauptete, dass die Leiche im Wald nicht seine Tochter war? Nein. Nicht vor seinem Prozess und auch nicht, nachdem er von Mr Calhoun hörte, warum es nicht Angelina Calhoun sein konnte. Dies allein reicht aus, um zu beweisen, dass George Calhoun nicht die wirksame Verteidigung von seinem Rechtsanwalt erhielt, die ihm vom Gesetz her garantiert wird, ein Recht, das es besonders zu beachten gilt, wenn es sich um die Todesstrafe handelt.«

Sie machte eine Pause und fuhr fort: »Nun, warum hat es Mr Wilson versäumt, die Behauptung seines Klienten nachzuprüfen? Er begründet es damit, dass Sallie Calhoun das Kind als das ihre identifizierte. Sollte ihr Wort genügen, um das Wort ihres Ehemanns infrage zu stellen? Nein, nicht, wenn Mr Calhouns Leben auf dem Spiel stand. Ein einfacher Test – eine Blutprobe – hätte George Calhoun als Vater dieses kleinen Mädchens ausschließen können. Mr Wilson beantragte niemals einen solchen Test. Er verlangte auch kein psychiatrisches Gutachten von Mrs Calhoun. Er hat niemals direkt mit Sallie Calhoun gesprochen. Wenn er es getan hätte, dann wäre es ihm vielleicht in den Sinn gekommen, dass sie solch starke Schuldgefühle hatte, ihre Tochter ausgesetzt zu haben, dass sie es mit einem Mord gleichstellte. Außerdem hätte er sie dann im Zeugenstand ins Kreuzverhör nehmen und bei den Geschworenen Zweifel an der bisherigen Darstellung der Geschehnisse hervorrufen können.

Und als Mr Calhoun ihm endlich anvertraute, was mit Angelina passiert war, was tat Mr Wilson? Nichts! Er ignorierte den Brief und sprach seinen Klienten nie darauf an. Hätte ein guter Anwalt sich nicht Einblick in Angelinas Krankenakte verschafft, um zu beweisen, dass Mr Calhoun ihm die Wahrheit sagte? Ja. Hätte ein guter Anwalt danach einen DNA-Test beantragt? Ja. Aber nicht Robert Wilson.

Euer Ehren, diese Akte ist voller Beweise zu Wilsons kläglichem Versäumnis, den Standard einer angemessenen Leistung noch nicht einmal am Rande erfüllt zu haben. Sein offensichtlicher Glaube an die Schuld seines Klienten führte ihn zur vorsätzlichen Missachtung jedes einzelnen Aspekts dieses Falles. Daher erhielt Mr Calhoun niemals eine faire Anhörung. Er wurde von seinem eigenen Anwalt bereits geteert und gefedert, bevor auch nur ein einziger Zeuge seine Aussage machen konnte.

Gefährdeten Mr Wilsons Versäumnisse die Chancen des Angeklagten? Ohne jeden Zweifel. Es ist eindeutig, dass eine einfache Blutanalyse bewiesen hätte, dass Mr Calhoun gar nicht der Vater des Mädchens sein konnte, und es wäre niemals zum Prozess gekommen. Und hätte man vor fünf Jahren eine DNA-Analyse durchgeführt, hätte man ihn als Vater ausgeschlossen, und Mr Calhoun wäre heute ein freier Mann. Wissen wir mit Sicherheit, dass dies das Ergebnis solcher Analysen gewesen wäre? Nein, weil Mr Wilson sie niemals beantragt hat. Aber der Angeklagte muss nicht beweisen, dass man ihn nicht für schuldig befunden hätte. Er muss nur beweisen, dass es eine hinreichende Wahrscheinlichkeit gibt, dass das Urteil anders ausgefallen wäre, wenn Mr Wilson seinen Job richtig gemacht hätte. Wenn Mr Wilson wenigstens grundlegende Ermittlungen angestellt hätte, wüsste er von Angelina Calhouns Gesundheitszustand und hätte die Geschworenen über den Krebs und die damit verbundenen Belastungen in ihrer Familie aufklären können. Vielleicht hätten ihm die Geschworenen nur eine lebenslängliche Haft und keine Todesstrafe auferlegt.

Es ist schockierend, wie sehr Robert Wilsons Verteidigung sich unterhalb des Rahmens einer fachlichen Kompetenz bewegte. Dieses Gericht sollte den Hohn gegen die Gerechtigkeit erkennen, der hier vorliegt, und George Calhouns Urteil aufheben. Danke.«

Sie setzte sich, und Melanie beugte sich zu ihr herüber, um ihr etwas ins Ohr zu flüstern. »Das hast du toll gemacht. Smithson schien richtig auf deine Worte fixiert.«

Getty war genauso adrett gekleidet wie am Vortag, dieses Mal trug sie ein marineblaues Kostüm mit einer pink-weiß-gestreiften Bluse, die sie locker in den geraden Rock gesteckt hatte. Sie stand auf und wandte sich an den Richter.

»Guten Morgen, Euer Ehren. Die Anwältin des Angeklagten möchte Sie glauben machen, dass ein kompetenter Anwalt auch weitblickend sein muss. Anscheinend ist sie der Meinung, dass Mr Wilson hätte ahnen müssen, dass eines Tages DNA-Beweismaterial bei der strafrechtlichen Verfolgung verwendet würde und dass er das Prozessgericht hätte zwingen müssen, solche Unkosten zu tragen. Sie glaubt, dass Mr Wilson, trotz der eindeutigen Aussage von Mr Calhouns Gattin zur Identität des toten Kindes, in seine Kristallkugel hätte schauen müssen, um festzustellen, dass sie gelogen hatte. Das ist absurd. Sallie Calhoun verbringt wegen ihrer Mitschuld am Tod dieses Kindes fünfundzwanzig Jahre im Gefängnis. Kein vernünftiger Anwalt würde glauben, dass sie sich durch eine Lüge absichtlich für den Rest ihres Lebens ins Gefängnis gebracht hätte. *Strickland* besagt, dass ein Anwalt eine vertretbare Entscheidung zu einer unnötigen Ermittlung treffen kann. Mr Wilson hat genau das in diesem Fall getan.

Die anderen Beispiele zur angeblichen Inkompetenz, die Ms Trumball in ihrem Plädoyer anführt, sind alle irrelevant. Selbst wenn sich Mr. Wilson irrte, was ich aber nicht glaube, dann hätten diese Irrtümer keinen Einfluss auf das Urteil genommen.

Vor etwa fünf Jahren lieferte Mr Calhoun zum ersten Mal Mr Wilson eine Geschichte, die so an den Haaren herbeigezogen klang, dass jeder Anwalt an der Glaubwürdigkeit gezweifelt hätte. Der Brief erreichte ihn, als Mr Wilson die letzte Berufung für Mr Calhoun vorbereitete. Er kam ihm wie ein letzter, verzweifelter Versuch vor, und jeder andere Anwalt hätte genauso gedacht. Hätte er jetzt alles fallen lassen sollen, um zu sagen: *Lassen wir einen DNA-Test machen?* Wohl kaum.

Die Anwältin des Angeklagten versucht, dieses Gericht davon zu überzeugen, dass ein DNA-Test die Unschuld ihres Klienten beweisen würde. Aber darum geht es hier und heute überhaupt nicht. Die Frage war doch, ob Mr Wilson genauso kompetent und professionell wie andere Anwälte gehandelt hat. Die einzige Antwort auf diese Frage lautet Ja. Danke.«

»Okay, verehrte Anwälte«, sagte Richter Smithson. »Ich verstehe die Dringlichkeit dieses Falles und werde mein Bestes tun, um ein schnelles Urteil zu fällen.«

Damit war die Angelegenheit beendet. Und wieder konnten sie nichts tun, als zu warten. Sie verließen den Gerichtssaal und schalteten ihre Handys wieder ein. Danis Telefon kündigte an, dass sie eine Nachricht erhalten hatte. Sie wartete, bis sie das Gerichtsgebäude verlassen hatte, um die Nachricht abzuhören. Es war Bruce, der sie informierte, dass das Landesgericht einen Anhörungstermin zur Revision des Exhumierungsfalles für Donnerstag anberaumt hatte. Es hätte nichts gebracht, für eine Nacht nach New York zurückzufliegen. Sie setzte die anderen davon in Kenntnis, und sie kehrten ins Hotel zurück, um ihre Reservierungen zu verlängern.

»Was schätzt du?«, fragte Tommy auf dem Weg zum Holiday Inn.

Dani zuckte mit den Schultern. Ganz gleich, ob sie ein gutes oder schlechtes Gefühl nach einer Anhörung hatte, das Urteil war oftmals überraschend.

»Ich bin der Meinung, dass Gettys Plädoyer ziemlich schwach war«, sagte Melanie.

»Sie hat ein paar gute Punkte aufgeführt«, sagte Dani. »Aber es zählt nur, was Smithson denkt. Er hat einen Ruf als guter und kluger Richter, der fair zu beiden Seiten ist und nicht dazu neigt, die Staatsanwaltschaft zu bevorzugen. Aber ich mache mir Sorgen. Wenn er nicht in unserem Sinne urteilt, müssen wir schnellstens eine Petition beim Berufungsgericht einreichen. Melanie, wir haben morgen etwas Zeit. Wir sollten uns für alle Fälle vorbereiten.«

Dani wusste, dass sie einen schweren Kampf austrugen. Die Aussichten, einen verurteilten Mörder auf der Grundlage unwirksamer Verteidigung freizubekommen, waren sehr gering. Von den hundertundsieben Todesurteilen, die seit 1977 in Indiana gefällt worden waren, nachdem der Oberste Gerichtshof der Vereinigten Staaten die Todesstrafe wieder eingeführt hatte, wurden nur zwei Männer von ihren Verbrechen freigesprochen, einer zwei Wochen vor der geplanten Hinrichtung und ein anderer drei Tage davor. Sie wusste, dass noch viel mehr Todestraktinsassen weder Geld für einen Anwalt hatten noch über die finanziellen Mittel verfügten, um Experten zum Anfechten der staatsanwaltschaftlichen Ermittlungsergebnisse anzuheuern. Die Hautfarbe war nicht die größte Hürde dabei, Gerechtigkeit zu erlangen; es war die Farbe des Geldes.

Nachdem sie ihren Aufenthalt im Hotel verlängert hatten, zogen sie sich auf ihre Zimmer zurück. Jeder von ihnen konzentrierte sich auf die nächste Aufgabe: ein Gericht dazu zu bringen, die Exhumierung der Leiche des kleinen Mädchens anzuordnen. Stunden vergingen, bis Danis Handy klingelte und sie bei ihrer Arbeit unterbrach.

»Ms Trumball?«, fragte die Stimme am anderen Ende.

»Ja.«

»Hier spricht May Collins, Richter Smithsons Sekretärin. Er möchte, dass Sie morgen um zehn Uhr ins Gericht kommen. Er wird das Urteil von der Richterbank verlesen.«

»Danke. Wir werden da sein.«

Sie legte auf und fragte sich, was dies wohl bedeutete. Hatte Richter Smithson seine Entscheidung so schnell gefällt, weil der Fall schlüssig war oder weil er sie um einen Aufschub zur Urteilsfindung bitten wollte? Sie setzte Melanie und Tommy davon in Kenntnis. »Melanie, das bedeutet, dass wir im Falle einer Revision unbedingt unsere Unterlagen bereithaben müssen. Sie kommen zum Berufungsgericht von Chicago, also müssen wir die Unterlagen über Nacht dorthin schicken, sobald wir sie fertig haben. Das heißt, wenn wir morgen verlieren.«

Melanie war optimistisch. »Ich bin fest davon überzeugt, dass wir gewinnen.«

»Bitte bereite aber für alle Fälle die Berufungsunterlagen vor.«

»Verstanden, Chef!«

Dani arbeitete während des Abendessens, sie ließ sich etwas vom Zimmerservice kommen, anstatt mit Melanie und Tommy essen zu gehen, aber gegen einundzwanzig Uhr war sie erschöpft. Es kam auch gerade recht, es war Flitterwochenstunde. Sie rief Doug an.

»Wie läuft's?«, fragte er.

»Das werden wir morgen Vormittag sehen. Der Richter gibt dann sein Urteil bekannt.«

»Ist alles in Ordnung mit dir?«

»Ich bin erschöpft. Nicht nur physisch. Auch emotional.«

»Es ist ja bald vorbei.«

»Ja, aber wie? Das beschäftigt mich. Ich weiß, dass er unschuldig ist, ich fühle es. Leider weiß ich nicht, ob genügend Zeit ist, ihn zu retten.«

»Unser System ist nicht lückenlos. Solange es die Todesstrafe gibt, werden unschuldige Männer und Frauen sterben.«

Plötzlich wurde sie von ihrer Müdigkeit und ihren Sorgen so überwältigt, dass sie in Tränen ausbrach. »Es ist ungerecht, so ungerecht«, sagte sie schluchzend.

Doug ließ sie weinen. »Es hat sich schon vieles verbessert«, sagte er, als sie sich beruhigt hatte. »Zumindest gibt es in einigen Fällen DNA-Beweismaterial, um eine unschuldige Person zu entlasten. Das war nicht immer so. Vielleicht gibt es in zwanzig Jahren neue wissenschaftliche Erkenntnisse, die es schlüssig bestätigen können, ob eine Person die Wahrheit sagt oder nicht. In fünfzig Jahren wird man vielleicht das Genom vollständig kartiert haben, und Wissenschaftler können genau sagen, ob die Gene einer Person sie zu einem Mord fähig machen. Vielleicht passieren all diese Dinge oder andere, die wir uns heute noch nicht einmal vorstellen können, und vielleicht sitzen dann keine Unschuldigen mehr in der Todeszelle. In der Zwischenzeit kannst du nur einem Häftling nach dem anderen helfen. Und jetzt ist dieser Häftling George Calhoun.«

Dani tupfte ihre Augen mit der Serviette von ihrem Tablett ab. »Wenn wir nur in der Lage wären, Beweise zu finden, dass Angelina in der Mayo-Klinik gelassen wurde.«

»Bist du denn davon überzeugt, dass sie dort war?«

»Ja. Absolut überzeugt.«

»Dann kann sich Calhoun glücklich schätzen, eine Anwältin zu haben, die an ihn glaubt.«

»Ich wünschte, er hätte zunächst einmal einen Richter, der genauso denkt.«

»Vielleicht tut er das. Das wirst du morgen herausfinden.«

Um zweiundzwanzig Uhr fielen ihr langsam die Augen zu. Sie wünschte Doug eine gute Nacht und machte sich bettfertig. Sie stellte den Wecker und fühlte sich vorbereitet auf das, was morgen passieren würde und auf jeden der noch folgenden Tage, bis zum Termin von Calhouns Hinrichtung.

»Ich werde nun meine Entscheidung verlesen und zu Protokoll geben«, sagte Richter Smithson, als alle im Gerichtssaal versammelt waren. »Der Angeklagte kam mit einer Petition im Rahmen des Habeas-Corpus-Rechts vor Gericht und behauptete, eine unwirksame Verteidigung erhalten zu haben, was gegen die Verfassung verstößt. Es ist das erste Mal, dass er eine solche Beschwerde erhoben hat, jedoch nicht überraschend, da sein Prozess- und Berufungsanwalt ein und derselbe war. Der Angeklagte ist verpflichtet, nachzuweisen, dass die Leistung seines Anwalts unterhalb eines objektiven Rahmens der Angemessenheit fiel und dass eine hinreichende Wahrscheinlichkeit besteht, dass das Urteil anders ausgefallen wäre, wenn sein Anwalt nicht diese Fehler begangen hätte. Bezüglich der Angemessenheit des Verhaltens dieses Anwalts müssen wir die damaligen Umstände in Betracht ziehen. Wir dürfen kein nachträgliches Wissen oder Verhalten einbeziehen. Der Angeklagte behauptet, dass es sein Anwalt versäumte, vor der Prozessphase eine ordentliche Ermittlung bezüglich der Fakten anzustellen. Aber das eigene Verhalten des Angeklagten führte zu einem solchen Versäumnis. Die Gattin des Angeklagten identifizierte das tote Kind als das ihre, und obwohl dies der Angeklagte leugnete, weigerte er sich unentwegt, seinen Anwalt vom Verbleib seiner Tochter zu erzählen. In Anbetracht dieser Fakten war es für den Anwalt nicht vertretbar, Ermittlungen anzustellen. Ebenso war es für ihn nicht vertretbar, zwölf Jahre später die Exhumierung der Leiche zu beantragen, um einen DNA-Test durchzuführen. Noch einmal, das Verhalten des Angeklagten im Laufe dieser zwölf Jahre würde jeden Anwalt dazu veranlassen, zu glauben, dass er sich mit dieser Beschwerde an einen Strohhalm klammert.

Was die anderen Behauptungen einer unwirksamen Verteidigung anbelangt, so kann man nicht von einem für den Angeklagten nachteiligen Verhalten sprechen. Aus diesen Gründen wird die Petition des Angeklagten abgewiesen, und er wird ins Staatsgefängnis von Indiana zurückgebracht.«

Danis Hände zitterten. Sie war drauf und dran zu weinen. Es war noch nicht vorüber, redete sie sich ein. Es lagen immer noch dreizehn Tage vor ihr.

Kapitel 24

Indianapolis war der Sitz des staatlichen Berufungsgerichts. Dani kam es vor, als würden sie sich seit ihrer Ankunft vor ein paar Wochen im Kreise drehen. Ihr Fall war nicht vor Nachmittag anberaumt, also wollte sie noch einmal Sallie im Frauengefängnis besuchen. Dani saß bereits im Befragungsraum, als sich die Tür öffnete und Sallie eintrat, immer noch hager und leblos.

»Hallo, Sallie. Erinnern Sie sich an mich?«

Sie nickte. Genau wie beim ersten Gespräch starrte sie auf den Tisch.

»Ich habe mit George, Ihrem Mann, gesprochen.«

Sie schaute auf. »Lebt er noch?«

»Ja.«

»Sagen Sie ihm, dass es mir leidtut«, sagte sie kaum hörbar.

»Was tut Ihnen leid?«

»Er weiß, was.«

»Sallie, George hat mir erzählt, was mit Angelina geschehen ist.«

Tränen liefen Sallies Wangen hinunter. Sie schwieg und wiegte sich hin und her. Schließlich sagte sie: »Wir haben sie getötet.«

»Wie haben Sie sie getötet, Sallie?«

»George weiß es.«

»George erzählte mir, dass Angelina krank war, dass sie Krebs hatte. Erinnern Sie sich daran?«

»Wir haben sie umgebracht.«

»Aber wie, Sallie?« Die zerbrechliche Frau, die Dani gegenübersaß, sah geisterhaft aus mit ihrer Leichenblässe und der Haut, die so durchsichtig war, dass man ihre Knochen sehen konnte. *Sie glaubt, dass sie Angelina getötet hat. Sie bewegt sich so fern der Realität, dass sie noch nicht einmal den Unterschied zwischen Mord und Aussetzung kennt. Es sei denn, George hat uns angelogen. Könnten sie sie aus einem törichten Mitleidsgedanken heraus umgebracht haben? Um ihr weiteres Leiden zu ersparen?* »Erinnern Sie sich daran, dass Angelinas Krebs wieder auftauchte?«

Sallie stoppte das Hin- und Herschaukeln. »Sie wollten ihr nicht helfen. Wir konnten sie nicht bezahlen, also wollten sie ihr nicht helfen. Wie konnten sie nur so etwas tun? Wie konnten sie nur ein Kind abweisen?«

»Sie hätten sie behandeln müssen. Es war grausam.«

Sallie nickte. »Sehen Sie. Sie verstehen das.«

»Ja, ich verstehe das. Sie hatten keine andere Wahl. Erzählen Sie mir, was Sie getan haben.«

Plötzlich überkam Sallie ein Schwall der Qual und Verzweiflung. Sie schlang die Arme eng um den Körper. »Es war unsere Aufgabe, uns um sie zu kümmern. Wir waren ihre Eltern. Sie brauchte unseren Trost, unser kleines Baby, unser kostbares kleines Mädchen. Sie brauchte uns.«

Dani sagte erst einmal nichts und ließ Sallie mit ihren Erinnerungen in Ruhe. Als ihr Schaukeln aufhörte, fragte sie: »Hat George ihrem Leiden ein Ende bereitet und sie getötet?«

»Nein, wir bereiteten ihrem Leiden kein Ende. Wir taten etwas viel, viel Schlimmeres.«

»Sie ließen Sie in der Mayo-Klinik, nicht wahr?« Sallie nickte.

»War es Georges Plan?« Erneutes Nicken.

»Sie waren nicht damit einverstanden?« Sallie schüttelte den Kopf.

»Behaupteten Sie deshalb, dass Sie und George Ihre Tochter umgebracht haben?«

Sallie starrte sie an, zum ersten Mal mit lebendigen, feurigen Augen. »Wir haben sie umgebracht. Wir haben unser Baby mutterseelenallein und krank zurückgelassen, ohne jemanden, der sie liebte, ohne jemanden, der sich um sie kümmerte. Das ist doch Mord, oder?«

»Nein, Sallie«, sagte Dani. »Ich weiß nicht, ob es richtig war oder nicht, aber es war kein Mord.« Sie ließ ihre Worte in sie eindringen. »Wollten Sie für das, was Sie und George getan haben, dafür, dass Sie Angelina im Krankenhaus zurückließen, bestraft werden?«

»Ja.«

»Glauben Sie denn, dass George dafür getötet werden sollte? Dafür, dass er Sie in die Sache hineingezogen hat?«

Sallie schwieg eine ganze Weile. Erneut schlang sie die Arme so fest um den Körper, dass sich bereits sichtbare Blutergüsse auf der Haut unter den Händen bildeten.

»Sallie? Würden Sie bitte meine Frage beantworten?«

Sallie schaute Dani mit leblosen Augen an. »Ich werde George für den Rest meines Lebens hassen, für das, was er getan hat.« Sie stand auf, um zu gehen, und Dani dachte, sie hätte das Gespräch beendet, aber an der Tür hielt sie inne und drehte sich zu ihr um. »Ja, ich finde, dass George sterben sollte«, sagte sie und verließ den Raum.

Nachdem die Wahrheit offen auf dem Tisch lag, hatte Dani gehofft, Sallie wäre nun bereit, ihr eine schriftliche, eine eidesstattliche Erklärung zu geben, die bestätigte, was sie und George Angelina angetan hatten. Aber es war offensichtlich, dass sie das nicht tun würde, also fragte Dani erst gar nicht. Stattdessen war sie sich nun sicher, dass George die absolute Wahrheit sagte. Falls sie bisher noch einen winzigen Zweifel gehabt und ihn beiseitegeschoben hatte, so existierte er nicht mehr. Es war nicht mehr ihr *Glaube,* dass George unschuldig war – es war eine Tatsache.

Drei in Amtsroben gekleidete Richter saßen hinter einer erhöhten Mahagonibank. Der kleine Gerichtssaal hatte nur sechs Sitzreihen hinter der Schwingtür. Dani, Melanie und Tommy saßen in der dritten Reihe. Ihr Fall war der vierte auf dem gerichtlichen Terminkalender, und sie warteten, während die Plädoyers der anderen Fälle gehalten wurden. Zwei dieser Fälle waren Zivilsachen, einer eine Strafsache. Während Dani den Plädoyers zuhörte, wurde ihr bewusst, dass dies hier eine *spannungsgeladene* Bank war – die Richter hatten die vorher eingereichten Begründungen gelesen und stellten den Anwälten eine Menge Fragen.

Das Volk gegen George Calhoun rief der Gerichtsdiener viel früher aus, als Dani erwartet hatte. Sie und Melanie nahmen am Tisch der Verteidiger Platz. Ted Landry setzte sich an den Tisch des Staatsanwalts.

»Sind Sie bereit?«, fragte der oberste Richter, der zwischen den beiden anderen Richtern saß.

»Ja«, sagte Dani. Sie ging zum Rednerpult zwischen den beiden Tischen und sortierte ihre Notizblätter.

»Ich möchte Sie gerne daran erinnern, dass Sie nur noch eine Minute Redezeit haben, wenn das gelbe Licht aufleuchtet. Sobald das rote Licht leuchtet, ist Ihre Zeit abgelaufen.«

»Ich verstehe. Euer Ehren, George Calhoun wurde nach dem Fund der Leiche eines kleinen Mädchens im Wald von Orland wegen des Mordes an seiner Tochter verurteilt und sitzt seit siebzehn Jahren in der Todeszelle. Von Anfang an hatte Mr Calhoun stetig und immer wieder beteuert, dass die Leiche des Kindes nicht seine Tochter war. Zum Zeitpunkt seines Prozesses waren DNA-Tests noch nicht weit verbreitet. Heute ist dies nicht mehr der Fall. Jetzt –«

»Soweit ich informiert bin, verschwand Mr Calhouns Tochter im selben Zeitraum?«, fragte die Richterin zur Rechten, eine Dame mit braunem zu einem Knoten gebundenen Haar.

»Ja, das ist richtig, und obwohl es mein Klient zu dieser Zeit versäumte, ihr Verschwinden zu erklären, hatte er zwingende Gründe dafür.«

»Ja, ich habe Ihre Unterlagen gelesen. Er behauptet nun, er habe sie in einem Akt der Gnade in der Mayo-Klinik ausgesetzt.«

»Es war wohl eher ein Akt der Verzweiflung. Seine Tochter war todkrank und brauchte eine medizinische Behandlung, für die er nicht zahlen konnte und die niemand ohne Bezahlung zur Verfügung stellen wollte.«

»Kommt denn nicht Medicaid für die Arztkosten von bedürftigen Familien auf?«, fragte der Richter zur Linken, ein älterer Herr mit dunkler Hornbrille.

»Sein Einkommen war zu hoch, um für Medicaid eine Anspruchsberechtigung zu rechtfertigen, aber zu niedrig, um eine Krankenversicherung zu ermöglichen. Obwohl der Staat von Indiana heutzutage ein Programm zur Bereitstellung preiswerter Krankenversicherungen für Kinder bietet, deren Eltern in diese Kategorie fallen, gab es das vor neunzehn Jahren noch nicht. DNA-Analysen sind jetzt Routine und weitverbreitet. Auch mit neunzehn Jahre alten Knochen kann man schlüssig feststellen, ob das Kind Angelina Calhoun war. Sollten –«

»Wie lange würde es dauern, bis die DNA-Ergebnisse zurückkämen?«, fragte die Richterin auf der rechten Seite.

»Man könnte die Ergebnisse innerhalb von fünf Tagen bekommen.«

»Sofern das Labor nicht durch irgendetwas aufgehalten wird, nicht wahr?«

»Ja, natürlich.«

»Ich bin der Meinung«, sagte der oberste Richter, »dass Sie ein fundamentales Problem haben. Der Angeklagte hat bereits seine direkten Berufungsklagen erschöpft. Auch wenn wir die Exhumierung beantragen würden und der DNA-Test Mr Calhoun als Vater ausschließen würde, was soll er dann damit anfangen?«

»Dies wäre neu entdecktes Beweismittel. Es würde Anlass zu einer neuen Berufung geben.«

»Was meinen Sie mit *neu entdecktem Beweismittel?* Wenn Mr Calhoun die Wahrheit sagt, wusste er doch von Anfang an, dass es nicht seine Tochter war. Bei jeder Etappe dieses Verfahrens hätte er dies vorbringen können. Hat er das Recht auf Exhumierung der Leiche nicht mit seinem eigenen Schweigen verwirkt?«

Dani sah, dass sich das gelbe Lämpchen einschaltete. Sie hatte nur noch eine Minute, um diese drei Richter zu überzeugen, zu ihren Gunsten zu urteilen. »Euer Ehren, wenn es einen unumstößlichen Beweis gibt, der bestätigen könnte, dass die Leiche im

Wald nicht Angelina Calhoun war, dann verschwindet die Klage des Staatsanwalts. Ihre einzige Grundlage zur Verurteilung von Mr Calhoun war die Identifizierung des Kindes als Angelina. Die Rechtsprechung schreibt vor, dass er Zugang zu allen Beweismitteln haben muss. Wenn ihm keine Berufungen mehr bleiben – was ich bezweifle –, dann wäre der Gouverneur dieses Staates in der Lage, eine Ungerechtigkeit wiedergutzumachen, indem er George Calhouns Urteil aufhebt und einen unschuldigen Mann auf freien Fuß setzt.«

»Ihre Zeit ist um, Ms Trumball.«

»Danke, Euer Ehren.«

Sie setzte sich und fühlte sich plötzlich wie gelähmt. Landry stand nun am Pult. Dani sah, wie sich sein Mund bewegte, hörte aber nichts. Sie war ausgelaugt von der Vorbereitung, von den Anstrengungen, vom allgegenwärtigen Ticken der Zeitbombe. Sie fühlte sich wie ein Zinnsoldat, der unerschütterlich vorwärts marschierte, immer weiter, zu einem steilen Felsvorsprung, den unvermeidlichen Sturz in den Abgrund vor sich. Ein kleiner Stoß an ihrem Arm holte sie mit einem Ruck wieder ins Geschehen zurück.

»Dani, alles in Ordnung?«, fragte Melanie.

Sie schaute auf und sah, dass Landry gegangen war. Zwei Männer in makellos gebügelten Anzügen warteten darauf, ihren Platz am Tisch der Verteidigung einzunehmen. Der nächste Fall war aufgerufen worden. Es war Zeit, zu gehen.

Der Rückflug aus Indianapolis war pünktlich. Dani wartete sehnsüchtig darauf, nach Hause zu kommen, in den sicheren Schoß ihrer Familie. Ihr bereits großer Respekt vor Bruce hatte sich vervielfacht. Seit zehn Jahren bearbeitete er Berufungen bei Kapitalverbrechen, und dabei schien er nie seine Gelassenheit zu verlieren, zumindest, seitdem sie dort beschäftigt war. Bei ihr war das anders. Es hatte Momente gegeben, wenn sie allein in ihrem Hotelzimmer war, wo sie am liebsten weggelaufen wäre oder sich unter der Decke verkrochen hätte, weg von dieser Hölle, einen zum Tode verurteilten Mann zu verteidigen. Wenn sie nur einfache Berufungen bearbeitete, baute sie zu den Insassen keine engeren

Bindungen auf. Sie schrieb Worte auf ein Blatt Papier und vertrat die Gesetze und Prinzipien vor einem Gericht. Dies hatte sich nun geändert. Sie war mit George Calhoun verbunden. Sie war seine Rettungsleine.

Sie kreisten zwanzig Minuten über dem LaGuardia-Flughafen, bevor sie endlich landen durften, typisch für die überlasteten Flughäfen von New York City. Als sie endlich landeten, hörten sie alle ihre Nachrichten auf den Mailboxen ab.

»Hey, ich habe eine Nachricht von einer Krankenschwester aus der Mayo-Klinik«, sagte Tommy, nachdem er sein Telefon zugeklappt hatte. »Sie hat das Flugblatt gelesen, das im Schwesternzimmer aufgehängt wurde. Sie sagt, sie hätte vielleicht ein paar Hinweise für uns.«

Dani traute ihren Ohren nicht. Beweise, dass Angelina die Mayo-Klinik verlassen hatte, würden alles ändern. »Ruf sie zurück. Sofort.«

»Schon versucht. Nur ihr Anrufbeantworter dran. Ich versuch's später noch mal. Das ist vielleicht die Nachricht, die wir brauchen.«

Bitte lass es gut gehen, wurde plötzlich zu ihrem Mantra. *Bitte lass es gut gehen.*

Kapitel 25

Elf Tage

Tommy hoffte, dass das strahlende Wetter in Rochester, Minnesota, ein gutes Omen war, dass aus dem Treffen mit Jody Melnick etwas Positives herauskommen würde. Anstelle des strömenden Regens, der ihn in der Woche zuvor begrüßt hatte, waren am Himmel nun ein paar kleine weiße Wölkchen verstreut, und die Temperaturen lagen um die zweiundzwanzig Grad. Er hatte Jody noch am Vorabend erreicht. Sie war sich nicht sicher, ob ihre Informationen hilfreich wären, wollte sich aber mit ihm am nächsten Tag nach Schichtende treffen. Tommy hatte den ersten Flieger am Morgen genommen und wartete nun auf sie in der Cafeteria des Krankenhauses.

»Mr Noorland?«

Tommy schaute auf und sah eine Dame mittleren Alters in einem gestärkten weißen OP-Kittel. Auf ihrem Namensschild stand: Jody Melnick, R. N. »Ms Melnick«, sagte er, stand auf und streckte ihr die Hand entgegen. »Vielen Dank, dass Sie sich Zeit für mich nehmen. Und bitte, nennen Sie mich Tommy. Sie klangen so geheimnisvoll am Telefon.«

»Nennen Sie mich bitte Jody. Ich freue mich, dass Sie extra hierhergekommen sind, um mit mir persönlich zu reden. Ich habe mit meinem Anruf gezögert. Trudy und ich haben viele Jahre eng zusammengearbeitet. Ich wollte sie nicht in Schwierigkeiten bringen. Ich bin mir noch nicht einmal sicher, ob wir über dasselbe Kind sprechen.«

»Wollen wir uns nicht setzen? Kann ich Ihnen etwas zu essen holen? Oder eine Tasse Kaffee?«

Jody schüttelte den Kopf. »Nein, vielen Dank, nicht nötig.«

»Erzählen Sie mir doch einfach alles, von Anfang an. Sagen Sie mir, warum Sie glauben, etwas über Angelina Calhoun zu wissen.«

»Nun, Trudy und Ed hatten niemals eigene Kinder. Trudy arbeitete mit mir als OP-Schwester. Wir waren zwar nicht miteinander befreundet, aber Sie wissen ja, wie das ist. Wenn Sie lange Zeit mit jemandem zusammenarbeiten, dann sprechen sie auch über andere Dinge. Nur gab es da einiges, über das Trudy niemals sprach. Oh je, ich glaube, ich schweife bereits ab.«

Tommy tätschelte ihre Hand. »Ist schon gut, meine Liebe. Sie können die Geschichte erzählen, wie Sie wollen.«

»Nun, wie bereits gesagt, Trudy und Ed waren schon seit zehn Jahren verheiratet und hatten nie Kinder. Dann, eines Tages, meldete sich Trudy in letzter Minute krank – dabei hätte sie schon längst ihre Schicht beginnen müssen. Wir mussten schnellstens Ersatz finden. Aber sie sagte, es sei eine dringende Familienangelegenheit. Eine ganze Woche verging, bis sie wieder auftauchte, und dann erzählte sie jedem, dass ihre Schwester und ihr Schwager bei einem Autounfall ums Leben gekommen seien. Ihre Tochter überlebte und zog zu Trudy und Ed. Es kam mir komisch vor, weil Trudy nie eine Schwester erwähnt hatte. Danach blieb Trudy öfter von der Arbeit fern, zumindest ging das ein paar Jahre so. Sie sagte, ihre Nichte hätte zurückbleibende Schäden von dem Unfall, und sie brauche Zeit, um sie zur ärztlichen Behandlung zu bringen. Ich erinnere mich daran, dass ich sie fragte, wie alt denn ihre Nichte war, als der Unfall passierte. Und Trudy sagte, vier Jahre alt. War das nicht das Alter des kleinen Mädchens, das Sie suchen?«

»Ja, ungefähr. Kennen Sie den Namen Ihrer Nichte?«

»Sunshine. Ich habe mich immer daran erinnert, weil es ein so unüblicher Name war.«

»Und ihr Nachname?«

»Tja, das ist ja das Merkwürdige. Sie sollte wenigstens den Nachnamen von Trudys Schwager haben, hatte sie aber nicht. Sie trug Trudy und Eds Nachnamen. Harrington. Und immer, wenn sie Trudy zu unserem alljährlichen Picknick mitbrachte, nannte Sunshine sie *Mami*.«

»Sah sie wie das Mädchen auf dem Flugblatt aus?«

»Nun, Jahre vergingen, bis Trudy sie an alle möglichen öffentlichen Orte mitnahm. Ich dachte immer, dass es wegen ihrer Verletzungen sei. Als ich Sunshine zum ersten Mal sah, da musste sie so sechs, sieben Jahre alt gewesen sein. Aber ja, ich sehe da eine Ähnlichkeit. Es ist schon lange her, also bin ich mir nicht absolut sicher. Aber ich denke, doch.«

»Arbeitet Trudy noch hier?«

»Nein. Sie ist vor ein paar Jahren in den Ruhestand gegangen. Ich glaube, sie wohnte in Byron. Zumindest, als sie noch hier arbeitete. Vielleicht kann Ihnen die Personalabteilung die Adresse geben.«

Tommy dankte Jody herzlich. Endlich, eine handfeste Spur. Nachdem Jody gegangen war, nahm er sein Handy und rief die Telefonauskunft an. »Haben Sie einen Eintrag zu jemandem namens Edward oder Trudy Harrington, in Byron, Minnesota?«, fragte er den Telefonisten.

»Hier gibt es eine Trudy Harrington in der Aspen Road.«

»Ja, das muss sie sein – und bevor Sie wieder aus der Leitung verschwinden, hätten Sie vielleicht eine Hausnummer?«

»Es ist die Vier. Warten Sie, ich verbinde Sie.«

Das Telefon klingelte zweimal, und eine Computerstimme antwortete: *Kein Anschluss unter dieser Nummer. Bitte versuchen Sie es erneut, oder prüfen Sie die Rufnummer.*

»Mist.«

Wenigstens hatte er einen Namen. Er beschloss, Dr. Jeffreys zu besuchen, und fuhr mit dem Fahrstuhl in sein Stockwerk. Er ging den Korridor in die ihm noch bekannte Richtung entlang und öffnete die erste Tür zum Büro der Sekretärin: »Ist Dr. Jeffreys im Haus?«, fragte er die junge Dame, die dort saß.

»Er hat heute frei.«

»Können Sie ihn zu Hause erreichen? Es ist wichtig.«

Die junge Frau schaute ihn eingehend an. »Sind Sie nicht der Ermittler, der letzte Woche hier war?«

»Ja, Madam.«

»Wegen des kleinen Mädchens?«

»Richtig.«

»Dr. Jeffreys ist auf einer Ärztetagung in Paris. Er kommt erst in zwei Tagen wieder zurück. Eigentlich arbeitet er sonntags nicht, aber er wollte vorbeikommen, um seine Patienten zu besuchen und um Papierkram zu erledigen. Hat es Zeit?«

Tommy setzte sein charmantestes Lächeln auf. »Ich wünschte, es wäre so, Herzchen, aber ich muss wirklich unbedingt mit ihm sprechen. Können Sie ihn anrufen?«

Die Sekretärin schaute auf die Uhr. »Es ist dort schon nach zwanzig Uhr. Ich könnte es im Hotel versuchen, aber wahrscheinlich ist er gerade beim Essen. Und sein Handy funktioniert im Ausland nicht.«

»Wie heißen Sie?«

»Mandy.«

»Mandy, ich muss herausfinden, ob Sie Dokumente von einem kleinen Mädchen haben, das hier vor zwanzig Jahren behandelt wurde. Können Sie mir irgendwie dabei helfen? Ich habe eine Vollmacht vom biologischen und gesetzlichen Vater des Mädchens.« Tommy zog eine Kopie der Vollmacht aus der Aktentasche heraus und reichte sie Mandy.

Mandy überflog sie. »Ist das der Nachname des Mädchens? Calhoun?«

»Nein. Es müsste Harrington sein. Sunshine Harrington.«

»Nun, zunächst einmal habe ich gar keinen Zugang zu dieser Datenbank. Aber ich glaube auch nicht, dass irgendjemand für Sie diese Suche durchführen würde ohne einen Beweis dafür, dass die Person, die die Vollmacht unterschrieben hat, tatsächlich ihr Vater ist.«

»Und wer hat offiziell Zugang zu dieser Datenbank?«

»Wahrscheinlich Mr Oxblood. Er ist der verantwortliche Geschäftsführer dieses Krankenhauses. Aber er ist auch nicht da. Sein Vater starb vor zwei Tagen. Jetzt ist erst einmal die Totenwache, die Beerdigung ist morgen, also wird er am Montag zurück sein. Und fragen Sie bloß nicht. Es würde mir nicht im Traum einfallen, ihn jetzt zu stören.«

»Wer vertritt Dr. Jeffreys während seiner Abwesenheit?«

»Das ist Dr. Burroughs, aber sie würde die Datenbank auch nicht ohne Mr Oxbloods Erlaubnis durchsuchen. Und dasselbe gilt für Dr. Jeffreys. Nicht mit einem Namen, der von der Vollmacht abweicht.«

Tommy wusste, dass es jetzt zwecklos war, wütend zu werden. So schwer es ihm auch fiel, er musste geduldig sein. Da gab es noch zwei andere Möglichkeiten, die er in der Zwischenzeit weiterverfolgen konnte. »Okay, Mandy. Können Sie mich in den Terminkalender eintragen, damit ich Dr. Jeffreys morgen früh sofort sprechen kann, wenn er zurück ist?«

Mandy notierte ihn für acht Uhr morgens, bevor der Arzt seine Visite begann.

Wenn Tommy recht hatte, dann brauchte er weder Helen vom Standesamt noch Abby vom Sozialamt anzurufen. Es schien, als ob Angelina nicht an der Leukämie gestorben war, daher gab es wohl auch keine Sterbeurkunde. Sie wurde auch bestimmt nicht in ein Pflegeheim geschickt. Wenn er bei seiner Suche nichts erreichte, würde er zu beiden Ämtern zurückkehren und dort nach dem Namen Sunshine Harrington suchen lassen. Aber er vermutete, dass die Person, die Angelina Calhoun in der Mayo-Klinik allein und ängstlich vorgefunden hatte, Trudy Harrington war, auf dem Weg zur Arbeit. Er stellte sich vor, dass sie die Krankenakte fand, die um Angelinas Hüfte gebunden war, und eine sofortige Entscheidung traf: Sie wollte sich dieses Kindes annehmen, es behandeln lassen, aufziehen und lieben wie ihre eigene Tochter. Dani hatte wahrscheinlich von Anfang an den richtigen Riecher mit George Calhoun gehabt. *Verdammt, anscheinend verliere ich mein Fingerspitzengefühl.* Nun musste er Trudy Harrington finden, um seine Theorie zu bestätigen.

Es war schon spät, und er war müde. Also ließ er es für heute gut sein und wollte am nächsten Tag nach Byron fahren, um sich dort umzuschauen.

Nach seinem Frühstück im Dunkin Donuts fand Tommy einen Buchladen, der Straßenkarten für Olmsted County hatte. Er suchte eine Route, die zur Aspen Road führte, stieg ins Auto, und dreißig Minuten später stand er vor dem beigefarbenen, vinylverkleideten Haus in der Aspen Road Nummer vier. Nachdem er an die Tür geklopft und niemand geöffnet hatte, ging er zum Fenster in der Nähe der Haustür. Die Vorhänge waren zugezogen, und man sah auch kein Licht darin. Er ging zur Rückseite des Hauses, und auch da rührte sich nichts. *Tja, das nennt man Lauferei.* Also ging er zu dem Haus direkt neben der Nummer vier, das in jeder Hinsicht gleich aussah, abgesehen von der Farbe, und klopfte an. Eine junge Frau mit Pferdeschwanz öffnete die Tür, und Tommy entdeckte zwei Kleinkinder auf dem Fußboden, die sich über Spielzeuglastwagen beugten und *Brumm-Brumm*-Geräusche machten.

»Ja?«

»Entschuldigen Sie die Störung. Ich suche die Leute, die nebenan wohnen«, sagte Tommy und deutete auf das beigefarbene Haus.

»Um was geht's denn?«

»Es ist eine persönliche Angelegenheit.«

»Na, dann kann ich Ihnen sowieso nicht helfen. Ich bin nur der Babysitter.«

Tommy bedankte sich bei ihr und ging zum nächsten Haus. Eine Dame mittleren Alters, in Freizeithosen und einem legeren Pulli, öffnete die Tür mit einem breiten Lächeln.

»Guten Morgen, Madam. Ich suche Trudy Harrington. Sie wohnt da drüben, in Nummer vier. Wissen Sie, wo ich sie finden kann?«

Das Lächeln der Dame verschwand. »Sind Sie ein Freund?«

»Nein, Madam. Ich bin Ermittler und muss sie oder ihren Gatten ganz dringend finden.«

»Tja, das tut mir leid, aber sie sind beide verstorben. Ed starb bereits vor ein paar Jahren, aber Trudy ist erst vor kurzem gestorben, ungefähr vor zehn Tagen.«

Tommy war sichtlich enttäuscht. »Kennen Sie ihre Tochter?«

»Sunshine?«

»Ja, ich muss sie finden.«

»Darf ich fragen, weswegen?«

»Es betrifft eine Erbschaft.«

»Ihre Tochter war gerade erst hier, wahrscheinlich zur Beerdigung. Ich war nicht unbedingt mit Trudy befreundet, wir grüßten uns nur, nichts weiter.« Die Dame zeigte auf ein Haus auf der anderen Straßenseite. »Ich glaube, die Dame, die dort drüben wohnt, kannte Trudy näher. Sie heißt Laura Devine. Sie weiß vielleicht, wo Sie Sunshine finden können. Aber sie arbeitet samstags. Normalerweise steht ihr Auto so gegen sechs Uhr abends in der Einfahrt.«

Tommy bedankte sich und ging weiter. Durch seine langjährige Erfahrung als Ermittler wusste er, dass dies oftmals mühsam sein konnte. Also klopfte er bei jedem Haus in der Aspen Road an. Die Straße war gerade im Umbruch begriffen, mit Familien, die dort seit Jahrzehnten lebten, und neuen Familien, die ihr erstes Zuhause in der Vorstadt suchten. Wo auch immer jemand die Tür öffnete, waren es Zugereiste, und die wussten nur sehr wenig über die Familie in der Aspen Road Nummer vier. Die älteren Anwohner konnten auch nicht mehr erzählen, als er bereits wusste. Er hinterließ Laura einen Zettel, dass er am Abend zurückkommen würde, um mit ihr zu sprechen. Bis dahin konnte er nichts weiter tun.

Um Punkt neunzehn Uhr klopfte Tommy an Laura Devines Haustür.

»Hallo.«

»Ms Devine, ich heiße Tommy Noorland.«

»Sie sind der Ermittler, nicht wahr?« Tommy nickte. »Meine Nachbarin hat mir von Ihnen erzählt. Sie sagte, Sie würden mich suchen. Ich bin wirklich die Einzige, die von Trudys Freunden übrig geblieben ist. Wir waren viel mehr, als unsere Kinder noch klein waren, aber Sie wissen ja, wie das ist. Die Kinder werden erwachsen, die Eltern gestalten ihr Leben neu. Die Winter sind so hart hier, dass viele Leute in wärmere Gegenden ziehen, wenn sie in den Ruhestand treten. Ich habe noch ein paar Jährchen vor mir, aber ich kann Ihnen versichern, dass ich nach Phoenix umziehe, sobald ich in Rente gehe. Kommen Sie doch herein. Ich habe gerade etwas Kaffee gemacht. Möchten Sie eine Tasse?«

»Danke. Sehr gerne.«

Laura führte Tommy in die Küche, die ganz eindeutig noch nie renoviert worden war. Tommy vermutete, dass alle Häuser in der Aspen Road Anfang der siebziger Jahre gebaut worden waren, als noch dunkle, verzierte Holzschränke, avocadogrüne Elektrogeräte und Linoleumböden modern waren. Er setzte sich auf einen Stuhl am Tisch. Laura brachte zwei Tassen Kaffee, Milch und Zucker und setzte sich ihm gegenüber.

»Schießen Sie los, um was geht's?«

»Es geht um eine Erbschaft.«

Laura langte nach hinten und nahm ein Päckchen Zigaretten von der Kunststoffablage. »Macht es Ihnen etwas aus, wenn ich rauche?«

»Kein Problem.«

Sie ging zum Herd und zündete sich eine Zigarette mit einem Gasbrenner an. Nach zwei langen tiefen Zügen drückte sie die Zigarette aus und wandte sich wieder Tommy zu. »Tut mir leid, aber ich brauche immer wieder ein paar Züge. Ich versuche dauernd, aufzuhören. Ich bilde mir ein, wenn ich sie nicht zu Ende rauche, dann fällt es mir vielleicht leichter, ganz aufzuhören. Ich habe mit sechs Zügen begonnen, jetzt sind es nur noch zwei. Prima, nicht wahr?«

»Klar.«

»Okay. Lassen Sie uns jetzt über das reden, weswegen sie eigentlich hier sind. Ich bezweifle, dass es um eine Erbschaft geht. Weder Trudy noch Ed hatten Geschwister, und ihre Eltern sind schon lange tot.«

»Es ist nichts Schlimmes.«

»Sie müssen mir schon mehr erzählen.«

Tommy sondierte die Frau. Nach so vielen Jahren im Einsatz war es reine Routine für ihn, schnelle Entscheidungen zu treffen, wem er trauen konnte und wem nicht. Er sah keinen Anlass, ihr etwas vorzumachen. Er war sowieso in einer Sackgasse gelandet, also erzählte er ihr von George, seiner bevorstehenden Hinrichtung und von seiner Behauptung, Angelina in der Mayo-Klinik gelassen zu haben. Laura sagte kein Wort, während er sprach, und hörte gespannt zu. »Nun, gestern traf ich eine Krankenschwester in der Mayo-Klinik, die mir erzählte, dass Trudy urplötzlich mit einem vierjährigen Kind dastand und behauptete, es sei ihre Nichte, deren Eltern bei einem Autounfall ums Leben gekommen seien. Dann sagte sie, das kleine Mädchen sei verletzt, krank oder so ähnlich. Jetzt bin ich hier, um herauszufinden, ob Sunshine Harrington tatsächlich Angelina Calhoun ist.«

Laura nahm eine weitere Zigarette aus dem Päckchen. »Ich brauche einen Zug, um das zu verarbeiten, was Sie mir da gerade erzählt haben. Ich fand es schon fast glaubwürdiger, dass Sie wegen einer Erbschaft hier sind, aber eine solche Geschichte können Sie sich nicht ausgedacht haben.«

»Nun wissen Sie über alles Bescheid.«

»Nun, vielleicht kann ich Ihnen ein klein wenig weiterhelfen, aber das ist auch schon alles. Ich zog hierher, als Sunny ungefähr acht Jahre alt war. Ich erinnere mich daran, weil sie ein Jahr jünger als meine Tochter ist. Solange ich sie kenne, schien sie vollkommen gesund zu sein. Vor ein paar Jahren heiratete sie einen Medizinstudenten. Sie zogen von hier weg, als er mit dem Studium fertig war, wahrscheinlich wegen eines Praktikums oder einer Stelle als Assistenzarzt. Ich erinnere mich nicht genau daran. Trudy hatte es mir bestimmt erzählt, aber ehrlich gesagt, ich habe es vergessen. Sie nannte mir auch den Namen ihres Schwiegersohns, aber daran erinnere ich mich auch nicht mehr. Ich habe Sunny letzte Woche auf der Beerdigung ihrer Mutter gesehen, aber wir haben nicht darüber gesprochen, wo sie jetzt lebt. Ach ja, sie hat eine Tochter. Rachel. Sie ist fast drei Jahre alt. Trudy hatte mir nie erzählt, sie hätte Sunny adoptiert, daher habe ich keine Ahnung, ob sie Angelina Calhoun sein kann oder nicht.«

»Hat Trudy Freunde? Oder jemanden, dem sie sich anvertraut hätte?«

»Da gibt es eine Frau, Nancy Ferguson, sie wohnte im Nebenhaus. Sie ist aber vier oder fünf Jahre, nachdem ich dieses Haus gekauft hatte, weggezogen. Sie standen sich recht nahe. Nancy war letzte Woche auch hier. Ich bin mir ziemlich sicher, dass sie die Beerdigung organisiert hatte.«

»Wissen Sie, wo Nancy jetzt wohnt?«

»In Minneapolis.«

»Wie heißt ihr Ehemann?«

»Er ist weg. Hat sie vor zehn Jahren verlassen. Sie und Trudy reisten zusammen, da beide ja Singles waren.«

»Das hilft mir schon weiter.«

»Wenn sich Trudy jemandem anvertraut hatte, dann Nancy. Gehen Sie zu ihr, und vielleicht bekommen Sie Ihre Antwort.«

Tommy bedankte sich bei ihr und ging. Bevor er losfuhr, rief er die Telefonauskunft an. Es gab drei Nancy Fergusons, zwei in Minneapolis, die andere in der näheren Umgebung. Tommy erreichte beide telefonisch, aber keine der beiden kannte Trudy Harrington. Bei der dritten Nummer meldete sich der Anrufbeantworter. Er hinterließ eine Nachricht, betonte die Dringlichkeit eines Rückrufs und fuhr ins Hotel zurück, wo er sich erholen und betrinken wollte.

Das Klingeln seines Telefons weckte Tommy auf. Der Wecker auf dem Nachttisch zeigte acht Uhr dreißig an. »Verflucht!« Er hatte seinen Termin um acht Uhr mit Jeffreys verpasst. Normalerweise war er ein Frühaufsteher, also schüttelte er sich wach und grapschte hastig nach seinem Handy.

»Hallo?« Er klang verschlafen.

»Mr Noorland? Hier ist Mandy, Dr. Jeffreys Assistentin. Sie hatten heute Morgen um acht Uhr einen Termin mit ihm.«

»Mandy, ich hab's vermasselt und verschlafen. Ich kann in dreißig Minuten da sein. Können Sie mich noch irgendwie zwischen zwei Termine quetschen?«

»Er hat den ganzen Vormittag Termine. Aber ich habe ihm gesagt, dass Sie ihn unbedingt sprechen müssen, und er meinte, er könne Sie gegen Mittag treffen, sagen wir so gegen zwölf Uhr dreißig?«

»Sie sind ein Schatz. Ich werde da sein.«

Er hatte Kopfschmerzen, weil er am Vorabend zu viel getrunken hatte, was ihm schon seit Jahren nicht mehr passiert war. Als er noch beim FBI war, gingen die Jungs alle zusammen freitags abends einen trinken, und er hatte sich nie dabei zurückgehalten. Er hörte damit auf, als er zu HIPP kam. Er ging ins Bad und drehte das heiße Wasser in der Dusche auf. Er putzte sich die Zähne, während der Dampf im Badezimmer aufstieg, und stieg unter die Dusche. Das heiße Wasser, das ihm über Gesicht und Körper lief, tat ihm gut, und nach und nach vergingen auch seine Kopfschmerzen.

Er wollte zuerst mit Dr. Jeffreys sprechen und anschließend nach Minneapolis fahren. Es blieb nicht genug Zeit, um es umgekehrt zu machen. Zunächst musste er aber Nancy Ferguson ausfindig machen. Er versuchte noch einmal, die dritte Nummer anzurufen, und bekam immer ihren Anrufbeantworter.

Der Vormittag war schnell vorüber, und er machte sich auf den Weg zur Mayo-Klinik. Er kam frühzeitig bei Dr. Jeffreys an. Mandy brachte ihn ins Büro und teilte ihm mit, dass der Arzt gleich käme. Sie hatte ihr Wort gehalten. Fünf Minuten später kam Dr. Jeffreys zur Tür herein.

»Tut mir leid für heute früh, Doktor. Ich bin Ihnen sehr dankbar, dass Sie mir einen anderen Termin gegeben haben.«

»Nichts für ungut. Mir tut es leid, dass Sie zwei Tage lang warten mussten. Also erzählen Sie mir mal, was Sunshine Harrington mit Angelina Calhoun zu tun hat?«

Tommy erzählte ihm alles über das Gespräch mit Jody. »Es besteht also die Möglichkeit, dass sie ein und dieselbe Person sind.«

»Ja, das ist möglich. Das Problem ist nun, dass ich den Datenschutz umgehen muss.«

»Ich habe die unterzeichnete Vollmacht ihres Vaters.«

»Ja, aber wir wissen doch gar nicht, ob es ihr Vater ist. Und wir werden es auch erst wissen, wenn ich Ihnen ihre Akte zeige, wobei wir wieder beim Datenschutzproblem sind.«

Tommy dachte einen Moment nach. »Gab es bereits vor zwanzig Jahren ein Gesetz zum Datenschutz?«

Dr. Jeffreys zögerte. »Wahrscheinlich nicht als gesetzliche Vorschrift, aber jetzt schon. Allerdings hatten wir schon immer eine Politik zum Schutz der Privatsphäre unserer Patienten.«

»Wir wissen, dass Angelina wegen Leukämie in Pennsylvania behandelt wurde. Wenn Sunshine genauso alt ist und sie damals wegen derselben Krankheit behandelt wurde, ist es denn nicht wahrscheinlich, dass es sich um dieselbe Person handelt?«

»Leukämie ist eine allgemein verbreitete Krankheit. Und der Krebs, der bei kleinen Kindern am häufigsten vorkommt.«

»Warten Sie eine Minute.« Tommy öffnete seine Aktentasche und überflog eine Kopie der Krankenakte von Angelina Calhoun, die ihm Dr. Samson zur Verfügung gestellt hatte. »Hier ist es. Sie litt unter akuter lymphoblastischer Leukämie, Prä-B-Zellen-ALL. Hilft das?«

»Ja, in der Tat. Prä-B-Zellen-ALL ist eine seltenere Form.«

Tommy reichte Dr. Jeffreys einen Haufen Papiere. »Hier sind die Kopien ihrer Krankenakte aus Pennsylvania. Es sind Aufzeichnungen zu ihrer Behandlung, bevor der Krebs wieder zurückkam.«

Dr. Jeffreys blätterte durch die Unterlagen.

»Also, was halten Sie davon, Doktor? Können Sie nachsehen, ob Sunshine Harrington hier behandelt wurde? Und wenn es mit der Akte von Angelina Calhoun zusammenpasst, können Sie mir helfen?«

»Ich werde das mit den Anwälten prüfen, aber das müsste gehen. Kommen Sie doch morgen wieder in mein Büro.«

Tommy zog eine Grimasse. »Wissen Sie, wenn jemand sagt, *Jede Minute ist kostbar,* ist das meistens dummes Zeug, aber in diesem Fall stimmt's. Wenn ich mit Sunshine recht behalte, dann wird in neun Tagen ein Mann für den Mord an einer Person hingerichtet, die heute verheiratet und selbst Mutter eines Kindes ist. Ich möchte nicht damit leben müssen. Sie müssen mir helfen, Doktor.«

»Ich werde mein Bestes tun. Rufen Sie mich gegen siebzehn Uhr an.«

Die Fahrt nach Minneapolis dauerte etwas über eine Stunde. Tommy fuhr direkt zur Anschrift der dritten Nancy Ferguson. Das neu aussehende, hochstöckige Wohngebäude hatte weder Portier noch Wachmann, in New York City etwas Unvorstellbares. Er suchte die Briefkästen nach ihrer Wohnung ab und fuhr mit dem Aufzug in den zwölften Stock. Er folgte dem sich schlängelnden Korridor zu ihrer Wohnung und klopfte. Keine Antwort. Er klopfte stärker. Keine Antwort, aber dieses Mal hörte er eine Katze miauen. *Sie kann nicht weit sein, wenn sie ihre Katze hiergelassen hat.*

Genau wie in der Aspen Road klopfte Tommy an den Nachbartüren. Er hatte Glück – oder vielmehr Pech – zumindest mit der ersten. Die Frau an der Tür kannte Nancy Ferguson. »Nancy ist auf einer Kurzreise«, erklärte sie Tommy. »Ich sorge für ihre Katze. Sie kommt nächste Woche wieder.«

»Haben Sie eine Telefonnummer, unter der ich sie erreichen kann?«

»Na ja, ich habe ihre Handynummer, aber sie ist beim Rafting, auf dem Colorado. Ich glaube nicht, dass das Handy dort funktioniert. Sie hatte schon immer von dieser Reise geträumt, es aber stets verschoben. Dann starb vor anderthalb Wochen eine gute Freundin von ihr, und sie sagte zu mir: *Ich werde jetzt nichts mehr aufschieben. Das Leben ist zu kurz.* Und weg war sie, einfach so.«

»Wenn sie anruft, geben Sie ihr bitte meine Telefonnummer? Es ist extrem dringend, ich muss so schnell wie möglich mit ihr sprechen.«

Tommy reichte ihr seine Visitenkarte, und die Frau überflog sie. »Wie ich bereits sagte, ich erwarte keinen Anruf von ihr, aber gegebenenfalls werde ich ihr Ihre Nachricht übermitteln.«

Wieder eine Sackgasse.

Kurz vor siebzehn Uhr wählte Tommy Dr. Jeffreys Nummer. Als Mandy den Hörer abnahm, fragte Tommy: »Ist der Doktor da?«

»Er hatte einen Notfall, aber er hat eine Nachricht für Sie hinterlassen. Er hat die Erlaubnis zur Suche nach den Akten bekommen, aber es wird etwas dauern, weil sie nicht im Computer sind. Einer der Registraturangestellten ist dabei, die Akten manuell zu durchsuchen, hat aber bisher nichts gefunden. Er ruft sie an, sobald er etwas hat.«

Tommy kam sich vor, als würde er permanent gegen eine Wand anrennen. Jedes Stückchen Information führte in eine Sackgasse und zur Enttäuschung. Es gab keinen weiteren Anlass, in Minnesota zu bleiben. Zeit, heimzufahren.

Kapitel 26

Gott hatte ihn wieder einmal beschützt. Oder vielleicht war es auch nur ein Glücksfall, als er den Polizisten gerade im richtigen Moment anrief und erfuhr, dass er nach Minnesota kam. Eine Krankenschwester wusste etwas. Ein Hinweis. Von Anfang an wusste er, wie wichtig es war, den Polizisten als Freund zu haben. Nun saugte er noch mehr Informationen aus ihm heraus, erfuhr, wo und wann das Treffen mit der Krankenschwester stattfand. Er war als Erster dort und wartete. Ein aufgeklebter Schnurrbart und Koteletten halfen ihm bei der Verkleidung. Er war geduldig. Die Sicherheitsleute dachten wahrscheinlich, er wäre ein verzweifelter Vater, der Luft schnappen wollte.

Er wusste nicht, was er erfahren würde, wenn der Ermittler ankam. Er wusste nur, dass er ihn daran hindern musste, George Calhoun vor der Hinrichtung zu bewahren. Das bedeutete seine Erlösung. Georges Tod für ein Verbrechen, das er begangen hatte, verhalf ihm zu seiner eigenen Freiheit. Wenn der Hinweis gut war, dann bewies er Georges Unschuld, und dann musste er den Ermittler aufhalten, bevor er agieren konnte. Er dachte darüber nach, ihn zu töten. Es würde die Information nur verzögern – jemand anderer würde wahrscheinlich bei der Krankenschwester nachfragen – aber Verzögerung war alles, was er brauchte.

Elf Tage. Wenn er den Ermittler ausschaltete, würde ihm das elf Tage schenken.

In der Innentasche seiner Jacke trug er die Dienstmarke seines Bruders. Obwohl ihn Charlie seit ihrer Kindheit immer gepiesackt hatte, vermisste er ihn manchmal. Es hatte schon seinen Vorteil, dass Charlie Polizist geworden war – er konnte, ohne mit der Wimper zu zucken, eine Menge Leute tyrannisieren. Trotzdem hatte er es nicht verdient, zu sterben. Eigentlich war es ja ein Unfall gewesen. Genau, wie mit diesem Kind.

Es war an seinem achtzehnten Geburtstag gewesen. Beide hatten sich die ganze Nacht einen hinter die Binde gekippt und hatten schon ganz schön einen in der Krone. Laut Gesetz war es verboten, vor dem einundzwanzigsten Lebensjahr Alkohol zu trinken, aber Charlie war das Gesetz, und kein Barkeeper wagte es, ihm Drinks für seinen Bruder zu verbieten. Als sie nach Hause gingen, begann Charlie wieder, ihn zu hänseln, nannte ihn immer wieder einen Nichtsnutz. Als er die Nase voll davon hatte, holte er aus, versetzte Charlie einen Faustschlag aufs Kinn und dachte: »Gut, das wird ihn für eine Weile zum Schweigen bringen.« Charlie lag einfach nur da, Gesicht auf dem Schotter, Arme unter dem Körper. »Steh auf, du Arsch«, brüllte er ihn an. »Du magst es nicht, wenn sich dein kleiner Bruder als stärker erweist, was? Tja, Pech gehabt. Jetzt liegst du da herum, du Scheißfeigling, du.« Als Charlie sich nicht bewegte, versuchte er, ihm auf die Beine zu helfen. Als er seinen Bruder vom Boden anhob, sah er flüchtig das Messer in seiner Hand. Er konnte gerade noch ausweichen, als sich Charlie ruckartig umdrehte und mit dem blitzenden Messer auf ihn zukam. Plötzlich war er stocknüchtern. »He, Bruderherz, steck das Ding weg«, sagte er. Charlie starrte ihn mit hasserfüllten Augen an und sprang erneut auf ihn zu. Er schnappte seine Hand und schaffte es, das Messer wegzudrücken, aber das brachte seinen Bruder noch mehr in Rage.

Charlie holte aus und gab ihm einen Faustschlag in den Magen. Er krümmte sich und rang nach Luft. »Du verfluchte Heulsuse«, sagte Charlie, »ich werde dich lehren, mich zu verscheißern.« Charlie zog ihn nach oben und schlug mehrmals auf ihn ein, bevor er selbst das Gleichgewicht verlor. Er nahm die Gelegenheit beim Schopf, stürzte sich auf Charlie und schlug mit aller Wucht auf ihn ein, immer und immer wieder. Als sich Charlie nicht mehr wehrte, ließ er, völlig erschöpft, von ihm ab. Als er wieder aufstand und seinem Bruder die Hand reichte, war Charlies Gesicht voller Blut. »Du siehst scheiße aus«, sagte er. Aber Charlie bewegte sich nicht. Seine toten Augen schauten ihn an und waren in der Erkenntnis erstarrt, dass er seinen kleinen Bruder nicht mehr herumschubsen konnte.

»Komm, lass die Spielchen.« Er hockte sich neben seinen Bruder und legte den Kopf auf dessen Brust. Nichts zu hören. Er hob Charlies Handgelenk an und fühlte seinen Puls, aber da war nichts. Charlie war tot.

Er wusste, dass ihn jeder beschuldigen würde. Charlie war Polizist. Es war ganz gleich, ob er ein Tyrann war, er war schon immer ein Tyrann gewesen. Es war ganz gleich, ob sie Brüder waren und beide getrunken hatten. Er wusste, dass er dafür ins Gefängnis gehen würde. Er schaute zur Bar. Es waren immer noch ein paar Nachzügler drinnen. Laute Musik hatte den Kampf übertönt.

Er tat, was er tun musste. Er fuhr Charlies Auto zur Teufelskehre, dem idealen Namen für eine Straße, die in scharfen Kurven um den Berg herum führte, mit nichts als Klippen dahinter. Es war spät, die Gegend menschenleer, und niemand sah, wie er aus dem Auto ausstieg, Charlie auf den Fahrersitz hob und das Auto über die Klippe schob. Nachdem das Auto auf dem Grund gelandet war, kletterte er hinunter, rollte einen Teil des Weges nach unten, sodass er sich verletzte, und legte sich neben das Auto, als ob er hinausgeschleudert worden wäre. Eine Tragödie sagten die Leute. Charlie hatte eine solch vielversprechende Zukunft vor sich.

Charlies Dienstmarke lag bei ihm zu Hause. Er erzählte auf der Polizeiwache, dass er sie nicht finden konnte, aber das stimmte nicht. Er behielt die Dienstmarke seines Bruders als Andenken an das, was er verloren hatte.

Nun würde die Dienstmarke ihren Zweck erfüllen. Er entdeckte den Ermittler auf dem Parkplatz und beobachtete, wie er ins Gebäude ging. Er folgte ihm mit sicherem Abstand in die Cafeteria. Er konnte nicht hören, was ihm die Krankenschwester erzählte. Er würde es später herausfinden. Als die Krankenschwester gegangen war, folgte er ihr in den Fahrstuhl. »Madam, ich bin Polizeibeamter aus Hammond,

Illinois«, sagte er und zeigte seine Dienstmarke vor. »Der Mann, mit dem Sie vorhin gesprochen haben, ist für uns von besonderem Interesse. Wir müssen wissen, was sie ihm erzählt haben.« Die Frau zeigte sich kooperativ. Er musste dem Ermittler nicht folgen. Er wusste genau, wohin er als Nächstes ging: zu Trudy Harrington.

Nachdem er Trudys Adresse von der Telefonauskunft erfahren hatte, setzte er sich ins Auto und fuhr nach Byron. Es war niemand zu Hause in der Aspen Road Nummer vier, also wartete und beobachtete er. Nachdem sich dort bis einundzwanzig Uhr niemand gerührt hatte, suchte er sich ein Zimmer in einem Motel vor Ort. Um sechs Uhr morgens kehrte er wieder in die Aspen Road zurück. Als der Ermittler dann endlich kam, beobachtete er ihn, wie er an Harringtons Tür klingelte und ums Haus herumging. Er beobachtete, wie er den Block entlanglief und an den Türen klopfte. Er beobachtete, wie er wieder wegfuhr.

Er verfolgte die Spuren des Ermittlers weiter, zeigte an jeder Haustür seine Dienstmarke vor und erkundigte sich nach ihrem Gespräch. Bevor er jedes Haus verließ, bat er die Anwohner, niemandem von seinem Besuch zu erzählen; sie würden damit seine Untersuchungen zunichtemachen. Er hatte genug erfahren, um zu wissen, dass der Ermittler nach achtzehn Uhr wiederkommen würde, um mit Laura Devine zu sprechen. Er kehrte um siebzehn Uhr dreißig zurück und wartete in seinem Auto, das er in einer diskreten Entfernung parkte. Er sah die Frau kurz nach achtzehn Uhr in die Einfahrt einbiegen und ins Haus gehen. Eine Stunde später kam der Ermittler angefahren. Der Ermittler blieb länger dort als in anderen Häusern, und als der Ermittler wegfuhr, klopfte er an dieselbe Tür.

Er stellte sich genauso wie bei den anderen vor und erteilte denselben Warnhinweis. Laura erzählte ihm von Nancy, sagte ihm, wo sie wohnte. Er führte ein paar Telefonate, erhielt eine Anschrift und fuhr direkt nach Minneapolis.

Dort klopfte er an die Türen neben Nancys Wohnung und war an der vierten erfolgreich. Die Mieterin dieser Wohnung, eine Freundin von Nancy, erzählte ihm alles von ihrer Reise, zeigte ihm sogar die Broschüre des Reiseveranstalters. Sie hatte vor, dieselbe Reise zu machen, aber Nancys Entscheidung kam zu plötzlich. Sie konnte sich nicht so kurzfristig freimachen. Er nahm die Broschüre mit. Das Internet bot so viel Information, dass er wahrscheinlich genau herausfinden würde, wo sich Nancy aufhielt, ohne mit jemandem des Reiseveranstalters sprechen zu müssen.

Ja. Gott hatte erneut über ihn gewacht.

Kapitel 27

Vier Tage

Dani fragte sich, ob es George in seiner Gefängniszelle vorkam, als würden sich die Zeiger der Uhr im Laufschritt auf Dienstag zubewegen, auf den Tag, an dem der Bundesstaat Indiana seine Hinrichtung vorgesehen hatte. Sofern sie es nicht schaffte, ihn zu befreien oder zumindest einen Aufschub der Hinrichtung zu erreichen, würde man ihn am Montag in eine spezielle Zelle bringen. Er dürfte sich an diesem Tag die Mahlzeiten aussuchen. Wenn er es wollte, dürfte ihn ein Geistlicher besuchen. Dani wäre auch anwesend. Sie würde mit ihm in dieser Zelle sitzen und ihm die Hand halten. Kurz nach Mitternacht würde man ihn in die Todeskammer bringen, in der man ihn auf die drei Injektionen vorbereitete, die ihn töten würden. Die Gesetzgebung von Indiana schrieb vor, dass die Hinrichtung vor sechs Uhr morgens erfolgen musste. Gewöhnlich würde sie kurz nach Mitternacht stattfinden. Dani würde im Zeugenraum Platz nehmen und ihn sterben sehen.

Für Dani liefen die Zeiger furchtbar langsam. Sie wartete auf eine Entscheidung vom Landesberufungsgericht zur Ablehnung der Habeas-Corpus-Akte. Sie wollten ihre mündliche Beweisführung nicht hören; sie sagten, die Unterlagen seien ausreichend. Sie wusste nicht, ob dies etwas Gutes oder Schlechtes für George verheißen würde. Sie wusste nur, dass es qualvoll war, herumzusitzen und auf den Anruf von der Gerichtskanzlei zu warten.

Heute war Freitag. Die fehlgeschlagene Berufung bezüglich der Exhumierung der Kinderleiche war frustrierend. Wenn sie die Berufung zur Habeas-Corpus-Akte ebenso verlor, dann wäre ihre letzte Hoffnung der Oberste Gerichtshof. Sofern kein Aufschub gewährt würde, müsste sie eine dringende Petition beim höchsten Gericht des Landes einreichen, ein nur selten erfolgreicher Schachzug.

Die Tragödie verschlimmerte sich durch die Tatsache, dass Zeit – dieselbe Zeit, die für George vorwärts raste, für Dani im Schneckentempo lief – die Rettung war, die sie brauchten. Zeit für die Mayo-Klinik, um Sunshine Harringtons Krankenakte herauszugeben; Zeit für Nancy Ferguson, um von ihrer Rafting-Reise nach Hause zu kommen; Zeit für Tommy, um Sunshine Harrington zu finden – oder wie auch immer ihr Ehename jetzt lautete; Zeit, um einen DNA-Test durchzuführen, um zu bestätigen, was jetzt alle als Wahrheit annahmen: dass Sunshine Georges und Sallies Tochter war, für die sie ihr Leben geopfert hatten.

Sinnlose Beschäftigungen bewahrten Dani vor vollkommener Lähmung, hielten sie aber nicht davon ab, alle fünf Minuten auf die Uhr zu schauen. Die Unterlagen zu einer Dringlichkeitsakte für den Obersten Gerichtshof waren vollständig, für den Fall, dass sie gebraucht würden. Es lagen keine dringenden Angelegenheiten auf ihrem Schreibtisch. Trotzdem, sie konnte nicht gehen.

»Geh nach Hause, Dani«, hatte Bruce bereits eine Stunde zuvor gesagt, als er ihr die Erschöpfung ansah. Er wusste, wenn sie den Antrag verlieren würde, hätte sie keine Ruhe mehr, bis der berüchtigte Dienstag vorbei wäre. »Ich kann nicht«, hatte sie geantwortet. Das verstand er nur zu gut.

Als die Uhrzeiger fast siebzehn Uhr anzeigten, sank Danis Mut. Wäre es möglich, dass das Urteil bereits in einem Stapel auf dem Schreibtisch einer Gerichtssekretärin lag, der nicht bewusst war, dass die Uhr tickte? Vielleicht dachte sie gerade über den Kindergeburtstag am nächsten Tag nach oder bearbeitete einen Stapel mit Urteilen, in der Reihenfolge, in der sie ihr auf den Tisch gelegt wurden, Routineurteile, denen sie dieselben Prioritäten einräumte wie solchen, bei denen es um Leben oder Tod ging. Was auch immer der Grund dafür war, es erschien ihr unverständlich, dass das Gericht einen solchen Fall an einem Freitag vor der Hinrichtung in der Schwebe lassen würde.

Sie nahm den Hörer ab und wählte die Nummer der Gerichtskanzlei. Eine männliche Stimme antwortete. »Hier spricht Dani Trumball für das Projekt zur Hilfe von unschuldigen Gefangenen. Wir haben eine laufende Berufung zu einem Mordfall. Ich fragte mich gerade, ob schon ein Urteil gefällt wurde.«

»Warten Sie bitte einen Augenblick.«

Eine forsche, weibliche Stimme antwortete. »Ms Trumball, ich wollte gerade Ihre Nummer wählen. Ich habe das Urteil, ich faxe es Ihnen sofort zu.«

»Sagen Sie mir bitte – wie lautet die Entscheidung?«

Ihre Stimme wurde mitfühlender. »Es tut mir leid. Der Antrag wurde abgelehnt.«

»Und der Aufschub?«

»Ebenso abgelehnt.«

Dani saß in Bruces Büro und weinte sich die Augen aus. Er hockte auf der Tischkante und schaute ihr ins Gesicht. Er reichte ihr ein Papiertaschentuch und versuchte, sie zu trösten. Dani wusste, sie musste professionell bleiben. Sie verstand, wie wichtig es war, ihre Emotionen zurückzuhalten, um ihren Klienten so gut wie möglich zu vertreten. Und es war ihr durchaus bewusst, dass sie als *weich* bezeichnet wurde, weil sie eine Frau war. Aber das war ihr jetzt alles egal. Die Nachrichten hatten sie am Boden zerstört.

»Du wirst am Montagmorgen sofort die Petitionsakte beim Obersten Gerichtshof einreichen«, sagte Bruce. »Es ist noch nicht vorbei.« Bruce war wirklich nett. Beide wussten, dass die Chancen, den Obersten Gerichtshof dazu zu bringen, den Fall zu überprüfen, gleich null waren.

»Geh nach Hause. Versuch, das heute Abend zu vergessen. Morgen werden wir uns beide hier im Büro treffen und die Petition für den Obersten Gerichtshof bearbeiten«, sagte er.

Gerade als sie aufstand, kam Tommy herein: »Ihr werdet es nicht glauben«, sagte er. »Ich habe gerade mit Jack telefoniert – ihr wisst schon, der Typ von der Sharpsburg-Polizei, der die Fingerabdrücke auf dem Zettel untersucht hat, der unter meinem Scheibenwischer steckte. Er hatte sich entschlossen, es zum FBI zu schicken, weil die dort eine erweiterte Datenbank haben. Die Fingerabdrücke wurden erneut durch die Datenbank gejagt und siehe da, sie haben eine Teilübereinstimmung gefunden. Mit Stacy Conklin.«

»Ist das nicht das kleine Mädchen, das um dieselbe Zeit wie Angelina verschwand?«, sagte Dani.

»Du hast es kapiert.«

»Wie kommen die Fingerabdrücke eines kleinen Mädchens in eine solche Datenbank?«

»Ich nehme an, dass ihre Mutter und ihr Vater sie zu einer dieser Veranstaltungen im Einkaufszentrum brachten, wo man die Fingerabdrücke der Kinder nimmt, für den Fall, dass ihnen einmal etwas zustößt. Das kann für die Polizei hilfreich sein, wenn sie in der Datenbank sind. Das war damals weit verbreitet.«

»Also sind das Stacys Fingerabdrücke auf dem Zettel?«

»Nicht ihre. Nur ein Teil davon passt. Aber diese Person, die mich bedroht hat, ist eng mit ihr verwandt. Wahrscheinlich ihre Mutter oder ihr Vater.«

»Oh mein Gott! Du hattest erst am Vortag mit ihnen gesprochen. Du hast offensichtlich einen Nerv getroffen.« Dani tanzte fast vor Aufregung. »Jetzt wissen wir, wer in diesem Grab lag. Es war Stacy Conklin. Das kann gar nicht anders sein.«

»Immer langsam mit den jungen Pferden«, sagte Bruce, der ewige Pragmatiker. »Lasst euch nicht so schnell hinreißen. Stellt euch vor, auf welche Weise sie ihre Tochter verloren haben. Es kann sein, dass der Gedanke, einen Kindermörder aufgrund einer Formalität ungeschoren davonkommen zu lassen, unerträglich für sie war.« Ihre Freude flaute ab. »Warum rufst du denn nicht mal den Polizisten an, der diese Ermittlungen damals leitete?«, schlug Bruce vor. »Wenn er anbeißt, dann kann er bei einem Amtsrichter einen Antrag zur Exhumierung der Leiche stellen. Wenn es Teil einer laufenden polizeilichen Ermittlung ist, dürfte er keinerlei Probleme damit haben.«

»Geht klar. Ich hatte schon ein komisches Gefühl, was Mickey Conklin betrifft, sodass ich schon die ganze Zeit mit Cannon in Kontakt geblieben bin.«

Bruce wandte sich zu Dani. »Und du solltest versuchen, die Gouverneurin zu erreichen. Wir sollten sie vorwarnen und sie bitten, am Montag zur Verfügung zu stehen, um zumindest einen Aufschub zu erwirken.« Colleen Timmons war Gouverneurin von Indiana, die erste Frau, die man in diesem Staat auf diesen Posten gewählt hatte. Sie zeigte sich im Wahlkampf gegenüber Kriminalverbrechen beinhart, und seit sie im Amt war, hatte sich an ihren Ansichten nichts geändert. Dani hoffte, dass es nicht dazu kommen würde, dass sie an ihr Mitgefühl appellieren mussten.

Sie und Tommy gingen an ihre Schreibtische zurück. Da es zwischen Indiana und New York eine Zeitverschiebung von plus einer Stunde gab, hofften beide, dass sie die zuständigen Personen noch erreichen würden. Dani holte ihr Handbuch mit den Gouverneursämtern jedes einzelnen Staates hervor und wählte die Rufnummer von Joe Guidry, dem Stabschef der Gouverneurin.

Er nahm sofort den Hörer ab. Sie stellte sich vor und erklärte ihm, was mit George Calhoun passiert war. Sie beendete ihren Bericht mit dem Zweck ihres Anrufs: »Joe, dieser Mann ist unschuldig, und wenn wir nur eine Woche Aufschub bekommen, bin ich sicher, dass wir es vollkommen zweifelsfrei beweisen können. Wir hoffen, dass Gouverneurin Timmons am Montag anwesend sein kann, falls der Oberste Gerichtshof unsere Sache ablehnt.«

Alles, was sie hörte, waren Joes Atemzüge.

»Sind Sie noch dran?«

»Ja. Ich denke gerade nach. Also, wenn ich richtig verstehe, dann wurde Ihr Antrag von zwei Landesgerichten abgelehnt, Ihr Antrag zur Exhumierung wurde nicht bewilligt, und wenn der Oberste Gerichtshof Ihre Petition ebenso verweigert, dann möchten Sie, dass die Gouverneurin ihren Kopf hinhält, um diesem verurteilten Kindermörder einen Aufschub zu verschaffen. Habe ich das richtig zusammengefasst?«

»Das ist nicht so ganz, wie ich es sehe. Ich bitte sie nicht darum, den Mann auf freien Fuß zu setzen, zumindest jetzt noch nicht. Alles, was ich brauche, sind sieben Tage. Sieben Tage, um den ganzen Fall in Geschenkpapier und Schleife einzupacken, und obendrauf bekommen Sie von mir noch den wahren Mörder, der seit neunzehn Jahren unbestraft herumläuft.« Dani stellte fest, dass sie wahrscheinlich zu weit gegangen war. Bruce hatte recht, sie sollte keine voreiligen Schlüsse bezüglich der Conklins ziehen. Aber sie wollte unbedingt ihr Versprechen halten. Wenn es ihnen den Aufschub verschaffte, den sie brauchten, hätte sie inzwischen alles Mögliche erzählt.

»Ich weiß nicht, was die Gouverneurin tun möchte. Ich kann Ihnen höchstens versprechen, dass sie Sie am Montag anhören wird. Bitte rufen Sie uns nach dem Urteil des Obersten Gerichtshofs an.«

Es war das Beste, was sie erhoffen konnte – eine Anhörung bei Gouverneurin Timmons. Sie ging in Bruces Büro zurück und erblickte Tommy. »Hast du Cannon erreicht?«, fragte sie.

»Nee. Nur seine Mailbox. Hab ihm eine dringende Nachricht hinterlassen und dann das Büro des Sheriffs angerufen und dasselbe noch mal getan. Hoffentlich ruft er zurück.«

Dani erzählte Tommy und Bruce von ihrem Gespräch mit Joe Guidry.

»Ihr könnt heute Abend nichts mehr tun, Leute. Geht nach Hause und ruht euch aus«, sagte Bruce.

Als ob sie das könnte.

Dani kam erst gegen zwanzig Uhr dreißig nach Hause. Ein Unfall auf der FDR hatte zum Verkehrsstillstand geführt, das übliche Freitagabend-Chaos. Als sie ihr Haus erreichte, schmerzte ihr Körper von Kopf bis Fuß. Doug begrüßte sie an der Tür mit einem Glas Wein.

»Harter Tag?«

»Harte sechs Wochen.«

Er legte den Arm um sie und führte sie zur Couch. Auf dem Cocktailtisch stand ein Teller mit ihren Lieblingskäsesorten und Crackers, daneben eine Schüssel mit dunkelroten Kirschen, ihrem Lieblingsobst.

»Wo ist Jonah?«

»Schläft tief und fest.«

Dani setzte sich auf die Couch und ließ den Wein auf sich wirken. Die Fenster waren geöffnet, und eine sanfte Brise bewegte die Vorhänge wie kleine Wellen auf einem See. Es war so erholsam, zu Hause zu sein.

Möchtest du darüber reden?«, fragte Doug.

»Nein. Nicht heute Abend. Heute Abend möchte ich mir einfach einreden, dass ich wieder in der Uni bin, im letzten Studienjahr von meinem Jurastudium, als ich so begeistert war, dass ich bald in diesem Beruf arbeiten würde. Ich erinnere mich daran, wie sehr ich mir wünschte, Anwältin zu werden. Damals hatte ich noch die Illusion von Gut und Böse, erinnerst du dich? Schlechte Jungs wurden verurteilt, gute niemals festgenommen. Sollte es nicht eigentlich genau so sein?«

Doug schnitt ein Stück Käse ab, legte es auf einen Cracker und reichte ihn ihr. »Ich glaube, so naiv waren wir nicht einmal damals.«

»Ich schon. Ich war felsenfest davon überzeugt, dass das Gesetz wirklich Bedeutung hatte. Dass Wahrheit und Gerechtigkeit das Ziel waren und nicht Gewinne und Verluste.«

»Wahrheit und Gerechtigkeit sind auch das Ziel. Allerdings ist es schwierig, die Wahrheit herauszufinden. Du bist dir sicher, dass dein Klient unschuldig ist und dass all die Fakten, die du herausgefunden hast, es auch beweisen. Doch die Gegenpartei glaubt an eine andere Wahrheit. Sie glaubt, dass deine Fakten zwar Hinweise bieten, aber nicht überzeugend sind. Und um einen zum Tode verurteilten Kindermörder freizubekommen, braucht man unumstößliche Fakten. Wessen Wahrheit stimmt?«

»Okay, verschiedene Personen betrachten die Fakten jeweils aus einem anderen Blickwinkel. Das verstehe ich. Aber der Tod ist unwiderruflich. Wenn es nicht zu einer Einigung über die Wahrheit kommt, dann sollte man den Häftling doch während der Suche danach, nach einer unumstößlichen Wahrheit, am Leben lassen. Wie kann denn jemand mit dem Gewissen leben, einen Mann zu töten, der womöglich unschuldig ist?«

»Du und ich, wir können das nicht. Aber andere begründen es damit, dass diese Umstände nur sehr selten sind und der gerechten Bestrafung grausamer Straftaten nicht im Wege stehen sollten.«

Dani lehnte den Kopf an die Couch und schloss die Augen. Sie streckte sich aus, und Doug deckte sie zu. Sie war zu müde, um weiterzureden. Sie war zu müde für ihre Flitterwochenstunde. Der Schlaf übermannte sie, und sie war dankbar dafür; dankbar für ihre Flucht aus einer grauen Welt.

Dani fuhr am Samstag ins Büro zurück. Das Urteil des Landesgerichts wartete im Faxgerät auf sie. Zwei der drei Richter hatten die Habeas-Petition sowie den Aufschub abgelehnt. Der Dritte war anderer Meinung und stimmte zu, dass George das Opfer einer unwirksamen Verteidigung war. Die Meinung der Mehrheit war knapp und bündig: *Nichts in der Akte gibt Anlass zur Beschwerde des Angeklagten bezüglich einer unwirksamen Verteidigung. Der Angeklagte hat nicht nachgewiesen, dass die Leistung seines Anwalts das Ergebnis des Prozesses negativ beeinflusst hat.*

Ganz im Gegenteil, das Schweigen des Angeklagten zum Verbleib seiner Tochter, und dies trotz der mehrmaligen Aufforderung durch seinen Anwalt, ihr Verschwinden zu erklären, scheint eine viel größere Rolle bei der Entscheidungsfindung gespielt zu haben als irgendeine Reaktion oder ein Versäumnis seines Anwalts. Dasselbe gilt für den angeblich neuen Beweis, um seinen Fall wiederaufzunehmen. Seine Begründung für eine Habeas-Corpus-Akte sowie sein Antrag zu einem Aufschub der Hinrichtung wurden beide abgelehnt. Die Begründung des andersdenkenden Richters war ebenso kurz gehalten: *Die*

Blindheit der Mehrheit bezüglich der Möglichkeit, dass ein unschuldiger Mann hingerichtet wird, ist mit einem Mord durch den Staat gleichzusetzen.

Dani hätte es nicht besser ausdrücken können.

Ihre Arbeit war beendet, und sie wollte gerade gehen, als sie einen Anruf von Tommy bekam. »Was machst du denn noch im Büro? Geh nach Hause und spiel mit deinem Kind.«

»Ich war gerade dabei, es zu tun. Was gibt's?«

»Cannon hat mich zurückgerufen. Ich habe ihm von den Ergebnissen der Fingerabdruckanalyse erzählt, und er war recht skeptisch.«

»Wird er denn die Sache weiterverfolgen?«

»Im Moment wird er keine Exhumierung beantragen. Aber er sagte, er würde bei den Conklins vorbeischauen und mit ihnen reden. Ich denke, ich kann ihn etwas drängen, aber wir brauchen Zeit.«

Jedes Mal, wenn Dani das Wort *Zeit* hörte, kam es ihr vor, als hätte man ihr einen Schlag in die Magengrube verpasst. »Das ist das Einzige, was wir nicht haben.«

Kapitel 28

Ein Tag

Dani wollte den ersten Sonntagsflug nach Indianapolis nehmen und am selben Nachmittag nach Michigan City fahren, um am Montag ausgeruht für ihren Aufenthalt bei George zu sein. Wenn sie müde war, hatte sie ihre Emotionen nicht im Griff. Das musste sie aber, um George zu unterstützen. Sie musste für ihn stark sein.

Aber Pläne gehen manchmal schief. Sie saß drei Stunden lang am Abfluggate in LaGuardia. Das Wetter, hatten sie gesagt. Wolkenbrüche und starker Wind, um genau zu sein. Ihr Flug landete erst gegen einundzwanzig Uhr, zu spät, um nach Michigan City zu fahren. Nachdem sie den Mietwagen in Empfang genommen hatte, buchte sie telefonisch ein Zimmer in einem Hotel in Flughafennähe, ging nach dem Einchecken gleich ins Bett und schlief auch bald darauf ein.

Am nächsten Morgen wurde sie um sechs Uhr fünfundvierzig durch einen Anruf auf ihrem Handy geweckt. Es war ihr ganz recht. Ihr Wecker hätte sowieso bald geklingelt.

»Ich hab dich doch nicht aufgeweckt, oder?«, fragte Tommy.

»Nein, ich war schon auf.«

»Gut. Ich wollte dir Neuigkeiten zu Cannon erzählen. Er ging gestern zu ihrem Haus. Die Frau war da, aber nicht der Mann.

Laut Aussage seiner Frau ist er pharmazeutischer Vertreter und derzeit auf Tour.«

»Hat sie irgendwas Nützliches gesagt?«

»Na ja, Cannon fragte sie, ob jemals die Fingerabdrücke ihrer Tochter genommen wurden. Zunächst regte sie sich auf und fragte, ob man Stacy gefunden hätte. Cannon verneinte und erzählte ihr mehr von Stacys Fingerabdrücken auf einem Drohbrief. Was ziemlich dumm von ihm war, wenn du mich fragst. Weiß denn der Kerl nicht, wie man Ermittlungen anstellt? Ganz egal, das Merkwürdige daran ist, dass die Frau behauptete, dass von ihrer Tochter nie die Fingerabdrücke genommen worden seien.

»Sie muss gelogen haben.«

»Oder aber ihr Mann hat es getan, ohne das Wissen seiner Frau.«

»Kann sein. Aber einer von beiden möchte uns daran hindern, mit dem Calhoun-Fall Unruhe zu stiften.«

»Cannon steht zwischen zwei Fronten. Er möchte glauben, dass die Fingerabdrücke nicht mit jemandem aus Stacys Familie übereinstimmen. Immerhin stimmen sie ja auch nicht ganz überein.«

»Also, was unternimmt er jetzt?«

»Er wartet auf die Rückkehr des Ehemanns, um mit ihm zu sprechen.«

Diese Antwort wollte Dani eigentlich gar nicht hören, aber sie konnte es leider nicht ändern. Sie schluckte hastig ihr Frühstück hinunter und checkte aus dem Hotel aus. Die Straßen waren leer, und es ging auf der Interstate 65 gut voran, sodass sie gegen elf Uhr am Gefängnis ankam. Sie hatte ihren Tag bei George bereits mit Gefängnisleiter Coates organisiert, eine ziemlich starke Abweichung von den üblichen Gefängnispraktiken. Trotz der täglichen Gewalt, die in den anderen Gefängnistrakten herrschte, in denen fünfundsiebzig Prozent der Insassen wegen Mordes einsaßen und in denen selbst die Geistlichen Schutzwesten trugen, war der Todestrakt relativ ruhig. Zu ihrer eigenen Sicherheit musste sie einen Haftungsausschluss unterschreiben, den das Gefängnis vor gerichtlichen Anklagen schützen sollte, obwohl Coates sehr zuversichtlich war, dass ihr George nichts antun würde.

Unterdessen hielt Melanie sich im Büro in Bereitschaft und wartete auf eine Entscheidung vom Obersten Gerichtshof. Dani hatte die Telefonnummer von Joe Guidry, dem Stabschef der Gouverneurin, ins Handy einprogrammiert. Ein einziger Tastendruck, und sie hätte ihn in der Leitung.

Es gab keinen Mobiltelefonempfang in Georges Zelle, also erklärte sich der Gefängnisleiter bereit, sie zu holen, wenn Melanie in seinem Büro anrief mit einer Nachricht vom Obersten Gerichtshof.

Nachdem Dani durch den Besuchereingang geschleust worden war, brachte ein Wärter sie zu Georges Gefängniszelle. Die Betonflure rochen vermodert, und ihre Nase juckte, während sie ein Niesen unterdrückte. Als sie an den Zellen vorbeiging, musste sie wie erwartet die Pfiffe über sich ergehen lassen.

Die Geräumigkeit der Zellen überraschte sie. Dann erinnerte sie sich an Coates Erklärung, dass Todestraktinsassen, die ihre Zellen alleine bewohnten, mehr Platz bekämen, weil diese Räumlichkeiten alles waren, was sie hatten. Keine Arbeit, keine Bibliothek, keine Gruppenmahlzeiten. Nur ihre Mobiltelefone, mit denen sie jeden Tag eine halbe Stunde lang telefonieren durften. Sie ging an einer Zelle vorbei, deren Wände mit Gemälden übersät waren, so wunderschön wie ein paar, die sie in Museen gesehen hatte. Eine andere Zelle ähnelte einem Gewächshaus mit Dutzenden von Pflanzen unter einem kleinen Fenster. Am Ende des Trakts hörte sie beim Vorbeigehen ein Quieken und sah ein schneeweißes Kaninchen auf einem kleinen Tisch sitzen, dessen offener Käfig in der Ecke stand.

»Die Häftlinge dürfen sich Haustiere halten?«, fragte Dani ihren Begleiter.

»Nur die im Todestrakt. Diese Leute wissen, dass sie sterben werden. Es hilft ihnen, ihre Depression im Zaum zu halten.«

Dani ging durch ein Sicherheitstor am Ende des Trakts und wurde einen separaten Gang entlanggeführt, in dem alle Insassen vierundzwanzig Stunden vor ihrer Hinrichtung untergebracht wurden. Anders als die anderen Trakte, in denen man ein konstantes Brummen vermischter Geräusche vernehmen konnte, war dieser Bereich gespenstisch ruhig. George schaute auf, als er Schritte hörte, und ein hoffnungsvolles Lächeln erfüllte sein Gesicht, als er Dani erblickte.

»Ich habe noch keine guten Nachrichten für Sie«, sagte sie, nachdem man die Zellentür hinter ihr geschlossen hatte und der Wärter gegangen war. »Aber Melanie wird mir sofort Bescheid geben, wenn sie Nachricht vom Obersten Gerichtshof hat.«

George nickte langsam. »Ich erwartete nicht viel.«

»Wir haben noch Zeit. Es gab Hinrichtungen, die nur ein paar Stunden vorher gestoppt wurden.«

George vergrub die Hände im Schoß. Er hatte einen entschlossenen Blick. »Ich bin bereit, es über mich ergehen zu lassen. Ich tat, was ich tun musste, und ich bin mit mir selbst im Reinen.«

Sie hatte George nichts von der Krankenschwester in der Mayo-Klinik erzählt. Sie fühlte sich hin und her gerissen. Sie wusste nicht, wie er reagieren würde. Würde es seinen Kummer verstärken, wenn er wüsste, dass seine Tochter am Leben war, man sie aber nicht finden konnte? Oder würde es ihm Frieden bringen? Dani war der Meinung, dass es falsch wäre, ihm eine solche Information vorzuenthalten.

»George, es besteht die Möglichkeit, dass Angelina lebt.«

George setzte sich kerzengerade auf. »Haben Sie sie gefunden?«, fragte er mit krächzender Stimme.

»Nein, noch nicht.«

»Aber sie lebt?«

»Wir wissen es nicht genau. Aber wir nehmen es an.«

Dani erzählte George von der Krankenschwester in der Mayo-Klinik. Sie beschrieb die Bemühungen, die sie angestellt hatten, um Sunshine Harrington ausfindig zu machen. Während ihres Berichts sackte George auf dem Stuhl zusammen, als hätte man ihn mit einer Nadel gestochen und die Luft herausgelassen.

Sie legte ihre Hand auf seine. »Es tut mir leid.«

George setzte sich wieder aufrecht. »Nein, das ist gut. Es ist gut. Mein wunderschöner Engel lebt. Das heißt, dass ich es nicht umsonst getan habe. Es hatte einen tieferen Sinn.«

Zu diesem Zeitpunkt wussten sie noch nicht, ob sie recht hatten, aber wenn George schon sterben musste, dann wollte Dani, dass er glaubte, Angelina hätte überlebt.

Anders als die anderen Todeszellen, an denen sie vorbeigegangen war, war diese hier kahl. Ein Bett, ein kleiner Tisch mit einem Holzstuhl, eine Toilette in der Ecke – nur das Notwendigste, was man innerhalb von vierundzwanzig Stunden benötigte. Von Zeit zu Zeit hörte man die Schritte eines Wärters, der seine Runden drehte, im Korridor hallen. Einmal kam ein Geistlicher vorbei und erkundigte sich bei George, ob er etwas brauchte. George schüttelte den Kopf.

Die Stunden vergingen langsam. George sprach nicht viel. Dani konnte sich vorstellen, was er gerade dachte. Ihr Leben wäre heute Nacht nicht vorbei, und trotzdem fühlte sie sich genauso hilflos wie er. Sie versuchte, ihn in ein Gespräch zu verwickeln, als könnte sie auf diese Weise die Gedanken an den Tod aus seinem Verstand ziehen.

»Haben Sie Familie?«, fragte sie. »Eltern? Geschwister?«

»Mein Vater starb vor ungefähr zehn Jahren. Herzinfarkt. Sehr plötzlich.«

»Es tut mir leid, das zu hören.«

»Es war der Stress, zu wissen, dass ich hier bin. Jedes Mal, wenn er mich besuchen kam, konnte ich es in seinem Gesicht lesen.«

»Und Ihre Mutter?«

»Sie lebt noch.«

»Kommt sie heute Nacht? Wird sie im Zeugenraum sein?«

Georges Gesicht straffte sich. »Sie war gestern da. Es war ein guter Besuch. Ich bat sie, heute Nacht nicht zu kommen. Ich könnte es nicht ertragen, meiner Mutter aufzuerlegen, mich in diesem Zustand zu sehen. Meine Leute haben es verstanden. Sie wussten, was ich für Angelina getan hatte. Nicht eine Sekunde haben sie an mir gezweifelt.«

»Das klingt, als wären sie gute Eltern. Erzählen Sie mir von ihnen.«

»Dad brachte mir alles bei, was ich über Autos wusste. Er konnte jedes Auto auseinandernehmen und wie ein brandneues wieder zusammenbauen. Er arbeitete in einer Fabrik am Band. Aber Autos waren sein Hobby.«

»Und Ihre Mutter?«

»Ein Junge hätte keine bessere Mutter haben können. Sie hätte alles für mich getan. Ich hatte keine Geschwister. Wenn ich von der Schule nach Hause kam, hatte sie immer etwas Frischgebackenes für mich. Immer.« Ein Lächeln huschte über sein Gesicht. »Sie war nicht gebildet. Sie hatte noch nicht einmal die zehnte Klasse beendet. Als mein Dad aus der Highschool kam, lief sie von zu Hause weg und heiratete ihn. Mama war immer davon überzeugt, dass ich das Richtige getan hatte. Niemals hat sie strenge Worte mir gegenüber gebraucht. Es bricht mir das Herz, mit anzusehen, was diese Situation aus ihr gemacht hat, aber sie zeigt sich stark. Bei jedem Besuch bestätigt sie mir, dass ich getan habe, was ich tun musste.«

»Sie muss sie sehr lieben.«

»Ja, Madam, das tut sie.« George verstummte eine Weile und sagte schließlich: »Sollten Sie Angelina finden, würden Sie sie bitte mit ihrer Großmutter bekannt machen? Das wäre ein echtes Geschenk für meine Mama. Es würde zwar nicht ihr gebrochenes Herz über mein Schicksal heilen, aber es würde helfen – ich bin überzeugt davon –, wenn sie einer Enkelin ihre Liebe schenken könnte. Würden Sie das für mich tun?«

»Selbstverständlich.«

»Sie müssen es mir versprechen.«

»Ich verspreche es Ihnen, George.«

Um fünfzehn Uhr fünfundvierzig kam ein Wärter, um Dani in Coates Büro zu bringen.

»Ihre Assistentin ist in der Leitung. Möchten Sie in Ruhe mit ihr sprechen?«

»Ja, bitte.«

Sie hatte Angst, den Hörer abzunehmen. Die Chancen waren minimal, dass der Oberste Gerichtshof diesen Hohn gegen die Gerechtigkeit stoppen würde, und sie wollte diese schrecklichen Worte nicht hören. Aber sie konnte es nicht vermeiden. »Melanie, hast du Neuigkeiten?«

Melanie klang leise, als ob ihre Stimmbänder aufgegeben hätten: »Schlechte Nachrichten. Sie haben einen Aufschub sowie die Appellationszulassung verweigert.« *Certiorari* war der Begriff, den der Oberste Gerichtshof benutzte, wenn sie eine solche Zulassung erteilten.

Danis Beine zitterten. Sie hatte dies schon mit anderen Insassen erlebt. Es wurde nicht einfacher. »Ich rufe das Büro der Gouverneurin an. Es besteht noch eine letzte Hoffnung.«

Sie legte auf und wählte die Nummer von Joe Guidry. »Joe, der Oberste Gerichtshof hat unsere Petition abgelehnt. Gouverneurin Timmons ist die letzte Hoffnung, um die Hinrichtung eines unschuldigen Mannes zu stoppen.«

»Hören Sie, ich habe sämtliche Ihrer Unterlagen gelesen, und ich stimme zu, dass in diesem Fall Zweifel bestehen. Aber Recht und Ordnung gehen ihr über alles. Sie braucht etwas Handfestes.«

»Bitte geben Sie mir eine Woche. Das ist alles, worum ich Sie bitte. Eine Woche und Sie bekommen etwas Handfestes.«

»Warten Sie. Ich werde mit ihr reden.«

Die Leitung war zehn Minuten lang tot, bevor Joe zurückkam und sagte: »Eine Woche, und Sie bringen uns die Tochter. Das ist der Handel. Wenn Sie ihr nicht innerhalb von einer Woche entweder Angelina Calhoun oder eine gültige Sterbeurkunde präsentieren, dann wird sie nichts weiter für Sie tun. Haben Sie das verstanden?«

»Joe, sie wird es nicht bereuen.«

»Das werden wir sehen. Ich faxe den Aufschub sofort ans Gefängnis.« Dani legte erleichtert auf. Noch eine Woche. Ein ganzes Leben.

Kapitel 29

Wenn er nicht so verdammt angespannt gewesen wäre, hätte er vielleicht die Schönheit um sich herum bewundern können. Der Anblick der roten Felsen, die den Colorado umgaben, der sich dreihundert Meter weiter unten schlängelte, war einfach majestätisch. Vielleicht, wenn es vorbei war, würde er mit seiner Frau hier Urlaub machen.

Die Website, die er auf der Broschüre fand, führte ihn genau ans Ende von Nancys Reise: Marble Canyon. Es wurde sogar darauf hingewiesen, wo sie ihre letzte Nacht verbrachten, bevor sie zu ihren Heimflügen nach Las Vegas gebracht wurden: Marble Canyon Inn. Er kam schon zwei Tage früher dort an und buchte sich im selben Hotel ein. Er benutzte einen anderen Namen und zeigte einen gefälschten Führerschein vor. Es war einfach gewesen, jemanden zu finden, der ihm einen fabrizierte, niemand hatte Fragen gestellt. Bis sie dort ankommen würde, hatte er nicht sehr viel zu tun, also machte er ein paar Ausflüge: eine Bootsfahrt auf dem Stausee Lake Powell, eine Wanderung am Nordrand des Grand Canyon entlang, eine Besichtigung der Navajo-Bridge. Alles spektakulär, dachte er. Trotzdem stand sein nächster Schachzug stets gedanklich im Vordergrund. Nichts, was er sah oder tat, konnte ihn davon ablenken. Er war bereit, Nancy Ferguson zu töten.

Er hoffte, es würde nicht dazu kommen. Vielleicht wusste sie ja gar nichts. Oder aber sie wusste, dass Sunshine Harrington nicht Calhouns Tochter war. Das wäre perfekt. Dann würde sie sich von ihrer Aben-

teuerreise nach Hause begeben, und er kehrte zu seiner Frau zurück. Aber wenn nicht, musste er vorher noch ein paar Problemchen beseitigen. Er ließe sich jetzt nicht mehr davon abhalten.

Obwohl er bereits fünf Tage von zu Hause fort war, hatte er dennoch einen Draht zu dem, was dort vor sich ging. Das Hotel hatte einen Computer für Gäste, und jeden Abend las er im Internet The News Dispatch, Michigan Citys Tageszeitung. Und letzten Abend hatte er es gelesen: George Calhouns Hinrichtung wurde um sieben Tage verschoben. Er wusste, was das bedeutete. Sie warteten darauf, dass Nancy zurückkehren würde, und wollten, dass sie sie zu Sunshine Harrington führte, um festzustellen, ob sie George Calhouns Tochter war. Wenn das passierte, wenn es der Wahrheit entspräche, dann würden sie sich fragen, wer in diesem Grab lag. Das durfte er nicht zulassen.

Er saß in der Hotelhalle, direkt neben der Rezeption, hielt eine Zeitung als Tarnung vors Gesicht und wartete auf Nancys Ankunft. Die Polizeidienstmarke steckte in seiner Jackentasche, und seine Nerven hielt er in Schach. Kurz nach fünfzehn Uhr kam eine verdreckte zwölfköpfige Reisegruppe an und checkte ein. Sie bestand aus einer Familie mit vier Personen, drei Paaren und zwei einzelnen Frauen. Eine Frau schien Mitte zwanzig, die andere wesentlich älter zu sein. Die Ältere musste Nancy sein, vermutete er. Seine Vermutung bestätigte sich, als sie an den Schalter kam. »Nancy Ferguson«, sagte sie zum Rezeptionisten, und er händigte ihr eine Codekarte für ihr Zimmer aus.

Er faltete sorgfältig seine Zeitung zusammen und folgte ihrer Gruppe in den Aufzug. Als sie im dritten Stock ausstieg, folgte er ihr, merkte sich ihre Zimmernummer und ging den Flur entlang. Er wollte nicht gesehen werden, wenn er mit ihr sprach. Niemand sollte ihn später identifizieren können, wenn man ihre Leiche fand – sofern es dazu käme. Als der Flur leer war, ging er zu ihrem Zimmer zurück und klopfte an die Tür.

»Ms Ferguson?« Er zeigte seine Dienstmarke vor. »Ich bin Polizist und hätte ein paar Fragen an Sie bezüglich einer laufenden Untersuchung. Darf ich reinkommen?«

Nancy stand mit verschränkten Armen im Türeingang. »Welche Untersuchung?«

»Ich möchte nicht hier im Gang darüber reden.«

»Dann ist es wohl besser, Sie erzählen mir, worum es geht.«

»Wir ermitteln in einem Mordfall, und es *geht um Sunshine Harrington.*«

Nancy schlug die Hände vor den Mund. »Nein! Wurde sie ermordet? Bitte sagen Sie mir, dass das nicht wahr ist!«

»Nein, nein, es geht ihr gut. Aber sie hat vielleicht ein paar hilfreiche Hinweise, die in Verbindung mit einem unaufgeklärten Mordfall stehen.«

Sichtlich erleichtert ließ Nancy ihn herein. Er schloss die Tür hinter ihr.

»Wie könnte Sunshine etwas über einen alten Mordfall wissen? Sie ist viel zu jung.«

Er räusperte sich. »Ich habe gehört, dass Sie eng mit ihrer Mutter befreundet waren.«

Nancy nickte.

»Hatte Ihnen Mrs Harrington jemals erzählt, wie *es dazu kam, dass sie Sunshine als ihre eigene Tochter aufgezogen hat?*«

Nancy schaute zu Boden. »Sie war die Tochter ihres Bruders. Er und seine Frau kamen bei einem Autounfall ums Leben.«

»Wir wissen, dass *das nicht wahr ist. Das Leben eines Mannes steht deswegen auf dem Spiel.« Er hob die Stimme. »Es ist jetzt nicht der richtige Zeitpunkt, Geheimnisse zu hüten. Wenn ich erfahre, dass Sie mich angelogen haben, werden Sie wegen Behinderung der Justiz angeklagt. Das ist eine Straftat. Da haben Sie eine ordentliche Gefängnisstrafe in Aussicht.«*

Nach einigem Zögern sagte Nancy: »Sie fand Sunshine in der Mayo-Klinik, auf einem Stuhl sitzend. Sie war sehr krank, und ihre Eltern hatten sie verlassen. Trudy konnte den Gedanken nicht ertragen, dass dieses Kind zu Pflegeeltern kommen sollte, also nahm sie sie mit nach Hause. Sie rettete Sunshine das Leben.«

»Wo ist Sunshine jetzt?«

Nancy gab ihm Sunshines Adresse. Es war ihr letzter Akt.

Kapitel 30

Die letzte Woche

Das Telefon klingelte in Tommys Büro, und er hob sofort ab. Jeder dort war nervös, sie warteten – nein, sie beteten –, dass sich irgendeine der vielen Spuren endlich konkretisierte und die sehnsüchtig erwarteten Antworten kamen. »Tommy Noorland am Apparat.«

»Tommy, hier spricht Dr. Jeffreys, von der Mayo-Klinik.«

»Doktor, bitte sagen Sie mir, dass Sie etwas gefunden haben.«

»Ja, endlich. Tut mir leid, dass es so lange gedauert hat, aber die Information befand sich in unserem Archiv mit den abgeschlossenen Fällen. Ich hoffe, es ist nicht zu spät.«

»Wir haben einen Aufschub bekommen. Aber nur für eine Woche. Sagen Sie mir, handelt es sich um dasselbe Mädchen?«

»Ohne DNA-Test kann ich es Ihnen leider nicht definitiv sagen, aber ich weiß Folgendes: Die Krankenakten stimmen überein. Es ist derselbe Leukämietyp, und die medizinische Vorgeschichte in der Krankenakte ist identisch mit der Krankengeschichte, die Sie von Angelina Calhouns Arzt bekommen haben.«

Hätte Tommy jetzt bei ihm im Büro gesessen, wäre er auf Hände und Knie gefallen, um dem Arzt die Füße zu küssen. »Doktor, ich bin Ihnen einen Riesengefallen schuldig. Wann immer Sie etwas von mir brauchen, ein Anruf genügt, und Sie bekommen es.«

»Lassen Sie mich einfach wissen, wie es ausgegangen ist, okay?«

»Alles klar, Doktor.«

Tommy eilte in Danis Büro. »Du grinst ja wie ein Honigkuchenpferd, Tommy.«

»Ich habe gerade Nachricht von Dr. Jeffreys bekommen. Die medizinischen Vorgeschichten passen zusammen. Die beiden müssen ein und dasselbe Mädchen sein.«

Dani lehnte sich in ihrem Stuhl zurück und legte die Stirn in Falten.

»Ich dachte, du wärest begeistert.«

»Bin ich auch. Aber die Information allein wird der Gouverneurin nicht ausreichen. Sie braucht das Mädchen. Beziehungsweise die Frau.«

»Die Freundin der Mutter, Nancy, ist bald von ihrer Reise zurück. Sie muss doch wissen, wo die Tochter lebt. Immerhin muss jemand Sunshine vom Tod ihrer Mutter unterrichtet haben, und das war wahrscheinlich Nancy.«

»Wann wird sie denn wieder zurückerwartet?«

»Morgen.«

»Hast du ihr eine Nachricht hinterlassen, dass sie dich zurückrufen soll? Für den Fall, dass es die Nachbarin vergisst?«

»Alles bereits erledigt.«

»Dann müssen wir nur noch warten.«

»Wir werden sie finden, Dani«, sagte Tommy.

»Das hoffe ich.«

Bis zum Freitag hatte Tommy von Nancy noch nichts gehört. Alle im Büro waren mit den Nerven am Ende. Jedes Mal, wenn das Telefon klingelte, kam es ihm vor, als hätte man ihm einen Stromschlag versetzt. Er schäumte jedes Mal vor Wut, wenn es jemand anders als Nancy war. Er war so nervös, dass er sich auf nichts konzentrieren konnte, und entschloss sich deshalb, das Büro zu verlassen. Er hinterließ seine Handynummer auf Nancys Mailbox. So konnte sie ihn überall und jederzeit erreichen.

Bevor er ging, führte er noch einen weiteren Anruf, den er in dieser Woche fast täglich machte. Als Cannon sich am anderen

Ende der Leitung meldete, sagte Tommy: »Hallo, ich bin's wieder. Irgendwas Neues?«

»Ja, er ist gestern Abend wieder nach Hause gekommen. Ich gehe heute noch zu ihm.«

»Hank, ich weiß, dass ich mich wie eine leiernde Schallplatte anhöre, aber was ist denn so schrecklich daran, den Richter um eine Unterschrift zur Exhumierung zu bitten? Wenn das heute nicht mehr geschieht, dann wird es Montag, bis überhaupt etwas passiert, und dann ist keine Zeit mehr, um einen DNA-Test durchzuführen.«

»Schrecklich daran ist, was es dieser Familie antun wird. Sie haben doch schon genug gelitten, da muss man nicht auch noch den Verdacht wegen des Verschwindens ihrer Tochter auf sie lenken. Vorher möchte ich sicher sein, dass es hierfür einen verdammt guten Grund gibt.«

»Sind die Fingerabdrücke denn nicht Grund genug?«

»Sehen Sie, ich arbeite mit dieser Familie schon seit achtzehn Jahren. Ich war derjenige, der nachwies, dass sie als Tatverdächtige nicht infrage kamen. Ich muss Mickey ins Gesicht sehen und ihn danach fragen. Ich merke es sofort, wenn er mich anlügt. Und meiner Meinung nach kann die Teilübereinstimmung eines Fingerabdrucks auf einem Stück Papier alles oder nichts bedeuten.«

Tommy wusste, dass er ihn nicht umstimmen konnte. Die ganze Woche über hatte er es versucht, ohne Erfolg. »Dann tun Sie mir doch einen Gefallen und rufen Sie mich an, nachdem Sie mit ihm gesprochen haben, okay?«

»Na klar, den Gefallen kann ich Ihnen tun. Unter Polizisten.«

Tommy informierte Bruce, dass er den Rest des Tages nicht mehr im Büro wäre, und fuhr mit der U-Bahn zum Central Park. Er betrat den Park bei der 59. Straße und lief nach Norden. Jogger, Fahrradfahrer und Rollerskater jeder Größe und jeden Alters schossen an ihm vorbei. Es roch nach Sommer, obwohl er laut Kalender erst in einem Monat anfangen würde. Der Duft von Frühlingsblumen vermischte sich mit der warmen Luft. Trotz der

Menschmengen im Park gelang es Tommy, seine Anspannung zu lockern. Und er war verdammt angespannt.

Er ging auf der östlichen Seite des Parks entlang, in Richtung *The Dene*, ein Bereich mit Hügellandschaften und Tälern. Der Carolina-Schneeglöckchenbaum mit seinen weißen, glockenartigen Blüten stand in voller Pracht. Blumen erinnerten ihn stets an Hochzeiten. An der 76. Straße spazierte er westlich und machte am Azaleenteich eine Pause. Überall konnte man Vogelkundler sehen, ebenso Azaleen und Berberitzen. Er blieb stehen, um an der zartrosafarbenen kalifornischen Heckenrose zu riechen. Seine Freunde waren immer wieder über sein Interesse an Blumen und Gartenarbeit erstaunt. Anscheinend passte das nicht zu seinem Image als harten Kerl. »Harte Kerle können auch zartfühlend sein«, antwortete er dann meistens. Gartenarbeit half ihm dabei, Spannungen abzubauen – Erde auszuheben, um Blumen zu pflanzen, Unkraut zu jäten, damit es die Pflanzen nicht überwucherte. Es erfüllte ihn, mit seinen Händen zu arbeiten, um etwas zum Leben zu erwecken.

Als er den Shakespeare Garden an der 79. Straße West erreichte, stieg er den Hügel hinauf und setzte sich auf eine Parkbank. Noch mehr Frühlingsblumen in voller Blüte: gelbe Narzissen, Taglilien und Kaiserkronen, lilafarbene Krokusse, Schwertlilien, lilafarbene und gelbe Primeln, rosafarbene und rote Tulpen, nicht zu vergessen die exotisch aussehenden Christrosen und die Federblumen. Seine Frau hatte ihm einmal zum Vatertag ein Buch über Blumen und Pflanzen geschenkt, und im Laufe der Zeit hatte er gelernt, sie zu unterscheiden.

Er musste einfach raus aus dem Büro, weg von dem Sargtuch, das dort über jedem hing. Für ihn war die Todesstrafe von jeher sinnvoll gewesen. Auge um Auge – das stand schon in der Bibel geschrieben. Aber die Bürokratie schien diesem einfachen Prinzip im Wege zu stehen. Auge um Auge traf nicht mehr zu, wenn eine unschuldige Person hingerichtet werden sollte. Er hatte noch nie zuvor einen solchen Fall bei HIPP erlebt. Viele Klienten wurden anhand einer DNA-Analyse entlastet. Einige wurden freigelassen und bekamen aus anderen Gründen einen neuen Prozess. Und dann gab es noch die, bei denen das Einschreiten von HIPP gar keinen Unterschied machte; der Häftling blieb im Gefängnis oder wurde letztendlich hingerichtet, wenn es sich um Mord handelte. In diesen Fällen allerdings war die Frage nicht ganz so eindeutig. Menschen sahen Dinge einfach unterschiedlich, und wie hätte er darüber streiten sollen? Aber er musste Dani in einem Punkt recht geben: Die Leiche des kleinen Mädchens, die im Wald gefunden worden war, war nicht Angelina Calhoun, was so viel bedeutete, dass George nicht der Mörder seiner Tochter war. Und wenn Nancy Ferguson nicht bald zurückrief, würde ein unschuldiger Mann sterben.

Es war schon nach achtzehn Uhr, als er zu Hause in Flatbush ankam. Vorher war er noch auf einen Sprung in seiner Lieblingskneipe gewesen, um ein paar Drinks zu nehmen. Der Scotch hatte geholfen, genau wie das Geplänkel mit Nick, dem Barkeeper und Freund. Die Kinder hatten sich schon verstreut, die zwei jüngsten spielten am Fernseher mit der Nintendo Wii-Spielekonsole, die älteren waren bei Freunden.

»Macht dir der Job Sorgen?«, fragte Patty, seine Frau, während sie das Abendessen aufwärmte.

»Der hier ist ziemlich hart.«

»Du solltest ihn dir nicht so zu Herzen nehmen.«

»Nein? Wer dann? Wer sollte es sich dann zu Herzen nehmen? Die Gouverneurin? Die Richter? Gehen die nicht alle abends schlafen und sagen, sie dürfen es sich nicht zu Herzen nehmen? Wäre ich vielleicht etwas härter vorgegangen, womöglich hätte ich Cannon dazu gebracht, zu reagieren. Wäre ich vor Nancy Fergusons Tür stehen geblieben, womöglich hätte ich eine Antwort von ihr bekommen. Ja, das stimmt, ich nehme es mir zu Herzen.«

Patty kam zu Tommy herüber, um ihm den Nacken zu massieren. »Du bist total verspannt«, murmelte sie.

»Es tut mir leid. Ich sollte es nicht an dir auslassen.«

»Schieß los. Ich springe zurück.«

»Jeder fühlt sich so verdammt hilflos. Und weißt du, was das Lustige daran ist? Der Ruhigste von allen ist Calhoun. Er hat sich mit dem, was ihm bevorsteht, abgefunden.«

»Er hat viele Jahre im Gefängnis verbracht. Vielleicht will er einfach nur, dass endlich alles vorbei ist.«

»Das ist es nicht. Er glaubt, dass seine Tochter am Leben ist. Herrgott noch mal, wir glauben alle, dass sie lebt. Aber für ihn ist es eine Art Erlösung. Er hat vollkommen seinen Frieden gefunden.«

Der Timer am Ofen ertönte. Gerade als Patty das Essen auftischte, meldete sich Tommys Handy.

»Mr Noorland, hier ist May Oliver, Nancys Nachbarin.«

»Hat sich Nancy gemeldet?«

»Oh, es ist etwas Schreckliches passiert«, sagte sie schluchzend. »Ihre Tochter war gerade hier. Sie ist tot.«

Tommy konnte ihr nicht folgen. »Wer ist tot?«

»Nancy. Sie muss auf den Felsen ausgerutscht und in die Höhle gefallen sein. Draußen in Arizona. Sie sagten, sie hätte sich das Genick gebrochen. Wanderer haben sie gestern gefunden. Ich weiß nicht, ob es richtig war, Sie anzurufen, aber Ihre Angelegenheit klang so dringend. Ich kann es nicht glauben. Sie war doch noch zu jung, um zu sterben.«

Tommy bedankte sich für ihren Anruf und sank auf seinen Stuhl zurück.

»Was ist los?«, fragte Patty. »Du siehst furchtbar aus.«

»Jetzt ist alles aus«, sagte Tommy. »Wir haben keinen Trumpf mehr in der Hand.«

Er wusste, dass er es Dani erzählen musste, fürchtete sich aber vor dem Anruf. »Liebes, bitte tu mir einen Gefallen, stell das Essen wieder zurück in den Ofen. Ich muss mich jetzt duschen.«

Obwohl er sich auch danach nicht frischer fühlte, trocknete er sich ab und wählte Danis Nummer.

»Das war's dann wohl«, sagte Dani, nachdem sie es erfahren hatte. »Die Verbindung zu Sunshine Harrington ist vollkommen abgeschnitten. Für die Behörden ist es, als ob sie überhaupt nicht existierte.«

Tommy konnte Sunshine Harrington nicht aus dem Kopf bekommen. Jeder bei HIPP glaubte, dass sie Georges und Sallies Tochter war, auch er. Die Krankenakte log nicht. Auch wenn Dr. Jeffreys es nicht mit absoluter Sicherheit sagen konnte, dass die zwei Mädchen identisch waren, es war einfach zu offensichtlich. Nein, alles führte auf eine Schlussfolgerung zurück: Sunshine Harrington war Angelina Calhoun.

Aber wie konnte er sie finden? Seine Aufgabe war es, zu ermitteln, nach Hinweisen zu suchen, sie zusammenzufügen und Resultate vorzulegen. Er stocherte im Essen herum, konnte einfach nichts herunterbringen. Patty sprach mit ihm, aber ihre Worte schienen weit weg zu sein. Plötzlich hatte er eine andere Idee, weit hergeholt, aber es war einen Versuch wert.

Trudy Harringtons Nachbarin, Laura Devine, hatte Tommy erzählt, dass Sunshine verheiratet war. Also musste es irgendwo einen Eintrag über die Eheschließung geben. »Patty, ich kann jetzt nichts essen. Vielleicht später. Ich habe einfach keinen Hunger.«

Patty nickte, während er ins Arbeitszimmer ging. Er setzte sich vor seinen Computer und tippte *Heiratsurkunden* in Google ein. Es erschienen jede Menge Links zu Websites, alle mit einem Zugang zu Ehestandsregistern. Er klickte auf einen und schrieb *Sunshine Harrington*. Er hakte das Kästchen für alle Bundesstaaten an und klickte auf *Suchen*. Nichts. Das war es, was ihm der Bildschirm verriet: *Keine Einträge mit diesem Namen. Bitte geben Sie einen anderen Namen ein.* Mist!

Sunshine Harrington war in Minnesota aufgewachsen. Er hoffte, dass sie dort auch geheiratet hatte. Es war eine Stunde früher in Minnesota. Es war noch Zeit. Er rief beim Ministerium für Gesundheit von Minnesota an, Abteilung für Bevölkerungsstatistik. »Was muss ich tun, um eine Heiratsurkunde zu prüfen?«, fragte er, als sich eine weibliche Stimme meldete.

»Wo hat die Person geheiratet?«, fragte sie.

»Keine Ahnung, vielleicht in Olmsted County.«

»Dann müssen Sie dort auf dem Standesamt anrufen. Dort erhalten Sie dann ein Formular, das Sie ausfüllen und mit achtzig Dollar zurückschicken müssen. Weiterhin müssen Sie Ihre Blutsverwandtschaft mit dem verheirateten Paar nachweisen. Entweder mit einem Führerschein oder einer Geburtsurkunde. Dann gibt es noch ein paar andere Dinge, aber das steht alles auf dem Antrag. Soll ich Ihnen die Telefonnummer vom Standesamt geben?«

»Nein, danke, nicht nötig.« Tommy wusste, wie aussichtslos es wäre, sich in diesem Stadium mit der Bürokratie herumzuschlagen. Stattdessen rief er Helen vom Standesamt in Rochester an. Sie hatte ihm schon einmal aus der Patsche geholfen, und er hoffte, sie würde es noch einmal tun.

Er erwischte sie noch im Büro. »Ich muss Sie um einen Riesengefallen bitten«, sagte Tommy, nachdem sie sich gegenseitig begrüßt hatten. Er klärte sie über alles auf, was er seit ihrem letzten Zusammentreffen erfahren hatte. »Jetzt wissen wir zwar, was mit Angelina Calhoun passiert ist, aber wir können sie nicht finden. Ich dachte, wenn ich ihren Ehenamen wüsste, könnte ich im Internet eine Suche nach ihr starten.«

Helen blieb eine Weile stumm. »Es gehört eigentlich nicht zu meinem Aufgabengebiet«, sagte sie schließlich, »aber wenn es einen guten Grund gibt, das Gesetz zu beugen, dann ist es dieser hier. Warten Sie, ich schaue im Computer.«

Tommy wartete nervös darauf, dass Helen wieder ans Telefon zurückkam. Auch wenn sie den Namen von Sunshines Ehemann fände, würde das ausreichen? Trotz der unglaublichen Menge an Informationen im Web gab es Lücken. Und auch wenn er den Namen hatte, blieb dann noch genügend Zeit, sie zu finden?

»Tommy, sind Sie noch dran?«

»Sagen Sie mir, dass Sie einen Namen für mich haben.« Tommy fragte sich, ob sie die Verzweiflung in seiner Stimme hören konnte.

»Es tut mir leid. Wenn sie geheiratet hat, dann nicht in Olmsted County. Es gibt keinen Eintrag zur Eheschließung in unseren Aufzeichnungen.«

Er hatte Pech. Das war ihm aber auch schon früher passiert, beim FBI und bei HIPP. Es gab Zeiten, da stand er mit leeren Händen da, auch wenn er alles richtig gemacht hatte und jedem Hinweis nachgegangen war. Er wusste, dass es nicht sein Fehler war, wenn er Sunshine nicht finden konnte. Und er wusste, dass ein unschuldiger Mann sterben würde.

Kapitel 31

Mickey Conklin hatte mit Cannons Besuch gerechnet. Janine hatte ihn gefragt, ob er jemals Stacys Fingerabdrücke hatte nehmen lassen. Er hatte das vollkommen vergessen. Sie waren durch das Kaufhaus gelaufen und hatten ein Schild gesehen, auf dem stand: *Helft uns, Ihrem Kind zu helfen.* Er ging zu dem Stand, um sich zu informieren. Eine Datei mit Fingerabdrücken von Kindern, für den Fall, dass ihnen etwas zustoßen würde. Eine todsichere Methode, sein Kind zu identifizieren. Damals fand er die Idee gut.

»Es ist mir wirklich peinlich, diese Frage zu stellen«, sagte Cannon. Er saß in Mickeys Wohnzimmer auf der Couch und hielt eine Tasse Kaffee in der Hand. »Dieser Ermittler aus New York bedrängt mich, und ich bin nur hier, um ihn mir vom Hals zu schaffen.«

»Das geht schon in Ordnung. Du machst ja nur deinen Job. Ich nehme es dir nicht übel, dass du Nachforschungen anstellst. Ich hatte das vollkommen vergessen. Aber ich kapiere es einfach nicht. Wie kommen denn Stacys Fingerabdrücke auf einen Zettel?«

»Es waren nicht Stacys. Ich erklär's dir. Die Fingerabdrücke jedes Menschen haben ihre eigenen, ganz unverwechselbaren Merkmale. Ein paar dieser Merkmale stimmten mit Stacys überein, jedoch nicht alle. Manchmal deutet es auf einen nahen Verwandten von Stacy hin.«

»Du meinst, mich oder Janine?«

»Das ist genau, was der Ermittler meint. Aber ich bin mir sicher, dass es sich um einen Irrtum handelt.«

»Wie ist das möglich?«

Cannon stellte die Kaffeetasse ab und beugte sich zu Mickey. »Ich wünschte, ich könnte bestätigen, dass die beim FBI unfehlbar sind, aber sie machen genauso viele Fehler wie jeder andere auch. Vergiss nicht, dass es sich nur um eine Teilübereinstimmung handelt. Vielleicht haben einige der Merkmale übereingestimmt, und sie glaubten, es seien Stacys, aber sie könnten genauso gut zu jemand anderem gehört haben.«

Mickey nickte. »Nun, ich hoffe, dass sich das aufklärt.«

Cannon hustete und schälte sich aus dem Stuhl heraus. »Hör zu. Ich hasse es, dir solche Fragen zu stellen, aber das gehört zu meinem Job. Kannst du dich erinnern, wo du am Tag nach dem Besuch des Ermittlers warst?«

Mickey dachte einen Moment nach. »Warte, ich schau mal in meinen Terminkalender.« Er zog sein Smartphone heraus und schaute seine Termine durch. »Wann war das genau?«

»Am 15. April. Steuertag.«

»Hier ist es. Da war ich den ganzen Tag unterwegs. Ich habe ein paar Kunden in Cleveland besucht.«

»Dann brauche ich nur diese Namen.«

Mickey lachte. »Wie gut, dass ich keine Affäre habe. Da wäre ich ganz schön in Schwierigkeiten gekommen, wenn du das nachgeprüft hättest, und ich war nicht dort.«

»Ach Mickey, ich möchte euch wirklich keine Probleme bereiten. Schau, bei meinem vollen Terminplan könnte ich mich sowieso erst in ein paar Wochen darum kümmern. Wenn überhaupt. Es war einfach nur meine Pflicht, zu fragen.«

»Keine Ursache, Hank. Du warst immer so gut zu unserer Familie. Wir sind dir wirklich dankbar.«

Cannon nahm einen Block, um die Namen der Personen zu notieren, die Mickey während seiner Dienstreise getroffen hatte, und dann suchte er in seinen Taschen nach einem Stift. »Das ist mir jetzt aber unangenehm. Ich habe nichts zum Schreiben. Kannst du mir einen Stift leihen?«

»Na klar«, sagte Mickey. Er ging in die Küche und kam mit einem Kugelschreiber zurück. Cannon schrieb die Namen auf, die ihm Mickey diktierte, und stand auf. Als Mickey ihn zur Tür brachte, fragte er ihn: »Was passiert denn jetzt mit dem Typ in der Todeszelle? Der, für den der Ermittler arbeitet?«

»Oh, für den ist es bald vorbei. Seine Zeit ist abgelaufen.«

Kapitel 32

Als Dani nach Hause kam, erwartete Katie sie schon an der Tür. »Ich wollte dich nicht auf der Arbeit stören. Ich weiß doch, wie sehr dich deine Pflichten derzeit in Anspruch nehmen. Aber Jonah brütet irgendwas aus. Er hatte den ganzen Nachmittag Durchfall und Magenschmerzen.«

»Fieber?«

»Nein, nur siebenunddreißig Grad.«

Sie ging in Jonahs Zimmer. Ein Kind mit WBS ist immer anfälliger für Krankheiten als andere Kinder. Dies war einer der Gründe, warum Dani ungern einen Fall übernahm, der viel Ermittlungsarbeit erforderte. Sie wollte einfach bei Jonah sein, wenn er krank war.

Jonah lag mit geschlossenen Augen im Bett, und ein Comic-Heft lag neben ihm. Dani wollte schon gehen, als sie ein Jammern hörte. »Jonah, schläfst du?«, flüsterte sie.

»Nein, ich bin bei Bewusstsein. Mein Magen fühlt sich schrecklich unangenehm an.«

»Katie hat es mir gerade erzählt.« Sie setzte sich aufs Bett und befühlte seine Stirn. »Was hast du heute in der Schule gegessen?«

»Pizza.«

»Sonst nichts? Hat dir irgendjemand etwas anderes gegeben?«

Jonah schüttelte den Kopf und schoss plötzlich aus dem Bett. »Ich muss jetzt verschwinden«, sagte er, als er ins Badezimmer raste. Als er zurückkam, deckte Dani ihn wieder zu, und dann rief sie Dr. Dolman an.

»Geben Sie ihm Immodium AD oder Pepto-Bismol, und beobachten Sie seinen Zustand übers Wochenende. Wenn sich die Situation nicht ändert, rufen Sie am Montag in meinem Büro an.«

Montag. Eigentlich müsste sie am Sonntag nach Indiana zurückfliegen. Eigentlich müsste sie noch einmal mit George Calhoun die Zeit absitzen. Doug könnte sich am Montag freinehmen und bei Jonah bleiben, aber wollte sie das? Dani fragte sich, ob Väter, auch solche wie Doug, die sich aufopfernd um ihre Kinder kümmerten, sich genauso zwischen Arbeit und Familie hin und her gerissen fühlten wie Mütter. Wenn Jonah krank war, wollte sie bei ihm sein, um ihn zu trösten. Jonah war in den meisten Fällen vollkommen zufrieden damit, bei seinem Vater oder auch Katie zu sein, aber wenn er krank war, wollte er seine Mutter um sich haben. Jetzt konnte sie nur noch hoffen, dass er sich am nächsten Tag besser fühlte.

Sie ging wieder nach unten und setzte sich in die Küche. Katie bereitete das Abendessen vor – Hackbraten mit Kartoffelpüree –, und Dani unterhielt sich anregend mit ihr: »Wie geht es Megan?«, fragte Dani.

»Das Mädchen ist noch mein Tod, das schwör ich dir. Wenn ich nicht ihre Mutter wäre, dann würde ich ihr den Hals umdrehen.«

»Was ist los?«

»Sie möchte das College verlassen, um ein Jahr lang als Freiwillige arme Kinder in Nicaragua zu unterrichten. Kannst du dir das vorstellen? Wir knausern und sparen jeden Cent, um ihr das College zu ermöglichen, und sie entscheidet sich einfach mir nichts, dir nichts, aufzuhören.«

»Warum sagst du denn, aufhören? Für mich klingt das bewundernswert. Und nach einem Jahr kann sie ihr Studium wieder aufnehmen.«

»Du hast leicht reden. Jonah ist nett und sicher hier zu Hause bei seinen Eltern. All diese armen Menschen, die um sie herum sein werden – wer weiß, ob die ihr nicht den Hungerlohn, den sie bekommt, neiden und sie nachts im Schlaf ausrauben? Oder noch schlimmer.«

»Megan ist so selbstständig. Sie kann auf sich selbst aufpassen.«

»Hm.« Katie drehte ihr den Rücken zu. Offensichtlich hatte ihr Danis Antwort nicht gefallen. Zweifellos hoffte sie, Dani würde ihr recht geben und sagen, Megan solle zu Hause bleiben. Sie hoffte, Dani würde verstehen, dass sie das Bedürfnis hatte, ihr Kind zu schützen. Und natürlich verstand sie es. Aber manche Dinge entzogen sich nun mal der elterlichen Kontrolle.

Jonah war fast die ganze Nacht wach und lief von Zeit zu Zeit ins Badezimmer. Dani schlief neben ihm auf dem Fußboden. Er war so ein braves Kind, beklagte sich selten, und es tat ihr weh, ihn so leiden zu sehen. Beide schliefen sie gegen vier Uhr morgens ein, und die Morgensonne weckte Dani zwei Stunden später.

Jonah schlief noch, und Dani befühlte seine Stirn; sie fühlte sich immer noch kühl an. Auf Zehenspitzen kehrte sie in ihr eigenes Schlafzimmer zurück und schlüpfte neben Doug unter die Decke. Er murmelte etwas Unverständliches und setzte sein regelmäßiges Schnarchen fort. Dani war durcheinander. Sollte sie bei Jonah zu Hause bleiben und Melanie an ihrer Stelle schicken? In den letzten Wochen war sie Georges Rettungsanker gewesen. Wie konnte sie ihn ausgerechnet jetzt alleine lassen? Allerdings – Anwälte waren ersetzbar, Mütter nicht.

In ihrem Unterbewusstsein quälte sie der Gedanke, dass WBS-Kinder anfällig für Zöliakie waren, einer Autoimmunstörung, die durch Unverträglichkeit von Gluten hervorgerufen wurde. Zu den Symptomen gehörten Durchfall und Übelkeit, genau das, was Jonah gerade durchmachte. Sie und Doug waren froh, dass Jonah dieser zusätzlichen Last bisher entkommen war. Er liebte Pizza und Katies hausgemachte Plätzchen, die jeden Tag nach der Schule auf ihn warteten, und seine Cerealien zum Frühstück. Wenn er diese Krankheit hätte, dann müsste er noch viele weitere Nahrungsmittel meiden. Es war schon schwierig genug, einem Kind mit normal ausgebildeter Intelligenz zu erklären, dass einige Nahrungsmittel verboten waren. Aber wie würde sie Jonah die Lebensnotwendigkeit verständlich machen, dass er auf sein Lieblingsessen verzichten musste?

Dani neigte immer dazu, sich das Schlimmste vorzustellen, bevor es zur Realität wurde. Sie wusste nicht, warum. Was sie selbst anbelangte, interessierte sie sich nicht für Symptome, die möglicherweise auftreten konnten, aber mit Jonah und Doug war das anders. Um acht Uhr morgens, Jonah und Doug schliefen noch, sprang sie aus dem Bett und rief Dr. Dolmans Auftragsdienst an. Er rief sie fünfzehn Minuten später zurück.

»Dr. Dolman, ich weiß, ich bin eine Nervensäge, aber könnte Jonah unter Zöliakie leiden?«

»Ich vermute, dass es ihm noch nicht besser geht.«

»Nein, er hatte eine unruhige Nacht.«

»Es könnte Zöliakie sein, ein Magenvirus oder eine leichte Lebensmittelvergiftung. Bisher hatte er nie Anzeichen von Zöliakie, daher wäre dies nicht meine vorrangige Vermutung.«

»Eigentlich sollte ich morgen und am Montag woanders sein. Jetzt aber möchte ich ihn ungern allein lassen.«

»Mrs Trumball, Jonah ist nicht ernsthaft gefährdet. Kann Ihr Mann bei ihm zu Hause bleiben?«

»Ja.«

»Dann sollten sie ruhig Ihrem Termin nachgehen. Um sicherzugehen, geben Sie ihm keine Weizen- oder Getreideprodukte, bis ich ihn am Montag untersucht habe. Wenn die Symptome anhalten, wird er vermutlich sowieso keinen Hunger haben. Wer bei ihm ist, sollte darauf achten, dass er genug Flüssigkeit zu sich nimmt.« Sie bedankte sich bei Dr. Dolman und legte auf.

Als Jonah erwachte, sah Dani an seiner Blässe und den Schweißperlen auf seiner Stirn, dass er immer noch krank war. Sie machte ihm zwei Rühreier zum Frühstück, aber nach zwei Gabeln voll sagte er: »Mein Bäuchlein braucht eine Ruhepause.« Der Tag verging langsam, Jonah war müde und würgte nur widerwillig die heiße Suppe und den Tee hinunter, die Dani ihm zubereitet hatte.

Als Jonah dann am Abend einschlief, fühlte sich Dani ausgelaugt. »Ich glaube nicht, dass ich morgen fahren sollte«, sagte sie

Doug während ihrer Flitterwochenstunde. »Jonah hat es lieber, wenn ich ihn zum Arzt bringe.«

»Was auch immer Jonah fehlt, wird sich nicht ändern, wenn ich mit ihm zu Dr. Dolman gehe.«

»Ja, klar, aber –.«

»Ich weiß. Du fühlst dich besser, wenn du mit ihm hingehst. Aber meinst du wirklich, dass es für George dasselbe ist, wenn Melanie an deiner Stelle bei ihm ist?«

Dani seufzte. Doug hatte recht, natürlich, ärgerlicherweise. Wieder fühlte sie sich hin und her gerissen. Mutter oder Anwältin. Was war wichtiger? Mutter zu sein, das war doch klar. Jonahs Wohlbefinden war immer vorrangig. Aber wenn sie ehrlich mit sich selbst war, dann musste sie zugeben, dass er bei seinem Vater gut aufgehoben war. Sie lehnte sich an Dougs Schulter. »Es fällt mir so schwer, zu gehen.«

»Ich weiß.«

Dani schaute nach oben auf die Wanduhr. Sie musste Melanie anrufen, bevor es zu spät war, wenn sie wollte, dass sie an Danis Stelle flog. Als sie wieder nach unten blickte, entdeckte sie Jonahs Rucksack auf dem Stuhl gegenüber der Couch. Auf dem Rucksack, den er im Kindergarten hatte, klebten Bilder von Barney, dem riesigen lilafarbenen Dinosaurier. Jetzt waren es die Jonas-Brothers. *Er wird erwachsen. Ich muss das akzeptieren.* Dani hob den Kopf und schaute Doug an. »Ich fliege morgen nach Indiana. Du hast recht. Dort werde ich gebraucht.«

Kapitel 33

Zwei Tage

Und wieder einmal flog Dani nach Indianapolis, dieses Mal ohne Verspätung. Sie kam früh genug an, um ihren Mietwagen in Empfang zu nehmen und noch am selben Tag nach Michigan City zu fahren. Es fiel ihr zwar schwer, so oft von zu Hause weg zu sein, aber einen Fall von Anfang an zu bearbeiten stellte eine Verbindung zwischen ihr und ihrem Klienten her, etwas, das sie vermisste, wenn sie nur Berufungen bearbeitete. Das war gut und schlecht zugleich. Ihre Verbindung zu George Calhoun war so stark, dass der Gedanke, den Kampf um seine Freiheit zu verlieren, sie mit Grauen erfüllte. Sie fuhr in die Einfahrt vom Holiday Inn und fand einen Parkplatz direkt davor. Mit der Reisetasche in der Hand näherte sie sich der Rezeption.

»Hallo, Ms Trumball, nett, Sie wiederzusehen«, sagte die junge Dame hinter dem Schalter.

»Danke, Angie«, sagte sie, als sie den Namen auf dem Namensschild las.

»Ich habe Zimmer 229 für Sie reserviert. Für zwei Nächte, nicht wahr?«

»Ja.«

»Wenn Sie während Ihres Aufenthalts irgendetwas brauchen, rufen Sie einfach die Rezeption an.«

Dani bedankte sich und ging aufs Zimmer. Sie packte ihren Kulturbeutel aus und stellte die Artikel auf die Ablage ins Badezimmer. Dann schaltete sie den Fernseher ein, sah sich ein paar Minuten lang die Nachrichten an und schaltete ihn wieder aus. Es war zu früh, um zu Abend zu essen, und sie war zu nervös, um sich auszuruhen. Sie nahm das Handy und rief Tommy an. »Wir haben etwas vergessen«, sagte sie zu ihm, als er sich meldete.

»Was meinst du damit?«

»Es muss noch einen anderen Weg geben, diese Frau zu finden. Ich denke die ganze Zeit, wir hätten noch etwas anderes tun sollen, ich weiß nur nicht was.«

»Ich weiß, was du gerade durchmachst. Ich habe selbst das ganze Wochenende herumgerätselt. Aber wir haben alles getan. Die Gerichte haben uns fallen gelassen, das ist eine Tatsache. Und bestimmt nicht, weil wir nicht gut genug waren. Deine Argumente waren stark, und du hast sie hervorragend präsentiert. Der Fehler liegt beim System selbst.«

»Was ist denn mit dem Bestattungsinstitut, das Trudy Harrington beerdigt hat? Die müssen doch eine Adresse von Sunshine haben.«

»Hab ich schon überprüft, ohne Erfolg. Nancy war ihre einzige Kontaktperson.«

»Die Frau, die auf der anderen Straßenseite wohnt, deren Tochter mit Sunshine befreundet war – vielleicht ist ihre Tochter mit ihr in Verbindung geblieben und weiß, wo sie sich aufhält.«

»Geprüft und abgehakt. *Nada*.«

»Soziale Medien?«

»Ich hatte zwar nicht erwartet, etwas ohne ihren Ehenamen zu finden, aber ich habe es trotzdem versucht. Facebook, Twitter, LinkedIn. Und noch ein paar kleinere. Nichts.«

Dani wusste, dass sie sich an einen Strohhalm klammerte. Sie hatte Tommy in ihrem Team haben wollen, weil er der beste Ermittler im Büro war. Beste Qualität, durch und durch. Natürlich hatte er jede kleinste Kleinigkeit überprüft. Beide waren einen Moment lang still. »Tommy?«

»Ja?«

»Ist es nicht merkwürdig, dass Nancy durch einen Unfall gestorben ist? Ich meine, sie war die einzige Person, die uns zu Sunshine führen konnte, und bevor sie nach Hause fährt, macht sie ganz alleine einen Ausflug, und ausgerechnet dann stürzt sie in eine Schlucht? Ich leide ja eigentlich nicht unter Verfolgungswahn, aber das hier ist nicht normal.«

»Es hat mich auch beschäftigt. Ich kann mir nicht helfen, aber ich habe das dumpfe Gefühl, dass Mickey Conklin irgendetwas damit zu tun hat. Bestimmt war er es, der mir den Drohbrief ans Auto gehängt hat. Er versucht verzweifelt, uns aufzuhalten, und Nancys Tod hindert uns daran, Sunshine zu finden. Mich würde interessieren, wie er von Nancy erfahren hat. Und selbst wenn er wusste, dass sie der Schlüssel zu allem war, wie konnte er sie dann finden?«

»Er ist dir schon einmal gefolgt. Vielleicht hatte er dich in Byron beschattet, und auf dieselbe Weise von Nancy erfahren wie du.«

»Auch darüber habe ich nachgedacht. Aber das würde bedeuten, dass er mir auch nach New York gefolgt ist, mich beschattet hat, als ich zur Mayo-Klinik ging und wieder zurück. Er muss verdammt gut sein, mich zu beschatten, ohne dass ich es gemerkt habe.«

»Brauchte er nicht. Cannon hat ihm wahrscheinlich gesagt, wo du hingegangen bist.«

»Mist! Natürlich. Ich habe Cannon praktisch eine Kopie von meinen Plänen gegeben.«

»Tja, da hast du deine Antwort, Tommy. Ich wusste doch, dass da was war.«

»Dani, bitte gib die Hoffnung nicht auf.«

»Nein. Aber, Tommy ...«

»Ja?«

»Ich wollte dir nur sagen – wir hatten unsere Meinungsverschiedenheiten bei diesem Fall. Du dachtest wahrscheinlich, ich sei verrückt, George zu glauben. Aber ich wollte dir nur sagen, dass ich das alles ohne dich nicht geschafft hätte. Vielen Dank.«

»Du musst dich ausruhen, Dani. Du musst morgen stark sein.«

Nachdem sie aufgelegt hatte, ging Dani ein wenig spazieren. Sie hatte den ganzen Tag gesessen, im Flughafen, dann im Flugzeug und schließlich im Auto. Es wäre noch mindestens zwei Stunden hell, und so lief sie durch die Straßen von Michigan City. Die Geschäfte waren zwar geschlossen, aber sie konnte sich die Schaufenster ansehen. Sie spazierte sinnlos durch die Gegend, und das brauchte sie jetzt auch.

Gegen neunzehn Uhr wurde sie hungrig. Sie ging in Richtung Hotel zurück und hielt nach einem netten Restaurant Ausschau. Sie war ganz in ihren Gedanken vertieft und völlig überrascht, als jemand ihren Namen rief. Sie schaute auf und erblickte Gefängnisleiter Coates.

»Sie sehen so verloren aus«, sagte er.

Sie lächelte. »Beabsichtigt verloren. Ich musste meinen Kopf freibekommen, und Herumschlendern erschien mir genau das Richtige.«

»Keine Hoffnung für morgen?«

Dani versuchte, einen tapferen Blick aufzusetzen. »Ich fürchte, nein.«

»Mr Calhoun scheint auf morgen vorbereitet zu sein. Das ist oft der Fall, wenn sich der Tag X nähert. Der Insasse akzeptiert das Unvermeidbare.«

»Vielleicht würde auch ich besser schlafen, wenn ich diese Hinrichtung als unvermeidbar ansehen könnte. Nichts an dieser Ungerechtigkeit erscheint mir unvermeidlich.«

Coates sah Dani freundlich an. »Erinnern Sie sich an unser erstes Gespräch? Ich sagte Ihnen, dass ich froh war, dass Mr Calhoun Sie kontaktiert hatte. Die Todestraktinsassen, die beteuern, unschuldig zu sein, sollten jede Chance bekommen, es auch zu beweisen. Er hatte diese Chance. Sie haben ihn in jeder Hinsicht und mit all Ihren Kräften verteidigt. Nun ist die Zeit gekommen, zu akzeptieren, dass es, wie bei jedem Fall, einmal zum Schluss kommen muss.«

»Ich erinnere mich an unser Gespräch. Sie sagten auch, dass Sie besser schlafen könnten, wenn Sie wüssten, dass nichts versäumt wurde. Etwas wurde hier aber versäumt: die wahre Identität des Mädchens in diesem Grab. Es war nicht Angelina Calhoun. Dessen bin ich sicher.«

»Dann werden wir wohl beide eine schlaflose Nacht haben«, sagte er und sah traurig dabei aus.

Beide gingen ihres Weges, und Dani setzte ihre Suche nach einem Restaurant fort. Schließlich fand sie eines, das vielversprechend aussah, und ging hinein. Es war ein gemütliches süditalienisches Restaurant mit nur zehn Tischen, jeden zierte eine rote Karotischdecke. Sie bestellte Linguine mit weißer Muschelsoße und ein Glas Chianti. Dani verabscheute es, alleine zu essen. Man konnte es kaum vermeiden, andere Gäste anzustarren, seien es Pärchen, die einen gemeinsamen Abend verbrachten, Familien, die versuchten, ihre Kinder im Zaum zu halten, oder eine Gruppe von Freunden, die sich dort trafen. Sie wollte es nicht, konnte aber auch nicht in die Luft starren. Also nahm sie ein Buch aus ihrer Tasche, um es zu lesen, während sie ihren Wein trank und auf das Abendessen wartete. Als das Essen kam, schmeckte es, als hätte man es gerade aus der Tiefkühltruhe eines Supermarkts geholt. Sie schluckte es schnell hinunter und kehrte ins Hotel zurück.

Es war schon fast einundzwanzig Uhr, als sie in ihr Zimmer kam, und Zeit, zu Hause anzurufen. Doug berichtete, dass Jonahs Magen wieder in Ordnung sei. Wieder einmal schien er einem größeren Gesundheitsproblem entkommen zu sein.

»Übrigens, die Camp-Unterlagen für Jonah waren heute in der Post. Es ist eine Liste mit Dingen, die er im Sommer mitbringen soll«, sagte Doug. »Jonah ist schon ganz aufgeregt und macht eine Liste mit all den neuen Sachen, die er braucht.«

Danis Herz machte einen Satz. Der Briefträger. Die Person, die den Briefkasten neben ihrer Einfahrt haufenweise mit Katalogen, Tonnen von Rechnungen und gelegentlichen Grußkarten vollstopfte und, ganz selten, einen Brief von einem fernen Freund einwarf, der lieber schrieb, als telefonierte. Ihr Briefträger hieß Joe.

Jedes Jahr zu Weihnachten überreichten sie ihm eine Karte mit etwas Bargeld als Dank für seine guten Dienste. Wenn Dani zu Hause war, um ein Päckchen anzunehmen, oder ein Einschreiben ihre Unterschrift erforderte, dann begrüßte er sie mit Namen und fragte, wie es Jonah ging. Sie vermutete, dass er durch das Sortieren ihrer Post mehr über ihre Familie wusste als die Nachbarn von nebenan.

War es möglich? Trudys Nachbarin, Laura, erzählte, dass Sunshine im Haus in der Aspen Street aufgewachsen war. Könnte es sein, dass derselbe Briefträger, der sie schon als Kind kannte, dort immer noch die Post auslieferte? Wusste er vielleicht, wo Sunshine lebte? Dani beendete sofort das Gespräch mit Doug und rief Tommy an.

»Der Briefträger«, brüllte sie fast in den Hörer, als er abhob. »Wir haben nie mit dem Briefträger gesprochen.«

»Was zum Teufel erzählst du da?«

»Sunshine wuchs in dieser Straße auf. Wenn sie ihrer Mutter Grußkarten schickte, zum Geburtstag oder zu Weihnachten, dann stand doch bestimmt auf der Rückseite ihre Anschrift drauf, und der Briefträger könnte wissen, wo sie ist.«

»Äh, Dani, du bist doch Anwältin, das fällt doch unter den Datenschutz, nicht wahr? Ich meine, dürfen sich die Briefträger denn die Briefe ansehen, die sie ausliefern?«

»Das sind doch alles nur Menschen. Und sie müssen doch nachsehen, was auf dem Umschlag steht, um die Post ausliefern zu können. Also wäre es dann nicht möglich, dass er gesehen hat, wo Sunshines Brief herkam? Oder wenigstens ihren Ehenamen?«

»Bist du dir im Klaren, wie viele Häuser auf jeder Tour liegen? Wie viele Poststücke diese Leute täglich ausliefern?«

Dani war zu aufgeregt, um sitzen zu bleiben. Das Kabel des Hoteltelefons hielt sie davon ab, sich zu weit wegzubewegen, aber sie lief unruhig im Zimmer umher. »Ich weiß, dass es reine Spekulation ist. Wir haben aber nichts anderes. Kannst du morgen früh sofort das Postamt in Byron anrufen?«

»Niemand wird bereit sein, mit mir am Telefon zu sprechen. Selbst wenn ich persönlich vorspreche, wird es noch schwierig werden.«

Dani schaute auf die Uhr – einundzwanzig Uhr zwanzig. Keine Chance, dass Tommy noch heute Abend einen Flug bekäme. Auch wenn er am nächsten Morgen fliegen würde, käme er erst in Byron an, wenn der Briefträger das Postamt schon verlassen hatte. Selbst wenn er bis abends warten würde, bis der richtige von seiner Runde zurückkäme, wäre es unmöglich, den Informationen, die er vielleicht für sie hatte, noch rechtzeitig nachzugehen. »Versuch es trotzdem, Tommy. Bitte.«

Sie hörte einen langen Seufzer. »Ich werde sehen, was ich tun kann. Aber hoffe nicht zu sehr.«

»Das siehst du falsch, Tommy. Ich darf die Hoffnung nicht aufgeben. Es ist die einzige Möglichkeit, die Nacht zu überstehen.«

Sobald sie aufgelegt hatten, sagte Tommy zu seiner Frau: »Das ist so verdammt frustrierend. Wir glauben, dass sie irgendwo da draußen ist, wissen aber nicht, wo.«

»Erzähl mir, was ihr alles versucht habt.« Tommy führte ihr die ganze Liste auf. Als er fertig war, drehte sich Patty um und ging in die Küche.

»He, wo läufst du hin?

»Bin gleich zurück.« Eine Minute später kam sie mit einem kleinen Büchlein in der Hand ins Wohnzimmer zurück. »Was wäre ich ohne mein Adressbuch«, sagte sie mit einem breiten Lächeln. »Jeder, den ich jemals kannte, steht hier in diesem Büchlein, mit Telefonnummer und Anschrift. Ich habe sogar die Geburtstage eingetragen. Heutzutage haben die jungen Leute alle ihre Blackberrys und so, aber unsere Generation? Wir mögen die guten alten Notizen mit Papier und Bleistift.«

»Verdammt noch mal! Ich fass' es nicht, dass ich daran nicht gedacht habe. Ich verliere wirklich mein Fingerspitzengefühl.«

»Du musst dorthin gehen und das Haus durchsuchen.«

»Da ist jetzt alles verriegelt.«

»Tommy Noorland, ich habe genug deiner Geschichten vom FBI gehört, um zu wissen, dass eine verschlossene Tür noch nie ein Hindernis für dich war.«

Tommy kicherte. Patty hatte recht. Er könnte morgen früh den ersten Flug nehmen. Einbrechen bei Tageslicht war nicht gerade ideal, aber er erinnerte sich noch gut an den Trick mit dem Zahnstocher. Und wenn irgendein Nachbar die Polizei rufen würde, dann wäre er bereits drinnen und könnte nach einem Adressbuch suchen. Außerdem konnte er durch seine Referenzen als ehemaliger FBI-Agent und den Grund für den Einbruch mit einer gewissen berufsüblichen Gefälligkeit rechnen, falls es tatsächlich dazu käme.

Er eilte an den Computer und buchte einen Flug für sechs Uhr zwanzig nach Rochester. Als er zu Bett ging, wurde das Fünkchen Optimismus von dem Gedanken gedämpft, dass jemand HIPP daran hindern wollte, Sunshine zu finden, und sie womöglich schon umgebracht hatte, um sicherzugehen.

Um zehn Uhr fünfzehn war er bei Trudys Haus. Die Straße war leer, aber Tommy ging zur Hintertür. Er angelte einen Zahnstocher aus seiner Tasche, schob ihn durch das kleine Loch im Türknopf, und nach dreimaligem Drehen hörte er ein Klickgeräusch. Er bewegte den Türknopf und trat in Trudy Harringtons Küche ein. Es war hell genug draußen, sodass er auch bei geschlossenen Gardinen kein Licht einzuschalten brauchte. Patty hob ihr Adressbuch in einer Küchenschublade auf, also begann er auch hier mit der Suche. »Such in einer Schublade, ganz in der Nähe des Telefons«, hatte sie ihm gesagt. Er durchsuchte das Zimmer und entdeckte ein altmodisches Telefon an der Wand unter einem Küchenschrank. Die nächstliegende Schublade war voller Zettel, einer Heftmaschine, Speisekarten und einem Plastikbeutel mit Visitenkarten. Er öffnete die nächste Schublade. Dort fand er ein Telefonbuch von Olmsted County und darauf lag ein blaues Adressbuch, auf dessen Einband das Foto eines Hundes abgebildet war. Tommy nahm es, murmelte ein schnelles Gebet und öffnete es. Er blätterte zur Seite H in der Hoffnung, dass Trudy einfach nur Sunshines Mädchennamen ausgestrichen und ihn mit dem Ehenamen überschrieben hatte. Kein Glück. Er begann noch einmal ganz am Anfang. Als er das Blatt von A auf Seite B umblätterte, hielt er den Atem an. Direkt oben auf der Seite stand Sunny Bergman. Er starrte darauf.

Er traute seinen Augen nicht. Sunny Bergman lebte in Manhattan. Nicht nur in Manhattan, sondern sogar nur wenige Blocks von HIPP entfernt. Schnell nahm er sein Handy und rief Melanie an. »Ich hab sie gefunden«, sagte er sofort, als sie sich meldete.

»Wen?«

»Angelina. Na ja, Sunshine Harrington.«

»Wie? Wo?«

»Ich erklär's dir später, aber sie wohnt in Manhattan, auf der 16. Straße East. Du musst sofort zu ihrer Wohnung gehen.«

»Oh mein Gott! Das bedeutet —«

»Stimmt. Das bedeutet, dass wir ihn vielleicht noch retten können.«

Kapitel 34

Eric hatte recht. Sie brauchten Urlaub, mussten mal raus aus der Stadt. Obwohl es erst Mai war, staute sich die Hitze bereits zwischen den hohen Gebäuden auf der kleinen Insel Manhattan. Es war das letzte Wochenende, bevor sich die Hamptons auf Long Island offiziell der Touristenschar öffneten, die immer an den Maifeiertagen in dieses Gebiet strömten; daher waren die Strände noch ziemlich leer. Sunny war sich unsicher gewesen, als ihr Eric vom Angebot seines Freundes Ken erzählte, ihnen für dieses Wochenende sein Haus in East Hampton zur Verfügung zu stellen. Der Tod ihrer Mutter war allgegenwärtig, eine Last, die sie tagtäglich mit sich herumtrug. Jedoch hatte Eric darauf bestanden, und sie bereute es nicht. Am Donnerstagnachmittag fuhren sie aus der Stadt heraus und wollten nicht vor Montag zurückkommen. Die Luft hier am Ostende von Long Island roch frischer, und Sunny schien es, als sei der Tod ihrer Mutter in der salzigen Luft leichter zu ertragen. Sogar Eric machte einen entspannten Eindruck, was in den letzten Wochen nicht der Fall gewesen war.

Die Weite des Meeres war eine neue Erfahrung für Sunny. Das Haus, in dem sie wohnten, war nur ein paar Schritte davon entfernt. Es bestand aus drei Zimmern und war wie ein Strandbungalow gestaltet, steckte aber voller teurer Möbel und Nippes. Die Morgensonne und das Rauschen der Wellen weckten Sunny früh auf. Jeden Morgen, wenn noch alle schliefen, machte sie einen langen Spaziergang am Strand und sammelte Muscheln für Rachel. Rachel liebte es, im Sand zu spielen und sich einzugraben. Sie lachte, wenn sie über ihre gerade gebauten Sandburgen stolperte. Sunny hatte immer eine Digitalkamera dabei, um Schnappschüsse von Rachel zu machen. Einmal hatte sie ihre Mutter gefragt, warum es denn keine Fotos gäbe, die vor ihrem sechsten Geburtstag aufgenommen worden waren. »Sie sind während unseres Umzugs in dieses Haus verloren gegangen«, hatte ihre Mutter geantwortet. Nun war Sunnys Computer voller Fotos von Rachel, und alle vollen Speicherkarten waren sicher in einem Tresorfach verstaut.

Das Wetter war herrlich gewesen. Jeden Tag wolkenloser Himmel mit Sonnenschein. Das Meerwasser war noch zu kalt zum Schwimmen, aber sie und Rachel ließen ihre Füße von den schaumigen Wellen umspülen.

Sie besichtigten South Hampton und machten einen Schaufensterbummel vor den teuren Läden. Eric kaufte jedem ein T-Shirt, auf dem *Fabulous Hamptons* stand. Sie aßen in einem Restaurant zu Mittag, das die *Weltbesten Hamburger* anbot, und Sunny war davon überzeugt, denn sie schmeckten einfach köstlich. Eric glaubte, Paul McCartney in einer Bäckerei gesehen zu haben, aber Sunny meinte, er könne es nicht gewesen sein. Sie fuhren am Meer entlang und betrachteten die riesigen Villen. »Eines Tages werden wir auch in einer solchen Villa wohnen«, sagte Eric und brachte Sunny damit zum Lachen. Bevor sie wieder ins Haus zurückkehrten, machten sie Halt, um Eiscreme zu essen, wahrscheinlich auch die beste der Welt, so cremig wie sie war.

Heute, am letzten Tag, bevor sie wieder in den Ruß von Manhattan zurückkehren mussten, wollten sie nach Montauk Point fahren, zum südöstlichsten Zipfel der Insel.

»Aufstehen, du Schlafmütze«, sagte Sunny zu Eric. »Zeit fürs Frühstück.«

Eric rieb sich die Augen und schaute auf die Uhr – fast neun. »Warum hast du mich nicht geweckt?«, stöhnte er. »Ich habe in meinem ganzen Leben noch niemals lange geschlafen. Und ich habe gerade etwas Tolles geträumt.«

»Was denn?«

Eric zog Sunny zu sich ans Bett, legte die Arme um sie und schnupperte an ihrem Nacken. »Also. Du warst natürlich auch dabei. Ohne dich wäre der Traum nicht schön gewesen. Wir wohnten in einem gemütlichen Häuschen, umgeben von einem weißen Zaun, und hatten unseren eigenen Badeteich. Und dann war da noch dieser herrliche Duft von Pfannkuchen, Heidelbeerpfannkuchen, der aus der Küche kam.«

Sunny piekste ihn in den Arm. »Dummerchen, du hast meine Pfannkuchen gerochen. Sie warten auf dich in der Küche. Rachel hat ihre bereits gegessen.«

Nachdem Eric gefrühstückt hatte, fuhren sie auf der Autobahn in Richtung Montauk. Die zweispurige Straße bot zeitweilig flüchtige Blicke auf den Ozean, der Welten vom überfüllten Manhattan entfernt zu sein schien. Zum ersten Mal konnte sich Sunny ein Leben an einem anderen Ort als Minnesota vorstellen. Sie dachte, es wäre schön, wenn Eric in einer Praxis in einer Stadt am Meer anfangen könnte. Sie und Rachel könnten dann jeden Tag im Sand spazieren gehen. Sie würden Muscheln in den verschiedensten Farben und Formen sammeln. Eric könnte an seinen freien Tagen Tiefseefischen gehen. Welch ein herrliches Leben das doch wäre.

Dreißig Minuten später erreichten sie den Leuchtturm von Montauk, mit einem Felsvorsprung und dem Atlantik auf drei Seiten. Im Andenkenladen erhielt Eric eine Broschüre. »Hört mal zu«, sagte er. »Dies ist der älteste Leuchtturm in New York und der viertälteste aktive Leuchtturm in den ganzen Vereinigten Staaten. Stellt euch das mal vor!«

»Waf Leuchuhrm, Daddy?«

»Siehst du die Schiffe da draußen auf dem Wasser? Nun, die Kapitäne sehen nachts nicht viel, also gibt es da oben im Turm eine Laterne, die alle fünf Minuten blinkt. Sie hilft den Kapitänen, den Weg zu finden und ihre Schiffe zu steuern.«

»Will Lich' seh'n.«

»Dann gehen wir mal ganz nach oben, und dann wirst du es sehen.«

Also stiegen sie die Wendeltreppe hinauf. Nach einer Runde hielt Rachel die Arme hoch und wollte getragen werden. Als sie endlich die Aussichtsplattform erreichten, wurden sie mit einem fantastischen Blick belohnt. »Hier könnte ich ewig bleiben«, flüsterte Sunny Eric zu. Sie hatte sich schon lange nicht mehr so glücklich, so sorglos gefühlt.

Nach einer Weile gingen sie wieder nach unten und fuhren zu einem Streichelzoo. Rachel lief die vielen Gehege mit Tierbabys entlang. Da gab es Ziegen, Schafe, Kaninchen, Kälber, Truthähne, Schweine und wunderschöne, bunte Pfaue. Sunny kaufte ein Babyfläschchen mit Milch, damit Rachel die Ziegen füttern konnte. Rachel lachte unbekümmert, als eine Ziege am Schnuller zupfte und hungrig den Inhalt leerte.

Später gingen sie in einen kleinen Supermarkt und kauften alles für ein Picknick. Sie breiteten eine Decke am Strand aus, und während sie aßen, schauten sie den Möwen zu, wie sie herabgeschossen kamen und den Sand nach Speiseresten absuchten. Auf dem Weg zurück hielten sie an, um Porterhousesteaks zum Abendessen zu kaufen. Als sie wieder im Ferienhaus ankamen, waren sie alle erschöpft. Rachel legte sich hin, um ein Schläfchen zu machen, und ihre Eltern taten dasselbe.

Als Sunny aufwachte, lag Eric nicht mehr neben ihr. Sie stand auf und folgte dem Duft von Holzkohle. »Hmm, riecht das köstlich«, sagte sie, als sie auf die Terrasse trat, wo Eric grillte. »Es erinnert mich an daheim. Dad hat bei warmem Wetter fast jeden Abend gegrillt.«

»Lustig, es scheint, als würden immer die Väter grillen.«

»Das muss etwas mit dem Y-Chromosom zu tun haben, das den Männern ein besonderes Talent dafür verleiht«, sagte sie lachend.

»Hat dir diese Kurzreise gefallen?«

»Oh, ja. Ich bin gerne hier. Rachel auch.«

»Vielleicht leiht uns Ken das Haus noch einmal nach den Maifeiertagen Ende der Saison. Wir könnten aber auch ein Wochenende im Sommer an die Küste von New Jersey fahren. Wie wär's damit?«

»Klingt traumhaft.« Alles an diesem Aufenthalt in Long Island war traumhaft gewesen. Es hatte ihr dabei geholfen, den Albtraum vom Tod ihrer Mutter in den Hintergrund zu schieben.

Nach dem Abendessen brachten sie Rachel zu Bett, setzten sich auf die Terrasse, um in der kühlen Nachtluft noch ein Glas Wein zu trinken. Als sie aufstand, um ihre Beine zu strecken, zog Eric sie zu sich heran und küsste sie, zuerst zärtlich, dann hungrig. Er führte sie ins Schlafzimmer, und sie legten sich auf das französische Bett.

Sie zogen sich gegenseitig aus und liebten sich. Das hatten sie schon lange nicht mehr getan. Erics Überstunden im Krankenhaus und ihre Müdigkeit nach einem anstrengenden Tag mit Rachel, all dies war schuld daran, dass sie sich voneinander entfernt hatten. Eric berührte sie zärtlich; er kannte ihre erogenen Zonen sehr genau und wusste, wie er sie in den siebten Himmel führen konnte.

Anschließend lag Sunny in Erics Armen, und ihre Augenlider wurden schwer. Bevor sie einschlief, wurde sie sich bewusst, wie glücklich sie eigentlich war. Sie liebte Eric, sie liebte Rachel, und ihre Liebe wurde erwidert. Wenn sie doch nur noch ihre Mutter hätte, dann wäre ihr Leben perfekt.

Kapitel 35

Dreizehn Stunden

Zehn Minuten nach Tommys Anruf stand Melanie vor dem Haus, in dem Sunshine Harrington Bergman wohnte. Sie klingelte, aber niemand öffnete. Also wartete sie draußen, bis jemand das Gebäude verließ. Als endlich ein Mann die verschlossene Tür zur Eingangshalle öffnete, schlüpfte Melanie hinein. Mit dem Fahrstuhl fuhr sie zum achten Stock und ging den Korridor zur Wohnung 8 C entlang. Sie drückte den Daumen zwei Sekunden lang auf die Klingel. Immer noch keine Antwort.

Melanie wusste nicht, ob Sunshine das Läuten überhört hatte oder nicht zu Hause war. Sie hatte keine Zeit, um auf die Antwort zu warten. Stattdessen klingelte sie an Wohnung 8 D. Auch hier meldete sich zunächst niemand. Endlich, als sie schon gehen wollte, hörte sie jemanden herbeischlurfen. Mehrere Schlösser wurden geöffnet. Ein Mann, Mitte sechzig, der bestimmt über hundertzehn Kilo wog, öffnete die Tür. »Ich weiß, es klingt abgedroschen, aber es geht tatsächlich um Leben und Tod. Wissen Sie, ob ihr Nachbar nebenan verreist ist?«

»Sind Sie bescheuert, mich aufzuwecken, weil sie 'nen Kerl suchen?«

Melanie schaute auf die Uhr. Es war elf Uhr vierzig. »Bitte entschuldigen Sie die Störung. Und es ist nicht so, wie Sie denken. Ein

Mann steht kurz vor der Hinrichtung, und Ihre Nachbarin ist die einzige Person, die es aufhalten kann.«

»Hören Sie, Fräulein. Ich bin gerade erst vor zwei Stunden ins Bett gegangen. Es ist mir schnurzpiepegal, auch wenn es die verfluchte Königin von England wäre, die sterben würde.« Er warf die Tür zu.

Melanie war es egal, ob sie noch andere Leute aufweckte. Sie klopfte weiter an den Türen, fing bei der 8 A an und arbeitete sich bis zum Ende des Korridors durch.

Als sie die 8 F erreichte, kam ein Teenagermädchen mit langem braunen Haar und noch längeren Beinen, in Shorts an die Tür. Melanie sagte ihre Standardeinführung auf, die sie nun schon auswendig konnte. »Entschuldigen Sie, Miss, aber ich suche Sunshine Bergman, die in 8 C wohnt.«

»Oh, na, klar. Sunny. Ich babysitte manchmal bei Rachel.«

»Sie wissen nicht zufällig, wo Sunny sein könnte?«

»Die ganze Familie ist übers Wochenende weggefahren. Ich nehme an, dass sie morgen Abend zurück sind.«

Melanie bekam einen Schrecken. Jedes Mal, wenn sie meinten, endlich sei das Ziel in Sicht, stolperten sie wieder gegen ein Hindernis. Sie wandte sich wieder an das Mädchen. »Haben Sie ihre Handynummer? Oder die ihres Mannes?«

»Klar. Ich brauche die Nummern, wenn ich babysitte. Falls etwas passiert.«

»Können Sie sie mir bitte geben? Ich muss sie wirklich sehr dringend erreichen.«

Das Mädchen dachte einen Moment nach. »Ich ... ich dürfte das eigentlich nicht. Ich bin mir noch nicht einmal sicher, ob ich mit Ihnen reden sollte.«

Als sie gerade die Tür schließen wollte, steckte Melanie schnell ihren Fuß hinein. Sie nahm ihre HIPP-Ausweiskarte heraus und zeigte sie dem Mädchen. »Wie heißen Sie?«

»Leanne.«

»Okay, Leanne. Es gibt da einen Mann, der in dreizehn Stunden für ein Verbrechen hingerichtet werden soll, das er nicht begangen hat. Ich weiß nicht, ob Sunny Bergman wirklich die Frau ist, die ich suche, wenn ja, dann ist sie die Einzige, die ihm das Leben retten kann. Ich muss sofort mit ihr sprechen.«

Leanne schaute Melanie fragend an. »Ich weiß nicht. Ich habe von diesem Trick schon öfter gehört. Woher soll ich wissen, dass Sie keine Schwindlerin sind? Oder irgendeine Verrückte?«

Melanies Herz machte Salti in ihrer Brust. »Bitte geben Sie mir die Telefonnummer, ich flehe Sie an.«

»Ich weiß nicht, was ich tun soll. Meine Mutter wäre wütend, wenn Sie wüsste, dass ich mit Ihnen rede.«

Melanie ließ den Fuß zwischen der Tür. »Wie wär's denn hiermit: Würden Sie sie für mich anrufen?«

Leanne zögerte. »Okay, ich glaube, das ist in Ordnung. Warten Sie hier, ich hole mein Telefon.«

Einen Augenblick später kam sie mit einem knallrosafarbenen Mobilteil eines Schnurlostelefons zurück. Sie tippte ein paar Zahlen ein, und Melanie hörte das Telefon klingeln. Als jemand sich meldete, hörte Melanie ein Rauschen in der Leitung.

»Sunny, hier ist Leanne. Da steht eine Frau vor mir, die behauptet, sie müsste dich unbedingt sprechen. Kann ich sie dir mal geben?«

Leanne reichte Melanie das Handy. »Ms Bergman, ich bin vom Projekt zur Hilfe von unschuldigen Gefangenen, und in ein paar Stunden soll ein Mann hingerichtet werden, der unschuldig ist. Wir brauchen Ihre Hilfe.«

Durch das starke Rauschen hörte Melanie sie fragen: »Wieso ich?«

»Es ist zu kompliziert, um das am Telefon zu erklären. Wo sind Sie?«

Melanie konnte die Worte *Long Island Expressway*, *starker Verkehr* und *Unfall* hören.

»Was glauben Sie, wie lange Sie brauchen, bis Sie zu Hause sind?«

Noch mehr Rauschen und dann: »Noch drei Stunden.«

»Ich warte hier auf Sie.«

Warum kamen gute und schlechte Nachrichten immer gleichzeitig? Es war wie ein Wunder, dass Tommy Sunshine Harrington gefunden hatte, aber jetzt musste sie drei kostbare Stunden auf eine DNA-Probe warten.

Sie bedankte sich bei Leanne und ging ins HIPP-Büro zurück. Auf dem Weg dorthin kaufte sie sich im Feinkostladen an der Ecke einen Kaffee und ein Plunderstückchen. Sie setzte sich in Bruces Büro.

»Tommy hat Sunshine Harrington gefunden.«

Auf Bruces Gesicht erstrahlte ein Lächeln. »Hat sie ihm ein Wattestäbchen für die DNA gegeben?«

»Lass es mich umformulieren. Er weiß, wo sie wohnt. Ich komme gerade von dort. Tommy ist auf dem Weg zurück von Minnesota.«

»Minnesota? Wann ist er denn dorthin geflogen?«

»Ich kenne keine Einzelheiten. Er hat mich vorhin angerufen und mir ihre Adresse gegeben. Ich habe sie aber noch nicht gesehen. Sunshine ist gerade von einem Urlaub auf ihrem Weg hierher. Und natürlich ist sie auf dem LIE in den Stau gekommen. Sie wird erst frühestens in drei Stunden hier sein.« Der Long Island Expressway war eine hundertvierzehn Kilometer lange Autobahn zwischen Manhattan und Riverhead, der Pforte zu den Hamptons, oftmals auch als *Long Island Kummerstraße* genannt. Viele Autoaufkleber zeugten von den Qualen einer Fahrt auf dieser Autobahn. Melanie bevorzugte den Spruch *Ich fahre auf dem L.I.E.! Bitte betet für mich.*

»Reicht es der Gouverneurin, wenn wir ihr Sunshine ohne den DNA-Beweis bringen, dass sie Angelina ist?«, fragte Bruce.

»Dani hat eine eidesstattliche Erklärung von Jody, der Krankenschwester, die uns den Hinweis gegeben hat, und eine weitere von Dr. Jeffreys, der die Übereinstimmung beider Krankengeschichten bestätigt. Vielleicht reicht das aus.«

»Weiß Dani über Sunshine Bescheid?«

»Ich weiß es nicht. Tommy rief mich sofort an und bat mich, zu ihrer Wohnung zu gehen.«

»Ruf Dani an. Sie muss sich mit dem Stabschef der Gouverneurin in Verbindung setzen und ihn über die Entwicklung unserer Bemühungen informieren, damit er die Hinrichtung so lange hinauszögert, bis der DNA-Test zurückkommt. In der Zwischenzeit rufe ich das Labor an, damit sie für uns heute länger bleiben.«

Es dauerte zwanzig Minuten, bis Dani ans Telefon kam. Erneut schickte Coates einen Wärter zu Georges Zelle, der sie dann ins Büro des Gefängnisleiters brachte.

»Dani hast du heute schon mit Tommy gesprochen?«, fragte Melanie.

»Nein. Gibt's was Neues? Hat er den Briefträger gesehen?«

»Das weiß ich nicht, aber Tommy hat mir heute Morgen Sunshines Adresse gegeben, und ich war bei ihrer Wohnung. Sie wohnt hier in Manhattan. Die schlechte Nachricht ist, dass sie nicht zu Hause ist. Aber ich habe mit ihr gesprochen, und sie wird gegen vierzehn Uhr dreißig hier sein. Und stell dir vor! Sie wohnt nur ein paar Blocks von HIPP entfernt.«

»Nein! Das darf doch nicht wahr sein. Sie war also die ganze Zeit in unserer Nähe?«

»Genau.«

»Ich bin total schockiert.«

»Hör mal, glaubst du, es reicht der Gouverneurin aus, sie zu sehen? Es wird bestimmt nicht möglich sein, die DNA vor Mitternacht zu analysieren.«

Das Labor hatte bereits einen DNA-Test bei Calhoun durchgeführt. Nun brauchten sie nur noch eine Probe von Sunshine, um zu bestätigen, dass sie seine Tochter war. Aufgrund der hohen Nachfrage konnten DNA-Analysen in einem kriminaltechnischen Labor Wochen, ja sogar Monate dauern, aber der Vorgang an sich war schnell. Je nach Ausstattung konnten vorläufige Ergebnisse innerhalb von gerade einmal zwölf Stunden oder maximal sechsunddreißig Stunden vorgelegt werden. HIPP hatte eine Vereinbarung mit einem Privatlabor getroffen. Wenn die Resultate dringend waren, richtete sich das Labor darauf ein.

»Alles, was Guidry zu mir gesagt hat, war, dass er einen Körper braucht. Ich rufe ihn sofort an. Ach, warte mal, Melanie.«

»Ja?«

»Wenn du Sunshine triffst, bitte geh behutsam vor. Das wird ein Schlag für sie sein.«

»Ich glaube, dass es für eine Menge Leute ein Schlag sein wird.«

Kapitel 36

Dani rief Joe Guidry an, und die Worte sprudelten aus ihr hervor wie ein wirbelnder Tornado. »Wir haben Angelina Calhoun gefunden. Wir können beweisen, dass sie nicht das ermordete Mädchen aus dem Wald ist. Sie können die Hinrichtung nicht durchführen lassen. Er ist unschuldig, genau, wie wir vermutet haben.«

»Langsam! Ganz ruhig. Sie haben jemanden, der behauptet Angelina Calhoun zu sein?«

»Nein, nicht genau. Sie kann sich wahrscheinlich nicht mehr an ihre ersten Jahre erinnern. Aber Sie haben doch die eidesstattliche Erklärung der Krankenschwester von der Mayo-Klinik gesehen. Und wir haben die Bestätigung vom Arzt, der Sunshine Harrington behandelt hat. Er sagt, dass ihre medizinischen Einträge haargenau mit denen von Angelina Calhoun übereinstimmen.«

»Also haben Sie Sunshine Harrington.«

»Ja, irgendwie schon. Sie ist auf dem Weg nach Hause. Sie wohnt in New York, zwei Blocks von unserem Büro entfernt. Ist das nicht unglaublich? Meine Assistentin hat mit ihr gesprochen, und sie wartet vor ihrer Wohnung auf sie.«

»Das ist ja alles sehr interessant, aber wie können Sie ohne DNA sicher sein, dass es sich um ein und dieselbe Person handelt?«

»Natürlich bin ich das nicht. Nicht hundertprozentig. Aber wie könnte die Gouverneurin jetzt noch eine Hinrichtung zulassen? Sie müssen uns mehr Zeit geben, um die DNA zu testen.«

»Wie viel mehr Zeit?«

»Noch eine Woche. Das müsste reichen.«

»Ich melde mich wieder bei Ihnen.«

Dani gab ihm die Telefonnummer des Gefängnisleiters. Sie wusste nicht, was sie tun sollte; auf Joes Anruf warten oder zu George in die Zelle zurückkehren, um ihm die Neuigkeit zu überbringen. Sie wartete lieber. Sie wollte George keine falschen Hoffnungen machen, für den Fall, dass man ihre Bitte abschlagen würde. Sie ging hinaus, um Coates wieder sein Büro zu überlassen.

»Also, was ist los?«, fragte er.

»Wir haben eine Frau gefunden, die wahrscheinlich Georges Tochter, Angelina, ist. Das bedeutet, dass das kleine Mädchen, das damals im Wald tot aufgefunden wurde, jemand anders ist und George sie nicht umgebracht hat.«

Coates ging ins Büro und setzte sich an den Schreibtisch. Mit einer Geste bat er Dani, Platz zu nehmen. »Heißt das, dass die Gouverneurin die Hinrichtung stoppen wird?«

»Ich warte auf ihren Rückruf.«

Der Gefängnisleiter zog die unterste Schublade des Schreibtisches auf, durchwühlte ein paar Akten und holte zwei heraus. »Dies hier sind die Gründe, warum ich froh war, dass George Sie kontaktiert hat.« Er legte beide Ordner vor Dani auf den Tisch. »Beide Männer waren in diesem Gefängnis in der Todeszelle. Der erste, Johnny Tubbs, war vor meiner Zeit hier. Er wurde aufgrund der Aussage eines Augenzeugen verurteilt. Sein Anwalt war Pflichtverteidiger und noch ziemlich grün hinter den Ohren. Er hatte weder Ermittlungen zu Tubbs Alibi angestellt, noch hatte er die Beweise der Staatsanwaltschaft geprüft. Nach einem zweitägigen Prozess wurde Tubbs zum Tode verurteilt. Er verbrachte fünf Jahre im Todestrakt. Trotzdem hatte er Glück. Zwei Wochen vor dem Hinrichtungsdatum hat ein gutherziger Anwalt, der ehrenamtlich arbeitete, einen Aufschub und im Anschluss daran einen neuen

Prozess erwirken können. Er wies nach, dass keiner der Beweise der Staatsanwaltschaft Tubbs eindeutig als Täter überführen konnte. Wenn sich dieser Anwalt nicht Tubbs Fall angenommen hätte, dann wäre in Indiana ein unschuldiger Mann hingerichtet worden.«

Coates wies auf die zweite Akte. »Carl Jones. Ich arbeitete bereits hier und war der Todeszelle zugeteilt worden. Carl hatte dort bereits fünfzehn Jahre verbracht, bevor ich hierherkam. Er war ein ruhiger, nahezu sanftmütiger Mann. Er wurde wegen Mordes an einem Ladenbesitzer und Kunden bei einem Raubüberfall verurteilt. Als sich ein paar anständige, intelligente Anwälte des Falles annahmen, konnten sie beweisen, dass der Zeuge gelogen hatte. Jones hatte nur noch zwei Tage bis zur Hinrichtung, bevor er Aufschub und einen erneuten Prozess bekam. Wenn ein Anwalt nicht an ihn geglaubt hätte, wäre es meine Aufgabe gewesen, Jones zur Giftspritze zu bringen. Ich hätte also einen unschuldigen Mann zu seinem Tod begleitet. Mit diesem Gewissen kann ein Mensch nicht leben. Nun« – er holte tief Luft – »Sie und ich, wir befinden uns jetzt auf derselben Wellenlänge. Ich hoffe, dass mich die Gouverneurin anruft, um mir mitzuteilen, dass wir noch einen Aufschub bekommen, um den Test durchführen zu lassen. Wie ich Ihnen bereits beim ersten Mal sagte, ich möchte, dass jeder alle erdenklichen Möglichkeiten bekommt, seine Unschuld zu beweisen.«

Kaum hatte der Gefängnisleiter seinen Bericht beendet, klingelte sein Telefon. Er hob ab und reichte Dani den Hörer. »Joe Guidry«, flüsterte er.

»Joe, bitte geben Sie mir gute Nachrichten.«

»Ich rufe Sie nur an, um Ihnen mitzuteilen, dass ich die Gouverneurin noch nicht erreicht habe. Sie ist in einem Meeting. Ich habe ihr eine Nachricht zukommen lassen, aber sie ist noch nicht aus dem Konferenzraum gekommen. Ich weiß nicht, wie lange sie noch zu tun hat, und ich wollte Sie nicht unnötig warten lassen.«

»Danke, Joe. Rufen Sie mich an, sobald Sie etwas wissen.«

Es hatte keinen Zweck, weiter im Büro des Gefängnisleiters zu warten. Dani bedankte sich bei ihm, dass er ihr sein Büro zur Verfügung gestellt hatte, und ging mit einem Wärter zu Georges Zelle zurück.

Er saß auf dem Bett und stand sofort auf, als er sie sah. »Neuigkeiten?«, fragte er.

»Wir haben Ihre Tochter gefunden.«

George setzte sich nieder, legte die Hände vors Gesicht und wiegte sich vor und zurück. Nachdem er sich beruhigt hatte, sah er Dani mit Tränen in den Augen an. »Sie lebt«, flüsterte George. »Mein Engel lebt.«

Dani wollte ihm eigentlich nicht sofort die schlechte Nachricht überbringen, aber sie musste es. »Allerdings weiß ich nicht, ob sich die Gouverneurin ohne die DNA damit zufriedengibt. Ich warte auf ihren Rückruf. Wir sind noch nicht aus dem Schneider.«

George stand wieder auf und ging auf und ab. »Sie muss mir Zeit geben. Erst dachte ich, es würde mir genügen, zu wissen, dass sie lebt, aber das stimmt nicht. Ich möchte meine Tochter sehen. Ich möchte sie in meinen Armen halten.«

Dani nickte. Es war verständlich, dass er das wollte. Er hatte für dieses Kind so viele Opfer gebracht. Sie ergriff seine Hände. Dieser Mann hatte siebzehn Jahre in Isolationshaft verbracht, fast zwanzig Jahre in der Ungewissheit, ob seine Entscheidung richtig gewesen war, zwanzig Jahre Schweigen darüber. War es falsch gewesen, wegen einer solch kleinen Chance, seine Tochter zu retten, ein Todesurteil zu riskieren? Dani wusste nicht, was sie in seinem Fall getan hätte. Sie wusste nur, dass George es verdienen würde, die Ergebnisse dieser Entscheidung zu sehen. Er verdiente es, ein Teil von Sunshines Leben zu werden.

»Da gibt es noch etwas, George. Sie haben eine Enkelin. Sie ist ungefähr drei Jahre alt.«

George ließ sich auf sein Bett fallen und weinte wieder. Dani setzte sich neben ihn, und beide warteten sehnsüchtig auf den Anruf der Gouverneurin.

Eine Stunde später wurde Dani wieder zum Gefängnisleiter gebeten. Der Hörer lag neben dem Telefon und wartete im leeren Büro auf sie. Sie nahm ihn auf und erwartete, Joes Stimme zu hören, aber zu ihrer Überraschung war eine Frau am anderen Ende der Leitung.

»Ms Trumball, hier ist Gouverneurin Timmons. Joe hat mich von Ihrer Bitte um Aufschub unterrichtet und mir Ihre Gründe aufgeführt, die Sie glauben lassen, dass Mr Calhoun unschuldig ist. Offengestanden ist das alles ziemlich dürftig. Es ist vielleicht etwas gewagt, aufgrund eines einfachen Verdachts einer Krankenschwester zum plötzlichen Auftauchen einer Tochter im Leben einer Kollegin zu schließen, dass das Mädchen Angelina Calhoun sei.«

»Frau Gouverneurin, die Krankenberichte des Mädchens sind dieselben wie die Angelinas.«

»Ist denn Leukämie nicht der Krebs, der bei kleinen Kindern am häufigsten auftritt?«

»Ja, aber –«

»Es tut mir leid. Ich wollte Sie nicht unterbrechen, aber ich habe ein wichtiges Meeting verlassen, in das ich zurückgehen muss. Fazit ist, ich bin nicht überzeugt, genug in der Hand zu haben, um die Hinrichtung zu verschieben.«

»Aber der DNA-Test würde es beweisen. Danach bestünde kein Zweifel mehr.«

»Wenn sich herausstellt, was Sie gerne hätten. Wenn nicht, dann hätte der Staat eine Hinrichtung schon zum zweiten Mal verschoben und dies zu erheblichen Unkosten.«

»Bitte, Frau Gouverneurin«, bettelte Dani, mit den Tränen kämpfend. »Wir brauchen nur noch ein klein wenig Zeit.«

Ein paar Sekunden herrschte Schweigen. »Hinrichtungen müssen vor sechs Uhr morgens stattfinden. In der Regel werden sie kurz nach Mitternacht durchgeführt. Ich werde den Gefängnisleiter anweisen, bis zehn Minuten vor fünf Uhr zu warten. Sehen Sie zu, dass Sie den DNA-Test bis dahin haben. Das ist alles, was ich für Sie tun kann.«

»Danke, Frau Gouverneurin.«

Dani legte auf und musste sich setzen. Die Entscheidung der Gouverneurin machte sie fassungslos. Nun musste sie wieder nach unten, um es George mitzuteilen.

Kapitel 37

Um fünfzehn Uhr war Sunshine immer noch nicht da. Melanie hatte es sich vor ihrer Haustür auf dem Boden bequem gemacht, aber langsam bekam sie Wadenkrämpfe. Sie stand auf und schaute erneut auf die Uhr. Sie musste damit aufhören. Ständig nachzusehen, wie spät es war, würde die Zeit nicht schneller vergehen lassen.

Dani hatte sie benachrichtigt. Sie hatten nur noch bis zum Sonnenaufgang, um die DNA zu bekommen. Bruce hatte seine Zauberkräfte bei den Leuten vom Labor angewendet. Sie waren bereit, die ganze Nacht daran zu arbeiten. Aber zunächst benötigten sie die Probe. Und dafür brauchten sie Sunshine.

Zwanzig Minuten später hörte sie, wie sich die Fahrstuhltür öffnete. Eine blonde Frau mit Pferdeschwanz kam ihr entgegen. Ihre roten Wangen glichen zwei Äpfeln, und ihre schieferblauen Augen hatten dichte braune Wimpern. Das kleine Mädchen, das sie an der Hand hielt, sah aus wie ein Duplikat von Angelina Calhoun im selben Alter.

»Ms Quinn? Tut mir leid wegen der Verspätung. Der Verkehr war unmöglich.« Sie stellte ihre Familie vor und schloss die Wohnungstür auf. »Bitte, kommen Sie doch herein.« Die Familie trat ein, und Melanie folgte. »Ich kümmere mich mal eben um Rachel, dann können wir reden.« Sie ging mit dem kleinen

Mädchen in die Küche, nahm eine Flasche Apfelsaft aus dem Kühlschrank und goss ein wenig in eine Lerntasse. »Eric, würdest du Rachel bitte in unser Schlafzimmer bringen und ihr den Fernseher einschalten?«

»Klar.«

Sunshine wandte sich wieder Melanie zu. »Bitte setzen Sie sich«, sagte sie und deutete auf einen Stuhl. Sie setzte sich auf das Sofa gegenüber. »Also, um was geht es bei dieser dringenden Sache?«

Melanie wusste nicht, wo sie anfangen sollte. Die Frau war in dem Glauben aufgewachsen, dass ihre Eltern die Harringtons seien. Wie konnte sie ihr jetzt beibringen, dass alles, was sie wusste, auf einer Lüge aufgebaut war?

Vielleicht, wenn die Zeit nicht so knapp gewesen wäre, hätte sie jemanden mitnehmen können, der eher in der Lage war, ihr die Wahrheit schonend beizubringen. »Mrs Bergman –«

»Bitte nennen Sie mich Sunny.«

»Sunny, da sitzt gerade ein Mann in der Todeszelle, der morgen früh kurz vor fünf Uhr durch eine Giftspritze hingerichtet werden soll. Er wurde wegen des Mordes an seiner Tochter verurteilt, an einem vier Jahre alten Mädchen namens Angelina Calhoun. Seit dem ersten Tag beteuert er, dass die Leiche des Kindes, die man gefunden hatte, nicht seine Tochter war. Ich erzähle Ihnen das alles, weil … wir glauben, dass Sie Angelina Calhoun sind.«

Sunny saß schweigend und wie gelähmt vor ihr. Sie verschränkte die Hände ineinander.

»Ich weiß, dass es schwer zu verkraften ist«, setzte Melanie mit sanfter Stimme fort. »Aber die einzige Möglichkeit, die Hinrichtung morgen früh zu stoppen, ist eine DNA-Probe von Ihnen.«

Sunny schüttelte den Kopf und presste weiter die Hände zusammen. »Warum sagen Sie so etwas? Meine Eltern waren Ed und Trudy Harrington.«

»Das waren die Leute, bei denen Sie aufgewachsen sind. Aber wir glauben nicht, dass sie ihre biologischen Eltern sind.«

Sunny legte die Arme um sich, wiegte sich hin und her und starrte auf den Boden. »Nein, nein, nein«, sagte sie immer wieder.

»Erinnern Sie sich, dass Sie als Kind krank waren?«, fragte Melanie.

Sie hörte auf zu schaukeln und wurde ruhig. Sunny schaute Melanie an und flüsterte: »Ja.«

»Sie hatten Leukämie. Ihre biologischen Eltern versuchten verzweifelt, medizinische Versorgung für Sie zu finden. Zunächst waren sie auch in der Lage dazu, aber dann kam die Leukämie zurück. Sie brauchten eine Knochenmarktransplantation, aber Ihre Eltern hatten keine Krankenversicherung, und niemand war bereit, Sie zu behandeln.«

»Ich erinnere mich daran, dass ich im Krankenhaus war. Ich weiß auch noch, wie sehr es schmerzte.«

»Sie wären wahrscheinlich gestorben, wenn man Sie nicht behandelt hätte. Ihre Eltern liebten Sie über alles, so sehr, dass sie ein großes Opfer brachten. Sie fuhren Sie zur Mayo-Klinik und ließen Sie dort, in der Hoffnung, dass der Staat sich um Sie kümmern und Ihnen die Hilfe geben würde, die sie Ihnen nicht geben konnten. Und jetzt brauchen sie Ihre Hilfe.«

Tränen liefen Sunnys Wangen hinunter. Eric kam ins Wohnzimmer zurück, setzte sich neben Sunny und legte den Arm um sie. Sunny vergrub den Kopf an Erics Brust und schluchzte. Er umarmte sie fest. »Was ist hier los?«, fragte er.

Sunny hob den Kopf an, wischte die Tränen weg und wiederholte, was Melanie ihr erzählt hatte.

»Warum Sunny?«, fragte Eric. »Warum glauben Sie, dass man sie und nicht irgendein anderes Kind in der Mayo-Klinik behandelt hat?«

»Wir haben leider nicht die Zeit, Ihnen sämtliche Details der Ermittlung zu erzählen. Wir müssen sofort eine DNA-Probe ins Labor schicken. Aber ich sage Ihnen etwas – Ihre Tochter ist das Ebenbild von Angelina Calhoun, als sie drei Jahre alt war.«

Sunny fiel auf die Couch zurück. »Was muss ich tun?«

»Ich nehme einfach einen Tupfer und mache einen Abstrich von der Innenseite Ihrer Wange. Das ist alles. Und dann bringe ich ihn ins Labor. DNA ist eindeutig. Sie wird uns ganz genau sagen, ob Sie Angelina Calhoun sind.«

Sunny nickte. »Okay. Bitte nehmen Sie die Probe. Aber dieser Mann, dieser Mann, von dem Sie behaupten, er wäre mein Vater –«.

»Ich werde Ihnen alles über ihn erzählen und auch über Ihre Mutter, jedoch später. Wenn ich jetzt nicht schnell zum Labor komme – na ja, ich muss es einfach schaffen.«

»Ja, ich verstehe.«

Melanie nahm ein Abstrichstäbchen, schabte ein wenig an der Innenseite von Sunnys Wange und legte den Abstrich der Wangenschleimhaut vorsichtig in eine Plastiktüte. Sie verabschiedete sich und sprintete die Treppe hinunter, weil sie keine Geduld hatte, auf den Fahrstuhl zu warten. Sie hielt das nächste Taxi an und kam kurz vor fünfzehn Uhr dreißig im Labor in der Innenstadt an.

»Ich hab's«, sagte sie zu Stan, dem Techniker, der am Empfang auf sie wartete. »Schaffst du das? Hast du bis morgen früh um fünf die Ergebnisse?«

»Das wird knapp. Aber zumindest werden wir die vorläufigen Ergebnisse haben.«

Melanie teilte Dani telefonisch mit, dass das Labor die Probe hatte. Nun gab es nichts mehr für sie zu tun. Nichts, außer warten.

Sunny versuchte, sich damit abzulenken, das Abendessen zuzubereiten, und war immer noch ganz benommen von der Bombe, die in ihrem Wohnzimmer geplatzt war. *Wie war das möglich?* Es wurde ihr aber bewusst, dass es wahr sein musste. Dass von ihr als Baby und Kleinkind keinerlei Fotos existierten, ergab nun einen Sinn. Anstatt wütend auf die Eltern zu sein, die sie großgezogen hatten, wütend zu sein, weil sie ihr dieses Geheimnis vorenthalten hatten, verstärkte Melanies Offenbarung ihre Liebe zu den Harringtons. Sie hatten ein todkrankes Kind aufgenommen und es geliebt, als wäre es ihr eigenes gewesen. Aber ihre biologischen Eltern? Sie wusste nicht, was sie für sie empfinden sollte.

»Ist alles okay, mein Schatz?«, fragte Eric, als er in die Küche kam. Er stellte ihr alle fünfzehn Minuten dieselbe Frage.

»Ich weiß nicht so recht.« Sie streckte die Hand aus, um zu zeigen, dass sie zitterte. »Was soll ich jetzt für meine Eltern empfinden? Die Eltern, die mich verlassen haben?«

»Ich glaube, da kann dir niemand einen Rat geben, was du für deine Eltern empfinden sollst. Es gibt auch keinen Grund für dich, das jetzt schon herauszufinden. Nimm dir Zeit, versuche erst einmal, das alles zu verdauen.«

»Aber diese Frau – sie sagte, dass mein Vater morgen früh hingerichtet wird. Wegen mir. Weil sie glauben, dass er mich getötet hat.«

»Wir wissen doch noch nicht einmal mit Sicherheit, ob er dein Vater ist.«

Sunny schaute von der Rührschüssel auf. »Ich weiß es. Er ist mein Vater. Und wenn er stirbt, ist es wegen mir.«

Eric nahm Sunnys Hände und führte sie aus der Küche. Er zog einen Stuhl vom Esstisch für sie heran und setzte sich daneben. »Hör mir mal zu. Wenn die DNA beweist, dass er dein Vater ist, dann hat er eine Entscheidung getroffen, dir im Leben eine zweite Chance zu schenken. Er hat es aus Liebe zu dir getan. Sei ehrlich, gibt es irgendetwas, das du für Rachel nicht tun würdest?« Sunny schüttelte den Kopf. »Was auch immer jetzt geschieht, denk daran, dass es deine Eltern waren, die diese Entscheidung getroffen haben, nicht du. Und du bist nicht für die Folgen ihrer Entscheidung verantwortlich.«

»Ich weiß nicht, wie ich mit diesen Folgen leben kann.«

»Du wirst mit ihnen leben müssen, um ihr Opfer zu würdigen.«

Sunny nickte. Irgendwie war sie sich darüber im Klaren, dass ihre Eltern genau das wollten. Sie wusste aber auch, dass es nicht einfach sein würde.

Kapitel 38

Fünf Stunden.

Es kam Dani wie ein Déjà-vu-Erlebnis vor. Sie konnte sich nur vorstellen, was George jetzt empfand. Sie waren wieder zusammen in der Zelle und ertrugen die lange Wartezeit gemeinsam. Nur dieses Mal kam es ihnen wie eine Ewigkeit vor. Coates hatte seine Vorschriften sogar noch weiter umgangen, indem er Dani erlaubte, die Nacht in Georges Zelle zu verbringen. Er brachte ihr eine Liege und eine Decke. »Zum Teufel, die Vorschriften besagen, dass die Hinrichtung kurz nach Mitternacht erfolgen soll. Und wenn das geändert werden kann, dann gibt es für mich keinen Grund, warum ich ihm nicht über Nacht Ihre Gesellschaft erlauben sollte«, sagte er. Coates blieb in dieser Nacht ebenso in seinem Büro, um am Telefon zu sein, wenn die Testergebnisse zurückkamen.

Dani riet George, ein wenig zu schlafen, aber weder er noch sie konnten es, also sprachen sie leise miteinander.

»Sie hätten Sallie sehen sollen, als ich sie kennenlernte. Wir waren zusammen in der Highschool, beide im ersten Jahr, und sie war wirklich die Allerschönste in der ganzen Klasse. Ich bin fast in Ohnmacht gefallen, als sie sagte, sie würde mit mir ausgehen, ich war so überrascht. Sie hatte wirklich die Auswahl, aber sie nahm mich ... Es mag abgedroschen klingen, aber sie ist das einzige Mädchen, das ich jemals geliebt habe.«

»Sie hatten wohl etwas, das sie angezogen hat.«

»Wahrscheinlich. Es ist schon komisch, wir hatten solche Angst während unserer Highschool-Zeit, dass sie schwanger werden könnte. Wir hatten das bei Freunden erlebt, die damit nicht zurechtgekommen sind. Wir hätten kaum besser aufpassen können. Und dann, als wir schließlich ein Baby haben wollten, hat es eine Ewigkeit gedauert. Ja, Angelina war all das Warten wert. Was für eine Schönheit! Die Leute hielten uns dauernd auf der Straße an und bewunderten sie.«

»Ich nehme an, dass alle Eltern meinen, ihre Kinder seien schön, aber ich muss zugeben – ich habe Fotos von Angelina gesehen, und sie war außergewöhnlich hübsch.«

»Haben Sie eigene Kinder?«

»Ja. Ich habe einen Sohn. Sein Name ist Jonah.«

»Ich wette, dass er Ihr Ein und Alles ist.«

»Ja, natürlich.«

»Wissen Sie, ich war Sallie niemals böse. Niemals. Der Kummer brachte sie dazu, zu behaupten, wir hätten Angelina umgebracht. Sie muss es wirklich geglaubt haben.«

»Hatten Sie seit dem Prozess Kontakt mit Sallie?«

George schaute ins Leere und schüttelte verneinend den Kopf. »Ich hatte ihr geschrieben, aber sie hat nie geantwortet. Meine Mutter besuchte sie einmal und musste dafür einen weiten Weg fahren, aber Sallie wollte sie nicht sehen.« Er drehte sich zu Dani um. »Sie haben sie gesehen, nicht wahr?« Sie nickte. »Geht es ihr gut? Ich meine, hält sie es da drinnen aus?«

»Sie wird von den anderen Frauen gut behandelt, aber es ist ziemlich hart für sie. Nicht das Gefängnis. Sie hat das Gefühl, dorthin zu gehören. Aber sie wird sich wohl niemals verzeihen, Angelina verlassen zu haben.«

Beide waren einen Moment lang still. »Haben Sie Angst vor dem Tod?«, fragte George.

»Ja, durchaus. Ich versuche, nicht darüber nachdenken.«

»Sie wollten, dass ich mit einem Priester spreche, aber ich will das nicht. Entweder wird Gott verstehen, was ich getan habe, oder nicht, und es gibt jetzt nichts mehr, was ich da noch tun könnte.«

»Ich verstehe, was Sie getan haben. Und ich glaube, Ihre Tochter wird das auch.«

»Das ist alles, was für mich zählt.«

Dani wurde langsam schläfrig, und sie wusste, sie musste sich bewegen, um wach zu bleiben. Sie wollte für George wach sein, falls er das Bedürfnis hatte zu reden, und wenn es nur ein flüchtiger Blickaustausch war. Als sie aufstand, hörte sie im Raum des Sicherheitsdienstes, am Ende des Korridors, ein leises Klingeln. Kurze Zeit später näherten sich Schritte. »Ms Trumball, da ist ein Anruf für Sie im Büro des Gefängnisleiters.«

Das Herz pochte ihr bis zum Hals. Es war vier Uhr morgens. Der Anruf konnte nur eines bedeuten: Die DNA-Ergebnisse waren da. George schaute sie mit feuchten Augen an. »Was auch immer passiert, ich danke Ihnen dafür, dass Sie an mich geglaubt haben«, sagte er. Dani nickte und folgte dem Wärter nach oben in Coates Büro, wo dieser mit besorgter Miene am Schreibtisch saß. Dieses Mal blieb er im Büro.

»Dani«, sagte Bruce. »Es gibt eine Übereinstimmung. Mit einer Sicherheit von hundert Prozent. Sunshine Harrington ist George und Sallies Tochter. Ich faxe dir sofort eine Kopie des Berichts.«

Sie war zu überglücklich, um zu antworten. Sie schaute Coates an und nickte. Er verstand sofort. Beide wussten, was das bedeutete. George Calhoun würde leben.

Kapitel 39

Eine Woche später.

»Bitte erheben Sie sich«, intonierte der Gerichtsdiener. Sie waren alle wieder im Amtsgericht von LaGrange versammelt, Melanie, Tommy und Dani.

Dieses Mal im Gerichtssaal von Richterin Andrea Hermann und dieses Mal mit beiden, George und Sallie, auf der Anklagebank – das erste Mal seit siebzehn Jahren, dass sie sich sahen. »Sie dürfen sich setzen«, sagte der Gerichtsdiener, nachdem Richterin Hermann Platz genommen hatte.

»Meines Wissens hat die Staatsanwaltschaft einen Antrag vorzubringen«, sagte sie.

Der stellvertretende Staatsanwalt erhob sich. »Ja, Euer Ehren. Das Volk beantragt, alle Klagen gegen George Calhoun und Sallie Calhoun aufzuheben, und zwar auf der Grundlage eines gerade ans Licht gekommenen, entlastenden Beweises.«

»Ich habe gehört, dass Mr Calhoun nur knapp der Nadel entgangen ist«, sagte die Richterin. »Ich bin dankbar dafür, dass unser System nicht versagt hat.«

Dani sah die Sache allerdings anders. Siebzehn Jahre Gefängnisaufenthalt für ein unschuldiges Ehepaar schienen für sie durchaus einem Versagen gleichzukommen. Aber die Calhouns waren selber mit daran schuld.

»Daher verfüge ich, dass George Calhoun und Sallie Calhoun so schnell wie möglich aus der Haft entlassen werden, und zwar spätestens in einer Woche ab dem heutigen Datum.« Richterin Hermann richtete sich an die Calhouns. »Ich möchte Ihnen beiden viel Glück wünschen. Ich weiß, dass es da jemanden gibt, mit dem Sie einiges aufzuholen haben.«

»Ja, Madam, das hoffe ich«, sagte George.

Sallie war den ganzen Morgen über schweigsam gewesen. Als Dani sie im Haftraum besucht hatte, schien sie sich in einem Schockzustand zu befinden und die Lage nicht zu begreifen. Sie würde einige Zeit brauchen, um sich wieder in der Freiheit zurechtzufinden.

Der Wärter kam, um George und Sallie in ihre Zellen zurückzubringen. Sie mussten wegen der Entlassungspapiere in ihre jeweiligen Gefängnisse zurückgebracht werden. Bevor die Gefängnistore sich für sie öffneten, würden Psychologen sie auf die Veränderungen vorbereiten, die draußen auf sie zukamen. Dani wusste, wie schwierig es für beide sein würde, sich da draußen wieder zurechtzufinden. Für George und Sallie war die Zeit, die sie in Haft verbracht hatten, so lang gewesen, dass die Anpassung unglaublich schwierig sein würde.

Bevor sie der Wärter abführte, drehte sich George zu Dani um. »Ich hätte nie geglaubt, dass ich das erleben würde«, sagte er flüsternd. »Ist es wirklich wahr? Bin ich wirklich frei?«

»Ja, bald, sehr bald.«

»Zu dem Zeitpunkt, als ich Ihnen geschrieben habe, war ich bereit zu sterben. Ich hatte mich damit abgefunden. Ich musste einfach nur wissen, ob es einen Sinn dafür gab. Dass Angelina –«, er schüttelte den Kopf. »Ich vergesse immer, dass sie ja gar nicht mehr so heißt. Sunshine. Das ist ein schöner Name.«

»Es hätte nie passieren dürfen, dass sie dieses Opfer bringen mussten, sich zwischen Ihrem und Angelinas Leben zu entscheiden.«

»Nein, Madam. Niemand sollte das. Aber wenigstens hatte es einen Sinn. Zumindest hatte sie ein gutes Leben.«

Der Wärter, der die Häftlinge normalerweise sehr brüsk in die Zellen zurückbrachte, wartete geduldig an Georges Seite. Er verstand wohl auch, dass ein unschuldiger Mann siebzehn Jahren seines Lebens hinter Gittern verbracht und deshalb ein paar Extraminuten verdient hatte.

George umfasste Danis Hand. »Vielen Dank.« Er brauchte nichts weiter hinzuzufügen. Er nickte dem Wärter zu und wurde aus dem Gerichtssaal geführt, zurück in eine Zelle, die sich von einem Warteraum vor der Tür zum Tod in einen letzten Schritt in Richtung Freiheit verwandelt hatte.

Nachdem das Flugzeug aus Indiana in LaGuardia gelandet war, fuhr Dani sofort zu Sunny, um ihr die Nachricht von der Entlastung ihrer Eltern zu überbringen. Die Stille, die in dieser Wohnung herrschte, schien hier, mitten in Manhattan, ziemlich ungewöhnlich. Rachel ging zu Bett, kurz nachdem Dani gekommen war, und Eric, der sich vorher mit ihr unterhalten hatte, zog sich in sein Schlafzimmer zurück. Dani und Sunny waren alleine im Wohnzimmer.

Dani hatte Sunny und ihre Familie mehrmals getroffen, seit ihr Melanie diese beunruhigende Nachricht über ihre Herkunft gebracht hatte. Wenn man genauer hinsah, gab es doch ein paar Unterschiede zwischen Rachel und den Fotos, die Dani von der kleinen Angelina Calhoun gesehen hatte. Aber die starke Ähnlichkeit, vermutete sie, würde für George und Sallie verstörend sein, eine überdeutliche Erinnerung an das kleine Mädchen, das sie einmal so innig geliebt hatten. Wenn Sunny sie in ihrem Leben akzeptieren würde und die beiden ihre Enkelin besuchen dürften, hätten sie eine zweite Chance, ein Kind aufwachsen zu sehen, das sie liebten.

»George und Sallie werden spätestens in einer Woche entlassen«, erzählte sie Sunny. Dani sprach nicht von ihnen, als seien es ihre Eltern. Sunny war noch nicht bereit, sie als solche anzunehmen.

»Wo werden sie hingehen?«

»Zurück nach Pennsylvania. Ihre Großmutter lebt immer noch dort. George wird zu ihr ziehen. Und Sallie wird in eine Art Resozialisierungszentrum gebracht.«

»Aber wieso? Sind sie denn nicht mehr verheiratet?«

»Doch, aber sie hatten all die Jahre keinen Kontakt miteinander. Sie haben sich beide verändert. Es ist das Beste für sie, sich erst einmal an ihre Freiheit zu gewöhnen. Danach können sie versuchen, Kontakt miteinander aufzunehmen.«

Sunny stand auf und lief im Zimmer hin und her. Sie war eine bemerkenswert hübsche Frau, aber nun sah ihr Körper eingefallen aus, als könnte er die Bürde der letzten Woche nicht tragen. »Es ist meine Schuld. Ich habe Ihnen das angetan.« Die Tränen, die sie bisher zurückgehalten hatte, kullerten nun die Wangen hinunter.

Dani legte die Hände auf Sunnys Schultern und drehte sie zu sich, um ihr ins Gesicht zu sehen. »Nein, Sunny. Es ist nicht Ihre Schuld, dass Sie krank waren. Es ist nicht Ihre Schuld, dass das Krankenhaus Sie nicht behandeln wollte. Und es ist keinesfalls Ihre Schuld, dass Ihre Eltern Sie in Minnesota ausgesetzt haben.«

Sunny blieb stehen und starrte Dani an. Sie sah aus wie ein verängstigtes Kind, nicht wie die Mutter eines kleinen Mädchens. »Ich weiß nicht, ob ich mich selber für das, was ihnen passiert ist, hassen soll, oder ob ich sie hassen soll, weil sie mich allein gelassen haben. Ich komme damit einfach nicht zurecht. Ich weiß nicht, was ich denken soll.«

»Sie können Ihre Gedanken nicht erzwingen. Sie können Ihre Gefühle nicht erzwingen. Lassen Sie sich Zeit. Wenn Sie bereit sind und sie treffen wollen, dann gehen wir zusammen dorthin. Bis dahin denken Sie daran, dass Sie es ihrer Entscheidung verdanken, dass Sie all das hier haben«, sagte Dani und breitete ihre Arme aus.

Sunny setzte sich wieder auf die Couch. »Erzählen Sie mir, wie sie sind.«

Während der folgenden Stunde berichtete ihr Dani über das, was ihr George über sein Leben mit Sallie erzählt hatte, von der Zeit, als sie sich in der Highschool kennenlernten bis zu dem Schicksalstag, an dem sie ihre Tochter in der Mayo-Klinik ließen. »Aber am meisten«, beendete sie ihren Bericht, »hat mich George immer als sehr mutiger, sehr starker Mann beeindruckt. Ich habe nicht viel Zeit mit Sallie verbracht, daher kann ich Ihnen nicht viel von ihr erzählen.« Sie wollte vermeiden, dass Sunny erfuhr, wie stark Sallie darunter gelitten hatte, jahrelang zu glauben, sie und George seien für Angelinas Tod verantwortlich gewesen. Das würde sie später erfahren.

Nachdem sie von Sunny weggegangen war, machte Dani im Büro Halt, um ein paar Akten mitzunehmen. Ihre Arbeit hatte sich während der letzten sieben Wochen aufgetürmt. Es gab Anträge zu stellen, Begründungen zu schreiben und Briefe zu beantworten, die von Insassen des ganzen Landes kamen. Von Männern und Frauen, die behaupteten, unschuldig zu sein, und für die HIPP die letzte Hoffnung, die einzige Hoffnung darstellte.

Die Zeit verging im Fluge, und es war schon fast zwanzig Uhr. Sie musste nach Hause fahren. Mit etwas Glück würde sie noch vor der Flitterwochenstunde ankommen. Sie würde sich auf die Couch legen, und Doug würde die Verspannung in ihrem Nacken massieren. Sie würde den Stress der letzten sieben Wochen hinter sich lassen. Und sie würde bestimmt nicht über den Mörder eines kleinen Kindes nachdenken, der unbestraft davongekommen war.

Kapitel 40

Mickey Conklin hatte das Klopfen an der Tür schon die ganze Woche erwartet. Seitdem er gelesen hatte, dass Angelina Calhoun lebte, wusste er, dass sein Spiel aus war. Als Cannon zu ihm kam, war es fast eine Erleichterung. Er folgte ihm willig aufs Polizeirevier, verzichtete auf sein Recht, die Aussage zu verweigern, und wartete geduldig darauf, vernommen zu werden. Er saß an einem kleinen Tisch, dem kräftigen Polizisten gegenüber. Sie wussten, dass man sie auf der anderen Seite der Spiegelwand beobachtete. Aber im Raum selbst saßen nur er und Cannon. Niemand, um den guten Bullen zu spielen.

»Du musst dir die ganzen Jahre über ja schön eins in Fäustchen gelacht haben«, sagte Cannon, als er sich Mickey gegenübersetzte. Mickey schüttelte einfach nur den Kopf.

Cannon nahm ein Blatt Papier aus dem Ordner und hielt es ihm vors Gesicht. »Weißt du, was wir getan haben, als wir erfuhren, dass das Kind im Wald nicht Angelina Calhoun war? Wir haben einen Antrag auf Exhumierung gestellt und das Grab geöffnet. Rate mal, was wir gefunden haben!« Mickey zuckte mit den Schultern.

Cannon donnerte mit der Faust auf den Tisch und brüllte Mickey an: »Du weißt verdammt gut, was wir gefunden haben! Es war Stacy. Deine kostbare Tochter, der du zwei Jahrzehnte lang nachgeweint hast. Die, von der du behauptet hast, es sei nicht Stacy gewesen, als wir dich zur Identifizierung gebracht haben.«

»Was macht dich so sicher, dass es Stacy ist?« Mickey war felsenfest davon überzeugt, sämtliche Dinge aus ihrem Zimmer entfernt zu haben, durch die man sie hätte identifizieren können.

»Du Trottel, weil ich die Asservate aus der Zeit durchsucht habe, als sie als vermisst gemeldet wurde. Und wir haben natürlich ein paar Sachen von ihr mitgenommen, einschließlich ihrer Haarbürste.«

Mickey blieb stumm. Reden würde nicht helfen, sondern genau das Gegenteil erreichen.

»Also, spuck's aus, du Mistkerl, wie ist sie gestorben?«

Schweigen.

So ging das zwei Stunden lang, Cannon bedrängte ihn, und Mickey schwieg. Schließlich sagte Cannon: »Wir haben dich am Schlafittchen; du wirst wegen Mordes eingebuchtet.«

»Ihr habt gar nichts in der Hand. Und wenn es Stacy ist? Jemand hat sie entführt und getötet. Ich stand unter Schock, ich war gar nicht in der Lage, sie zu identifizieren. Du weißt schon, Verleugnung. Ich wollte es nicht wahrhaben, dass sie es war.«

Cannon lehnte sich zurück. »Du bist auf dem Holzweg, Mickey. Wir haben eine Menge. Erklär mir mal den Zettel, den du dem Ermittler aus New York hinterlassen hast!«

»Ich weiß nicht, von was du sprichst.«

»Sicher weißt du. Wir haben es überprüft. Deine Fingerabdrücke sind überall drauf.«

Er wusste, dass das mit dem Zettel ein Fehler war. Er hatte zu impulsiv gehandelt. Mist.

»Du erzählst Scheiße. Meine Fingerabdrücke sind nirgendwo in eurem System abgespeichert.«

Cannon nickte. »Das stimmt. Aber sie waren auf dem Kugelschreiber, den du mir neulich geliehen hast, als ich bei euch war. Eine perfekte Übereinstimmung. Also, meine einzige Frage lautet: Hast du sie alleine umgebracht, oder war Janine auch dabei?«

Mickey sprang von seinem Stuhl auf. »Halt sie da raus!«

Cannon grinste und sein Grinsen wurde immer breiter, bis er Mickey seine gelben Zähne zeigte. »Wieso? Hast du das alles alleine getan? Hast du Janine die ganzen Jahre über angelogen?«

Es war vorbei. Er musste jetzt reinen Tisch machen. Es war kein Mord. Vielleicht würde Cannon es verstehen. Mit flüsternder Stimme begann Mickey, seine Geschichte zu erzählen. »Ich wollte Stacy nicht wehtun. Ich liebte sie. Aber sieh mal, damals musste ich Doppelschichten machen und Geld durch Überstunden verdienen. Abends kam ich todmüde nach Hause und fiel einfach nur ins Bett. Janine schlief dann schon. Ich weckte sie nie auf. Sie hatte schon immer einen tiefen Schlaf. Als Stacy noch ein Säugling war und noch nicht die ganze Nacht durchschlief, war ich derjenige, der als Erstes aufwachte. Ich musste Janine immer anstupsen, um sie zu wecken.«

Cannon musste keine Notizen machen. Der Kassettenrekorder lief, und Kameras nahmen das Verhör auf.

»Eines Nachts kam ich vollkommen aufgedreht nach Hause. Verstehst du, da war diese Frau auf der Arbeit – Darlene. Sie war neu in der Fabrik und machte auch Nachtschicht. Als sie zum ersten Mal mit mir flirtete, dachte ich, es wäre aus Spaß, und spielte mit. Aber in dieser Nacht ging es darüber hinaus. Sie trieb mich in die Enge, als ich vom Klo kam, und fragte mich, wann ich sie denn endlich küssen würde. Ich benahm mich wie ein Depp, stammelte und nuschelte. Sie muss mich für einen Idioten gehalten haben. Aber ich küsste sie nicht. Als ich nach Hause kam, war ich total aufgedreht, und anstatt ins Bett zu gehen, trank ich ein paar Bier, vielleicht noch ein paar mehr ... Ich war mitten im Traum, als ich auf einmal Stacy schreien hörte. Ich träumte von Darlene. Ich konnte mich auch noch nach all diesen Jahren daran erinnern. Ich denke immer, mein Kopf wäre klarer gewesen, wenn ich nicht von ihr geträumt hätte. Aber man kann seine Träume nicht kontrollieren, nicht wahr?«

»Weiter. Du bist dabei, dir selbst zu helfen. Das ist gut.«

»Ich war verärgert darüber, dass Stacy mich aus meinem Traum gerissen hatte. Also ging ich in ihr Zimmer, drehte das Licht an und setzte mich neben sie aufs Bett. ›Was ist los, Mäuschen?‹, fragte ich. Ich beruhigte sie eine Weile, aber in meinem Innern schäumte ich vor Wut.

›Ich will ein Glas Wasser‹, sagte sie.

›Bleib im Bett. Ich hole es dir‹, sagte ich zu ihr. Ich ging aus dem Zimmer, und als ich auf der Treppe war, hörte ich sie hinter mir wimmern.

›Lass mich nicht allein‹, sagte sie.

Ich brüllte sie an: ›Geh in dein Zimmer zurück.‹ Sie stand einfach nur da und weinte. Ich sagte: ›Sei still. Du weckst Mami auf.‹ Sie bewegte sich nicht. Ich weiß nicht, was passiert ist. Blinde Wut überkam mich, ich war wütend, weil Stacy aufgestanden war, wütend, weil Janine sich nicht um sie kümmerte, wütend, weil ich Darlene nicht geküsst hatte, obwohl ich mich danach sehnte. Ich gab ihr einen Klaps auf den Po, nur ganz leicht, nur, um ihr zu zeigen, dass es mir ernst war. Es war nur ein kleiner Klaps. Sie musste ihr Gleichgewicht verloren haben, denn sie fiel die Treppe hinunter. Ich stand einfach nur da. Und dann war es so still. Ich rannte die Stufen hinunter. Ihr Körper war schlaff. Sie hatte die Augen aufgerissen, bewegte sich aber nicht. Ich klopfte ihr auf die Wangen – ich wusste, dass ich sie nicht bewegen durfte. Aber sie wachte nicht auf. Sie muss sich bei dem Sturz das Genick gebrochen haben.«

»Du willst mir also weismachen, dass es ein Unfall war?«, fragte Cannon.

»Ich schwöre bei Gott.«

»Dann erzähl mir mal, warum du nicht die Polizei gerufen hast.«

»Wie sollte ich denn Janine erklären, dass ich unsere Tochter getötet hatte? Wie hätte ich es der Polizei erklären sollen? Man hätte die leeren Bierflaschen gefunden und meinen Alkoholspiegel getestet. Sie hätten mir niemals die Geschichte mit dem Unfall abgekauft. Ich konnte Stacy nicht wieder lebendig machen. Es blieb mir nur noch übrig, mich selbst zu retten. Ich wickelte sie in eine Decke, legte sie in den Kofferraum und fuhr zu einem Wald, eine

Autostunde nördlich der Stadt, wo ich früher Rotwild gejagt hatte. Ich ging in den Wald und vergrub sie. Wo liegt hier das Verbrechen? Ein Vater darf seine Tochter beerdigen.«

»Zum einen hast du dich der Behinderung polizeilicher Ermittlungen schuldig gemacht. Du hast eine Falschaussage gemacht. Soll ich weitermachen? Ich bin mir sicher, dass ich eine ganze Reihe von Straftaten aufzählen könnte.«

»Ich war nicht Herr meiner Sinne. Ich hatte gerade mein kleines Mädchen verloren.«

»Sprich weiter. Was hast du Janine erzählt?«

»Als ich ins Haus zurückkam, wurde es gerade hell. Aber es war immer noch leicht dunkel. Also schlüpfte ich ins Bett und wartete darauf, dass Janine aufwachte. Ich dachte mit Schrecken daran, was ich getan hatte. Ich wusste, dass mein Leben nicht mehr dasselbe wäre, dass ich mir niemals vergeben könnte. Nur Gott konnte mir vergeben ... Ich musste eingeschlafen sein. Janine rüttelte mich schreiend wach. ›Wach auf, Stacy ist weg!. Wach auf, wir müssen sie suchen!‹ Der Rest des Tages und auch die nächsten Tage sind verschwommen. Hysterie und Sirenen – das sind die Geräusche, an die ich mich erinnere. Ich schwieg, als mir Janine erzählte, dass die Polizei festgestellt hatte, dass das Fenster in ihrem Zimmer offenstand. Ich ließ sie alle im Glauben, ein Fremder hätte sie entführt. Eine Woche später kam es mir in den Sinn, dass der Wald vielleicht nicht weit genug weg war. Also fuhr ich zurück und grub ihre Leiche aus. Ich nahm die Decke ab, übergoss sie mit Benzin, warf ein brennendes Streichholz auf sie und schaute zu, wie sie verbrannte. Ich redete mir ständig ein: ›Es ist nur eine Hülle, es ist nicht meine Tochter‹, immer wieder. Ich wollte nicht, dass man sie findet; ich wollte nicht, dass man sie identifiziert. Ich hatte schon genug Kriminalfilme gesehen, um zu wissen, was die Spurensicherung alles finden konnte. Das konnte ich nicht riskieren. Wenn die Polizei herausfand, dass es Stacy war, hätten sie den Genickbruch festgestellt. Sie hätten angenommen, dass ich sie vorsätzlich umgebracht hatte. Ich wickelte ihre Leiche in eine neue Decke, die ich in einem Laden gekauft hatte und die Janine nicht kannte, und fuhr in den nächsten Bundesstaat. Als ich an einem Wald vorbeikam, stellte ich den Wagen am Straßenrand ab und vergrub sie wieder.«

»Du wusstest, dass ein anderer Mann wegen des angeblichen Mordes an ihr zum Tode verurteilt worden war«, sagte Cannon. »Wie konntest du das zulassen?«

»Ich dachte, es wäre ein Zeichen. Ein Zeichen, dass Gott mir vergeben hatte.«

»Du bist ein kranker Scheißkerl.«

Mickey schaute Cannon direkt in die Augen. »Ich weiß, dass ich etwas Abscheuliches getan habe. Aber ich habe meine Tochter nicht umgebracht. Du kannst mich nicht dafür anklagen.«

Cannon beugte sich vor und brachte sein Gesicht ganz nah an Mickeys heran. »Deswegen vielleicht nicht. Aber das mit Nancy Ferguson ist eine andere Geschichte, nicht wahr?«

Wie konnte er davon wissen? Er musste schnell nachdenken und seinen Mund halten.

»Möchtest du mir etwas davon erzählen?«

Mickey antwortete nicht.

Cannons Grinsen verwandelte sich in ein Hohngelächter. »Nur keine Sorge. Du brauchst nicht zu reden. Schau mal, wir waren sehr fleißig, während wir auf die DNA der Leiche deiner Tochter gewartet haben. Ich habe ein paar von Ms Fergusons Nachbarn dein Foto gezeigt. Scheint, als ob sich eine Frau an dich erinnerte. Sie sagte, sie habe dir eine Broschüre von Nancys Reise gegeben. Also habe ich in dem Hotel angerufen, in dem Nancy die letzte Nacht vor ihrem Tod verbracht hat, und jetzt rate mal.«

Mickey blieb stumm.

»Och, komm schon. Einmal raten ... Nein? Gut. Ich faxte ihnen ein Foto von dir, und es stellte sich heraus, dass sie Kameras in den Fahrstühlen haben. Sie hatten eine ganz deutliche Aufnahme von dir, zusammen mit Nancy Ferguson. Und hier ist der Clou: Die Spurensicherung hat in Nancys Raum deine Fingerabdrücke an der Wand im Badezimmer gefunden. Die Zimmermädchen scheinen nicht besonders gründlich sauber zu machen.«

Mickeys Herz raste, und es drehte sich alles in seinem Kopf. Er konnte sich nicht schnell genug eine Lüge für Cannon ausdenken. *Sag nichts, sag nichts, sag nichts.*

»Hat es dir die Sprache verschlagen? Also, die beste Nachricht habe ich mir bis zum Schluss aufgehoben. Für dich ist es die Schlimmste. Ich habe einen Auslieferungsbefehl nach Arizona für dich. Anscheinend klagen die dich des Mordes an Nancy Ferguson an. Ich werde dich persönlich dorthin begleiten. Ach ja, übrigens, Illinois hat die Todesstrafe abgeschafft, aber nicht Arizona. Es hat lange gedauert, aber endlich bekommst du das, was du verdienst.

Ein Stöhnen entrang sich Mickeys Lippen. Gott hatte ihm nicht vergeben. Er hatte nur gewartet, bis er ihm eine noch größere Strafe auferlegen konnte.

Nachwort

Zwei Monate später.

Sunny und Dani saßen an Gate 39 der American Airlines am La-Guardia-Flughafen. Sie warteten darauf, an Bord ihres Fluges nach Pittsburgh gehen zu können. Sunny hatte Dani zwei Tage vorher angerufen und ihr gesagt, dass sie nun bereit sei, George und Sallie zu treffen.

»Wie kommt es, dass Sie ihre Meinung geändert haben?«, fragte Dani.

»Ich habe eine psychologische Beraterin aufgesucht. Sie hat mir geholfen, einen Weg durch mein Gefühlschaos zu finden.«

»Und?«

»Und ich denke, dass jetzt alles etwas klarer ist. Vorher war alles durcheinander. Ich habe zwischen Wut und Schuldgefühlen geschwankt. Wut darüber, dass sie mich ausgesetzt haben. Schuldgefühle für das, was sie erleiden mussten. Jeder hat mir gesagt, dass ich dafür nicht verantwortlich bin, aber diese Gefühle wollten nicht verschwinden.«

»Was hat sich für Sie nun geändert?«

»Die Beraterin hat mir geholfen, zu verstehen, dass ein Teil meiner Schuldgefühle daher kam, dass ich nichts für die Calhouns empfinde. Immerhin haben sie mich geboren. Ich dachte, ich müsste für ihr Opfer dankbarer sein. Aber sie sind für mich wie

Fremde. Ich erinnere mich absolut nicht an sie. Also habe ich mich schuldig gefühlt. Und ich war wütend. Jetzt möchte ich sie gerne kennenlernen. Und ich möchte sie an Rachels Leben teilhaben lassen. Ich bin bereit dazu.«

»Das freut mich.«

Sie saßen eine Weile schweigend da und lasen, Sunny einen Roman von Nicholas Sparks, Dani eine Zeitung.

»Sunny?« Sie schaute von ihrem Buch auf. »Bitte halten Sie Ihre Erwartungen Sallie gegenüber gedämpft«, erinnerte Dani sie.

Sunny nickte. Dani hatte ihr erzählt, dass Sallie glaubte, sie hätte Angelina dadurch umgebracht, dass die beiden sie krank und alleine in der Mayo-Klinik abgesetzt hatten. Und dass dieser Glaube im Laufe der zwei Jahre, bevor die Polizei an ihre Tür klopfte, dazu geführt hatte, dass ihr Realitätssinn schwächer wurde. Sunny verstand das. Sie würde verrückt werden, wenn man sie für Rachel vor die Wahl stellte *Dies oder gar nichts*. Gott sei Dank war Rachels Vater Arzt, und solche Dinge würden niemals passieren.

Man hatte Sunny erzählt, dass Sallie im Heim gute Fortschritte machte. George besuchte sie regelmäßig, aber es stand nicht fest, ob sie jemals wieder als Mann und Frau vereint wären. Sie hoffte, sie würden es schaffen. Sie wünschte, dass sie nach dieser Misere wieder glücklich werden würden. Und wenn sie dazu beitragen konnte, indem sie an ihrem Leben teilnehmen würde, dann wollte sie das tun, auch wenn ihr beide völlig fremd waren. Es wäre nur ein winziges Opfer ihrerseits.

Der Verkehr bewegte sich im Schneckentempo, als sie mit ihrem Mietwagen vom internationalen Flughafen von Pittsburgh nach Sharpsburg fuhren. Die Schilderbrücken warnten sie vor einer Baustelle drei Kilometer weiter. Sunny hatte während des Fluges kaum ein Wort gesprochen und war auch jetzt nicht besonders gesprächig. Dani fummelte am Radio herum, fand einen Classicrock-Sender, und sie fuhren los.

Mit einer halben Stunde Verspätung kamen sie bei George an. Eine kleine Frau am Stock, deren graue Haare sanft ihr Kinn be-

Danksagungen

Mein Dank gebührt zunächst einmal meinem Ehemann, Lenny, meinen Söhnen Jason und Andy und meinen Schwiegertöchtern Jackie und Amanda, deren Liebe und Unterstützung mir so viel bedeuten.

Ich habe unglaublich viel Beratung und Hilfe von den Lektoren Caroline Tolley und Doug Wagner erhalten. Ebenso bin ich den Lesern dankbar, die mir ihre kostbare Zeit geschenkt haben und mir konstruktive Ratschläge zu meinen ersten Entwürfen gaben: MaryLouise Wilson, Frank Ridge, Erika Callahan, Alice und Henri Gaudette, Dave Barnes und nicht zuletzt meine Schwester Judith Greenfield. Außerdem haben mir die Mitglieder der *Creative Writing Group of the Villages* während des Schreibens ein permanentes Feedback gegeben, was ich sehr geschätzt habe. Julian Schreibman half mir, ein paar rechtliche Fehler zu vermeiden. Die restlichen Fehler habe ich mir selbst zuzuschreiben. Danke auch an Derek Murphy für sein fantastisches Design des Bucheinbands. Schließlich möchte ich allen beim *The Editorial Department* für ihre Hilfe danken, Morgana Gallaway, Beth Jusino, Chris Fisher und Jane Ryder.

rührten, begrüßte sie an der Tür. Der Duft von frischgebackenem Apfelkuchen kam aus der Küche.

»Ich bin Margaret«, sagte die Frau, »Georges Mutter.« Sie nahm Sunnys Hände und drückte sie. »Sie sind im Wohnzimmer, meine Liebe«, sagte sie und deutete nach rechts. »Sie warten aufgeregt auf dich.« Sie schaute Sunny von oben bis unten an. »Mein Gott, was bist du für eine schöne Frau geworden. Ich hätte nie gedacht, dass ich diesen Tag noch erleben würde. Schnell, geh hinein.«

Sunnys Augen waren auf den Boden gerichtet. Eine Welle der Angst überkam sie. Sie blieb wie angewurzelt stehen, und Dani nahm sie bei der Hand und brachte sie ins Wohnzimmer. Es war klein und wohl schon seit vierzig Jahren nicht mehr renoviert worden, aber es war heimelig und erinnerte Sunny an ihre Kindheit in Byron. Obwohl sie zu Boden schaute, konnte sie zwei Paar Füße sehen, Georges und Sallies, nebeneinander.

»Hallo Sunny«, sagte Sallie.

Beim Klang ihrer Stimme schaute Sunny auf. Sallie hatte ein breites Lächeln auf den Lippen und trug ein sommerliches Kleid. Ihre Haare sahen frisch gewaschen aus, und sie hatte rosige Wangen. Beim ersten Anblick des Mannes und der Frau, die dort im Raum standen, kam Sunny plötzlich ein Fünkchen Erinnerung. Sie sahen anders aus, älter, verbrauchter, aber Bruchstücke von Bildern kamen ihr wieder in den Sinn. Sunny sah, wie ihre Mutter ihr langes blondes Haar kämmte und ihr sagte, wie hübsch sie sei. Noch mehr Bilder. Von ihr und ihrer Mutter, wie sie Studentenblumen im Garten pflanzten und wie Sunnys Kleidung voller Erde war. Von ihrem Vater, der ein Plätzchen für sie stibitzte und ihr sagte, sie solle ihrer Mutter nichts davon erzählen. Und dann erinnerte sie sich, wie sie in diesem fremden Krankenhaus auf einer Bank saß, zu verängstigt, um zu weinen. Sie hörte ihre Eltern sagen, wie sehr sie sie liebten und immer lieben würden, wie sie um Verzeihung baten und dann weggingen. Sunny machte ein paar Schritte auf ihre Eltern zu und umarmte sie.

»Danke, danke, danke«, sagte sie. »Bitte setzt euch doch. Es gibt so viel, was ich euch fragen möchte. Ich weiß, ihr möchtet auch alles über mich erfahren.«

»Lass uns dich erst einmal ansehen«, sagte George mit einem Frosch im Hals. »Wir haben jede Menge Zeit, uns zu unterhalten. Wir hätten nie gedacht, dass es jemals wahr würde, aber jetzt haben wir alle Zeit der Welt.«

Sunny setzte sich zwischen George und Sallie auf die Couch und hielt ihre Hände. Sie war keine Waise mehr. Sie hatte eine Mutter und einen Vater.

Zeitfracht Medien GmbH
Ferdinand-Jühlke-Straße 7
99095 Erfurt, Deutschland
produktsicherheit@kolibri360.de

Druck:
CPI Druckdienstleistungen GmbH
im Auftrag der
Zeitfracht Medien GmbH
Ein Unternehmen der Zeitfracht - Gruppe
Ferdinand-Jühlke-Str. 7
99095 Erfurt